당신의
눈동자에
건배를

IV

당신의 눈동자에 건배를 4

초판 인쇄 2018년 6월 1일
초판 발행 2018년 6월 12일

지은이 백서하
펴낸이 신현호
편집부장 예숙영
책임편집 이혜영
편집디자인 한방울
영업 · 관리 김민원 이주형 조인희
물류 이순우 최준혁

펴낸곳 ㈜디앤씨미디어
출판등록 2002년 5월 1일 제117-90-51792호
주소 서울시 구로구 디지털로 26길 111 JnK디지털타워 503호
대표전화 (02)333-2513 팩스 (02)333-2514
전자우편 dncbooks@dncmedia.co.kr
디앤씨북스 블로그 http://blog.naver.com/dncbooks

ISBN 979-11-264-4338-3 04810
ISBN 979-11-264-4334-5 (SET)

당신의 눈동자에 건배를

백서하 장편소설

IV

iBOOK

제9.5장

칼리드 외전 – 지키기 위한 자의 세레나데(하)

칼리드 외전 - 지키기 위한 자의 세레나데(하)

1차 협상이 끝나고도 스칼렛은 이상한 기색 하나 보이지 않았다. 꽤 순조롭게 진행된 협상에 칼리드는 안도의 한숨을 쉬었다.

하지만 새벽까지 이어지는 작업으로 약간 피곤해 보이는 스칼렛의 얼굴을 보면서 조금 마음이 아프지 않았다면 거짓말이리라.

그럼에도 그는 차마 그녀에게 왜 그렇게 제 몸을 혹사하느냐고 말할 수 없었다. 자신과 눈을 마주치며 결연하게 말하는 그 눈빛이 누구보다 긍지와 자부심으로 빛났기 때문이다.

"아니요. 우리는 모두 뛰어나요. 하지만 각자 잘하는 게 있고, 그건 분명 저 혼자 하는 것보다 더욱더 효과가 있죠."

말이 끝나고 환하게 웃는 그녀의 얼굴은 조금 피곤해 보였지만 밝았다.

칼리드는 꽤 어린 나이에 전장에 뛰어들었고, 총사령관이 되었다. 그 사이에서 홀로 막중한 책임을 안고, 총사령관이라는 직책에 긍지를 느끼며 살아온 그였기에, 그는 차마 그녀에게 함부로 입을 열 수가 없었다.

그래서 그는 그녀를 말리는 대신 고개만 끄덕였다. 제 마음을 이런 식으로 강요하고 싶지 않았다. 당신을 위한다는 명목으로 함부로 구속하고 싶지 않았다.

그저, 걱정스러운 말을 내뱉는 게 그로서는 최선이었다. 거기서 조금 무력감을 느끼긴 했지만.

"제가 잠버릇이 안 좋아서 침대에서 떨어질 수 있어요. 그런 건 신경 안 쓰셔도 돼요. 무슨 일 있으면 비명을 지를게요."

방에 들어가기 전, 묘한 미소를 짓는 그녀를 보며 그는 얼굴을 찌푸릴 수밖에 없었다. 무슨 말이지? 뭔가 이상했다.

얼핏 들으면 제 잠버릇에 놀라 함부로 쳐들어올 수 있는 기사를 경계하는 말로 들리지만, '무슨 일'이 있으면 '비명'을 지르겠다고 했다.

어떤 일이 있을 것이라고 암시하는 듯한 묘한 말은 둘째 치고, 왠지 모르게 '비명'이 없으면 들어오지 말라고 선을 긋는 것 같아 기분이 이상했다.

평소라면 밖에 누가 서 있든 신경도 쓰지 않을 사람이 갑자기 제게 호위를 맡기는 것도 불안했다.

스칼렛은 꽤 똑똑한 편이었다. 특별히 강조하듯 제게 건네는 말의 의미가 작지는 않을 것 같았다.

결국 그녀의 말에 따라 밖에서 호위를 섰다. 조용하기 그지없는 복도에서 신경을 곤두세우고, 그는 대체 그녀가 무엇을 말하려는지 고민했다가끔 쿵쿵하는 소리가 들려오긴 했다. 하지만 그건 사람이 떨어지는 소리보다는…… 마치, 일부러 낸 소리에 더 가까웠다.

소렐성은 꽤 오래전의 건물이라 왕궁이나 고위 귀족들의 집과 달리 방음이 되지 않았다. 그래서 그가 안쪽에서 흘러나오는 소리를 듣는 건 그다지 어렵지 않았다. 하물며 그는 기사니까.

끼이익-

신경을 거슬리는 소리가 들렸다. 오래된 나무가 삐걱거리는 소리가 나자, 그의 미간이 움찔거렸다. 그가 아니었다면 아마 눈치도 못 챌 정도로 기척을 감춘 사람이었다. 일부러 기척을 지울 정도라면 의도가 불분명한 건 확실했다.

거기까지 생각하고 그는 바로 문고리를 잡았다.

하지만.

"제가 잠버릇이 안 좋아서 침대에서 떨어질 수 있어요. 그런 건 신경 안 쓰셔도 돼요. 무슨 일 있으면 비명을 지를게요."

환하게 웃으며 말하는 그 얼굴이 순간 생각났다. 바로 문을 박차고 들어갈 것 같았던 그가 멈칫한 건, 그 말을 말하던 그녀의 차분한 표정 때문이었다.

'무슨 일', '비명'.

설마…….

그는 얼굴을 구기고 방 안의 소리에 집중했다.

부정하고 부정했던 것이 답으로 나타났을 때, 그는 과연 어떻게 행동해야 할까.

감히 공작 영애의 방문을 열고 들어왔을 수상한 사람의 의도는 분명했다. 지금 같은 비상 시각에 들어온 게 누군지 또한 확실했다. 그는 숨을 쉬는 것도 잊고 문고리를 꽉 잡았다.

이것만 잡고 들어가면 되는데-

과연, 그게 옳을까?

인생에서 최악의 몇 초가 흘러갔다. 전쟁터에서도 이렇게 긴장했던 적은 없었던 것 같다. 심장이 멈추고 숨마저 멈춘다. 눈가가 파르르 떨리고 죽음이 들이닥친 것처럼 질식할 것 같은 느낌에 휩싸였다.

그의 판단이 잘못되면 안쪽에 있는 사람이 죽는다. 그것도 그가 사랑하는 사람이.

당장 문을 열고 들어가면 그 '손님'이 스칼렛에게 바로 상처를 입힐 수도 있었다. 무엇보다도 저를 보며 한 자, 한 자 말하던 그 눈빛이 그에게 주는 의미는 확실했다.

설마, 그녀는 이것을 예측했나. 그러면서 죽음에 저를 몰고 간 것인가? 대체 뭘 믿고?

심장이 쥐어짜이는 느낌이었다. 그는 처음으로 공포에 떨어 본다는 게 어떤 느낌인지 깨달았다.

문 안에 있는 사람은 목숨을 걸었다. 당장 들어가서 그 암살자를 끌어내리는 게 어쩌면 좋을 수도 있지만, 반대로 그렇게 되면 그녀가 원하는 것이 틀어질 수도 있다.

제 목숨까지 걸 정도로 성사시키고 싶은 무엇인가가 있는데, 과연 그에게 그것을 무산시킬 만한 권리가 있나?

다른 사람이었다면 고민할 필요도 없이 계획에 동참했을 것이다. 그는 협상가가 짜는 계획에 협조할 의무가 있었다. 전쟁터에서도 가끔 미끼 작전을 쓰기도 한다. 일부러 죽음을 걸고 계획을 짤 때도 있었다.

하지만 스칼렛이라서…… 그가, 그녀가-

아, 상처, 안 되는데.

이 모든 것들을 생각하기까지 딱 몇 초가 걸렸다. 최악의 몇 초, 가장 고통스러운 몇 초.

그는 부들거리는 손에 힘을 주고도 차마 안쪽으로 들어가지 못했다. 그녀가 목숨을 걸 정도로 지키고 싶은 것을 지켜야 하나? 그게 그녀의 목숨보다 더 가치가 있나?

무슨 계획인지 알면 타이밍이라도 잡아서 쳐들어갔겠지만, 무슨 일을 벌이려는지 몰라서 그는 그녀의 지시를 기다려야만 하는 상황이었다.

한평생 죽음의 공포 따위 몰랐던 그의 인생에서, 무엇인가를 할 수 없다는 무력감이 처음으로 그를 지배했다.

말소리가 흘러나왔다. 그는 더욱더 정신을 집중했다. 아마 평생 후회할지도 모른다. 그녀의 몸에 상처라도 새겨지면 한평생 자책하며 살아가겠지.

하지만 그럼에도 그는 차라리 후회와 죄책감과 고통을 안고 가더라도, 그녀가 지키고자 하는 것을 지켜 주고 싶었다.

모르겠다. 사실 속에서 울컥 무엇인가가 올라왔다. 이 기분이 뭔지 정의하기 어려웠다. 이게 옳은 것인지도 알 수 없었다.

그렇게 생각하는 순간, 안쪽에서 비명이 들려왔다.

어떻게 안으로 들어갔는지 기억도 나지 않았다. 그저 바로 그녀의 위에 있는 사람을 잡아채 바로 벽에 박았던 것 같다. 피가 뚝뚝 흐르는 그녀의 손을 보면서, 그는 가슴이 아파서 죽을 수도 있다는 것을 깨달았다.

곧바로 사람들이 몰려오고, 암살자는 지하 감옥에 갇혔다. 그리고 그다음 날, 예상대로 스칼렛은 그 암살을 협상으로 삼았다.

"나라가 지워지는 것보다야, 그냥 식민지가 되는 게 낫지 않나요?"

공식적인 외교 행사에서 했다면 아마 엄청난 파문을 몰고 왔을 말이다. 그럼에도 어디서 들은 것 같은 대사를 읊조리는 스칼렛의 목소리에는 미미한 분노가 서려 있었다.

"망해 가는 나라의 왕보다는, 개 같은 삶을 영위해도 식민지에서 살아가는 게 낫지 않나?"

시에라의 국왕이 윈체스터의 왕에게 지껄여 두고두고 회자되는 말이었다. 그 말을 교묘하게 돌려주기 위해 사람들을 전부 나가라고 했나. 본인이 진짜로 작정하고 돌려주었든, 아니면 우연하게 맞아떨어졌든. 저 대사 하나에 그녀가 이 협상에 크나큰 감정을 실어 넣었다는 것은 확실했다.

그는 그래서 어젯밤 자신의 선택을 결코 후회할 수 없었다. 후회가 밀려와도 차마 후회할 수 없었다. 결국, 같은 순간이 돌아와도 그는 같은 선택을 했을 테니까.

"스칼렛 님, 혹시 알고 있었던 게……."

"아마도. 참, 갯답네."

언제 왔는지 모를 외교부의 사람들을 힐끔 보았다. 셀린느라고 불린 여자가 중얼거리자, 옆에 있던 회색 머리 남자가 피식 웃었다.

곧 휴식 시간이 끝나고 시작된 협상은 성공적으로 막을 내렸다. 일국의 공작 영애이며 왕족을 암살하려고 했으니, 그 여파가 어마어마하다는 것을 시에라에서도 모르지는 않을 것이다.

그럼에도 암살자를 보낸 것은 그만큼 급했다는 것이겠지.

협상을 끝났으나 모두가 환하게 웃는 와중에 칼리드만큼은 웃을 수 없었다. 순간 우아하세 휘어진 스칼렛의 보라색 눈동자가 그와 마주치고 약간 의아함을 담았다.

“잠시만, 대화를 요청해도 되겠습니까?”

생각 이상으로 딱딱하게 나간 목소리에 본인도 놀랐다. 협상이 무사하게 진행되었고, 자신의 앞에 스칼렛이 무사하게 서 있다는 것을 알아채기가 무섭게 그제야 안도감이 몰려왔다.

“영애.”

“네.”

“알고 계셨습니까? 암살 작전을?”

그는 최대한 차분하게, 담담하게 물었다. 다그치는 기색도 없이, 몰아치는 감정도 없이 그저 평범한 질문을 하듯.

하지만 답을 기다리는 그의 마음속만큼은 그의 얼굴처럼 그렇게 평온하지 못했다. 상처를 입은 손이 눈에 안겨 들어왔고, 그녀가 혼자 싸울 동안 아무것도 하지 않았다는 죄책감이 밀려왔다.

그녀의 대답을 기다리는 그 찰나, 그는 숨을 죽였다.

차라리, 자신의 판단이 틀렸다고 하는 게 좋을 거다.

암살자가 들어올 것이라는 것도 몰랐고, 그저 우연하게 깨어 있었으며, 우연하게 칼을 준비해 놓고 있었고, 우연하게 이 상처를 이용해 협상을 완성할 수 있었다고.

차라리 그가 들어가지 않아서, 그의 탓이라서 그녀가 상처를 입었다고 하는 게 더 나을 것 같았다.

그게 아니라면, 그녀 혼자서 모든 것을 책임지려고 했다면-

"뭐, 적당히?"

"그런데 제게 말씀해 주지 않으셨고요."

"네, 저 혼자 처리할 수 있다고……."

……아.

속이 철렁 내려앉았다. 그 말을 듣는 순간, 표정을 갈무리하지 못했다. 그에 그녀가 당황해서 말을 고르는 모습이 안겨 왔지만, 그럼에도 그는 아무 말도 하지 못하고 그저 그렇게 서 있을 수밖에 없었다.

그리고 곧, 언제 당황했느냐는 듯이 그녀가 눈을 마주쳐 오며 입을 열었다.

"소렐 영주가 배신을 했어요, 나는 그걸 발견했고, 암살 사건이 있을 걸 예견했어요. 그리고 그걸 이용해 이번 협상을 다 따내려고 했죠. 거기까지예요."

"왜?"

저도 모르게 조금 얼빠진 목소리로 물었다.

왜? 왜 꼭 그래야만 했나. 그냥 제게 다 알려 주고 암살자를 잡으면 안 되었나. 왜 꼭 그 암살자를 이용해 협상하려고 했나. 물론 그게 더 빠르고, 더 확실한 방법이긴 했지만…… 그래도, 그래도, 왜 꼭 상처를 입어야만 했나.

"필요하니까요."

눈을 마주쳐 오며 또박또박 말하는 스칼렛의 눈빛은 한 치의 흔들림도 없었다. 기회가 있기에 이용했고, 잡았다. 그 기회라는 것이 제 목숨을 위협했다는 사실을 망각한 듯 대수롭지 않은 그녀의 표정에, 그는 저도 모르게 울컥 감정이 터져서 언성을 높이고야 말았다.

"하지만 죽을 수도 있었습니다! 자기 목숨을 걸고 도박을 하셨단 말입니다!"

말을 내뱉기가 무섭게 그는 후회하고 말았다. 왜 제 감정을 상대방에게 쏟아붓나, 사실 자신이 소리 지르고 싶은 상대는 다름 아닌 본인이면서.

사실, 저 자신이 가장 싫었으면서.

못났다.

스칼렛이 눈을 동그랗게 뜨고 그를 보았다. 그는 잠시 말을 고르다가 사과하기로 했다. 무엇이 되었든 간에 크게 소리 지르지는 말아야 했다. 하물며 상대는 잘못한 것이 없었다.

하지만, 그런 그의 입이 떨어지기도 전에 스칼렛이 담담하게 말했다.

"각하는 어떻게 생각하실지 모르지만. 저는 이 협상이 제 목숨을 걸 만한 싸움이라고 생각했어요. 공작 각하께서도 아시잖아요. 이 전쟁에 걸린 사람들의 인생이 얼마나 많은지."

"……."

"어찌 되었든 간에, 성공했잖아요? 각하, 저는 당신의 기사들이 수년간 뿌린 피에 상응하는 대가를 얻어 냈어요. 물론 그 죽음에 어떤 보상을 가져다주어도 차마 그 생명을 위로하지는 못하겠지만."

"디르난트 영애."

"하지만 나는, 거기에 긍지를 느낀답니다."

그녀가 긍지를 말하는 순간, 그는 숨이 멎는 것 같았다. 재잘거리며 환하게 웃던 18살의 학생은 비로소 외교관이 되어 그의 앞에 나타났고, 그는 22살의 어린 공작이 아니라 30살의 총사령관이 되어 그녀의 앞에 섰다.

모르겠다. 그사이의 시간이 어떤 것을 의미하는지.

하지만 시간과 시련의 무게를 감당한 것이 그 혼자만은 아니라는 데서, 그는 묘한 감정을 느껴야만 했다.

그녀에게는 어린 시절의 그 순수하고 밝았던 스칼렛과, 우아하고 고고한 스칼렛이 공존하고 있었다.

8년 동안 마음속에 꽁꽁 감추었던 어떤 것이 고개를 들고, 그는…… 8년 만에 같은 사람에게 다시 한번 반했다.

그 사실이 아이러니하기도, 행복하기도 해서 그는 결국 웃음을 흘리고야 말았다.

그의 웃음에 고개를 갸웃거리던 스칼렛은 곧바로 외교부 동료들에게 끌려가고 말았다. 사실 조금 전부터 그들이 뒤에서 듣고 있다는 것을 알고는 있었지만…… 그래도 몸을 사리지 않는 것에 조금 심술이 났다면 너무 짓궂은 것일까.

당당하게 그에게 말하던 것과 달리, 바로 선배들에게 질질 끌려가는 스칼렛의 모습에는 애처로움까지 들어 있었다. 그래도 왁자지껄한 와중에 이리저리 치이면서도 슬금슬금 눈치를 보며 웃는 스칼렛을 응시하며, 그는 미소를 지은 채 집무실로 돌아왔다.

"각하, 소렐 영주를 포박해 왔습니다."

어제 암살 사건 이후, 소렐 영주의 생포를 명한 참이었다. 스칼렛의 방에 암살자가 들어갔다는 사실 하나만으로도 소렐 영주의 죄는 이미 확정된 것이나 마찬가지였다.

"공작 영애의 방에 침입자를 들여놓았다라……."

이미 포박 와중에서 베르 경과 몇몇 제1기사단의 분노 어린 손길을 맛보았는지 소렐 영주의 몰골은 말이 아니었다.

칼리드의 눈길이 정확하게 그의 몸에 꽂히고, 곧 차갑게 식어 내린 분위기에 소렐 영주는 비로소 자신이 무슨 짓을 저질렀는지 깨달았다.

"가…… 각하."

부들거리는 그의 얼굴을 보던 칼리드가 입꼬리를 말아 올렸다. 명백한 조소가 지독하게 공포스러워서, 뒤에 서 있던 몇몇 기사들마저 몸을 떨어야 했다.

"나는 손을 쓰는 것을 좋아하지 않아."

기사는 오롯이 검으로 승부를 봐야 한다.

"하지만 가끔 멍청한 것들을 보면 손을 쓰고 싶을 때가 한두 번이 아니지."

"각, 각하, 죄송합니다. 죄송합니다. 제가, 제가- 으아아아악!"

콰직-

검이 손을 뚫고 지나가는 광경은 보기만 해도 아플 지경이었다. 하나 전쟁터에서 몇 년을 굴러온 기사들이 보기에, 칼리드의 치죄는 미미한 수준이었다.

나라를 팔아먹은 죄는 어마어마하다. 심지어 외교관이자 공작 영애의 암살 작전에 동참했다.

소렐 영주는 허억허억 거칠게 숨을 쉬었다. 검이 손바닥을 뚫고 바닥에 박혔다. 고통이 극한에 달해 차라리 죽는 게 편하다 싶을 정도였다.

"공작 영애의 방문을 손수 열어 줄 정도로 쓸모없는 손이라면 없는 게 낫지."

"으어어어…… 어어……."

"공작 영애가 죽으면, 시에라에서 수고했다고 널 치하하기라도 할 줄 알았나? 멍청하기 짝이 없어."

"으아아악!"

"그녀가 살아 있어서 이런 호사를 누리는 거다. 그녀가 죽었다면-"

칼리드는 읊조리다가 멈칫하고 말았다. 그의 미간이 움찔거렸다. 입 밖에 내고 싶지도 않다. 만난 지 얼마 되지도 않았는데 그녀를 잃을 수도 있었다는 생각에 다시 한번 분노가 일었다. 어쩌면 그 안에는 그녀의 방문 앞에서 홀로 서 있었던 그 몇 초에 대한 무력감과 자책 또한 들어 있으리라.

"-죽었다면, 너는 이미 팔다리가 찢긴 채 까마귀들 먹이로 내던져졌을 것이다. 머리는 왕궁에 걸리고, 네 가솔은 아마 두고두고 너를 원망하겠지."

"으어억, 헉!"

바닥에 박힌 검이 꿈틀거렸다. 새로운 상처를 만들어 내는 그 움직임에 소렐 영주가 거품을 물고 쓰러졌다. 그 모습을 빤히 보다가 칼리드가 검을 뺐다.

"각하, 어떻게 할까요?"

"찬물로 깨워. 손은 붕대로 대충 감아서 지혈시키고, 뒤로 묶어서 공작 영애가 보지 못하게 해."

"……네?"

"공작 영애한테 이런 꼴이 보이지 않게 하란 말이다."

"알겠습니다."

"공작 영애와의 대면 이후에는 지하 감옥으로 압송해라. 나머지 한쪽 손과 두 발을 잘라 도망가지 못하게 하고, 재갈을 물려 자살을 방지해. 최대한 공작 영애의 눈에 띄지 않게 하고. 아, 그리고 그 암살자는-"

칼리드는 미간을 찌푸렸다. 괘씸하기 짝이 없다.

"죽기 전까지 기다렸다가 공작 영애가 준 해독제를 발라. 어쨌든 목숨은 붙여 놓고- 물론, 그 모습 또한 그녀에게 보이지 말고."

그의 명령에 베르는 고개를 끄덕였다. 하지만 다른 한편으로는 꽤 이상하기도 했다. 칼리드는 비록 서늘하고 냉정한 인간이었지만, 암살자와 같은 죄인에게 고통을 안기는 부류는 아니었다.

전쟁통에서도 죄인이 있으면 바로 깔끔하게 죽이는 편인 칼리드가 갑자기 저렇게 최대한 고통을 안기라 하니…… 베르는 방을 나가며 고개를 갸웃거렸다.

모두가 떠난 방에서 칼리드는 한숨을 푹 쉬며 의자에 앉았다. 환하게 웃는 스칼렛의 모습이 머릿속에서 떠나지 않았다. 제 신념과 긍지를 말하던 그 모습이 사랑스럽기도 하고, 다른 한편으로는 씁쓸하기도 했다.

저는 믿음을 받지 못한다. 사실 당연할 수밖에 없었다. 자신은 그저 그녀 친구의 약혼자일 뿐이다. 그 관계에서 굳이 믿음이 오갈 이유가 있나. 제 동료에게도 사실을 숨겼던 사람인데.

하지만 그럼에도 그녀가 상처를 입는 동안 아무것도 못 했다는 죄책감이, 그다음으로는 저를 똑바로 보는 눈빛에 담긴 그 고고함이 동시에 엉켜 그를 복잡하게 만들었다.

결국, 그는 온종일 그 생각에 잠겨 있을 수밖에 없었다.

* * *

"아악!"

다음 날 오전, 복도를 걷던 그는 익숙한 방향에서 들려오는 갑작스러운 비명에 바로 발걸음을 빨리했다. 바로 며칠 전, 이와 같은 비명이 들려온 뒤 스칼렛은 손에 상처를 입었다. 혹여 또 무슨 일이 있는지 몰라 심장이 쿵쿵댔다.

"디르난트 영애!"

그때의 그 작위적이기 그지없던 비명과 달리, 이번에는 진심으로 고통이 섞인 음성이었다. 급히 방문을 열자, 바닥에 주저앉아 고개를 숙이고 있는 스칼렛이 보였다. 이와 함께 그의 심장이 쿵 하고 내려앉았다.

천천히 고개를 드는 그녀의 눈가에 맺혀 있는 눈물을 보며, 그는 당황함에 저도 모르게 입을 열었다.

"영애, 지금 우는 겁니까?'

"네?"

그의 물음에 바로 부정을 표하듯 그녀의 눈빛이 풀어졌다. 하지만 그에 안심하기는 너무 일러서, 그는 말을 고르다가 천천히 물었다.

"손을 볼 수 있겠습니까?"

스칼렛이 조금 주저하다가 고개를 끄덕였다. 한평생 험한 일 따위 해 보지도 않았을 손에 붕대가 감겨 있다는 사실에 다시 한번 마음이 아파 왔다. 그는 하얀 붕대에 서서히 퍼지는 빨간 피를 보며 얼굴을 찌푸렸다.

"상처가 터졌어요!"

새된 소리를 지르는 셀린느에게 그는 침착하게 의원을 불러오라 일렀다. 곧 단둘이 남은 방 안에서 느릿느릿하게 기어가는 시간을 눈치챌 새도 없이, 그는 그녀의 손을 조금 힘주어 잡았다.

"저…… 괜찮아요. 너무 아파서 제가 잠깐 실성했나 봐요."

아플 만했다. 저야 검을 휘두르다 보면 이런저런 상처가 생겨 면역되었다고 하지만, 스칼렛은 달랐다. 얼마나 아플지 상상조차 가지 않았다. 그는 그래서 심각한 표정으로 그 손을 내려만 보았다.

"저, 괜찮아요."

"상처가 터졌습니다."

"괜찮아요. 다시 치료하면 돼요. 제가 좀 많이 당황했나 봐요. 놀라셨어요?"

"놀랐습니다."

놀라다마다, 30년 동안 겪어 본 모든 공포를 쏟아붓는다고 해도 이 며칠간 느꼈던 것보다는 덜할 것이다. 그런 그의 마음을 아는지 모르는지, 스칼렛은 다소 어리벙벙하게 그를 보았다.

그는 침을 꿀꺽 삼켰다. 셀린느가 빨리 가서 의원을 불러와야 할 텐데, 아플 텐데, 이럴 때면 차라리 마법이나 연금술이라도 배워 볼 걸 그랬다. 그랬다면 그녀가 아플 때 치료라도-

"제가 아픈 게, 싫으세요?"

그때였다. 그녀의 손에 정신이 팔린 와중 갑작스럽게 들려온 말에 그는 고개를 들었다. 자신의 감정이 낱낱이 까밝혀진 것 같았다. 그 전에 그녀는 대체 무슨 생각으로 저한테 그런 물음을 던졌을까.

두 사람의 시선이 허공에서 부딪쳤다. 티 없이 맑은 보라색 눈동자를 보다가 그는 무슨 대답을 어떻게 해야 할지 몰라 주저하고 말았다.

당신이 아픈 게 싫습니다.

왜?

당신을 사랑해서.

솔직하게 털어놓고 대답하고 싶었으나 그럴 수 없었다. 그는 현재 이사벨과 약혼 중이었다. 아무리 감정이 없는 약혼이라도, 파기한 뒤 그녀에게 제 마음을 말하고 싶었다. 제 친구의 약혼자를 빼앗았다는 그런 오명을 그녀에게 주고 싶지 않았다.

그래서 그는 차마 입을 떼지 못했다.

그렇게 얼마나 침묵의 시간이 지났을까. 스칼렛은 대답이 없는 그와 눈을 마주치다가 밖에서 들려오는 인기척에 고개를 들었다.

"들어오세요."

저와 스칼렛 사이의 기류에 눈치를 보다가 들어오지 못한 듯싶었다. 하지만 고개를 갸웃거리며 자신과 스칼렛을 번갈아 보는 셀린느의 눈빛도, 스칼렛의 손을 다시 한번 봐주는 의원도, 그 어떤 것도 그를 움직이게 하지는 못했다.

"제가 아픈 게, 싫으세요?"

싫다. 나는 당신이 언제나 가장 예쁜 것만 보고, 가장 좋은 것만 듣고, 가장 달콤한 것만 맛보고, 가장 즐거운 것만 느꼈으면 좋겠다.

그녀의 눈길이 닿는 하나하나 모두 그의 손으로 정성스럽게 꾸며 주고 싶을 정도로, 그녀의 손끝이 닿는 하나하나 가장 좋은 것으로 만들어 주고 싶을 정도로.

하지만 아마 스칼렛은 모를 것이다. 그의 그런 기분을.

스칼렛의 진료가 다 끝난 뒤, 그는 바로 집무실로 돌아왔다. 편지가 왔다고 해서 뜯어보긴 했지만, 그는 이사벨이라는 이름에 몇 줄만 보다가 바로 구겨 던졌다. 편지에는 스칼렛에 대한 험담으로 가득 차 있었고, 심지어 그녀의 애인을 빼앗았다는 말 또한 가증스럽기 그지없었다.

그 와중에 스칼렛의 옆에 사람이 없다는 사실을 깨닫고 조금 기쁘긴 했으나, 그렇다고 해서 그의 심란함을 달래 주지는 못했다.

소파에 앉아 잠시 휴식을 취하던 그는 수도로 올라가면 바로 파혼해야겠다는 생각부터 했다.

그리고 스칼렛? 모르겠다. 어떤 식으로 그녀의 마음을 얻어야 할지. 한때 제일 좋은 친구의 약혼자였다. 그런 신분으로 그녀에게 사랑한다고 말하면, 아마 욕을 제대로 얻어먹지 않을까.

하지만 딱히 상관없었다. 그가 욕을 먹는 건 상관없었다. 다만 그것 때문에 그녀가 다른 사람들의 이상한 눈길을 받지는 말았으면 좋겠다.

그렇게 생각하며, 그는 길게 한숨을 쉬었다.

* * *

"도와주세요."

"……네?"

집무실에서 서류를 정리하던 그는 갑자기 쳐들어온 셀린느를 보며 미간을 찌푸렸다. 스칼렛의 옆에서 온종일 붙어 다니던 여자였다. 갑자기 도와 달라니 무슨…….

"스칼렛 님이 쓰러지셨어요."

그녀의 말이 끝나기가 무섭게 칼리드는 벌떡 자리에서 일어났다. 그는 발걸음을 빨리했다. 갑자기 쓰러지다니, 또 무슨 일이 있-

"어어, 왔네? 뭐가 이렇게 빨라."

"아아, 셀린느 말이 맞나 봐."

"오오, 속도 좀 보소?"

그는 와인 잔을 들고 방긋방긋 웃으며 그를 반기는 외교부의 세 남자와, 한쪽 소파에 누워 배시시 웃음을 머금고 잠든 스칼렛을 보며 미간을 찌푸렸다. 그때 그의 속도를 맞추지 못해 조금 늦게 도착한 셀린느가 말했다.

"술을 마시고."

스칼렛님이 쓰러졌어요, 술을 마시고.

이 한마디를 붙여 말하는 게 그렇게 어렵나. 왠지 모르게 고의 같은 느낌이 들었지만, 그는 일단 그건 뒤로하기로 했다. 그가 접대실에 들어가자, 펠로라고 불린 회색 머리 남자가 입을 열었다.

"저거 좀 들고 가는 게 좋을 것 같은데. 우리 셋은 비실비실한 데다가 술까지 마셔서 힘이 없거든."

"대신 뒤에서 힘내시라고 응원은 해 드리겠습니다."

코르켈인지 뭔지 얄밉게 말하는 청년을 보며 칼리드는 겨우겨우 제 안의 분노를 잠재웠다. 외교부 사람들의 입담이 세다는 건 알았지만, 이런 상황에서까지 그를 놀릴 정도라니 간도 어마어마하게 큰 건 확실했다.

하지만 어쨌든 스칼렛은 방으로 옮겨야 하기에 그는 스칼렛을 안아 들었다. 그와 동시에 세 남자가 자리에서 일어나고, 셀린느가 눈을 반짝거리면서 저를 따라왔다.

"굳이 따라오지 않으셔도 됩니다만."

"에이, 그건 아니지. 우리가 각하를 어떻게 믿고?"

……그럼 부르지 말든, 아, 아니군. 그럼 다른 남자가 그녀를 안고 가야 한다. 차라리 저를 부르는 게 낫지.

유들유들하게 웃고는 있지만 제가 스칼렛을 안아 드는 순간부터 매섭게 빛나는 펠로의 눈빛을 알아챈 그가 미간을 좁혔다. 뱀처럼 서늘한 눈빛이었다.

오빠와 언니가 7명인 집안의 막내딸과 결혼해, 하루가 다르게 수척해지는 제1기사단의 어느 한 기사의 기분을 비로소 알 것 같았다. 접대실부터 매의 눈길로 저를 감시하는 세 남자와 한 여자의 눈길을 받다가, 그는 제 품에 안겨 세상모르게 자고 있는 스칼렛을 보고 피식 웃음을 흘렸다.

그래도 사랑받아서 다행이다. 모든 사람이 그녀를 좋아해 줘서 참 다행이다. 행복한 것 같아서 다행이다. 무슨 일이 있을까 매의 눈을 뜨고 옆에서 지켜봐 주는 사람이 있어 다행이다.

그리고 다른 한편으로는 이렇게나 사랑을 퍼붓는 사람들 틈에 끼어, 스칼렛의 애정을 야금야금 갉아먹는 이사벨에 대한 혐오가 일었다.

그러다 그의 손이 움직일 때마다 혹여 어디 이상한 데를 만지지는 않나 관찰에 관찰을 더하는 셀린느를 보며, 그는 웃고 말았다. 아무리 봐도 제가 시험당하는 것 같은데 기분이 나쁘지 않았다.

아무래도 오전에 저와 스칼렛 사이의 분위기를 읽고 이러는 듯싶었다. 이들에게 저는 약혼녀의 친구와 묘한 분위기를 형성하는 쓰레기로 보일 수도 있으니까.

스칼렛을 곱게 침대에 누이고 이불까지 덮어 주었다. 그녀의 시녀가 물과 수건을 가지고 오는 것을 보다가 방에서 나온 그는 방 앞에 서 있는 사람들에게 묵례하고 자리를 옮겼다.

* * *

그리고 다음 날 아침.

잠시 처리할 일이 있어 군영으로 온 그는, 갑자기 생각난 것이 있어 베르를 불렀다.

"내 집무실에 들러 서류를 가져와."

"네, 알겠습니다."

"아, 그리고……."

'공작 영애가 오시면 오후에 다시 오시라고 해.'라고 말하려던 그는 잠시 멈칫했다. 문득 책상 위에 구겨 놓았던 편지가 생각났다. 그리고 그 안에 있던 험담까지.

친구라고 믿었던 이다. 그런 사람에게 배신당하는 것은 분명 아픈 일이지만, 그는 이사벨 같은 사람을 그녀 옆에 두고 싶지 않았다. 매번 상처를 받고, 어쩌면 혼자 울었을 그녀가 생각났다.

그렇게나 사랑받고 있는데, 그렇게나 사랑스러운 이인데. 왜 겨우 그런 같잖은 사람에게 상처를 받아야 하는지.

그는 얼굴을 굳혔다. 이사벨이 그녀에게 상처 입히는 것을 바라지 않았다. 그래도 아주 조금만, 그녀의 인생에 개입하는 것은 안 될까. 그래서 그는-

"공작 영애가 오면, 내 방으로 안내해."

-도박 아닌 도박을 했다.

스칼렛은 빚지고는 못 사는 성격이다. 부끄러움을 피하기보다는 부딪치는 사람이라 저를 찾아올 가능성이 컸다. 하지만 찾아오지 않을 가능성도 있었다.

설사 방에 들어간다고 해도 그 편지를 볼 수도, 보지 않을 수도 있다. 어떤 가능성이든 그는 도박을 해 보기로 했다.

누군가 그를 질책해도 상관없었다. 네가 무엇인데 감히 그녀의 인생에 개입하고 함부로 간섭하려 드느냐고 해도 상관없었다. 욕이라면 먹을 테니, 최종 판단을 그녀에게 맡길 테니 그는 그녀가 진실을 알아줬으면 했다.

그 또한 주제넘을지 몰라도, 그래도, 왜 함부로 내게 진실을 가르쳐 줬느냐고 질책하고 원망해도 달게 받을 테니.

그리고 그 결과는-

"디르난트 공작 영애?"

불안한 마음에 그는 군영에서 조금 일찍 돌아왔다. 문을 열기가 무섭게 시야에 안겨 오는 스칼렛의 모습에 잘못을 저지른 아이처럼 심장이 쿵쿵 뛰었다. 그는 최대한 표정을 갈무리했다.

편지의 내용을 그녀가 알았다. 그리고 이사벨이 어떤 사람인지 또한 알고 있겠지.

이게 과연 그녀에게 옳은 선택인지, 제 기준을 멋대로 그녀에게 들이미는 건 아닌지. 걱정이 되었다. 하지만 그는 진심으로 그녀가 사랑만 받았으면 좋겠다고 생각했다. 아, 아닌가, 어쩌면 이기심일 수도 있다. 그녀가, 행복해졌으면 하는 이기심.

그의 목소리에 스칼렛이 천천히 고개를 들었다. 순간 그가 믿기 힘들 정으로 나긋한 미소가 그녀의 얼굴에 피어올랐다.

"오셨어요?"

부드럽게 휘어지는 눈가는 약간의 요사함마저 담고 있었다. 칼리드는 스칼렛의 손에 들린 편지지를 한 번, 그리고 그녀의 얼굴을 한 번 보다가 성큼성큼 다가가 편지지를 구겼다.

"신경 쓸 필요 없습니다."

이사벨의 말 때문에 그녀가 충격을 받을 게 걱정되어, 그는 일부러 차갑게 말했다. 그리고 동시에 제 이중성에 놀라고 말았다. 그녀가 알아줬으면 좋겠다고 생각했지만, 동시에 그녀가 고통받지 말았으면 했다.

멀리 내다보자면 분명 이사벨 같은 사람은 연을 끊는 게 좋을 것이다. 하나 그렇다고 해도 그는 이 한순간만큼이라도 스칼렛이 아픈 게 싫었다.

스칼렛은 그저 웃음을 흘리며 약혼녀를 운운할 뿐 별다른 기색은 없었다. 그에 나름의 변명 아닌 변명을 해 보았지만 스칼렛이 그의 말허리를 잘랐다.

"어젯밤에 수고해 주셨다고요."

그를 보는 눈초리가 고혹적으로 휘었다. 사랑스럽게 그를 보던 그 눈빛과 달리 온전히 그를 유혹하기 위한 눈빛임에 틀림이 없었다.

어째서 이런 눈빛으로 저를 보는 거지? 그녀가 단순히 시선을 던지기만 해도 자신은 긴장하는데, 지금은…… 그는 최대한 담담하게 대답했다.

"……아닙니다."

목소리가 조금 떨린 것 같지만, 그래도 그렇게까지 티가 나지는 않았다.

"감사하다는 말씀을 드리려고 왔어요."

"괜찮습니다. 몸은 괜찮으십니까?"

"네. 물론이죠. 동시에, 다른 일도 있고요."

"무슨 문제라도……."

스칼렛이 성큼 그에게 다가왔다. 그녀 특유의 체향에 달콤한 꽃향기가 섞여 그를 어지럽게 했다. 그는 한 뼘 정도밖에 안 되는 거리에서 저를 올려다보는 스칼렛의 눈동자를 보며 얼굴을 굳혔다.

어쩐지 느낌이-

"어제 제 물음에 대답해 주시지 않으셨잖아요. 제가 아픈 게 싫으신가 하고. 그래서 좀 묻고 싶어서요."

"네……?"

방금 이사벨의 편지 때문에 속상한 건 아닌지 걱정했지만, 스칼렛의 입에서 나온 말은 전혀 다른 것이었다.

스멀스멀 이상한 감각이 그를 감쌌다. 상처받아 눈물을 뚝뚝 흘려야 할 여자는 지독하게 담담했고, 되레 웃으며 저를 배신한 친구의 약혼자에게…….

아.

칼리드는 순간 깨달았다. 스칼렛이 하고자 하는 일을.

아무리 정에 휘둘려도 스칼렛은 똑똑했다. 이미 이사벨의 본모습 전부는 아니더라도 부분적으로는 눈치챘을 게 분명했다. 그것을 생각하자 제가 한 일이 사실은 스칼렛의 분노에 불을 지피는 일이라는 것을 깨달았다.

이런, 그는 속으로 한숨을 쉬었다. 이걸 다행이라고 해야 할지, 아니라고 해야 할지 모르겠다. 스칼렛이 그나마 지나치게 충격을 받은 건 아니라서 다행일지, 아니면 되레 그녀의 화에 기름을 끼얹은 게 아닌지.

뭐가 되었든 지금은 스칼렛의 물음에 대답해야 할 차례였다. 하지만 순간, 아주 '못된' 생각이 그의 머리를 스쳐 지나갔다.

"칼리드."

그를 부르는 다정한 음성에 약간 정신이 혼미해진 것 같다. 이름을 불린다는 게 이렇게 행복할 줄 몰랐다. 그것도 저 목소리로. 그리고 그 다디단 목소리가 그를 향해 물어 왔다.

"우리 관계는 어떤 관계인가요?"

"……어떤 관계를 원하십니까?"

새하얀 얼굴에 미소가 번졌다. 발간 입술이 우아하게 호선을 그렸다. 쿵쿵 뛰던 가슴이 점차 진정하기 시작하고, 그는 비로소 차분한 모습으로 그녀를 대할 수 있었다.

"글쎄요. 같은 사람을 약혼자와 친구로 둔 사이?"

그녀의 입속에서 튀어나온 말에 저도 모르게 미간을 움찔할 뻔했다. 이렇게 정의된 관계는 지독하게 싫다. 그와 그녀의 사이에 다른 사람이 끼어 있는 관계는 싫다. 이 지독하리만치 역겨운 관계를 6년 동안 지속시켰다.

"……일 리는 없죠. 그랬다면 내가 너무 애탈 것 같으니까."

속에서 뭔가 울컥 올라왔다. 열기가 부글부글 괴어오르고, 조금 달아오른 발그스름한 뺨을 감싸 쥐어 품에 안고 싶다고 생각했다.

그는 8년을 기다렸다. 그리고 얼마 전, 그녀에게 다시 한번 반했다. 같은 사람에게 두 번이나 반했다. 이건 운명이 아니래야 아닐 수가 없는 관계였다.

"스칼렛."

"칼리드."

그는 저도 모르게 그녀의 이름을 불렀다. 하지만 제가 무슨 말을 하리라고 예상했는지, 스칼렛이 그의 입을 막았다. 그리고-

"나랑 연애하지 않을래요? 나는 당신과 연인 관계로 있고 싶은데."

발그스름한 입술이 '연애'라는 말을 내뱉고, '연인'이라는 단어를 읊조리는 순간, 그녀를 품에 안고 8년이라는 시간을 보상받고 싶었다. 곱게 휘어진 눈가는 그를 유혹하기 위함이고, 새빨간 입술은 그의 이름을 부르고 있었다.

"위더…… 때문입니까?"

"아니요."

부정의 대답이었지만 그는 알고 있었다. 사실 그것 말고는 더 이유가 없었다. 스칼렛은 그에게 딱히 크게 호감을 느끼고 있던 상태도 아니고, 그저 스쳐 지나가는 귀족 중 하나쯤으로 여기고 있었다.

하지만 저를 올곧게 바라보는 눈길에 질식할 것 같다. 숨을 쉬는 법을 잊은 것 같았다. 마음속에서 외치고 있었다. 빨리 승낙하라고, 그리고 8년 동안의 시간을 오롯하게 보상받으라고.

하지만 그는 현재 이사벨과 약혼 중이었고, 이런 상황으로 그녀

와 함께하고 싶지 않았다. 무엇보다도 깔끔하게 관계를 정리하고-

"내가 알고 싶은 건 당신이에요."

그의 주저함을 눈치챈 듯, 스칼렛이 그에게 한 걸음 다가갔다. 순간 더 진해진 체향이 그를 덮고, 달콤한 미소가 그를 향해 사르르 풀어졌다. 새하얀 손이 그의 어깨를 잡았다. 은근하게 속삭이며, 그녀가 유혹해 온다.

그는 본능에 따라 알아챘다. 딱 한 번 그에게 온 기회였다. 아마 여기서 거절하게 되면 그와 그녀는 다시 만날 일도 없고, 다시 만난다고 해도 그녀가 그에게 눈길을 줄 이유는 없었다.

거기까지 생각하고 칼리드는 얼굴을 굳혔다. 그의 코끝을 간질거리는 체향, 그의 옷깃을 잡은 가는 손가락, 그리고 그의 눈을 직시하는 맑은 눈동자.

그가 사랑하는 이가 그의 앞에서, 그를 원하고 있었다.

처음이자, 어쩌면 마지막일지도 모르는 상황에서.

순간 그의 마지막 이성을 잡던 끈이 뚝 끊어졌다. 이성적으로 굴라고 외치던 속마음이 자취를 감추고, 오롯이 눈앞에 있는 사람을 잡아야겠다는 생각만이 그를 지배했다.

문제? 아, 그래, 문제-

그러니까 그 관계.

그 약혼 관계.

빌어먹을, 원해서 한 것도 아닌데 당장 끊으라지.

수도로 올라가자마자 바로 왕궁에 쳐들어가면 그만이다. 국왕은 그에게 약조한 게 있으니 그의 부탁을 들어줄 것이고, 들어주지 않아도 공작가에서 거부한다면 약혼은 끊긴다.

소문? 누가 감히 그녀를.

감히 뒤에서 입방아를 찧는 자들이 있으면 입을 꿰매서라도 입을 닥치게 할 수 있다. 그녀 앞에 걸어가기도 전에 다리를 자를 수도 있었다.

가장 예쁜 것만 보이고, 가장 좋은 것만 듣게 하고, 제 품에 가둬서 가장 사랑스러운 것들로 주변을 채우면 된다.

그러니까―

"좋습니다."

고개를 숙여, 언젠가는 맛보리라 기대한 보드라운 살결에 입을 맞추었다. 스칼렛이 살짝 놀라 눈을 휘둥그레 뜨는 게 보였다. 그것을 보며 옅게 웃다가 그는 그녀를 품에 안았다.

그러니까, 이제부터는 그가 그녀의 옆에 있으면 된다.

* * *

"파혼서 작성해 와."

협상이 끝나고 수도로 돌아오기까지, 그는 최대한 자신의 마음을 자제했다. 기껏해야 손을 잡고 입을 가볍게 맞추는 정도의 건전하기 그지없는 스킨십에 애가 탔지만, 그렇다고 파혼도 하지 않은 상태에서 쓸데없이 소문을 내고 싶지는 않았다.

그래서 그는 수도로 온 뒤 폐하를 접견하고 바로 파혼서부터 찾았다.

그의 명령에 아이딘은 올 게 왔다는 듯한 표정으로 고개를 끄덕였다. 비록 귀족들 간의 속셈은 완전히 알 수 없지만 그도 어렴풋이 느끼고는 있었다. 애초에 파기될 약혼이라는 것을.

전쟁터에서 돌아온 뒤에도 프로디아드 공작령의 일로 그는 꽤 바빴다. 스칼렛과 연인 관계를 유지하면서도 몇 번 보지 못했고, 몇 번 본다고 해도 집무실에서 만난 게 다였다.

사실 마음만 같아서는 품에 안고 온종일 제 옆에서 떼어 놓고 싶지 않았다. 순진하기 그지없는 스칼렛의 표정은 갓 연애를 시작한 풋풋함이 흘러넘쳤으나, 아마 그가 그런 그녀를 보며 무슨 생각을 하는지 알면 기겁하리라.

파혼 승낙은 예상대로 꽤 빨리 떨어졌다. 국왕 에드워드는 꽤 흔쾌히 파혼을 승낙했고, 혹시 더불어 다른 약혼서는 필요 없느냐고 넉살을 떨었지만 그는 그럴 생각은 없었다.

그는 그녀에게 선택권을 쥐여 주고 싶었다. 그가 해야 할 일은 그녀 대신 선택하는 것이 아니라, 그녀의 선택을 돕고 그녀가 한 모든 선택을 지켜 주는 것뿐이었다.

하지만-

"위더 백작이 슬슬 움직이고 있어. 닐케와 접촉을 시도한 모양인데, 약은 닐케가 협조할 리가 없지. 아, 그리고 스칼렛에게는 언질을 주지 말게, 경. 그 아이를 아끼는 것은 알지만, 그 아이 또한 이제는 세상을 제대로 바라볼 때야."

지독하게 왕다운 말에 차마 반박하지 못했다. 왕의 명령이라 디르난트 공작 또한 입을 다물고 있는 상황에서, 그가 스칼렛에게 이것저것 일러바칠 수는 없는 노릇이었다.

그리고 무엇보다도 섣불리 그녀에게 알리고 싶지 않은 마음도 한몫했다. 확실하지 않은 정보를 그녀에게 주어 그녀를 혼란스럽게 하고 싶지 않았다.

그래서 그는, 일단 위더 백작에 관한 문제는 그녀에게 함구했다.

* * *

별로 관심이 없는 연회에 참석하기로 한 것은 스칼렛이 있었기 때문이다. 파혼서가 공식적으로 발표되지 않은 터라 이사벨의 손을 잡고 들어가야 하는 위험이 있었지만, 그는 국왕 부부의 호위를 맡는다는 핑계로 이사벨의 요청을 거절했다.

그리고 그는 그 무수한 인파 중에서 다시 한번 스칼렛을 찾아냈다. 8년 전 그가 그러했던 것처럼.

그에게는 짧기 그지없는 왈츠곡이 끝나고 스칼렛의 손에 가볍게 입을 맞추었다. 후에 이사벨이 와서 무슨 말을 한 것 같기는 한데 딱히 기억은 나지 않았다. 어느 순간엔가 연회장 홀에서 사라진 스칼렛을 찾고 있을 뿐이었다.

테라스에서 연회장을 질러 나가 제 손을 잡아 오는 스칼렛을 보며 그는 묘한 표정을 지었다.

예쁜가 묻느냐면, 당연히 예뻤다. 너무 예뻐서 연회장에서 당장 끌고 나오지 않았는가. 타인의 손길은 물론이요, 눈길이 닿는 것조차 싫을 정도였다. 하지만 그 와중에도 춥지는 않을까가 먼저 걱정되었다. 아무리 여름이라지만 저녁이라 바람이 서늘했다. 그래서 그는 조금 발걸음을 옮기다가 그녀를 품에 안았다.

"나 사랑해요?"

스칼렛이 눈을 동그랗게 뜨고 그에게 물어 왔다. 새빨간 입술이 움찔거리며 '사랑'이라는 단어를 내뱉는 순간, 그는 그제야 그녀가 제 것이 되었다는 것을 온전히 실감했다.

8년의 시간이 지나, 누구의 것도 아닌 그의 것이 된 사람.

사랑스럽기에 사랑했다. 예쁘므로 사랑했다. 그 수많은 인파 속에서도 매번 정확하게 잡아낼 수 있을 정도로 사랑했다.

8년을 기다렸다. 그사이에 지옥 같은 6년이 지나가고, 그는 비로소 그녀를 손에 넣었다. 아, 그녀를 손에 넣은 건 아니다. 제가 그녀의 옆에 있는 것이니.

'나도요.'라며 제게 입을 맞춰 오는 그녀를 보며 그는 미소를 지었다.

아, 다행이다. 그녀 옆에 자신이 있어서. 그리고 그가 그녀를 사랑해서.

그리고 다행이다. 그녀에게 첫눈에 반해서, 그녀를 알기 시작한 그 순간부터 모든 시간을 그녀를 사랑하는 데 쓸 수 있어서.

칼리드는 그렇게 생각하며 스칼렛을 품에 안았다. 손끝에 걸리는 뜨뜻한 체온이 낯설지만 익숙했다. 매일매일 그려 오던 그 얼굴이 우아하게 풀어지고 그의 입술을 받아들인다.

어깨를 감아 오는 손이 지독하리만치 사랑스러웠다. 손안에 감긴 허리가 그에게 붙어 오고, 입안을 헤집는 지독한 열기에 정신이 혼미해진다. 그는 그녀를 으스러지게 품에 안았다.

온전히 가졌다. 그녀를 그가.

그리고 받아들였다. 그를 그녀가.

말캉한 혀가 자꾸 도망갔다. 그에 조금 거칠게 감아 옭죄자 나지막한 신음이 흘러내렸다. 아, 이거 위험한데- 그는 속으로 중얼거렸다. 품 안에 오롯이 안은 여자는 그렇게 사랑스러웠다. 숨이 점점 가빠지는 것이 느껴지자 그는 그녀의 입술을 놓아주었다.

호흡을 고르며 그를 보는 눈길이 유혹적이었다. 한시도 품에서 떨구고 싶지 않아 더욱더 팔에 힘을 주고, 온기 한 가닥도 놓치고 싶지 않아 목에 자잘하게 키스했다. 그에 그녀가 고개를 살짝 젖혔다. 그는 제 앞에 훤히 드러난 목덜미에 입을 쭉 맞추다가 혀로 살짝 쓸었다.

달다.

사람이 이렇게 달 수 있나?

낯선 감촉에 움찔거리긴 했지만 스칼렛은 그를 밀어내지 않았다. 되레 그와 눈을 마주치고, 이번에는 먼저 그에게 입을 맞춰 왔다. 그 순간 세상을 다 가진 것 같아서 미칠 것만 같았다.

진한 키스가 다시 한번 시작되었다. 얽히고 얽힌 열기가 사그라질 줄 몰랐다. 혀끝에 감도는 달디단 감촉에, 입속 구석구석을 헤집고 모든 것을 온전히 소유하는 시간. 그 시간 매초, 매분 미쳐 버리는 게 아닐까 싶을 정도로 행복해서, 그는 오로지 이 순간을 만끽하기로 했다.

얼마나 지났을까, 가늠조차 어려울 것 같다. 그쯤에서 사람들의 발걸음 소리가 들리자, 둘만의 시간이 방해받았다는 생각과 더불어 그와 그녀가 서로 온전히 소유했다는 사실을 알리고 싶은 생각이 동시에 들었다.

"스칼렛?"

조금 낯선 소리가 들려왔다. 그 소리에 입안을 빠져나가는 혀에 미간을 살짝 찌푸렸으나, 곧 고개를 돌리는 스칼렛의 목에 다시 입술을 묻었다.

스칼렛은 고개를 돌려 누군지 확인하고는 입꼬리를 살짝 말아 올렸다. 누구길래 이렇게 웃는지 궁금해 슬쩍 고개를 돌려본 그는 그제야 스칼렛의 뜻을 알아차렸다.

조금 득의양양하게 웃는 스칼렛의 모습에 그는 옅게 웃음을 흘렸다. 마치 제 것이라고 시위하는 그 표정이 너무 사랑스러워서 둘만의 시간을 방해받았다는 생각조차 깔끔하게 지워 버렸다. 그녀가 원하는 것이 무엇인지 잘 알았다. 그리고 그 원하는 것을 그가 줄 수 있다는 사실이 기뻤다.

아무리 봐도 왕녀가 끌고 온 것 같았다. 그럴 거면 연회장에 있는 사람 전부를 끌고 오지, 그러면 모든 사람에게 제 품에 안겨 있는 사람이 제 것이라고 알릴 수 있을 것 같은데.

그는 계속해서 스칼렛의 목에 키스했다. 무슨 대화가 오간 것 같은데 상관없었다. 이쯤 하면 제발 좀 꺼져 줬으면 좋겠지만, 사실 그게 아니더라도 상관없었다. 스칼렛이 이렇게나 통쾌해하는데, 까짓거 더한 걸 원한다고 해도 해 줄 수 있었다.

충격받은 게 뻔한 이사벨의 모습은 보지 않아도 알 것 같았다. 스칼렛을 안고 자리를 뜨면서도 그는 딱히 신경을 쓰지 않았다.

이용해서 미안하다는 말에도 그는 웃었다. 미안하기는. 기왕이면 더욱더 이용해 줬으면 좋겠는데. 원한다면 시도 때도 없이 안아 줄 수도, 키스해 줄 수도 있었다. 아니, 오히려 그녀가 원하면 원할수록 그는 줄 수 있는 게 많아져 더 좋았다.

저를 보며 미안한 표정을 짓는 그녀를 보며 그는 생각했다.

예쁘다.

그리고, 이 예쁜 것이 그의 것이었다.

* * *

이튿날 수도가 들썩인 건 애초에 예상했던 일이니 놀랍지 않았다. 그를 보는 기사단의 묘한 눈길에도, 미카엘의 웃음기 섞인 눈길에도 그는 그저 담담하게 웃었다.

"이상입니다."

간단하게 이 며칠간의 일을 보고하는 베르를 향해 칼리드는 고개를 끄덕였다. 나가 봐도 괜찮다는 말에 발걸음을 옮기려던 베르는 갑자기 생각났다는 듯이 입을 열었다.

"아, 그러고 보니 이번 외교부에서 카펠라로 갈 것 같다고 합니다."

"카펠라?"

"욜라와의 편빙 때문에…… 디르난트 공작 영애는 당연히 갈 것 같습니다. 아직 정식으로 공문이 내려오지는 않았지만, 각하께 보고는 해 드려야 할 것 같아서 말씀드립니다."

"호위 상황은?"

칼리드는 미간을 찌푸렸다. 카펠라로 떠나면 못해도 몇 주는 된다. 겨우겨우 만났는데 그 시간을 또 기다리라고? 무슨 그런 말도 안 되는 상황이 다 있나.

"아직 정식 공문으로 내려오지 않아서 어느 기사단이 맡을지는 결정이 되지 않았다고 합니다."

베르의 대답에 칼리드가 안도의 한숨을 쉬었다. 그리고 명령했다.

"그 호위, 제1기사단이 맡는다."

"네? 하지만……."

"무슨 수를 써서라도 호위 자격을 따내. 디르난트 영애는 왕족이니 핑…… 아니, 이유는 충분할 거다."

칼리드의 말에 베르가 고개를 갸웃거렸다. 원래 제1기사단이 왕족을 호위하는 것은 맞지만, 굳이 이렇게 죽기 살기로 가서 임무를 가져오는 상황은 적었다. 하지만 그는 요즘 수도에 퍼진 스캔들을 상기하고는 고개를 끄덕일 수밖에 없었다.

"알겠습니다."

"무조건 따 와."

"……."

"무슨 수를 써서든."

그렇게 말하는 칼리드의 형형하게 빛나는 눈빛을 보고 베르는 침을 꿀꺽 삼켰다. 못 따내면 죽일 것 같았다. 충신과 연인 중에서 당당하게 연인을 선택할 게 뻔한 단장의 모습에, 베르는 서운함을 느낄 새도 없이 열심히 고개를 끄덕였다.

못 따내면 죽는다.

그는 단장의 성격을 잘 알았다. 원리원칙을 잘 지키긴 하지만, 어디까지나 내킬 때다. 솔직히 스칼렛이 걸린 문제에서 그가 여전히 원리원칙을 지킬지도 의문이었다.

그렇게 생각하며 베르는 칼리드의 집무실을 나왔다.

그리고 갑자기 이불 꾸러미를 싸 드는 그를 보며 옆에 있던 동료 아이비가 물었다.

"너 어디 가?"

"외교부 건물."

"거긴 왜 가는데."

"천막 치러. 받아 와야 할 임무가 있거든."

"……."

"내 앞길이 걸린 문제야. 말리지 마."

그 진지하기 그지없는 얼굴에 아이비가 고개만 갸웃거렸다.

* * *

방 안에는 긴장감이 돌았다. 노년의 신사는 공작의 얼굴을 보며 입을 열었다.

"마음에 들지 않으십니까?"

반짝거리는 보석들이 좌르륵 펼쳐지고, 수도에 있는 값비싼 것들을 쭉 훑던 칼리드가 길게 한숨을 쉬었다.

"다른 건 없나?"

칼리드의 말에 레 브리제의 주인 델로스가 웃음을 흘렸다.

젊은 공작과 공작 영애의 이야기는 익히 들어 알고 있었다. 그래서 보석을 갖고 오라고 했을 때 그는 공작 영애에게 어울릴 만한 건 전부 가져왔다. 하지만 그것들을 보는 공작의 얼굴을 그다지 시원찮은 표정이 아니었다.

"이 다이아몬드는 어떻습니까?"

"그다지. 너무 흔하지 않나?"

"다이아몬드 중에서 최고급품입니다."

"조금 더 귀한 것은 없나? 예를 들면……."

칼리드는 잠시 말을 골랐다. 윈체스터에 유통되는 보석 중에서 가장 귀한 것을 고르자면 보통 다이아몬드를 꼽긴 하겠지만, 사실 다이아몬드나 루비, 사파이어 같은 것들은 스칼렛도 살 수 있는 것들이었다.

그는 그녀에게 가장 좋은 것을 주고 싶었다. 가장 좋고, 가장 귀한 것, 다른 사람들 목에 걸리지도 못하는 것, 오직 그녀만 가질 수 있는 것.

사실 스칼렛에게 보석 선물은 그다지 희귀한 게 아닐지도 몰랐다. 하지만 중요한 건 그가 그녀에게 주고 싶다는 것이다.

예를 들자면—

"알렉산드라이트, 라든가."

그의 말에 델로스가 난감한 표정을 지었다. 윈체스터에는 알렉산드라이트 광산이 없는 관계로 보석은 전부 외국에서 수입해야 했다. 덕분에 가격도 가격이지만 문제라면 그 희귀성 때문에 귀족들도 보통 손을 대지 못한다는 것이다.

"꼭, 알렉산드라이트여야 하는 이유가 있습니까?"

델로스가 조심스레 물었으나 칼리드는 피식 웃기만 했다. 가장 귀하고 가장 비싼 것. 무엇보다도 저녁에 보면 아름다운 보라색으로 빛나는 보석이 마치 그녀의 눈동자 같았다.

"무조건 그걸로 하지. 윈체스터를 뒤지든 대륙을 뒤지든 가장 좋은 것으로, 누구도 두 번째로 가질 수 없는 품질로."

칼리드의 명령에 델로스가 고개를 끄덕였다. 어려운 부탁이었다. 그는 문득 왕비에게 선물할 것이라며 비슷한 명령을 내리던 왕과, 태자비에게 선물할 것이라며 난리를 치던 태자를 상상하며 묘한 표정을 지었다. 그러고 보니 한때 디르난트 공작도 남편에게 줄 거라며 이것저것 사 가곤 했지……

공작도 어찌 보면 왕실의 핏줄이 섞였으니, 왕실 피에 뭐가 있긴 있나 보다. 연인에게 한없이 다정한.

그렇게 쓸데없는 생각을 하면서 레 브리제로 돌아간 델로스는 며칠 뒤 제 가게에 와서 커프스 버튼을 싹쓸이해 간 스칼렛을 보며 제 추론이 맞음을 인정해야 했다.

* * *

"각하는 대체 왜 저러시는 거야?"

미카엘이 심각한 표정으로 아이딘을 불렀다. 그에 서류를 정리하던 아이딘이 고개를 갸웃거리자, 미카엘이 못 볼 걸 봤다는 표정으로 입을 열었다.

"커프스 버튼을 보며 피식피식 웃질 않나, 누가 보면 커프스 버튼이랑 사귀는 줄 알겠어."

"아, 그거요? 그거 며칠 전에 공작 영애가 선물해 드린 건데."

"아, 디르난트 공작 영애? 어쩐지……."

"요즘 날마다 커프스 버튼이 바뀌더라고요. 듣기로는 공작 영애가 레 브리제에서 커프스 버튼을 서른 개 넘게 쓸어 갔다던데. 덕분에 고위 귀족들이 난리예요, 지금."

"왜?"

"두 분이 어마어마한 스케일로 돈지…… 아니, 돈으로 자신의 사랑을 표현하는 탓에 수도의 보석 공급에 문제가 생겼거든요."

아이딘은 이미 포기했다는 투로 서류를 정리하며 말했다. 미카엘은 한쪽에서 미소를 띤 채 뭔가를 쓰고 있는 칼리드를 보며 기겁했다.

와, 늦게 배운 연애질이 무섭다더니.

그렇게 미카엘이 저를 어떻게 생각하는지도 모른 채, 아니, 애초에 관심도 주지 않은 채 칼리드는 제 손에 걸린 커프스 버튼을 보며 미소를 지었다.

호위가 필요하다고 해서 제1기사단의 기사를 붙여 준 칼리드는 비올레타와 쇼핑을 나갔다던 스칼렛이 갑자기 제 집무실로 쳐들어와 한 무더기 선물 상자를 안기는 것을 보며 무슨 일인가 했다.

하지만 '나 잘했죠? 빨리 칭찬해 줘요.'라고 말하는 스칼렛의 눈빛을 보며 결국 웃음을 터뜨릴 수밖에 없었다. 그에 입을 뾰로통하게 내밀며 그를 보던 표정에 하마터면 집무실인 걸 잊을 뻔했다.

아, 예쁘다.

사람이 어떻게 이렇게 사랑스러울 수 있지?

샐쭉하게 그를 보는 눈가에 자잘하게 키스를 남기다가, 그는 곧 그녀를 안아 들었다. 품에서 바동거리면서 벗어나려고 하다 얌전해지는 스칼렛을 보며 그는 흡족함에 웃고 말았다.

커프스 버튼, 어쩜 의미도 이렇게 좋은 걸로 가져오는지.

칼리드는 '꼭 하고 다녀야 해요? 검사할 거야.'라고 외치며 집무실을 떠나던 스칼렛을 상기하면서 웃음기 섞인 한숨을 쉬었다.

아카데미 때 딱 한 달만 있었기에 망정이지, 조금 더 길게 있었다면 아마 그냥 졸업할 때까지 아카데미에 빌붙어 살았을 것이다. 저걸 두고 어딜 가나. 시야에서 사라지기만 해도 불안한데.

칼리드는 펜을 들었다. 어찌 되었든 간에 베르의 눈물겨운 노력덕에 제1기사단은 카펠라 일정의 호위를 따냈다. 덕분에 한동안 그녀를 계속 볼 수 있을 것이다.

그렇게 생각하며 칼리드는 펜을 들었다.

그때였다.

"단장님. 위더 영애가 찾아오셨습니다."

집무실의 문을 노크하고 들어온 베르가 난감한 표정을 지으며 그에게 일렀다. 방금까지 기쁘기 그지없던 기분에 먹물이 뿌려진 듯했다. 옆에 서 있던 아이딘과 미카엘이 슬금슬금 그의 눈치를 보았다.

칼리드는 얼굴을 일그러뜨렸다.

"돌려보내."

"단장님을 뵙지 않으면 디르난트 영애한테……."

"어디 있는데?"

이사벨은 다른 건 몰라도 이쪽으로는 머리가 비상했다. 어떻게 하면 그를 불러낼 수 있는지 연구라도 하는 것일까. 그는 스칼렛의 이름이 나오기가 무섭게 자리에서 일어났다. 그리고 곧, 기사단 연무장 입구에 서 있는 이사벨을 발견했다.

"무슨 일이지?"

"칼리……."

"영애. 친구도 아닌 이의 이름을 덥석덥석 부르는 것은 그렇게 좋은 습관이 아니야."

서늘한 그의 목소리에 이사벨이 흠칫 떨었다. 주위에서 힐끔힐끔 그들을 보며 구경하는 사람들을 매섭게 훑자 산산이 흩어진 인파들을 보다가 칼리드가 입을 열었다.

"할 말이 있으면 빨리 끝내는 게 좋을 거야."

"가, 각하. 왜…… 약혼은 무른 거죠? 스칼렛 때문인가요?"

조심스레 그에게 묻는 물음에는 울음기가 섞여 있었다. 야리야리한 몸에 가련하게 울고 있는 여자는 타인의 동정심을 자아내기에 충분했지만, 칼리드의 마음을 흔들기에는 턱없이 부족했다.

"망상이 과하군."

"그러면 어째서……!"

"내가 약혼 전에 말하지 않았던가?"

"……하지만, 그래도 6년 동안 한 번도 만나지 않았잖아요…… 당신은 나를 모르잖아. 나는 정작 당신을……."

이사벨이 눈물을 뚝뚝 흘렸다. 하지만 칼리드는 요지부동이었다. 그가 몰랐다면, 이사벨이 어떤 짓을 하고 다니는지 몰랐다면 아마 조금이나마 미안함을 느꼈을 것이다.

위더 백작의 딸이 아니라면 아마 어마어마한 보상을 해 주었을 것이다. 그녀가 위더 백작의 계획을 몰랐다면, 진짜로 무고한 피해자라면 한때 약혼녀였다는 이유만으로도 충분히 존중해 주었을 것이다.

하지만 지금 그의 앞에서 눈물을 뚝뚝 흘리는 여자는, 아비의 반역 사실을 알고 있으면서도 스칼렛의 옆에 있었고, 어쩌면 열등감일지도 모르는 감정으로 친구의 것을 빼앗고, 그럼에도 끝까지 피해자인 척하는 사람이었다.

그는 한숨을 쉬었다.

"영애, 이만 돌아가. 나는 영애와 할 말이 없어."

"……각하, 부탁할게요. 저에게도 기회를 주시면 안 되나요?"

"영애. 사람 사이의 일은 기회 따위로 해결되는 것이 아니야. 더 추해지기 전에 영애도 깔끔하게 손을 떼는 게 좋을 거다. 이건 경고가 아니라 충고야."

최소한의 예의라도 차렸다. 칼리드는 최선의 범위에서, 어쩌면 위더 백작의 희생양일지도 모르는 사람에게 자비를 베풀었다.

비록 상대방은 그 자비를 받아들일 생각이 없었지만.

"칼리드."

애처롭게 외치며 이사벨은 칼리드의 손을 꽉 잡았다. 그것을 떼기가 무섭게, 이번에는 그의 옷을 꽉 잡았다.

그는 슬슬 짜증이 나 얼굴을 찌푸렸다. 그의 옷을 꽉 잡고 있는 손은 어디서 그런 힘이 났는지 모를 정도로 힘이 들어가 있었다. 그것을 뿌리치려다가, 그는 고개를 돌려 먼발치서 그들을 보고 있는 몇몇을 불렀다.

"아이비, 에밀리아."

"네, 단장님!"

턱짓으로 이사벨을 가리키자 그녀들은 눈치 좋게 손을 뻗어 이사벨의 손을 떼어 냈다. 이사벨의 얼굴이 눈물범벅이 되는 것을 보던 그가 말을 이었다.

"되도록 스칼렛의 옆에는 나타나지 않는 게 좋을 거다. 그러면 최소한 귀족답게 명예는 지킬 수 있을 것이니. 아니면 아마 최후는 꽤 처참할 거야."

"흐윽……."

"스칼렛의 눈앞에 띄지도 말고, 말도 걸지 말고, 웃지도 말고, 멀리 떨어지면 떨어질수록 좋아."

며칠 동안 스칼렛의 기색을 살핀 결과, 그녀는 이미 이사벨 따위는 까맣게 잊은 듯싶었다. 저를 손에 넣었으니 이미 '복수'는 성사

되었으므로. 그런 의미에서 이사벨이 스칼렛 앞에 얼쩡거리며 정신 사납게 굴지만 않는다면 최소한 인간으로서의 대접은 해 줄 수 있었다.

위더 백작에 대한 경고는 이미 시작되었다. 어쨌든 간에 한때 그의 약혼녀였고, 스칼렛이 더는 신경을 쓰지 않는다면 뭐가 되었든 최후는 귀족 영애로서 명예를 지키게 할 수는 있었다. 그의 적은 위더 백작이지, 이사벨이 아니었다.

그런 뜻에서 내뱉은 그의 말을 아는지 모르는지 이사벨은 바닥에 주저앉아 눈물을 흘리고 있었다. 그 가련하지만 가증스럽기 그지없는 모습에 칼리드는 이제 지긋지긋한 이 연을 끊을 수 있다고 안심했다.

물론, 그게 착각이라는 것을 알게 된 건 얼마 뒤의 일이었지만.

* * *

칼리드 또한 몰랐다. 이사벨이 진짜로 카펠라로 따라올 줄. 그라고 상상은 했겠는가, 세상에 이렇게 끈질기게 멍청한 사람이 있을 줄이야. 매정하게 뿌리쳤는데도 여기까지 와서 질척거릴 줄 몰랐다.

위더 백작이 닐케와 어느 정도 연줄을 잡고 있다는 사실은 그 또한 알고 있는 것이었다. 그것을 아는 에드워드가 카펠라로 가는 김에 닐케의 동태를 살피라고 명한 것을 상기하며 칼리드는 미간을 찌푸렸다.

위더 백작이 왜 카펠라로 왔는지는 뻔했지만, 이사벨이 왜 굳이 따라왔는지는 알 수 없었다.

제 경고가 먹히지 않았나? 기분이 더러웠다. 특히 이사벨을 보며 당황해하는 스칼렛을 보며 더 그랬다.

뭔가 이상하게 얽혀 들어갔다. 스칼렛은 이사벨을 보면서부터 불안하기 그지없는 상태를 유지하고 있었고, 원래라면 그의 품에 안겨들며 웃어야 할 연인은 그를 보며 안절부절못하고 있었다.

결국 방에 들어가려는 스칼렛을 잡고 그가 물었다.

그에게 다 털어놓지 못하는 스칼렛을 보며 마음이 아파 왔다. 다시 한번 무력했던 그 순간이 떠올랐다. 신뢰를 다 얻었다고 생각했는데 그게 아니었다. 그녀에게 그는 여전히 '친구에게서 뺏어 온 남자'였다. 사랑하는 남자가 아니라.

그녀의 눈빛에 가슴이 아팠다. 자신이 믿음을 주지 못해 미안했고, 그다음으로는 그녀가 불안해한다는 사실이 싫었다. 주저주저하며 그를 보는 스칼렛의 모습은 누가 봐도 자신이 없어 보였고, 그녀를 그렇게 만든 게 저라는 사실에 화가 났다.

하지만–

"이사벨을, 사랑한 적 있나요?"

그녀의 말과 표정을 보며 그는 약간의 기대를 걸었다. 알고 있었다. 이 와중에 이런 기대를 거는 게 얼마나 웃긴 일인지. 하지만 스칼렛의 말에서 은근하게 비치는 질투에, 아니, 그게 질투인지도 모를 묘한 감정에 그의 마음 한구석에는 이상한 것이 피어올랐다.

스칼렛은 물음만 던지고 바로 방에 들어갔다. 그리고 그는 다음 날 아침 눈이 퉁퉁 부어 나오는 그녀를 보며, 상황에 어울리지 않게 웃을 뻔했다.

보라색 눈동자가 그를 직시했다. 그는 그녀에게 말하고 싶었다.

자신한테는 모든 것을 말하고, 모든 감정을 쏟아부어도 된다고. 궁금한 것을 물어도 된다고. 혼자 끙끙 앓지 않아도 된다고. 오히려 그가 그것을 원하고 있다고.

아카데미에서도 멀리서 보기만 했다. 8년 동안 멀리 떨어졌지만 이사벨을 통해 모두 들었던 그다. 스칼렛이 애인과 헤어진 일, 그 외의 여러 가지 일을 들으면서 혼자 아파했을 그녀에게 아무것도 못해 주었다.

그리고 소렐에서도 그녀가 혼자 싸울 동안 그는 아무런 도움도 줄 수 없었고, 결국 그녀는 상처를 입었다.

이 일련의 과정에서 그가 얼마나 무력감을 느꼈는지 스칼렛은 상상도 할 수 없을 것이다. 사랑하는 이에게 해 줄 수 있는 게 없다는 것은 가장 큰 고통이었다.

예쁜 것만 보게 해 주겠다고 해 놓고 결국 다시 불안하게 만들었다. 이럴 줄 알았으면 위더고 나발이고 당장 목부터 긋는 건데, 그는 스칼렛을 품에 안으며 쓰게 웃었다.

위더를 사랑한 적이 없다고, 그는 못을 박아 말했다. 그에 눈을 동그랗게 뜨는 스칼렛의 뺨을 만지작거리다가 다시 한번 그녀를 안았다.

복잡함이 밀려왔다. 한쪽으로는 스칼렛의 모습이 사랑스러우면서도, 정작 자신이 실질적으로 해 줄 수 있는 게 얼마 없다는 사실을 깨달아 더욱더 기분이 이상했다.

그래서 그는 품에 힘을 주었다. 그녀를 온전히 느낄 수 있게.

그리고 며칠 뒤, 셀린느가 납치당했다.

스칼렛이 얼마나 그녀를 아끼는지 칼리드도 잘 알았다. 그녀가 납치당하기 며칠 전 둘의 대화를 본의 아니게 들은 터라 셀린느의 사정도 알 수 있었다. 그것에 대해 조곤조곤 말해 주던 스칼렛의 목소리 또한.

스칼렛과 친하다는 생각을 제외하더라도 꽤 대단한 사람이라고 생각했다. 윈체스터에서 사생아로 살아간다는 것은 굉장한 아픔을 겪어야 함을 의미했다. 그럼에도 그렇게 밝게 웃을 수 있는 사람을 보며, 그런 사람이 스칼렛 옆에 있다는 것, 그리고 스칼렛이 그런 사람을 아낀다는 그 사실에서 그는 위안을 얻었다.

하지만.

소파에 앉아 있는 스칼렛의 얼굴이 새하얗게 질렸다. 이로 입술을 꽉 깨물더니 곧 입술이 갈라지고 빨간 피가 흘러나왔다.

"스칼렛!"

그의 부름에 사람들의 이목이 스칼렛에게 집중되었지만, 그것을 느끼지도 못한 듯 스칼렛은 계속해서 입술을 깨물었다. 결국, 그가 그녀의 입술과 이 사이에 손가락을 밀어 넣어 그녀를 제지해야만 했다.

"스칼렛, 지금 당장 하던 거 멈춰!"

터지듯 흐르는 목소리에 그녀가 멍하니 고개를 돌렸다. 울지도 못해 일그러진 그녀의 얼굴을 보며, 안타까움에 속이 무너지는 것 같았다.

스칼렛이 그제야 당황한 듯이 그를 보던 그때, 코피가 툭툭 떨어졌다. 그의 손에 뚝뚝 떨어진 몇 방울의 피에, 그는 처음으로 피가 그토록 뜨겁다는 사실을 알았다.

셀린느가 납치된 뒤 그는 바로 기사단에 수색 명령을 내렸고, 그에 따라 기사단이 움직이기 시작했다. 왕실에서 내려온 답문은 예상했던 것이라 그다지 놀랍지 않았으나, 그에 무너지듯 우는 스칼렛을 보며 그는 그저 다독여 줄 수밖에 없었다.

그리고 곧, 올리비아가 왔다.

그녀와 함께하는 순간순간 그는 무력감을 느낀다. 그쯤 그 사실을 눈치챘던 것 같다. 그녀를 도와주고 싶지만 도와주지 못했고, 그녀에게 힘이 되고 싶었지만 결국 되지 못했다. 제가 짜 놓은 방안을 전부 폐기하는 건 별로 문제가 되지 않았으나, 그래도 자신이 해 줄 수 있는 게 없다는 건 꽤 마음이 아픈 일이었다.

그는 한평생 누군가를 지키며 살아왔다. 누군가를 책임지면서 살아왔다. 하지만 결국 스칼렛을 지켜 줄 수는 없었다.

그 사실이 나락으로 떨어지는 듯한 무력감에 몸부림치게 했다.

결국 브룩스 켈트라는 작자가 오고 몸소 불구덩이에 뛰어드는 그녀를 보며 그가 느낀 감정은 감탄이었나, 씁쓸함이었나. 사실 그로서도 정확히 정의를 내릴 수 없었다. 그저 기분이 꽤 복잡했다.

하지만—

"당신은 언제나 무엇인가를 위해 싸웁니다. 소렐에서는 그것이 신념이라고 했습니다."

그의 목소리가 조금 떨렸다. 저도 모르게 그런 질문을 던졌다. 그를 올곧게 직시하는 스칼렛의 눈길에 조금 다급해졌던 것 같다. 하지만 그는 불쑥불쑥 튀어나오는 진심을 꾹꾹 내리 담아, 천천히 물었다.

"이번에는 무엇입니까."

그의 물음에 스칼렛이 조금 고민하는 듯했다. 하지만 이내 활짝 웃으며 그를 향해 읊조렸다.

"권리요."

"……."

"우리 모두가 행복해질 권리요."

나와 당신만이 아닌, 우리 모두가 행복해질 권리.

그녀는 그걸 말하고 있었다. 그는 그제야 깨달았다. 그가 사랑하는 사람은 그가 지켜 줘야 하는 상대가 아니었다. 그가 사랑하는 사람은 스스로 행복을 찾아가고, 저 혼자 자신을 지키는 사람이었다.

그러므로 잡아 옭아매지 말고, 그 손을 잡아 제 쪽으로 당기지도 말고, 그저 그렇게- 그 자리에서 스칼렛 디르난트로 존재하며 환하게 웃을 수 있게, 자긍심, 명예, 그 모든 것들을 지킬 수 있게.

그리고 종국에 나의 사람이 아닌, 당신이라는 사람 그대로 남을 수 있게.

그가 지켜야 했다.

"당신이 지키고자 하는 것을, 다시 한번 지켜 드리겠습니다."

그는 웃었다.

그는 세상에서 가장 강하고 아름다운 사람을 사랑했다.

이것은 분명 신이 그에게 내린 최고의 선물이리라.

* * *

"그 계집애가 원래 그런 면이 있어요."

최대한 빨리 목적지에 도착할 수 있는 방법을 찾아 달라 부탁하는 그를 보며, 올리비아가 뜬금없이 말을 뱉었다. 그녀는 조금 피곤해진 안색과 함께 손가락으로 관자놀이를 꾹꾹 짚으며 말을 이었다.

"주위 사람 불안불안하게 만들었다가, 또 그걸 보란 듯이 해내요. 걱정되긴 하지만 그게 그 아이니까, 그 아이한테 그 긍지라는 게 얼마나 중요한 것인지 아니까 우리도 뭐라고 할 수 없죠."

"릿지 영애."

"그러니까 내 말은, 그렇게 불안한 상태로 그 아이를 대할 거면 일찌감치 손에서 놓으란 뜻이에요. 괜히 옆에서 그 애 손잡고 어떻게든 묶어 놓으려고 안절부절못하다가 결국 혼자 지쳐서 상처 주는 일 없게."

"……."

"내가 그런 새끼들을 너무 많이 봐 와서."

칼리드가 얼굴을 굳혔다. 그는 눈앞에 있는 사람이 지금 무슨 말을 하고 있는지 누구보다 잘 알았다. 그리고 그녀가 생각 이상으로 눈치가 좋다는 것 또한 알 수 있었다.

그러니까 제가 느낀 무력감을 스칼렛에게 퍼붓지 말란 뜻이었다.

"아닌 척해도 스칼렛은 나름대로 트라우마가 있어요. 하물며 한평생 빼앗기다가 겨우겨우 빼앗은 게 당신인데, 당신까지 그 아이 옆을 떠나 봐. 그때는 진짜 무너지……."

"릿지 영애."

그는 느긋하게 올리비아를 보았다. 갑작스러운 그녀의 말에도 담담한 그의 기색에 올리비아의 눈썹이 꿈틀거렸다. 하지만 곧, 다시 둘 사이에 팽팽한 긴장감이 흘렀다.

"말씀은 고맙지만, 그 부분에 대해서는 스칼렛과 제가 해결해야 할 일입니다."

"이봐요."

"저는 그녀를 사랑합니다."

사랑하므로 옆에 묶어 두고 싶고, 계속 품에 안아 가두고 싶고, 구속하고 싶다. 딱 저만 봤으면 좋겠고, 얼굴에 걸리는 표정 하나 하나가 저만 향했으면 좋겠다. 하지만 결국 그러지 못할 것이다.

"그래서 그녀를 존중할 겁니다. 스칼렛이든, 스칼렛 디르난트든, 차기 공작이든, 외교관이든."

그는 깨달았다. 그와 스칼렛은 무척 달랐지만 무척 비슷했다. 고위 귀족으로 태어나 책임감을 안고 살며, 결국 지켜야 할 것이 많은 세상에 한 사람만을 담는 것은 불가능했다.

하지만 그래도 결국 서로 자기 세상에 온전히 담았다는 그 사실 자체만으로도, 그녀가 그의 세상에 존재한다는 사실만으로도 그는 그녀가 원하는 것은 그 어떤 것이든 들어주고 싶었다.

그가 담담히 답하자 올리비아가 가늘게 눈을 떴다. 그러다 이내 입꼬리를 말아 올리고는 피식 웃었다.

"……그래, 뭐. 잘났네."

그녀의 중얼거림에 그가 미미하게 미간을 찌푸렸다. 스칼렛과 비슷하게 표정이 풍부한 비올레타와 달리, 올리비아는 대체 무슨 생각을 하는지 알 수 없는 사람이었다. 하지만 그래도 스칼렛의 단순한 몇 글자에 급히 이동해 왔다. 연금술사에게 무단 마법진 발동이 어떤 죄인지 알면서도 행했다.

그러니 나쁜 사람은 아닐 것이다. 그 사실을 깨닫자마자 약간의 경계심과 적의가 전부 사라졌다. 그때 그의 표정을 빤히 보던 올리비아가 주섬주섬 뭔가를 꺼냈다.

"질주 스크롤. 속력을 배로 증가시키는 거니까 써요. 대신 말들이 쓰러지면 나도 책임 못 져요."

"감사합니다."

"감사할 거 없어요. 어차피 그 계집애한테 무슨 일 있을지 걱정되는 건 나도 마찬가지니까."

올리비아가 중얼거리는 것을 들은 그가 발걸음을 옮겼다.

그리고 곧, 그들은 목적지로 빠르게 이동했다.

미셸르에 도착한 뒤 일은 꽤 쉬웠다. 최소한 그한테는.

셀리느는 한쪽 방 안에 있었고, 납치범들을 찾는 건 어렵지 않았다. 당장 족치고 싶었지만 스칼렛이 아직 닐케 저택에 있었기에 결국 그는 급하게 일을 처리할 수밖에 없었다.

다만 중간에 '약간의' 사고가 있긴 했다. 피가 셔츠를 흠뻑 적실 만큼 커다란 상처에 사람들이 기겁했으나 어차피 전장에서 구를 대로 구른 그였다. 이 정도는 별로 상관없었다.

올리비아는 그의 상처를 훑다가 '스칼렛이 보면 난리 날 거야.'라는 말과 함께 그의 상처를 치료해 줬고, 덕분에 상처는 다 아물 수 있었다. 비록 통증을 가셔 주지는 못해 여전히 찌르르했지만.

하지만 무엇이 되었든 간에 미셸르에 도착해서부터 닐케 저택에 도착할 때까지, 그의 머릿속은 온통 한 사람밖에 없었다.

그리고 곧—

스칼렛이 환하게 웃으며 그를 반기고 있었다. 아무 일도 없었다는 듯이 천진하게 웃는 그녀를 보며, 그는 안도의 한숨을 쉬었다.

제 품에 안겨 오는 체향은 언제나 그러하듯 익숙했고, 그에게 묻는 목소리는 몇 번을 들어도 질리지 않았다.

다행이었다.

그가 그녀의 옆에서 찰싹 붙어 있든 말든 그것과 무관하게 그녀가 무사해서, 그리고 그녀가 지키고자 하는 것이 무사해서 다행이었다. 얼마 전에 느꼈던 무력감이 점점 사라지고 그의 마음 한쪽에는 안도감이 자리하기 시작했다.

제 셔츠의 피를 보고 다급히 집어끄는 스칼렛을 보며 그는 웃을 수밖에 없었다. 속상한 듯이 일그러진 얼굴은 그를 더 속상하게 만들었다.

그는 그녀를 품에 안았다. 그리고 눈에 담았다. 입에 머금고 손에 쥐었다.

무력감, 그건 아무것도 아니었다. 그는 엄청난 여자를 사랑해 버렸고, 그 때문에 지킬 게 더 많아졌을 뿐이다. 그가 사랑하는 여자는 그토록 아름답고, 강하고, 빛난다.

남자에게 그것보다 더 기쁜 일이 있나? 세상에서 가장 빛나는 것을 그가 갖고 있었다. 누구도 감히 넘보지 못하게.

그러니 빛을 잃지 않게 그는 지킬 것이다. 그녀를, 그녀의 세상을, 그리고…… 그의 세상을.

* * *

"본격적으로 여우 사냥을 해야겠어."

카펠라에서 돌아온 뒤 에드워드가 제일 먼저 꺼낸 말은 이것이었다. 그는 옆에 앉아 차분하게 차를 마시는 디르난트 공작을 보고 가볍게 한숨을 쉬었다.

때가 왔다. 위더를 제거할 때가.

“시에라에서 제안을 해 왔어. 좋은 것을 줄 테니, 조약의 내용을 감해 달라고.”

“좋은 것이라…….”

“위더 백작과 시에라가 내통하고 있었다는 건 알고 있었지만 시에라에서 증거를 보존하고 있을 줄이야. 역시 시에라의 그 너구리들이 진심으로 백작을 도왔을 리가 없지.”

그렇게 말하는 에드워드의 목소리에는 일말의 동정이나 안타까움도 없었다. 그리고 그것은 사실 칼리드도 마찬가지였다.

위더 백작과 백작 부인의 결혼은 사실 예정된 것이나 마찬가지였다. 위더 백작 부인이 백작과 ‘사랑에 빠지게’ 된 그 뒷면에, 시에라의 조종이 없었다면 거짓이리라.

위더 백작 입장에서도 시에라와 손을 잡으면서 보기 드문 미인과 결혼하는 게 나쁘지는 않았을 것이다. 듣기로는 한때 꽤 열렬하게 구혼했을 정도였다고 하니.

다만.

“국빈 연회를 열 거야. 그리고 위더 백작의 동태를 살피고, 연루된 귀족의 리스트를 짜서 한꺼번에 다 치는 게 좋을 거다.”

“알겠습니다.”

“국빈 만찬 저녁에 마틸라 클락, 짐, 그리고 디르난트 공작과 경이 함께하지. 시에라에서는 태자와 왕자, 그리고 국왕이 나올 것 같으니.”

“마틸라…… 클락을 부르시는 겁니까?”

칼리드가 얼굴을 찌푸렸다. 뭐가 되었든 간에 협상의 주인공은 스칼렛이었다. 그런데 이렇게 중요한 자리에 스칼렛을 빼놓는다고?

"클락은 이런 데에 누구보다도 능력이 있지. 더군다나 스칼렛은 아직도 오리무중이야. 무슨 일이 일어나고 있는지 눈치조차 채지 못하고 있어."

"폐하께서 함구하셨잖습니까."

"하나 그렇다고 해도 변명이 되어 주진 못해. 왕비가 말하길 위더 영애와 할 말이 있다고 정원을 빌려 간 걸 보면, 뭐, 나름대로 생각은 있나 보지만……."

"……."

"그래도 입을 다물어, 경. 이건 명령이다."

에드워드의 명에 칼리드가 한숨을 푹 쉬었다. 어차피 스칼렛은 그에게 묻지 않을 것이다. 그렇다고 해도 죄책감이 사라지는 건 아니었다.

그는 미간을 찌푸렸다. 일단 돌아가서 미카엘을 비롯해 몇몇 가문에 일러는 두어야겠다. 반역 사실에 쓸데없이 엮여 들어가지 않으려면 지금부터 슬슬 관계를 청산해야 했다.

위더 백작은 사교계 활동 범위가 꽤 좁았고, 이사벨과 위더 백작 부인의 활동 범위라고 해 봤자 손바닥 안이었다. 별로 어렵지는 않을 것이다.

"그런데 위더 백작 부인은 아는 겁니까?"

"짐이 보기에는 모르는 것 같다. 저번 협상이 끝나고 안 그래도 위더 백작 부인의 의중을 시탐하려 왕비가 그녀를 불렀지만…… 대수롭지 않은 표정으로 윈체스터가 승리해서 참 다행이라고 그랬다더군.”

“그렇습니까.”

“착한 여자야. 하나 귀족에게 착함은 아무런 쓸모도 없어. 그 착함이 과해지면 그다음부터는 악이 되는 거지.”

지독하게 냉정한 말에 칼리드가 길게 한숨을 쉬었다. 뭐, 틀린 말은 아니다. 가끔은 무지함으로써 형성되는 죄도 있다.

“하지만 위더 백작 부인은 둘째 치고, 그 집 영애는 꽤 괘씸해.”

“위더 영애 말입니까?”

“듣기로는 예전에 종종 스칼렛에게 이런저런 부탁을 했다고 하던데, 스칼렛이 다행이게도 들어주지는 않은 모양이야.”

그는 얼굴을 팍 찌푸렸다. 전쟁터에서 미카엘이 종종 위더와 관련된 소식을 들려주곤 했다. 라이슬 후작가는 프로디아드와 운명을 같이하는 집안이다. 그런 의미에서 위더와 프로디아드 사이에 있는 모종의 관계를 라이슬이 파 보는 것은 그리 이상한 일이 아니었다.

“그 영애, 제 아버지 일에 동참한 것 같습니다. 사정을 모르는 귀족들이야 그저 그러려니 하지만, 제가 보기에는…….”

전쟁터에서 이 말을 들었을 때 얼마나 기가 막혔는지 그는 모를 것이다. 이제는 하다 하다 별 거지 같은 상황을 다 보겠다. 스칼렛에게 디르난트가 어떤 의미인지 알면 절대 하지 못할 짓이었다.

“괘씸해서 원.”

옆에서 차분하게 차를 마시던 디르난트 공작이 한마디 거들었다. 별다른 표정은 없었지만, 그녀가 분노하였음은 확실했다.

하긴, 그럴 만도 했다. 제 딸을 이용해 감히 반역을 꾀하다니, 디르난트 공작의 성격에 바로 검을 들고 위더를 쳐부수지 않은 것만으로도 충분히 인내한 것이었다.

에드워드와의 알현을 끝마친 뒤 그는 고민에 잠겼다.

이건 꽤 어려운 문제다. 스칼렛은 여전히 오리무중에 빠져 있고, 그런 그녀를 볼 때마다 말해 주고 싶었던 적이 한두 번이 아니었다. 하지만–

"디르난트는 꽤 오랫동안 짐의 충신이었지."

"……."

"하나 그것이 과연 스칼렛에게도 적용이 될까?"

왕의 뜻은 명백했다. 스칼렛의 충심을 시험하고, 그로 인해 후환을 미리 감지하는 것. 제 조카마저도 의심해야 하는 왕의 자리는 그토록 힘겨운 자리다.

지금 여기서 스칼렛에게 알리면 왕의 시험은 중지되고, 스칼렛의 충성심은 제대로 확인받지 못한다.

그래서 그는 결국 입을 다무는 것을 선택했다. 훗날 언젠가는 꼭 그녀에게 미안하다 사죄하리라 마음먹으며.

* * *

그것은 꽤 우연이었다. 평화로운 나날이 이어지고 국빈 연회 날짜가 다가오면서 점점 퀭해지는 스칼렛의 얼굴만큼이나 바쁜 일정이 이어졌다.

미카엘과 몇몇 가문의 후계자들은 눈치 좋게 이사벨과 위더 백작 부인을 사교계에서 밀어내고 있었으며, 덕분에 위더 백작의 낯빛이 날이 다르게 점점 어두워진다는 소식이 들려왔다. 그렇게 하루하루 다가오는 날짜를 기다리던 어느 날, 그는 그녀의 쪽지 한 장에 집무실에서 나갔다.

그리고 곧, 정원에 서 있는 두 사람을 발견하고 멈칫할 수밖에 없었다.

아, 왠지 모르게—

그는 얼굴을 찌푸렸다. 8년 전의 기억이 슬슬 피어올랐다. 아카데미, 정원, 다정한 연인, 그리고 그것을 보는 그.

달라진 것이라면 그의 눈에 안겨 온 두 사람은 전혀 다정하지 않았고, 이제 소녀는 여자가 되어 그의 옆에 있다는 점이었다.

그럼에도 불구하고 기분이 좋지는 않았다. 저도 모르게 가슴 깊숙이 새겨 놓았던 어떤 감정이 스멀스멀 피어오르기 시작했다.

퉁명스럽게 말하는 뮐레르 공작가 리스터의 얼굴은 귀찮음이 가득했지만 눈빛만큼은 다정해서, 그는 리스터가 아직도 스칼렛에게 호감이 남아 있다는 사실을 쉬이 알아챌 수 있었다.

감히, 누구한테.

제일 먼저 든 생각은 그것이었다. 감히 누구한테.

그의 눈빛이 서늘해지기 시작했다. 누가 먼저 말을 걸었든 상관없었다. 혼자 품다가 놓아 버릴 수밖에 없었던 외사랑의 기억이 그를 마구 괴롭히고 있었고, 가슴 한구석이 빼근하기 그지없어 기분이 더러웠다.

당연하지만 스칼렛은 리스터에게 감정이 없었다. 그 사실에 안도하면서도 그는 내심 불안해 스칼렛의 표정을 살폈다.

그러다 발걸음을 성큼성큼 옮겼다.

제게 달려오는 스칼렛의 얼굴에는 순진하기 그지없는 미소가 걸려 있었고 그것을 보자마자 거짓말같이 마음이 풀어졌다. 그는 본능에 따라 제게 안겨 오는 그녀를 품에 안고 다정하게 속삭였다.

"뛰지 마십시오, 스칼렛. 다치면 어쩌시려고."

뒤에서 리스터가 퉁명스럽게 뭐라 말하는 것 같았다. 이에 고개를 돌려 그를 째려보는 스칼렛에 다시 한번 속이 착잡해졌다.

보지 마.

사실은 그렇게 말하고 싶었다. 하나 그렇다고 진짜로 그걸 입 밖에 내뱉을 정도로 그는 눈치 없는 사람이 아니었다. 제게 안기며 칭얼대는 스칼렛을 부드럽게 안으면서 그가 매서운 눈길로 리스터를 훑었다.

순간 리스터가 미간을 팍 찌푸렸다. 무슨 뜻인지 여실하기 짝이 없는 눈길에 공기가 팽팽해졌다. 여전히 그의 품에서 나른하게 중얼거리는 스칼렛을 조금 더 힘을 주어 끌어안으며, 그가 입꼬리를 말아 올린 채 리스터와 눈을 마주쳤다.

미소 짓고 있는 입술과 달리 싸늘하기 짝이 없는 눈빛이었다.

"칼리드?"

그때 스칼렛이 고개를 들었다. 그에 마치 소유를 선언하기라도 하듯 칼리드는 그녀를 부드럽게 뒤로 끌어당겼다. 그 와중에 어리둥절한 표정을 지으면서도 얌전하게 그의 말을 따르는 스칼렛 덕분에 더 의기양양해졌다면 너무 유치한 것일까.

그다지 유쾌한 대화는 절대 아니었다. 칼리드는 저도 모르게 은은하게 살기를 비추고 있었고, 검이나 무력과 상관없이 꽤 곱게 자란 리스터는 질식하듯 자신을 옥죄는 감각에 기가 막혔다.

“본인 눈에 예뻐 보이면 다른 사람 눈에도 예뻐 보이는 법입니다. 공자.”

“…….”

“어쩌면 본인보다 더.”

리스터의 눈길이 칼리드에게 멈추었다. 그리고 그 와중에 해맑게 칼리드를 보고 있는 스칼렛에게로 향했다.

하나는 지나치게 경계심이 없었고, 하나는 지나치게 경계하고 있다. 정확하게 제 것을 지키는 본능적인 감각에 리스터는 쯧 혀를 찰 수밖에 없었다.

‘덤벼들었다가는 뼈도 못 추스르겠군, 짜증 나는 새끼. 재는 어디서 저런 거랑 연애질을 하고 있어.’

리스터는 한심한 표정으로 스칼렛을 보았다. 마음이 상당히 착잡했다. 솔직히 말하자면 6년 만에 봐서 반가웠고, 사실 제 잘난 맛에 산 그의 인생에서 유일하게 이타적으로 굴 수 있었던 상대가 스칼렛이라 미련이 없다면 거짓말이었다. 물론 스칼렛에게는 더없이 부족한 이타심이었지만.

하나 그렇다고 해도 기분이 복잡 미묘한 건 사실이었다.

스칼렛은 딱 봐도 저자가 어떤 자인지, 얼마나 위험해질 수 있는 인간인지 모르는 눈치였다. 그저 제 애인의 눈치를 살피며 안절부절못할 뿐이었다. 그에 리스터가 더 기가 막혀 머리를 엉클었다.

그래, 뭐. 끼리끼리 잘 놀라지.

하나는 개인 척하는 늑대고, 하나는 호랑이인 척하는 고양이다. 그는 갸르릉거리면서 날카로운 척을 해 대도 결국에는 그저 거기서 거기인 스칼렛의 위협 정도를 상기하며 빠르게 정원을 나왔다. 조만간 저 재수 없는 남자에게 꼭 엿을 먹이겠다고 생각하며.

멀어져 가는 리스터의 뒷모습을 서늘하게 보던 칼리드가 혀를 찼다. 기분이 더럽다. 가능하면 스칼렛의 시야 안의 범위에서 사라져 줬으면 좋겠지만, 뮐레르 공작가의 아들이라면 함부로 건드리기도 어려웠다.

그래도 적당하게 핑계를 대면서 국빈 연회 기간 동안 제 앞에서 꺼지게 하는 것 정도는 할 수 있었다.

"칼리드?"

그를 부르는 미약한 목소리에 그가 고개를 돌렸다. 그 순간 팽팽하게 잡아당긴 줄이 풀린 것처럼 그의 얼굴에 미소가 지어지는 걸 보며, 스칼렛이 안도의 한숨을 쉬었다.

곧 언제 그런 분위기였느냐는 듯이 다시 화기애애한 대화가 이루어졌다. 비록 중간마다 핵심을 찌르는 질문을 해 조금 뜨끔하기는 했어도, 그것보다 방금 전의 그 모습이 더 마음에 걸렸다.

그는 스칼렛의 뺨을 쓰다듬었다. 가끔 마음속에서 불쑥불쑥 이상한 것이 튀어나온다. 세상에 딱히 원하는 것도 없고 관심도 없는 그가 유일하게 집착하는 것. 꼭 손에 넣고 싶은 것. 온전히 갖고 싶은 것.

하지만 스칼렛은 물건이 아니다. 그가 갖고 싶다고 가질 수 있는 게 아니다. 그것을 상기하자 다시 씁쓸함이 밀려왔지만, 그래도-

환하게 웃는 그녀를 보면서 그는 다짐하고 또 다짐했다. 어떻게

든 그녀와 함께하겠다고.

그리고 시간은 흘러 흘러 국빈 연회 날짜가 점점 다가왔다. 가문 쪽으로나 외교일 쪽으로나 여러모로 힘든지 스칼렛은 점점 안색이 퀭해졌고, 가장 깔끔하고 예쁘던 상태로 그의 앞에 나타나던 것과 달리 점차 하나하나씩 집어 던지더니 마지막에는 민얼굴로 그를 보기 시작했다.

물론 그녀는 본인이 민얼굴인지도 모르겠지만. 퀭한 얼굴로 그를 보는 모습이 안쓰럽기도 했지만, 그 와중에 꽤 귀엽고 예뻤다면 스칼렛은 화를 낼까.

하지만 휴가를 받은 첫날, 그가 왔다는 말에 딱 봐도 집에서 입지 않을 법한 차림으로 그에게 오는 스칼렛을 보며, 그는 다시 한번 웃을 수밖에 없었다.

아, 예쁘다. 사람이 어떻게 이렇게 사랑스러울 수가 있지?

눈을 동그랗게 뜨고 그를 보는 스칼렛을 마주하며 칼리드는 피식 웃었다. 그리고 곧, 조심스럽게 입을 열었다. 그가 언제나 알리고 싶었던-

"원래 외사랑이라는 게 그러니까요."

라일락, 외사랑.

젊은 날의 추억, 첫사랑.

스칼렛은 그의 말을 듣고도 어리둥절한 표정을 지었고, 끝까지 그것이 자신이라는 생각은 하지 못한 듯싶었다.

그 모습이 꽤 귀엽기도 했지만 다른 한편으로는 꽤 섭섭했다.

하지만 그렇다고 해도 그것 때문에 그가 속상해하는 일은 없을 것이다. 칼리드는 고개를 갸웃거리면서 그의 말을 곱씹는 스칼렛을 보며 미소를 지었다.

어쩌면 약간 심술이 나기도 했나 보다. 사실 스칼렛이 그를 기억하지 못하는 것은 당연했다. 그것을 알면서도 그녀에게 '외사랑'이라는 말을 들려주어 그녀의 마음을 헤집어 놓은 것은, 그녀가 상상도 하지 못할 만큼 커다란 마음을 속에 꼭꼭 숨길 수밖에 없었던 그의 작은 '심술'이었다.

그의 예상대로 스칼렛은 멍하니 그의 얼굴을 응시하다가 눈을 깜박거리며 대체 무슨 일인지 몰라서 입술만 움찔거렸다. 그는 저를 향해 뭔가를 묻고 싶은 듯 열렸다 다시 다물어지는 발간 입술을 보며, 결국 그녀를 품에 안을 수밖에 없었다.

"뮐레르의 셋째 공자께서 명단에서 제외되었다던데, 각하께서 하신 일입니까?"

국빈 만찬의 명단을 훑던 미카엘이 히쭉히쭉 웃음을 흘리며 칼리드에게 묻자, 서류를 작성하던 칼리드가 고개를 들었다.

"그래."

꽤 통쾌하고 깔끔한 대답에 되레 미카엘이 당황했다. 아니라고 잡아뗄 줄 알았는데 솔직함을 넘어 당당하기까지 하다. 미카엘은 하마터면 '그렇군요, 알겠습니다.'라고 수긍할 뻔했다.

미카엘의 얼굴에 비낀 당혹감과 어이없음을 그대로 읽어 낸 칼리드가 미간을 찌푸렸다.

"왜 그러지?"

"진짜로 명단에서 빼 버릴 줄은 생각지도 못했습니다."

"왜?"

"공적인 일에 사적인 감정을 끌어들이시는……."

–분이 아니시잖습니까, 라고 말을 맺으려던 미카엘은, 칼리드에게 스칼렛이 이미 사적인 범위를 넘어 종교와 신앙에 가깝다는 사실을 깨닫고는 그냥 어색하게 웃으며 입을 닥쳤다.

그런 미카엘을 보다가 칼리드가 다시 고개를 숙였다. 애초에 뮐레르 공작가의 세 번째 아들이었다. 그리 '중요하지 않은' 존재라, 명단에서 빼 버린다고 해도 그가 손을 썼다는 사실을 아는 사람은 없었다. 기껏해야 에드워드나 마틸라 정도일까.

칼리드는 길게 한숨을 쉬었다. 사실 그는 굳이 손을 써 누군가를 해하는 데 시간을 퍼붓는 사람이 아니다. 하지만 스칼렛의 눈앞에서 꺼지게 할 수 있다는 이유 하나만으로도 그는 백 번이고, 천 번이고 가진 힘을 사용할 의지가 있었다.

그건 비단 리스터뿐만 아니라, 어쩌면 스칼렛의 인생에서 가장 큰 상처를 남겼을지도 모르는 이사벨에게도 적용되는 문제였다.

"위더 쪽 동향은 어떻지?"

"자기 나름대로 열심히 뭔가 해 보려고 하고 있긴 하지만…… 아시다시피 디르난트에서 원조를 끊고, 사교계에서 이것저것 발길이 끊겼으니 이미 상황 파악을 마쳤을 겁니다."

"그래."

"그쪽 영애는 이미 정신 붕괴의 변두리에 있는 것 같던데, 저러다가 무슨 짓을 저지를지 몰라 두렵습니다. 제가 보기에 공작 영애에게 어마어마한 원한이 있는 것 같던데…….”

미카엘의 혼잣말에 칼리드가 얼굴을 굳혔다. 이사벨이 스칼렛에게 적의를 갖고 있다는 것은 명백한 사실이었다. 그 이유가 뭔지는 둘째 치고서라도, 이번 국빈 연회가 위더 백작을 사냥하는 자리인지라 이사벨과 연관이 없기는 힘들었다.

그는 길게 한숨을 쉬었다. 국빈 연회 당일은 스칼렛의 생일이다. 그리고 그 전날은 국빈 만찬의 애프터 디너 타임이 있는 날이라 어쩌면 거기서 이사벨을 만날지도 모른다.

일이 더럽게 꼬이는군.

칼리드가 얼굴을 찌푸렸다. 뭐가 되었든 간에 그는 누군가가 스칼렛의 생일을 망치게 둘 생각이 없었다. 아니, 정확히 말하자면 스칼렛의 하루하루, 일분일초를 망치려는 엄두조차 못 내게 하고 싶었다.

가장 예쁜 것만 누리게 해도 모자란 시간에 역겨운 것들을 어떻게 보일 수 있단 말인가. 그는 한쪽에 있는 폐기된 서류를 구깃구깃 접어 쓰레기통에 집어넣었다.

하지만 그 시간은 곧 다가온다. 그리고 이제는 그가 검을 겨눌 시간이었다. 그의 것에 손을 댄 자들을 향해.

* * *

그다지 평화롭지 않았던 국빈 만찬이 끝나고, 왕실 간의 거래가 이어졌다. 화사한 방 안의 불빛과 달리 상당히 가라앉은 분위기 속에서 약속된 물건들이 오갔다.

은밀하되 은밀하지 않게 진행된 거래였다. 결국 그 결과는 세상에 발표되고, 아마 양국 사이에 모종의 거래가 오갔다는 사실을 사람들은 바로 눈치챌 것이다.

하지만 상관없었다. 목적만 이루면 되니까.

"윈체스터와 시에라에 한동안 평안이 오겠군."

에드워드가 그 말을 내뱉는 순간, 칼리드는 주먹을 꽉 쥐었다.

시에라는 이로써 부담을 덜게 되었고, 윈체스터는 내부의 적을 소탕할 수 있게 되었다. 귀족들이 뿌리부터 뽑혀 한 번씩 뒤집어지면 왕권은 다시 한번 공고해지리라.

하나 그런 것과 별개로, 칼리드는 자신 앞에 놓인 위더 백작의 반역과 내통과 관련한 증거를 보며 이를 악물었다.

알고 있던 내용이었다. 위더 백작이 무슨 짓을 어떻게 하고 다녔는지, 그리고 무슨 의도를 품고 있었는지. 샤먼 후작과의 직접적인 서신이나 연계는 나오지 않았으나, 위더 백작과 시에라의 밀서에는 분명 클로레이타와 연관된 문제가 언급되어 있었고, 그것이 곧 선대 공작의 죽음과 엮인 문제임을 모르는 자는 없을 것이다.

그는 하마터면 제 앞에 놓인 밀서를 갈기갈기 찢어 버릴 뻔했다. 분노가 울렁거리면서 그를 괴롭혔고, 마음 깊숙이 꽁꽁 감추어 두었던 울분과 슬픔이 그제야 밀려왔다.

그는 길게 한숨을 쉬었다. 위더 백작은 곧 끝을 맞이할 것이다. 그리고 그가 저지른 모든 죄는 지옥에 가서 갚게 되겠지.

아무리 악한 자라도 최소한 제 가족에게는 애정을 보이기 마련이다. 아니, 최소한 애정은 없더라도 책임감은 있다.

하나 결국 제 딸에게 폭력을 행사하는 위더 백작의 얼굴은 그가 지금껏 보아 온 그 누구보다도 추악했고, 그의 손아귀 아래 희생된 이들은 또다시 새로운 희생자를 만들며 가해자로 태어났다.

그는 누군가를 질책하는 버릇이 없었다. 하나 아버지의 죽음, 그리고 스칼렛이 받은 상처, 왕실에 대한 반항, 제 사람에게조차 손을 대는 더러운 본성, 그 모든 것들을 상기하자 그 뱀 같은 얼굴을 당장 갈기갈기 찢어 버리고 싶다면- 지나치게 폭력적인 걸까.

거래가 끝나고 자리에서 일어난 그는 자신을 보며 뭔가 하고 싶은 말이 있으나 결국 입 밖에 내지 못하는 콜린스 왕자를 보며 얼굴을 찌푸렸다.

왕자가 스칼렛에게 호감이 있음은 진작에 눈치챘다. 하지만 별로 상관없었다. 그는 스칼렛을 잘 알았다. 겨우 이 정도로 불안해하며 안절부절못할 만큼 신뢰가 없는 사이가 아니었다. 물론 기분이 불쾌한 것은 별개의 문제였다.

하나 그래도, 그 수많은 사람 사이에서 자신을 보며 환하게 웃는 스칼렛을 보는 순간, 그는 결국 웃음을 흘렸다.

"칼리드."

꿀을 바른 듯 달콤한 목소리가 그를 불렀다. 모든 사람의 이목이 자신과 그녀에게 꽂히고, 그녀의 손을 잡는 순간 주변 몇몇 사람들이 살짝 얼굴을 붉히는 게 눈에 안겨 왔다.

그래서 그는 더욱더 환하게 웃으며 스칼렛의 손을 잡아 입을 맞추었다. 모든 사람에게 알리고 싶었다. 그녀가 이토록 사랑스러운 사람이고, 그가 그녀를 이렇게나 사랑한다고.

그리고 그때, 그의 시야에 얼굴을 굳히고 이를 악물고 있는 이사벨의 얼굴이 들어왔다. 찰나 하마터면 얼굴을 구길 뻔했으나, 스칼렛의 얼굴을 보며 그는 다시 미소를 지었다.

어차피 곧 소탕될 자였다. 확실하게 증거물의 진실성을 검증하고, 약간의 조사만 더 들어간다면 위더는 끝을 맞이하게 될 것이리라. 그리고 그때에 가서는-

"즐거운 시간 되십시오."

스칼렛의 입술에 가볍게 입을 맞춘 칼리드가 조용하게 속삭였다.

무슨 일이 있더라도, 그녀가 무슨 일을 하더라도, 얼마나 분노하든 얼마나 슬퍼하든, 그 모든 순간순간마다 그녀의 옆에서 그녀가 하고자 하는 것을 들어주고 싶다. 울면 다독이고, 화가 나면 같이 화내 주면서.

그 누구도 감히 그녀에게 상처를 주지 못하게, 어떤 순간에도.

그리고 그 끝은, 반드시 행복일 것이다. 칼리드는 그렇게 생각했다.

* * *

스칼렛의 생일 직전까지 입을 다물어 달라는 부탁을 하는 데에는 꽤 어려움이 있었다.

스칼렛이 휴가를 받았을 때 그녀의 집에 굳이 찾아갔던 것도 고용인들을 '매수'하기 위함이었다. 그는 주인의 생일을 알리지 않는 짓은 절대 할 수 없다며 고개를 젓는 집사에게, 스칼렛의 행복과 기쁨에 대해 2시간짜리 연설을 한 뒤 겨우겨우 고용인들을 매수할 수 있었다.

스칼렛의 방에서 나온 뒤 저를 향해 배시시 웃는 라이나를 보며, 그는 드물게 고맙다는 표정을 지어 주었다.

그리고 곧, 그가 문을 두드렸다.

"생일 축하합니다, 스칼렛."

그는 어리둥절한 표정의 그녀를 마주하며 진지하게 고민했다. 이렇게 예쁘고 사랑스러운데 디르난트 공작한테 가서 경례라도 해야 하는 거 아닌가. 이 세상에 스칼렛을 데리고 와 줘서 정말 고맙다고.

물론 제 딸이라면 끔뻑 죽는 디르난트 공작이 진짜로 그 말을 들었다면, 당장 검을 빼 들고 너 좋아하라고 낳은 거 아니라며 고래고래 소리를 지르겠지만, 그를 직시하며 그제야 제 생일임을 알아차린 스칼렛의 반응은 그걸 다 감수할 만큼 사랑스러웠다.

"아! 내 생일!"

손뼉을 짝 치며 스칼렛이 외쳤다. 그에 환하게 웃으며 칼리드가 다시 한번 말했다.

"스칼렛, 생일 축하합니다."

세상에 태어나 줘서 가장 고맙다. 그리고 그에게 와 준 게 그다음으로 고맙고, 그를 사랑해 줘서 또 고마웠다.

그러고 보니 그녀에게 고마운 것투성이였다. 이걸 어떻게 갚아야 하나. 그냥 그에게 남은 모든 시간으로 갚으면 되려나?

그는 부드럽게 웃었다. 입을 꼭 다물고 그를 보는 스칼렛의 눈에는 물기가 어려 있었고, 행동으로 답해도 된다고 하는 순간 품에 뜨뜻한 열기가 폭 안겨 왔다.

생일 선물을 팔찌로 고른 것은 그의 욕심이 들어간 결과였다.

소유, 구속.

결코 할 수 없는 일을 담은 그의 염원.

그녀는 옆에 묶어 둘 수 있는 사람이 아니었다. 하나 그 마음만

큼만은 오롯이 제 옆에 묶어 놓고 싶었다. 평생, 그렇게…….

혹여 선물이 마음에 안 들지 않을까 고민했지만 다행이게도 그런 기색은 없었다. 손목에서 달랑거리는 팔찌를 보며 그가 희미하게 웃었다. 이로써 그 또한 그녀를 소유할 수 있을까.

스칼렛은 아름답고 강한 사람이었다. 그가 그녀의 것을 지키는 것과 별개로, 그녀는 그가 없어도 행복하게 잘 살 수 있을 것 같았다. 사실 그만큼 완벽하게 빛났으니까.

하나 그녀는 죽어도 모를 것이다. 그가 그녀 때문에 온전해졌고, 비로소 꿈을 이룰 수 있었다는 걸.

품에 끌어안은 사람이 그에게 입을 맞춰 왔고, 공기에는 뜨거운 열기가 부글부글 괴고 있었다.

"그럼 이제 우리는, 상대를 소유했네요?"

"그렇습니다."

"그럼, 우리는, 온전히 상대를 떠나지 못하겠네요?"

"물론입니다."

사실 당신은 진즉 나를 소유했다. 칼리드는 속으로 그렇게 읊조렸다.

그 사실을 아는지 모르는지 우아하게 휘어지는 스칼렛의 눈초리가 나른하게 웃음기를 머금었다. 뭔가를 생각하듯 눈을 깜박거리던 그녀가 다시 그와 눈을 마주했다.

"사실, 갖고 싶은 게 하나 더 있어요."

그는 고개를 끄덕였다. 그녀가 원하는 것은 전부 줄 수 있다. 하지만 뒤이어 그녀의 입에서 흘러나온 말에 그는 제 귀를 의심할 수밖에 없었다.

"당신을 갖고 싶어요."

그를 직시하는 보라색 눈동자가 부드럽게 웃었다. 그녀의 뜻이 어떤 것인지 알아차리지 못했다면 거짓말이었다. 하나 그는 다시 한번 되물었다. 믿기지가 않아서.

"이미 저를 갖고 계시지 않으셨습니까?"

조금 떨리는 목소리조차 갈무리하지 못할 정도로 그는 긴장해 있었다. 그렇지만 말을 꺼낸 스칼렛은 되레 담담하기 그지없었다.

"온전히."

온전히.

이 세 글자에 함축된 의미가 무엇인지 모르지는 않았다. 온전히 서로 소유하는 것. 사랑하는 연인에게 주어진 시간.

그녀의 마음을 의심하고 불안했던 자신을 질책해야겠다. 팔에 잡힌 가는 허리를 들어 올리며 그는 그렇게 생각했다.

그리고 이 순간을 영원히 기억해야겠다. 서로가 서로 온전히 소유한 그 시간을.

손끝에 닿는 체온이 불처럼 뜨거웠다. 그의 허리에 감긴 다리를 꽉 그러쥐며 정신없이 감정을 퍼부었다. 스칼렛은 언제나 극도로 이성적인 그의 가장 깊숙한 곳에 있는 감성을 끄집어낸다. 그리고 거기에 불을 지피고, 재가 될 때까지 타오르게 한다.

시트에 퍼지는 머리카락을 쓸어내리며, 그의 아래서 가쁘게 숨을 내쉬는 스칼렛을 향해 그가 속삭였다.

"사랑합니다."

"……얼마나?"

"내 뼈 마디마디에 당신을 새겨 놓고 싶을 만큼."

"나도 마찬가지에요."

입꼬리를 말아 올리며 웃는 그녀는 얼마나 사랑스러운가. 이대로 품에 안아 평생 떼어 놓지 않았으면 좋겠다. 이 순간만큼은 아팠던 것들이, 고통스러웠던 것들이 모두 거짓 같았다. 새하얀 목덜미에 점점이 낙인을 떨구며 그가 생각했다.

"칼리드-"

나른하게 퍼지는 목소리가 특히나 유혹적이었다. 물기를 머금고 애달프게 부르는 목소리가 마음을 간질거렸다. 달뜬 신음이 차가운 공기에 열을 흘리고, 그는 품속에서 바르작대는 그녀를 꽉 끌어안았다. 손끝에 걸리는 것들 하나하나가 부드러웠고, 혀끝에 걸리는 모든 것들이 달기 그지없었다.

얼마나 시간이 지났는지 모르겠다. 온통 새카맣던 하늘이 조금씩 제 색을 찾아갈 무렵, 스칼렛은 결국 지쳐 쓰러지듯 잠에 푹 빠졌다.

그녀의 눈초리에 살짝 맺힌 물기를 닦아 준 그는 그녀의 어깨에 키스했다. 짙은 열기가 점점이 떨어진 몸을 품에 안고, 뺨에도 자잘하게 입 맞췄다.

스칼렛은 아마 꿈에도 몰랐겠지만, 사실 그는 그녀가 깨어날 때까지 눈을 붙이지 않았다. 가끔 뒤척거리며 웅얼거리는 입술에 입을 맞추다 보니 시간 가는지조차 몰랐다. 하물며 추운 듯 품에 들어오는 사람을 두고 잠을 잘 수 있을 리가.

사실 그 얼굴만 몇 시간을 보면서 시간을 보내도 충분히 의미 있었다. 그렇게 생각하는데, 어느새 날이 밝아 왔다.

"영애님, 라이나입니다."

조심스럽게 밖에서 노크 소리가 들려왔다. 그는 품에서 편하게 자는 스칼렛을 보고, 침대에서 조심스럽게 내려왔다. 대충 옷을 차려입은 그가 문을 열자, 라이나가 놀란 눈을 하더니 곧바로 허리를 굽혔다.

"언제 올까요?"

"점심까지는 오지 말도록."

"알겠습니다."

"다른 사람들도 접근 못 하게 해."

"네. 저…… 그런데 오후까지는 꼭 깨어나셔야 해요. 연회 준비 때문에."

라이나의 난감한 말에 그가 한숨을 쉬었다. 가능한 하루 종일 침대에만 붙잡고 있고 싶은데 그건 무리겠지. 결국 그는 상당히 싫은 표정으로 마지못해 고개를 끄덕였다.

라이나가 물러난 뒤 그는 다시 스칼렛의 옆에 누웠다. 새근새근 자는 그녀의 얼굴을 보다가 그가 다시 웃었다.

누군가를 옆에 꼭 두고 싶다고 생각해 본 적은 없었다. 누군가가 저를 사랑할까, 하지 않을까 따위를 고민해 본 적도 없었다. 그는 그럴 필요가 없는 사람이므로.

하지만 스칼렛의 일거수일투족에 신경을 쓰고, 이제 온전히 서로 소유했다는 그 사실 하나만으로도 세상을 다 가진 것 같았다.

리스터를 볼 때까지만 해도 은근하게 자리 잡던 불안감이 순식간에 사라졌다.

서로 소유한다는 것은 그토록 아름다운 것이었다.

그는 그녀의 머리를 살짝 정리했다.

그리고 다시 그녀를 품에 안았다.

세상에서 가장 행복하게 만들어 주고 싶다. 모든 사람의 사랑을 받게 해 주고 싶다.

그렇게 생각하며, 그가 속으로 읊조렸다.

사랑한다고.

* * *

최고의 생일 선물. 그는 스칼렛이 속삭이던 말을 곱씹으며 웃음을 흘렸다. 점심쯤에 방에서 나온 것 같은데 안 본 지 겨우 몇 시간이나 되었다고 벌써부터 마음이 다급해져 왔다.

칼리드는 빠르게 발걸음을 옮겼다. 곧 문이 열리고 반짝반짝 빛나는 것이 그의 품에 안겨들었다.

“예쁩니다.”

“알아요.”

안다니 참 다행이다. 그는 스칼렛 본인이 얼마나 예쁜지 몰라서 그렇게 생글생글 웃고 다니는 줄 알았다.

“제 거라서 더 기쁩니다.”

“누가 누구 거야.”

새침하게 중얼거리는 스칼렛의 이마에 가볍게 키스했다. 이대로 쭉 최고의 기억만 남겼으면 좋겠다. 그는 문득 어젯밤의 기억이 그대로 내려앉은 목덜미를 보다가 웃고야 말았다.

이렇게나 예쁜 것이 그의 것이라니. 꿈인가.

곧 국빈 연회가 시작되고, 세기의 원수를 보듯 저를 노려보는 비올레타에게 칼리드가 유유자적하게 웃어 주었다. 그에 비올레타가

컥– 하는 괴상한 목소리와 함께 뒷골을 잡았고, 옆에서 올리비아는 '나이 먹을 대로 먹은 것들이 어떻게 저렇게 한심할 수 있을까.' 라는 표정으로 그들을 바라보았다.

그렇게 꽤 화기애애한 시간이 이어졌다. 결혼 얘기가 나와도 조급하지 않을 수 있었던 것은, 이제는 훨씬 더 깊은 믿음이 생겼기 때문이었다.

사실, 설사 조급했다고 해도 밀어붙일 생각은 없었다.

그의 모든 선택은 스칼렛에 의해 결정된다. 그 사실은 영원히 변하지 않을 것이다.

하지만 그 달콤한 시간이 실은 곧 밀려올 쓰디쓴 현실을 위한 것임을 알았다면, 칼리드는 결코 그렇게 행복하게 웃고 있지 않았을 것이다.

그는 장갑을 가지러 간 스칼렛이 조금 늦게 돌아오자 미간을 찌푸렸다. 그 짧은 거리에서 무슨 일이 생길 리가 없다고 생각했지만, 슬슬 피어오르는 불안감을 어찌해 볼 수가 없었다. 그래서 그는 바로 발걸음을 옮기려고 했다. 익숙한 얼굴이 그를 잡기 전까지는.

"각하."

"무슨 일이지?"

그의 물음에 기사가 답했다.

"디르난트 영애께서 각하를 비롯해 후작 이상의 건장한 남성분을 불러 달라고 하십니다."

순간 속이 덜컹거렸다. 그의 빠른 표정 변화에 조금 멀리 떨어져 있던 올리비아가 비올레타를 질질 끌고 다가왔다.

"무슨 일이죠?"

"영애께서 도움을 청하셨습니다. 각하나, 후작 이상의 건장한 남성분을 불러 달라고 하셨습니다. 부근에 위더 백작이 있었던 것 같습니다. 아무래도 백작을……."

확인 사살을 마치기도 전에 칼리드가 급히 움직였다. 그 뒤를 비올레타와 올리비아가 따르고, 곧이어 비올레타와 대화를 나누던 발터르 영애, 그리고 몇몇 귀족들도 뒤를 따랐다.

"무슨 일이에요?"

발터르 영애의 물음에 올리비아가 답했다.

"모르겠어. 하지만…… 스칼렛이 정확하게 후작 이상의 건장한 남자를 지목했다면……."

"그만큼 지위가 있는 귀족이 무력을 쓰고 있다는 거겠지. 스칼렛은 그걸 말려 줄 사람이 필요하고."

비올레타가 말을 받았다. 아무리 평소에 헤실거리며 다녀도 한때는 태자로 키워졌다. 상황 파악 하나 정도는 정말 빠르게 끝낼 수 있었다.

칼리드는 뒤에서 무슨 대화가 오가는지도 몰랐다. 그저 빠르게 발걸음을 옮겼을 뿐이었다. 그리고 곧 예상 밖의 상황에 발걸음을 멈추었다.

"저, 저거 뭐야."

급하게 뒤를 따라온 비올레타가 헉헉거리며 중얼거렸다. 그 소리를 눈치챈 듯 스칼렛의 눈길이 칼리드와 몇몇 사람들에게 멈추었다. 하지만 순식간에 언제 그랬냐는 듯이 다시 이사벨에게로 떨어졌다.

칼리드는 얼굴을 굳혔다. 여기서 끼어들어야 하나. 하지만 스칼렛은 그를 보고 아무 말도 하지 않았다. 뜻은 명확했다. 그는 일단 옆에 있던 미카엘에게 워더 백작을 찾아보라 명한 뒤 다시 눈길을 스칼렛과 이사벨에게 돌렸다.

"그 가식적인 모습으로 사람들을 홀리고, 남자들한테 여우처럼 굴고, 나와 친하게 지내는 척, 친구인 척 굴면서 내 것을 전부 빼앗아 가고!"

순간 이사벨의 울먹이는 목소리가 복도를 메웠다. 그 안에 묻어 있는 절절한 증오에 사람들이 숨을 들이쉬었다. 칼리드는 주먹을 꽉 쥐었다. 그 와중에 담담하기 그지없는 스칼렛의 얼굴이 비수가 되어 그의 몸에 하나하나 꽂히는 것 같았다.

"저 미친년이 지금 뭐라 지껄인 거야?"

비올레타가 뒷골을 잡고 당장에라도 튕겨 나갈 듯이 구는 것을 그가 막았다. 그 순간 비올레타가 이를 악물고 그를 올려다보았으나, 칼리드는 여전히 얼굴을 굳힌 채 스칼렛을 바라보았다.

20년간 친구라고 믿었던 이다. 그 배신이 언제부터 시작되었는지와 무관하게, 설사 추악한 이라고 백 번 되새김질을 해도 그것을 눈으로 직접 보고, 제 귀로 직접 확인받는 것과는 엄청난 차이가 있었다.

스칼렛의 얼굴이 점점 하얗게 질려 갔다. 그와 동시에 칼리드의 속 또한 점점 타들어 갔다.

이사벨의 호소는 계속되었으나, 그녀의 호소에 공감을 표하는 이는 아무도 없었다. 뒤에 있던 귀족들의 표정은 더러운 것을 만진 것처럼 불쾌함을 가득 담고 있었다.

그리고-

"내가 제안했어. 네 애인이 나와 사귀면 네가 과연 그들을 잡을지. 그리고 그들은 그것을 받아들였고. 세상에, 스칼렛, 결국에는 네 탓이야."

네 탓.

이 단순한 언어에 포함된 폭력은 어마어마했다.

네 탓. 네가 불행한 것도 네 탓. 네가 아픈 것도, 네가 상처받은 것도, 네가 배신당한 것도, 네가 불행한 것도, 모든 것들이 네 탓.

그 순간 스칼렛의 얼굴이 일그러졌다. 귀족들이 저를 보고 있다는 이성 하나만으로 버텨 오던 얼굴이 산산조각 나고, 서서히 분노와 절망으로 가득 찼다.

상대방의 불행의 이유를 상대방에게 돌린다. 가해자가 피해자에게.

이제 피해를 받아 가련하던 그 아이는 없었다. 그나마 워더 백작의 피해자라고 적당하게 짚고 넘어가 주려던 칼리드의 마지막 자비 하나마저 가뭇없이 사라질 정도로 이사벨이 스칼렛에게 퍼부은 폭력은 어마어마했다.

칼리드는 이를 빠드득 갈았다. 어떻게 아비한테 배운 게 저런 것밖에 없나. 이사벨은 제 나름대로 백작 부인처럼 되겠다고 열심히 노력한 듯하지만, 결국 그녀는 워더 백작이 되었다. 그리고 그것을, 세상에서 가장 진심으로 저를 위했을 친구에게 퍼부었다.

이사벨의 말에도 스칼렛은 꽤 침착하게 대응하는 듯했으나 결국에는 그녀도 무너졌다.

우아하게 이사벨의 한 마디, 한 마디를 또박또박 반박하면서도 이미 감정은 처절하게 뭉개져 있었다. 하얗게 질린 얼굴, 부들거리는 손, 우아하게 휘어진 입꼬리. 어울리지 않는 것들이 한곳에 몰려 있었다.

그래서 결국에-

"지금부터 위더 백작 영애를, 방에 가두어- 아니, 모셔 놓으세요. 위치는…… 그녀의 방이 적절하겠네요."

부드럽게 내뱉은 목소리에는 감정이 없었다. 하얗게 질린 얼굴 위로 기괴한 미소가 피어올랐다. 이사벨을 방에 가두라 명하고, 끝까지 괜찮다고 웃으며 연회장으로 향하는 그 순간까지 스칼렛은 웃고 있었다.

끌려가고 있는 이사벨 따위는 눈에 들어오지도 않았다. 그저 휘청거리는 스칼렛을 받쳐 들 뿐이었다. 그마저도 괜찮다고 스칼렛은 웃어 보였다.

저렇게 절망한 표정을 지으면서도 괜찮다고 웃는 모습이 지독하리만치 가슴 아팠다. 불안불안한 걸음으로 연회장으로 돌아간 스칼렛의 뒷모습을 보다가, 발터르 영애가 중얼거렸다.

"저는…… 영애님께서 저렇게 거칠게 말씀하시는 걸 처음 봐요."

"그만큼 제정신이 아닌 거겠지. 내가 보기에는 이사벨은 둘째 치더라도, 쟤도 지금 정신이 나간 것 같은데."

올리비아의 말에 발터르 영애가 고개를 끄덕였다.

"그러게요. 언제나 말씀 가려서 하시는 분이잖아요. 그만큼 충격 받으신 걸까요? 옆에 있어 드려야 하는 것 아닌가요? 각하. 이건 어떻게……."

"일단. 제가 알아서 처리하겠습니다. 이대로 가만히 흘러가게 두는 게 좋을 것 같습니다."

칼리드가 중얼거렸다. 사실 지금 당장 이사벨의 목을 치고 싶었다. 그만큼 그는 분노했다. 하지만 그 전에 이사벨이 죽든 말든과 무관하게, 스칼렛을 안정시키는 게 더 중요했다. 그때 옆에서 올리비아의 목소리가 들려왔다.

"나도 공작의 말에 동의. 스칼렛은 본인이 굉장히 이성적이라고 생각하는데, 걔 지금 반쯤 무너졌어. 그동안 너무 참았으니 언제 한번 터뜨려야 돼."

"……."

"옳고 그름도 애가 정신을 차린 뒤에 알려 줘야 효과가 있는 거야. 일단 내버려 둬. 아무 말이나 지껄이고 아무 일이나 막 해 보게 해. 과하다 싶으면 옆에서 말리고."

그는 한숨을 쉬면서도 이에 동의했다. 지금 다독여 보았자…… 근본적인 문제는 해결되지 않는다. 자칫하면 또 제 마음을 꾹꾹 속에 눌러 붙이고 웃겠지.

설사 옆에서 타이른다고 해도 지금 상황은 이미 단순히 위로로 해결될 수 있는 상황을 지났다.

그래서 그는 억지로 스칼렛을 다독이고 싶지 않았다. 울고 싶으면 울고, 소리를 지르고 싶으면 지르고, 결국 마지막 울분까지 모두 토해 내게 하고 싶었다.

사실 올 것이 온 것일 뿐이었다. 일곱 명의 애인을 빼앗았든 두 명의 애인을 빼앗았든 간에 그 모든 추악한 진실이 그렇게 드러나고, 언젠가는 알아야 할 사실을 스칼렛이 알았을 뿐이었다.

하지만.

예상을 몇 번이나 했든지 간에 기분은 더러웠다.

*　*　*

그리고 며칠이 지나고, 낭독회가 열렸다.

"낭독회를 연다더군."

에드워드의 느긋한 목소리에 칼리드가 미간을 찌푸렸다.

"짐은 이미 증거들을 전부 마법부에 넘겼어. 이제 곧 진실이 밝혀지겠지."

"그렇습니다."

"스칼렛이 뭘 하려는지 대충 예상이 가지 않나?"

에드워드의 얼굴에는 웃음기가 서려 있었으나 칼리드가 보았던 그 어떤 때보다도 더 서늘했다.

"마침 잘되었지. 그 영애가 아비의 반역에 직접 엮여 들어갔다는 증거는 없고, 뭐, 어차피 연좌제가 적용되긴 하겠지만 이렇게 깔끔하게 끝내는 것도 나쁘지는 않겠어."

에드워드가 흡족한 듯이 말을 이었다.

"역시 짐의 조카야. 그래, 그 정도는 눈치채야지. 조금 불안하긴 했는데, 이제 하는 모습을 보면 공과 사에는 맺고 끊음이 확실하게 에스더가 교육을 잘했어."

굳은 얼굴로 에드워드를 보던 칼리드의 미간이 꿈틀거렸다. 이제는 드러나는 일만 남았음에도 기분이 그다지 좋지 않았다. 스칼렛은 필연코 상처를 받을 것이고, 어쩌면 거기서 절망할지도 모른다.

그럼 그는 어떻게 해야 하나. 속이 부글부글 끓어올랐다. 스칼렛이 눈물만 매달아도 속이 바짝바짝 타들어 갈 것 같은데, 하물며 이

제 스칼렛이 바주해야 하는 진실은 그것보다 훨씬 더 큰 것이었다.

사랑이나 치정을 떠나, 그녀 인생의 전부를 건.

펑펑 울음을 터뜨릴 그 모습을 상상만 해도 가슴이 갈기갈기 찢어질 것 같건만, 정작 이 모든 것을 손아귀에 쥐고 쥐락펴락하는 왕은 흡족하게 웃고 있었다.

그는 차분하게 에드워드를 보다가 입을 열었다.

"폐하께서는 스칼렛이 안타깝지도 않으십니까?"

"응?"

칼리드의 말에 에드워드가 휘둥그레 눈을 크게 떴다. 무슨 말을 하느냐는 듯한 표정에도 칼리드는 담담하게 말을 이었다.

"저를 이 판에 끌어들이기 위해 그토록 사랑하신다는 조카를 이용하시고, 그럼에도 이렇게 웃으시고. 앞으로 일어날 수 있는 일이 어떤 것인지 불 보듯 뻔한데도, 그녀가 받게 될 상처는 하나도 안타깝지 않으십니까."

에드워드가 눈을 깜박였다. 의자에 느긋하게 기대 있던 그가 길게 숨을 내쉬며 책상에 팔을 대고 입을 가린 채 칼리드를 올려다보았다.

"내 조카가 매력적이긴 한 모양이야?"

"무슨……."

"왕실에 껌벅 죽는 충직한 경이 내게 그리 무례한 말을 내뱉을 정도면? 지금 경이 짐에게 따지는 것인가?"

묘하게 웃음기가 섞여 있는 것 같기도, 화가 난 것 같기도 한 말투에 칼리드는 얼굴을 찌푸렸다. 사실 말하자면 꽤 무례한 발언이긴 했다. 왕의 결정에 토를 달다니. 왕이 호통을 치지 않을 때 빨리 사죄를 구하는 게 좋은 선택이긴 하지만…….

"네. 따지는 겁니다."

그리고 그와 동시에 그동안 함구하고 있었던 자신을 회초리질 하는 것이다. 결국, 일이 이렇게 될 때까지 왕의 명령을 핑계 삼아 스칼렛을 위한다는 명목으로 함구하고 있었던 자신을.

이럴 줄 알았으면 차라리 다 말해 버리는 건데. 그냥 술술 다 불어 버리고 제 품에 가둬서 더러운 것 하나 못 보게 평생 안고 있으면 되는 건데. 충성이고, 시험이고, 그깟 게 뭐가…… 칼리드는 그렇게 생각하다가 이를 악물었다.

안 된다. 이렇게 생각하는 것부터가 스칼렛의 긍지를 더럽히는 것이었다. 가문을 잇고 공작이 되기 위해 노력한 그녀에게 왕의 '시험'을 넘고 충성심을 인정받는 것은 무엇보다도 중요한 것이었다. 한데 이런 생각 따위를 하다니.

하지만, 그래도 가슴은 아팠다. 그만큼 머리가 복잡했다.

미묘하게 웃음을 담던 에드워드는 칼리드의 목소리가 생각보다 훨씬 더 진지하다는 것을 눈치채고 멍하니 그를 보았다. 설마하니 자신이 신하에게 이런 말을 들을 줄 몰랐다. 아, 아닌가, 신하가 아니라 예비 조카사위?

"거참, 어제는 비올레타가 와서 '아빠 미워.'라고 소리를 지르고 가더니."

"네?"

"예전에 그 아이가 지나가듯 말하는 걸 내가 들었거든. 경이 우리 조카에게 마음이 있다고. 내가 그걸 이용한 걸 우리 딸이 알아차린 것 같아."

칼리드는 에드워드의 지나친 영악함에 어떻게 반응해야 할지 몰랐다.

"그러고 보니 그때 경에게 그런 제안을 한 걸 에스더에게 들켜서…… 에스더가 나와 3달 동안 사적으로 대화를 나누지 않았지. 내가 미안하다고 고개 숙여 사과까지 했어."

디르난트 공작이라면 그럴 만도 하다. 믿었던 오빠에게 발등을 찍혔으니. 그것도 그렇게 예쁘게 키운 딸을 걸고.

"그리고 마리아가 짐을 보고 그럴 줄 알았다고 꼴좋다고 깔깔댔는데."

왕비마저도 인정한 사실이란 건가.

칼리드는 기가 막혀 한숨을 쉬었다. 하지만 에드워드는 그런 그를 보면서도 태평하기만 했다.

"하지만 뭐가 되었든 짐은 가장 빠르고 안전한 길을 선택했어."

"알고 있습니다."

"그럼에도 짐에게 이리 따지는 걸 보면 경이 어지간히 우리 스칼렛을 사랑하나 보군. 뭐, 괘씸하지만 그걸 고려해서 넘어가 주겠어."

"무례에 대해 죄를 물으셔도 상관없습니다."

"호오."

"책임지지 못할 말은 하지 않습니다. 폐하, 저는 진심으로 폐하를 '질책'한 겁니다."

그에 에드워드가 피식 웃음을 흘렸다. 하지만 칼리드로서는 모든 것이 진심이었다. 스칼렛이 어떻게 생각하는지와 무관하게, 이 말이 어떤 풍파를 몰고 올지와 무관하게, 그는 에드워드에게 꼭 따지고 싶었다. 의미는 없지만.

물론 칼리드 또한 잘 알았다. 왕으로서 최선의 선택이었다는 것을. 하지만 사람 감정이라는 게 어디 그리 깔끔한 것이던가.

"경."

그때 에드워드가 입을 열었다.

"기왕이면 계속해서 내게 무례하게 대해 주게."

"무슨 말씀이십니까."

"스칼렛에 한해서는 내게 이리 무례하게 대하란 말이야. 내가 스칼렛에게 어떤 행동을 하든, 그 아이를 이용하든, 시험하든, 내 의사와 달리 경은 언제나 내 앞에서 스칼렛 편만 들어."

"명하지 않으셔도 그럴 생각입니다."

"빈센트가 보면 어지간히 싫어하겠군."

"네?"

그는 갑작스러운 이름에 미간을 찌푸렸다. 하지만 에드워드는 뭔가를 생각하는 듯 느긋하게 미소를 흘렸다.

"스칼렛 아버지 말이야. 에리어 후작. 그 작자가 자네를 보면 싫어하겠군."

"왜……?"

칼리드는 자신의 목소리가 떨리는 것도 몰랐다. 에드워드는 곧 무슨 회상을 하는지 모를 묘한 표정을 짓다가 답했다.

"동족 혐오."

"……."

"세상만사 귀찮아서 중앙에 진출하는 것도 싫어하던 그 인간이 유일하게 욕심낸 게 에스더거든. 귀찮아서 왕이 무슨 결정을 하든 마음대로 하라며 다 씹어 먹던 인간이, 글쎄 에스더를 메뉴크에 보내려고 했다는 선왕의 말을 듣자마자 따지러 왔지, 뭔가."

"……."

"그때 그놈 표정이 딱 경과 똑같았어. 왕이고 뭐고 눈에 들어오지도 않는 표정이었는데."

칼리드는 과연 자신이 스칼렛의 아버지와 비슷하다는 말이 좋은 것인지, 아니면 나쁜 것인지 고민했다. 반면 에드워드는 그에 아랑곳하지 않고 자신의 말을 이었다.

"이놈은 하도 비실비실 약해 빠져서 우리 에스더를 혼자 남겼지만, 자네는 강하니까 그럴 일은 없을 것 같군."

"강하고, 말고와 상관없습니다."

사랑하는 사람이 위험에 처할 때 모든 상황을 계산해 검을 빼 들 수 있는 사람보다, 먼저 제 몸으로 막는 사람이 더 많지 않을까. 칼리드의 뜻을 알아챈 듯 에드워드가 쓰게 웃었다.

"그래, 그렇긴 하군."

"하지만 무슨 일이 있어도 스칼렛을 혼자 두는 일은 없을 겁니다."

앞으로 그 모든 순간에도, 매시 매분 매초 그 어느 순간에도.

"다행이야."

"……."

"그럼, 이번에도 그 아이를 혼자 두지 말게."

"그리 말씀하지 않으셔도 그럴 겁니다."

무슨 당연한 말을 하느냐는 듯이 답하는 칼리드를 보며 에드워드가 희미하게 웃었다. 그러고는 마치 지나간 일을 회상하듯 쓰게 웃었다.

그 모습을 보며 칼리드는 얼굴을 굳혔다.

당연하지만 그럴 일은 없다. 그는 스칼렛을 절대 혼자 남겨 둘 생각이 없었다. 영원히.

* * *

낭독회의 탈을 쓰고 반쯤은 스칼렛의 분풀이와 귀족들의 꼬리 자르기로 이어진 모임에서 이사벨이 얼마나 궁지에 몰렸는지 눈이 달린 사람이라면 다 알 것이다.

귀족은 원체 너구리 같은 이들이라, 수단의 고상함을 따지지 않는다. 그저 이익만 된다면 아무리 유치해도 기꺼이 손을 내밀 수 있는 존재들이었다.

그는 발터르 영애의 의미심장한 표정을 보면서 이번 낭독회의 끝을 예상했다. 워낙에 음흉하고 속에 감춘 게 많기로 유명한 발터르 백작가에서 디르난트의 손을 들어 줬다. 분위기의 흐름은 정해진 것이나 마찬가지였다.

사실 그게 아니더라도 결과는 뻔하지 않은가.

그가 나섬에 따라 이사벨이 한 차례 더 궁지에 몰리자, 그다음으로 그에게 꽂힌 건 스칼렛의 의문스러운 눈빛이었다.

스칼렛의 눈빛을 오로지 담아내며 그가 부드럽게 웃었다.

환하게 내리비추는 달빛 아래서, 스칼렛의 얼굴이 환하게 빛났다. 오랜 시간이 흘러서 이 자리에 서 있고, 두 사람은 서로 마주 보고 있었다.

"저는 8년 전부터 당신을 사랑했습니다. 그리고 몇 달 전 소렐에서 당신을 다시 만났죠."

별것 아닌 일임에도 말하는 것에는 꽤 큰 용기가 필요했다. 이제 그는 그녀에게 진실만을 말할 시간이 되었고, 그녀는 그에게 진실만을 요구하고 있었다.

그의 목소리가 잔잔하게 공기 속에 퍼졌다. 그리고, 스칼렛의 얼굴에 서서히 퍼지는 감정은 분명 죄책감이었다.

그는 쓰게 웃으며 그녀를 품에 안았다. 그의 감정에 그녀가 책임질 필요는 없다. 그 사실을 누구보다 잘 알고 있었다. 흘러간 시간에 연연하기보다는, 앞으로 사랑하는 것이 더 중요하지 않은가.

“그러니, 당신이 제 감정에 책임을 질 필요는 없습니다.”

“…….”

“애초에 당신의 일이라면, 그 어떤 것도 용납하고 있었으니까.”

그녀의 일이라면 그 어떤 것도 용납하고 있다. 떼를 쓰고 화를 내든, 분풀이하든 분노하든, 그의 마음을 알아주든 알아주지 않든, 모든 것을 용납했다.

그러므로, 당신은 그저 거기에 서 있으면 된다.

진실을 들은 스칼렛의 얼굴은 조금 동요하는 듯했지만 이내 다시 평온을 찾았다.

칼리드는 외투를 스칼렛의 어깨에 외투를 걸쳐 주고, 그녀의 손을 꼭 잡은 채 방 앞까지 그녀를 배웅했다. 커다란 손에 잡힌 가늘고 하얀 손가락이 꼼지락대다가 다시 얌전해졌다.

다정한 연인을 비추려는 듯 달빛이 그들을 따라왔다. 그는 스칼렛의 얼굴을 매만졌다. 다디단 혀가 말캉하게 얽혀 오고, 그는 그녀를 안아 들었다. 손에 닿은 곳이 뜨거웠다. 혼미해지는 정신 속에서 체향이 마구 엉켜 들어왔다.

새하얀 목덜미에 얼굴을 묻어 혀로 가볍게 쓸고 이로 작게 깨물자, 간지러운 듯 스칼렛이 까르르 웃었다.

"내 방 좋은데. 구경하고 갈래요?"

가장 신성한 곳으로 초대를 받자, 잔잔한 호수에 꿀을 풀어 넣은 듯 달콤함이 가슴 한구석을 잠식했다.

뜨겁게 괴어 오른 열기 속에서 점점 감정에 젖어 가는 와중에, 칼리드는 그들에게 다가오는 기척을 잡아내고 신경을 곤두세웠다.

아니나 다를까, 이사벨이 거기에 있었다.

그는 미간을 찌푸렸다. 이사벨의 얼굴 표정에는 경악이 들어 있었다. 마지막 발버둥인가. 어떻게든 만회해 보고자 바동거리는 모습이 갸륵할 법도 했으나 지금은 그저 방해일 뿐이었다.

"바쁘니 이만 가 주었으면 좋겠군."

그는 바로 스칼렛을 안아 들었다. 깃털처럼 가벼워서 품에 있는지 의심마저 갈 정도였다. 그와의 입맞춤에 집중해 눈을 감은 스칼렛은 자신의 등에 시트가 닿은 뒤에야 무슨 일이 벌어졌는지 눈치채고 놀란 표정을 지었다.

"칼리드, 밖에……."

"스칼렛."

그가 다정하게 스칼렛의 말을 잘랐다. 디르난트 공작가쯤 되면 방음 정도야 별거 아니다. 하물며 가장 중요한 후계자의 방에서 무슨 일이 벌어지는지 밖에서 쉬이 눈치챌 수 있을 정도로 공작저는 허술한 곳이 아니었다.

칼리드처럼 능력이 있다면 모를까, 꽉꽉 막힌 문을 타고 이사벨이 뭘 듣는다는 건 애초에 불가능했다.

알아서 꺼지거나, 거기서 다시 한번 쓰러지거나. 듣기로는 저번에 그를 찾아왔을 때 밖에서 쭉 기다리다가 쓰러졌다고 하던데 사실 하나도 안타깝지 않았다.

그는 자신이 한 선택에 책임을 지자는 주의였고, 그것을 다른 사람에게도 적용했다. 이사벨이 여기서 무슨 선택을 하든 그 결과는 그녀 혼자 알아서 책임져야 한다.

칼리드가 타인의 선택에까지 함께 대가를 짊어져 주는 건 스칼렛이 유일했다.

그래서 그는 바로 이사벨에게 관심을 껐다. 지독한 적막 속에서 홀로 남아 방 안의 일을 상상하든, 아니면 절망하고 쓰러지든. 그것과 무관하게 그의 눈에는 얼굴을 발갛게 물들인 스칼렛만 보였으니까.

곧 스칼렛이 손을 뻗어 오자, 그는 부드럽게 웃으며 그녀의 손끝에 키스했다.

"스칼렛."

"네."

"손끝에 뭘 바르셨길래 이렇게 답니까?"

"흐음…… 내 사랑?"

말을 마친 스칼렛이 느끼하다는 듯이 까르르 웃음을 터뜨렸다. 그런 그녀의 목에 키스를 남기며 칼리드가 그녀의 앞섶에 달린 리본을 풀었다.

* * *

"자, 내 남자 착하지? 빨리 이대로 돌아가는 거예요."

"싫습니다."

"……."

"키스해 주면 생각해 보겠습니다만."

스칼렛이 한숨을 푹 쉬었다. 그러고는 발꿈치를 들어 그의 입에 쪽 입을 맞추었다.

"이제 됐죠?'

"한 번 더."

그러면서 칼리드가 스칼렛을 안아 들었다. 허공에 발이 떨어졌음에도 이미 익숙해진 것인지 그녀는 능숙하게 그의 허리에 다리를 감아 왔다. 자신의 다리를 받쳐 든 그의 목을 꽉 끌어안은 뒤, 스칼렛이 입을 맞추었다.

얇은 네글리제 사이로 뜨거운 살결이 그대로 옮겨 왔다. 농밀한 키스에 다시 한번 어젯밤이 기억났다. 쓸데없이 성실한 몸에 그가 그녀를 꽉 끌어안았지만, 스칼렛이 단호하게 입을 뗐다.

"안 돼요."

"스칼렛."

"쓰읍, 쯧. 안 된다니까."

"한 번만 더."

"어어? 이 남자가 이젠 떼를 쓰네?"

"한 번만 더 해 주시면 가겠습니다."

"무슨 한 번만…… 꺄악."

스칼렛의 미약한 비명과 함께 푹신한 침대 위에 화려한 백금발이 흩어졌다. 곧 서로의 숨결이 다시 한번 얽히고, 결국 이른 아침 칼리드가 스칼렛의 방을 떠난다는 계획은 와장창 무너졌다.

아마 두 시간 뒤 비올레타가 오지 않았더라면 그날 오후의 낭독회는 주최자가 빠져 무산이 되었을 게 분명했다.

"재미있는 일이 확실히 있었던 것 같네."

비올레타의 날카로운 눈빛이 그에게 꽂혔다. 하지만 되레 비올레타에게 돌아간 건 득의양양한 그의 눈빛이었다. 그에 비올레타가 뒷골을 잡았다.

* * *

달콤한 시간은 오래가지 않는다. 한때 친구였던 그 관계가 파멸을 맞이하자, 그 끝에 존재하는 건 더없이 잔인한 결말이었다.

바들바들 떠는 이사벨의 입에서 나온 반역 시인.

스칼렛은 누구보다도 빠르게 움직였다. 그녀는 가장 침착한 얼굴로 가장 절망적인 순간을 담아내고 있었다.

여기서 끝을 맞이하는 것은 예상했던 결과였지만 그는 생각보다 훨씬 더 거센 폭풍에 이를 악물었다.

"이거 봐. 결국 터진다니까."

누군가가 중얼거린 말에 칼리드가 주먹을 꽉 잡았다. 아수라장이 된 홀의 사이에서 스칼렛이 검을 들고 있었다.

디르난트에서 색출된 반역자는 디르난트의 가주, 혹은 후계자가 처벌하는 게 섭리. 대부분의 사람들은 스칼렛을 말리지 못했다. 아니, 사실 말릴 생각도 없는 듯했다.

평생 저 손에 검을 들 날이 올 줄은 몰랐다. 예쁘게 물 한 방울도 묻히지 않고 귀하게 꽃만 들리고 싶었는데, 그 또한 그의 사치고 이기심이라는 걸 이제는 알았다.

칼리드는 얼굴을 굳혔다. 그의 신경은 온통 스칼렛에게 닿아 있었다. 그녀가 하고자 하는 일을 막고 싶지 않았다. 그러나-

"스칼렛!"

검이 바닥에 떨어졌다. 질질 끌려 나간 이사벨의 마지막 모습이 홀에서 사라지기가 무섭게 털썩 쓰러지려는 그녀를 칼리드가 빠르게 잡아당겼다. 품에 안긴 스칼렛이 축 늘어졌다.

"죄송하지만 오늘 낭독회는 여기서 끝을 맺어야 할 것 같습니다."

"빨리 의원을 불러!"

"언니 괜찮아?"

"스칼렛 님, 세상에, 이걸 어떻게……."

"공작, 빨리 방에 애를 옮겨 놔야……."

급하게 귀족들을 물리는 오드리의 목소리 뒤로, 사람들의 감정 실린 목소리가 울려 왔다. 칼리드는 스칼렛을 안아 들고 급하게 발걸음을 옮겼다.

방에 들어간 뒤 침대에 그녀를 눕히자 비올레타가 울음을 터뜨리며 옆에 앉았다. 칼리드는 스칼렛의 손을 잡고 한숨을 푹 쉬었다. 옆에서 웅성웅성 소리가 들려왔다.

"조용히 해 주십시오."

칼리드의 서늘하게 식은 한마디에 조금 소란스럽던 방 안이 삽시에 조용해졌다. 귀한 공작 영애가 쓰러졌다는 말에 의원이 헐레벌떡 방문을 열고 들어왔다.

"영애님께서 너무 충격을 받으신 것 같습니다."

갑작스럽게 열이 펄펄 끓기 시작한 스칼렛을 보며 의원이 안타까운 어조로 중얼거렸다. 일단 해열제를 놓긴 했지만 언제 다시 깨어나서 흥분할지 모르니 꼭 옆에 있으라는 말과 함께 의원이 나가고, 곧 방 안에는 정적이 가득해졌다.

칼리드는 얼굴을 서늘하게 굳힌 채 스칼렛의 손을 꽉 잡았다. 아무 말도 나오지 않았다. 속이 부글부글 끓어오르고 당장에 검을 빼 들고 그녀를 아프게 한 모든 이의 목을 베어 버리고 싶었다. 당장, 위더 그 작자부터 딸까지. 모두.

얼마나 지났을까. 전보를 치고 온다던 로젤리아가 돌아오고도 한참이 지난 뒤, 스칼렛이 천천히 눈을 떴다.

"스칼렛!"

조용하던 방 안이 다시 사람들의 목소리로 가득 찼다. 침대에 누워 창백한 얼굴로 허공을 보던 스칼렛이 물을 찾았다. 그녀를 품에 안은 뒤 입안에 조금씩 물을 부어 주자, 스칼렛이 천천히 그것을 받아 마시기 시작했다.

"욱!"

토악질이 올라온 듯 스칼렛이 헛구역질을 했다. 칼리드는 급히 그녀를 품에 안았다. 차라리 안에 있는 걸 다 게워 내면- 그 상처도, 슬픔도, 울분도 모든 것을 다 게워 내면 차라리 좋지 않을까.

창백하게 질려 앞도 보이지 않는 듯한 그녀의 모습에 가슴이 난도질당하는 것 같았다. 칼리드는 그녀의 어깨를 단단히 감싼 채 그녀의 관자놀이에 연신 입을 맞추었다.

아프다.

전장에서 아무리 구르고 굴러도 눈 하나 깜박하지 않던 그가 갈기갈기 찢어질 듯한 통증에 휩싸였다.

"이사벨은……."

"그 계집애 말은 꺼내지도 마! 죽여 버릴 거니까! 아바마마가 죽이지 않아도 내가 죽여!"

"그 아이는……."

홀로 중얼거리던 스칼렛이 입을 꾹 다물었다. 이윽고 한 방울 두 방울 떨어지던 눈물이 홍수라도 온 듯 투툭 흘러내렸다.

"스칼렛."

칼리드는 그녀를 품에 안았다. 어떻게 위로해야 할지 몰랐다. 그저 주르륵 눈물을 흘리며 우는 그녀를 어르고 달랠 줄밖에 몰랐다. 그래서 더욱더 가슴이 아프고, 더욱더 미칠 것 같았다.

"……내가, 하아, 내가, 가진 게 가문밖에 없다고, 제 아비가 나를 무서워한다고…… 아비, 그래, 아비…… 워더 백작, 그래, 그 정신 나간 개새끼."

"……."

"불행한 가정사?"

스칼렛이 멍하니 중얼거렸다. 자조적인 목소리였다.

"나는 아버지 얼굴이 기억나지 않아."

한평생 속에 남겨 두었던 말이 입 밖에 흘러 나갔다. 얼마나 커다란 상처와 아픔을 안고 있었을 말일지 상상도 되지 않았다.

그저 환하게 웃기만 하던 사람이, 누구에게도 동정 따위 구걸하지 않던 사람이 제 아픔을 줄줄이 털어놓을 때는 이미 극에 치달았다는 것이다.

그는 그런 상황을 너무 잘 알았다.

조용하게 뚝뚝 흐르던 눈물이 점점 거세지기 시작하더니, 스칼렛은 마치 모든 것을 잃은 어린아이처럼 엉엉 울어 댔다. 칼리드는 그녀의 얼굴을 연신 닦아 주며 이를 악물었다.

왕의 믿음이고 신임이고 그게 중요한가. 이렇게 가슴이 찢어지게 우는데 그게 중요한가. 젠장, 차라리 일찍이 알렸으면 이것보다 나았을까? 어차피 벌어진 일이고 결국 일찍 알렸어도 똑같은 결과가 벌어졌겠지만, 칼리드는 어떻게든 그 탓을 제게로 돌리려 노력했다.

차라리 그래야 덜 아플 것 같다. 자신의 탓이라서 아프다면 자신이 고치면 되지만, 자신의 탓이 아니라면 어떻게 해 줄 수 있는 게 없으니까.

울컥, 속에서 뭔가가 올라왔다. 엉엉 울고 있는 사랑하는 이의 얼굴을 보자 마치 불로 지지듯 마음이 아파졌다. 가슴이 너무 아파서, 너무 안타까워서 눈물이 울컥 올라오는 게 이런 것일까. 칼리드는 얼굴을 찌푸렸다.

어차피 언젠가는 겪어야 했을 일이다. 대부분의 귀족은 한 번씩 뼈저리게 꿈과 현실 사이에서 절망을 맞이한다. 스칼렛이 조금 세게 아팠을 뿐이다.

하지만—

차라리 귀족이 아니었으면 좋았을 텐데. 그의 이런 생각을 스칼렛이 알았더라면 길길이 날뛰었을 게 분명하지만, 그래도 이런 생각이 들었다. 그랬더라면 모든 아픔에서 지켜 줄 수 있었을 텐데.

아니, 그냥 오래전부터 스칼렛 옆에 있었으면 좋았을 텐데. 어차피 공작가인데, 어렸을 때부터 알았더라면, 이사벨보다 그가 더 먼저 알았더라면, 그녀의 어린 시절부터 지금까지 그 수많은 시간을 그가 함께했더라면, 그래서 그녀가 상처 따위 한순간도 받지 못하게 그렇게 그가 옆에 있었더라면.

왜 그는 이토록 무력한가. 그리고 왜 아무것도 할 수 없는가. 슬픔인지 고통인지 분노인지 정확히 짚어 낼 수 없는 감정이 밀려왔다.

품에서 아이처럼 엉엉 우는 스칼렛의 눈물범벅인 뺨을 훑어 내리다가, 안타까움 마음에 그녀를 품에 더 꾹 안았다.

눈물을 토해 내고 슬픔을 게워 내던 스칼렛의 울음소리가 점차 잦아들고, 물에 푹 젖은 목소리가 중얼거렸다.

"미안해. 투정 부려서 미안해."

미약하게 떨리는 목소리에 칼리드가 스칼렛의 손을 꽉 쥐었다. 고개를 절레절레 저으며 혼자 자신을 다독이는 모습이 못내 애처로웠다. 옆에서 비올레타가 펑펑 울어 댔지만, 칼리드는 결코 울 수조차 없었다.

뭘 어떻게 해야 하는지도 모르겠다. 뭘 어떻게 해야 하지? 그냥 다 죽여야 하나? 아, 그게 아닌데 그래야 할 것 같았다.

그때였다.

"올리비아? 너 어떻게…… 어, 고모님!"

"애 쓰러졌다더니 뭐가 어떻게 된 거야?"

"스칼렛."

익숙한 목소리가 들려오고, 그의 품에 안겨 울던 스칼렛이 정신을 잃음과 동시에 디르난트 공작이 침대에 다가왔다. 비올레타가 물러나자 그 자리를 대체한 디르난트 공작이 하얗게 질린 얼굴로 스칼렛을 보았다가 칼리드에게 시선을 돌렸다.

"스칼렛은 괜찮나?"

눈물범벅인 스칼렛의 얼굴을 만지작거리며 디르난트 공작이 얼굴을 구겼다. 칼리드가 길게 한숨을 쉬며 스칼렛을 다시 침대에 눕히자, 다시 달려온 의원이 디르난트 공작에게 인사를 하고 진정제를 투여했다.

"큰 문제는 없지만, 일단 안정을 취하는 게 좋을 것 같습니다."

의원이 나간 뒤 곧 방 안에 침묵이 흘렀다. 디르난트 공작은 두 손으로 스칼렛의 손을 감싼 채 침대맡에 앉았다.

공작의 얼굴에 흐르는 깊은 슬픔에 칼리드는 입을 꾹 다물었다. 무슨 표정을 짓고 어떤 말을 해야 할지 몰라 그저 가만히 있을 수밖에 없었다.

새근새근 잠이 든 스칼렛의 얼굴에 평온이 흐르고서야, 디르난트 공작이 손을 뻗어 스칼렛의 얼굴을 닦아 주며 입을 열었다.

"이사벨은 어디에 있지?"

"지하 감옥에 있습니다."

"위더 백작이 이미 체포되었어. 이사벨도 이제 곧 수도로 압송해야 할 것이다. 그 전에……."

"……."

"그때 내버려 두는 게 아니었는데."

디르난트 공작이 입술을 꽉 깨물었다. 그는 그녀가 무슨 말을 하는지 곱씹다가, 그제야 이사벨과 스칼렛을 지칭하는 것을 깨달았다.

"좋아하길래 내버려 뒀어. 아무리 공작가의 후계자라도 마음을 나눌 친구 하나쯤 만드는 건 나쁘지 않겠다 싶어서."

"……."

"그때, 떼어 버렸어야 했는데. 강하게 키우겠다고, 사람 보는 눈을 키우게 하겠다고. 그런 말도 안 되는 이유를 대면서 가만히 내버려 두는 게 아니었는데. 폐하의 명이 떨어져도 그냥 무시하고 억지로 떼어 놓는 건데."

"알고 있습니다."

"공작. 나는 말이야."

눈물범벅인 딸의 얼굴을 손으로 연신 닦아 주며 디르난트 공작이 중얼거렸다. 추밀원의 수장으로, 공작가의 공작으로 누구한테도 약한 소리를 하지 않았던 공작의 말에, 칼리드는 결코 끼어들 수 없었다.

사실 그 또한 이해했으므로.

"나는…… 한평생을 왕족이라는 신분에 자긍심을 느끼며 살았어. 하지만 이 아이가 내 딸이라는 이유로 수많은 것을 감당하는 것을 보면, 아주 가끔, 왕족으로 태어난 걸 후회해."

"……."

"스칼렛 옆에 있어 줘서 고맙네. 가능한 앞으로도 계속 있어 주었으면 좋겠어."

말을 마친 디르난트 공작이 스칼렛의 뺨을 감쌌다. 긴 침묵으로 점철된 공기 속에서, 디르난트 공작의 얼굴과 스칼렛의 얼굴을 번갈아 보던 칼리드가 고개를 끄덕였다.

참, 잔인한 날이다. 그가 그렇게 생각했다.

그리고 이튿날 오후, 스칼렛이 깨어났다.

* * *

칼리드는 웃고 있는 스칼렛을 보며 남몰래 안도의 한숨을 쉬었다. 조금 창백하고 핏기가 없긴 하지만, 깨어났다는 것만으로도 충분히 안심되었다.

깨어난 뒤의 스칼렛은 어제 울었던 것이 거짓말이라는 듯이 평온하게 누워 있었다. 그의 손을 잡아 오는 그녀를 보다가, 수도에서 호출이 있다는 말에 칼리드는 떨어지지 않는 발걸음을 겨우겨우 옮겨야 했다.

"부르지 말라니까."

"저도 목숨의 위협을 무릅쓰고 각하를 부른 겁니다."

신경질적인 칼리드의 말에 미카엘은 꽤 억울한 표정으로 대답했다. 설마 그가 스칼렛 옆에 있는 칼리드를 떼어 놓고 싶어서 그러겠는가.

하지만 추밀원은 정말 집착이 끝내주는 집단이었다. 연락을 받을 때까지 종이가 전보실을 꽉 메울 정도로 전보를 집요하게 보내는 그 고집에 정말 울고 싶을 지경이었다.

칼리드는 마지막으로 온 전보를 쭉 훑다가 얼굴을 찌푸렸다.

"위더 백작이 반역을 저질렀다는 내용 아닌가?"

"맞는데요."

"지금 이딴 것 때문에 나를 불렀다고?"

"……?"

위더 백작이 반역을 저질렀고 그 증거가 밝혀져서 지금 왕실의 감옥이 가득 찼다는 게, 디르난트 영애가 아프다는 사실보다 하찮은 일이었나 보다. 미카엘이 눈물을 머금고 답했다.

"일단 답장은 써 주세요. 그리고 가까운 시일 내 빨리 수도로 돌아오라고 하시는데……."

"당분간 못 돌아간다고 전해."

"네. 그럼 필요한 문서들은……."

"마법과 연금술은 이럴 때 쓰라고 있는 거다. 추가비용은 전부 프로디아드 쪽으로 청구하라고 해."

미카엘은 이제 반쯤 포기한 얼굴로 고개를 끄덕였다.

자기 돈 자기가 쓰겠다는데 뭐, 별수 있나. 그래도 스칼렛이 디르난트의 후계자이며 왕실의 충신이라 정말 다행이다. 스칼렛이 조금만 나쁜 마음을 먹었다면 프로디아드는 진즉 파산했을 것이다. 윈체스터는 진즉 뒤집혀졌고.

미카엘은 이런 무서운 상상을 하다가 고개를 털었다. 아니다, 끔찍하게 이러지 말자. 그는 그래도 제 주인의 충성심을 믿었다. 스칼렛이 전제가 되는 충성…….

참, 슬프구나.

자신의 앞에 서 있는 미카엘이 무슨 생각을 하는지 신경도 쓰지 않은 채, 칼리드는 앞에 있는 서류를 처리해 나갔다.

스칼렛이 아픈데도 옆에 있지 못한다는 사실 때문에 상당히 나쁜 기분을 갈무리하며 손을 빠르게 옮기던 칼리드는, 결국 몇 시간이 지나서야 다시 스칼렛의 방에 갈 수 있었다.

하지만 그런 그를 반기는 건 침대 위에서 그를 맞이하는 스칼렛이 아니라, 굳게 닫힌 문 앞에 서 있는 비올레타와 올리비아였다.

"뭐 하십니까?"

"쉿."

비올레타는 왕녀의 체통이고 뭐고 다 집어던진 채 스칼렛의 방문 앞에 찰싹 달라붙어 안에서 흘러나오는 소리를 듣고 있었다.

그제야 칼리드는 모든 정신을 방 안에 집중시켰다. 안쪽에서는 꽤 흐릿한, 하지만 누구의 것인지는 알 수 있는 목소리가 흘러나왔다.

"워더?"

"쉿."

"어떻게 된 겁니까?"

"스칼렛이 만나고 싶다고 해서 들여보냈어요. 야, 넌 그러지 마. 네 귀에 뭐가 들리긴 하냐?"

올리비아는 칼리드의 물음에 대답하며 다른 한쪽으로는 비올레타의 뒷덜미를 잡아끌었다. 비올레타가 툴툴거리며 칼리드를 향해 고개를 돌렸다.

"공작, 공작은 뭐가 들리는 거죠?"

"방음막 때문에 저도 내용은 확인할 수 없습니다만."

그래도 누가 있는지, 어떤 상황인지 대충 유추는 가능하다.

"어휴! 재는 왜 또 이사벨을 불러서 저 난리야. 나 같으면 평생 꼴도 보기 싫겠네."

"확실하게 끝맺자는 거겠지. 확실한 걸 좋아하는 애니까."

"계집애가 물러 터져서는, 어휴."

"냅 둬. 이게 마지막일 것 같은데."

올리비아와 비올레타의 대화를 듣던 칼리드가 다시 주의를 방 안으로 돌렸다. 무슨 대화가 어느 정도로 오갔는지는 모르겠지만, 일단 이사벨의 현재 상황으로 스칼렛에게 육체적인 해를 입힐 수는 없-

—쨍그랑.

젠장, 없기는 무슨.

칼리드가 벌컥 문을 열었다. 더 생각할 것도 없었다. 공작 영애의 방문을 열어젖힌 죄는 일단 후에 받도록 하고, 그는 난장판이 된 방 안의 광경에 성큼성큼 스칼렛에게 다가갔다.

바닥에는 잔이 깨져 있었다. 유리 조각들은 자칫하면 발에 박힐 수 있는 것들이라 그는 일단 유리 조각부터 한쪽으로 쓸었다. 그리고 옆에서 부들거리는 이사벨을 향해 서늘하게 물었다.

"이게 대체 무슨 정신 나간 짓거리지?"

물음을 던졌으나 사실 왜 이랬는지는 알 것 같다. 부들거리면서 딥하는 이사벨에게 딱히 대꾸해 주고 싶지도 않았다. 뭐라 그에게 말하는 것 같은데 그저 기분대로 몇 마디 쏘아붙였던 것 같다.

그의 정신은 온통 스칼렛에게 가 있었다.

그는 스칼렛의 어깨에 있는 모피를 여며 주었다. 방 안의 온도가 다소 높은 편이라 추울 것 같지는 않았다. 뒤에서 이사벨이 질질 끌려 나가는 와중에도 그는 스칼렛의 발이 혹여 유리 파편에 다치지는 않을까 그게 걱정되었다.

"내가 어렸을 때부터 왜 고모님한테 처맞으면서 검을 배워야 했나 했더니. 네년을 죽여 버리려고 배웠구나! 이사벨, 나와…… 응? 뭐야, 왜 없어?"

순간 비올레타의 목소리가 귀를 찔렀다. 그 다혈질에 왜 안 쳐들어왔나 했더니 검을 가지러 갔나. 그는 잠시 기가 막혀 고개를 젓다가, 푸흡 웃음을 터뜨리는 스칼렛을 보며 덩달아 미소를 지었다.

그래, 뭐. 스칼렛이 좋다면 좋은 거였다. 그녀가 기분이 좋다면 그게 좋은 거 아니겠는가.

스칼렛이 고개를 들고 그의 얼굴을 응시하다가 곧 그의 품에 안겼다. 마치 애교를 부리듯 나긋한 그 모습에, 그가 미소를 지으며 팔을 뻗었다.
뭐가 되었든 간에 스칼렛이 괜찮다면 모든 게 다 괜찮았다.

* * *

스칼렛이 쿠션에 기대 그를 응시했다. 그는 그녀의 머리를 살살 쓰다듬으며 다정하게 말했다.

"한 스푼만 더 드십시오."

"싫어요."

스칼렛이 방긋방긋 웃으며 고개를 젓자 그가 가볍게 한숨을 쉬었다.

"많이 드셔야 합니다."

"나 살쪄요."

"당신은 더 살찔 필요가 있습니다."

"싫어요."

"그리고 쪄도 예쁩니다."

"아는데 싫어요."

아주 당당한 스칼렛의 태도에 옆에 서 있던 오드리가 못 볼 걸 봤다는 듯이 떨떠름한 표정으로 '그럼 좋은 시간 되세요'라고 말했지만, 어쨌든 사랑에 빠진 연인은 원래 서로밖에 눈에 안 보이는 법이다.

칼리드는 손에 들려 있던 스프 접시를 놓은 뒤 침대로 옮겨 앉았다. 출렁거리는 매트에 스칼렛이 손을 뻗었다. 그런 그녀를 품에 안으며 칼리드가 속삭였다.

"빨리 나으셔야 합니다."

"나 이미 나았는데."

"그래도 더 쉬시고, 더 많이 드셔서 건강해지셔야 합니다."

"칫."

스칼렛이 입을 삐죽였다. 다시 스프를 한입씩 먹이자 마치 모이를 주워 먹듯 오물오물 먹는 스칼렛을 보며 칼리드가 부드럽게 웃었다. 그 모습에 스칼렛이 투덜댔다.

"어우, 나 요즘 거의 아기 다 되어 가는 것 같아. 먹는 거, 입는 거, 보는 거 다 옆에서 해 주니까 딱 다섯 살 같잖아."

"제 앞에서는 다섯 살 같아도 괜찮습니다."

기왕이면 쭉 다섯 살이었으면 좋겠지만 그럴 일은 없을 터. 그래도 원래 사랑하는 사람이 가장 편하게 지냈으면 하는 게 사람 마음 아니던가. 그래서 칼리드는 자신의 '무례한' 생각을 용서해 주기로 했다.

그의 말에 스칼렛이 피식 웃다가 그의 목을 팔로 감고 입을 맞춰 왔다.

그는 입맞춤을 거절하지 않았다. 거절은 무슨, 환영해도 모자랄 판에. 하지만 꽤 끈적한 입맞춤 끝에 그녀가 제 셔츠를 잡는 건 막을 수밖에 없었다. 그가 그녀의 손목을 부드럽게 감싸며 입을 열었다.

"안 됩니다."

"싫어요?"

직설적인 물음에 그가 그녀에게 가볍게 입을 맞추었다. 그리고 닿을락 말락 하는 거리에서 그녀에게 가볍게 속삭였다.

"그럴 리가 없잖습니까."

"그런데 왜……."

"스칼렛, 아플 때는 푹 쉬는 겁니다."

"나한테는 당신이 안식처거든요."

"정말 고마운 일이지만 안 됩니다. 체력이 넘쳐 나도 먼저 쓰러지시면서 무슨……."

"지금 나 체력 저질이라고 놀리는 거죠?"

"놀리는 게 아니라 걱정하는 겁니다."

스칼렛이 볼을 빵빵하게 불렸다. 그리고 입을 삐죽 내밀더니 다시 이불 안쪽으로 들어갔다. 그런 그녀에게 이불을 목까지 덮어 준 칼리드가 그녀의 머리맡에 기댔다.

"그럼 벌로 내 옆에 계속 있어 줘요. 난 아프니까."

은근 짜증이 났다 보다. 하긴, 요 며칠 어디 다칠까 봐 아무것도 못하게 한 게 조금 답답했을지도 모른다. 하지만 칼리드에게 스칼렛의 건강은 마지막 선이나 마찬가지였다. 칼리드 눈에 스칼렛은 쥐기만 해도 부서질 수 있는 존재였다.

점심을 먹고 조금 시간이 지나자 잠이 왔는지 스칼렛은 뾰로통하던 것과 달리 꽤 평온한 표정으로 잠을 청했다.

곧 스칼렛이 잠들자 칼리드는 그녀의 얼굴을 살살 쓰다듬었다. 조용하기 그지없는 방 안에 고른 숨소리가 가득 찼다. 그는 그녀의 발그스름한 입술을 살살 어루만지다가 이불 위를 토닥토닥 두드렸다.

그때였다.

똑똑, 노크 소리와 함께 미카엘이 들어왔다. 그에 칼리드가 스칼렛의 잠든 모습을 응시하다 자리에서 일어났다.

"무슨 일이지?"

"수도에서 위더 영애를 압송하러 제2기사단이 왔습니다. 그리고 추밀원 비서장도 함께 온 모양인데, 각하께 드릴 말씀이 있다고 합니다."

칼리드는 한숨을 푹 쉬었다. 이 며칠 날려 보던 서류 폭탄으로는 부족했던 것인가. 그는 결국 얼굴에 귀찮음을 가득 써 붙이고 밖에 나갔다.

* * *

예상대로 그를 기다리고 있는 건 추밀원 비서장과 제2기사단의 단원들이었다. 칼리드는 추밀원의 비서장이 내민 확인서를 보고 귀찮은 표정을 지으며 사인했다.

"겨우 이 사인을 받으려고 온 건가?"

"중요한 사인이라 제가 하나하나 직접 받으러 다니고 있습니다. 아시다시피 반역에 관련된 문서는 무조건 엄청난 보안성을 띠는지라 함부로 전송이 어렵습니다."

"알겠다."

"수도에는 언제 돌아오실 겁니까? 영애님은 아직도 편찮으십니까?"

"그래."

"원장님께서 이르시길, 영애님을 잘 부탁한다고 하셨습니다."

그는 길게 한숨을 쉬었다. 이 시국에 그가 이렇게 고집을 부릴 수 있는 것도 추밀원의 원장인 디르난트 공작이 눈을 감아 주고 있기 때문이었다. 제 딸을 위해 그런다는데 공작이 굳이 그를 질책할 이유는 없었다. 에드워드야 뭐, 스칼렛에게 이것저것 미안한 게 많으니.

그는 곧 펜을 놓고 다시 스칼렛의 방에 돌아가려고 했다. 하지만 그때, 공작저 안쪽에서 끌려 나오는 이사벨을 보고 얼굴을 굳힐 수밖에 없었다.

"각하."

제2기사단의 임시 부단장이 그에게 고개를 숙였다. 샤론 태자비가 출산을 한 터라 잠시 공석인 부단장의 자리를 메운 데스트 경이 그에게 예를 취했다.

반쯤 끌려 나온 이사벨의 시선이 칼리드에게 꽂혔다. 죽은 물고기 같은 그녀의 얼굴을 보던 칼리드가 발걸음을 옮기려는 찰나, 이사벨의 잔뜩 쉰 목소리가 그를 향했다.

"내가……."

또 무슨 헛소리를 하려는 모양이라고 생각하며 칼리드가 이를 무시했다. 이사벨이 스칼렛의 이름을 내뱉기 전까지.

"내가, 스칼렛처럼, 그 아이처럼 그랬다면 당신은 날 사랑했을까요?"

그는 알 수 없었다. 이사벨에게 자신이 어떤 의미인지. 하지만 그녀에게 줄 관심과 시선 따위 한 가닥도 남지 않은 칼리드에게 이사벨은 그저 수많은 반역자 중 하나였다.

그는 비웃음을 지었다.

"설마."

그녀가 스칼렛과 비슷하든 말든 그것과 상관없다. 그는 스칼렛을 사랑했다. 스칼렛 같은 여자를 사랑하는 게 아니라.

하지만 이사벨의 물음은 거기서 끝이 아니었다. 그녀는 마치 자신이 사랑을 이루지 못한 원인을 자신이 가진 것에서 찾고 있듯이, 중얼거렸다.

“내가 그 아이처럼 좋은 집안에서, 좋은 교육을 받고, 그래서…… 그래서 그렇게 당당할 수 있었다면, 당신은 나를 사랑했을 건가요?”

“아니.”

“……왜?”

이사벨의 목소리가 부들부들 떨렸다.

“왜…… 왜 그래도 나는 안 되죠? 내가, 대체…… 그 계집애보다 못한 게 뭐야.”

“그거야.”

칼리드는 한숨을 푹 쉬었다. 스칼렛이 깨어났을지도 모른다. 옆에 있어 줘야 하는데. 그는 거기까지 생각하고 발걸음을 옮겼다. 그리고 마지막으로 입을 열었다.

“네 가장 큰 단점은, 네가 스칼렛이 아니란 거다.”

너를 사랑하지 않는다. 왜냐하면 너는 그녀가 아니기 때문에.

칼리드의 말은 이사벨을 절망시키기에 충분했다. 아무리 거기서 발버둥 쳐도 결국 존재부터 불가능했다.

그녀보다 더 아름답든, 더 똑똑하든, 아니면 뭐가 어떻든 간에 별 상관이 없다. 다른 이보다 더 대단할 필요도 없고, 다른 이보다 더 눈에 띌 필요도 없었다.

수많은 사람 중에서 눈에 띄므로 사랑한 게 아니라, 사랑하므로 수많은 사람 중에서 찾아낼 수 있다. 특별해서 사랑하는 게 아니라, 사랑하므로 특별해지는 것이다.

그의 말에 이사벨이 어떤 반응을 보였는진 알 수 없었다. 사실 상관도 없어서 그는 말을 내뱉고 바로 스칼렛의 방으로 올라갔다.

그리고 벌컥 문을 열자, 언제 깨어났는지 스칼렛이 스푼을 든 자세로 굳어 있었다.

"어, 칼리드. 내가…… 조금 자고 일어났더니 배가 고파서, 마침 먹다 남은 스프가 보이길래, 어, 내가 원래 이렇게 많이 먹는 사람은 아닌데……."

얼마 안 남은 스프를 스푼으로 싹싹 긁어 입에 가져간 사람치고는 꽤 빈약한 변명이었지만, 칼리드는 그냥 웃은 후 그녀에게 다가가며 입을 열었다.

"배고프시면 따로 해 달라고 하시지, 다 식은 걸 드시면 어떡합니까."

"아니, 내가 점심 먹고 자고 일어나서 다시 먹으니까 좀 지나치게 늘어졌다 싶어서……."

칼리드는 빙그레 웃으며 스칼렛의 손에서 스푼을 받아 들었다. 그러곤 밖에 있는 시녀에게 새로운 디저트를 가져오라 일렀다.

"그런데 어디 갔었어요?"

"제2기사단과 추밀원 비서장이 왔기에 나가 봤습니다. 절 찾으셨습니까?"

"계속 옆에 있겠다는 인간이 없으니까 궁금해서요. 제2기사단이면…… 아, 이사벨은 수도로 갔어요?"

"네."

"그렇구나."

"신경 쓰지 마십시오."

"안 써요."

스칼렛이 빙그레 웃었다. 며칠 전보다 훨씬 좋은 안색에 칼리드가 그녀의 머리를 살살 쓰다듬었다. 그에 스칼렛이 웃음 흘리며 말을 이었다.

"어차피 당신은 내 거인걸."

* * *

스칼렛의 몸 상태가 많이 나아진 뒤 그들은 수도로 올라갔다. 어찌 되었든 간에 그는 프로디아드 공작이었고 처리해야 할 업무가 많았으므로, 수도에 올라오기가 무섭게 밤낮없이 일해야 했던 건 그리 이상한 일이 아니었다.

다만 위더 백작의 그간 행적에 치를 떤 것은 또 다른 이야기였다.

툭-

칼리드는 책상 위에 서류를 던졌다. 촤르륵 펼쳐지는 서류뭉치를 보다가 그는 이마를 짚고 소파에 털썩 앉았다.

오늘 오전, 위더 백작 부인이 왕궁에 다녀갔다. 위더 백작에 관련해 고발할 것이 있다고 하길래 무엇인가 했더니, 샤먼 후작의 폭동에 연관된 확실한 증거였다.

사실 시에라와의 서신으로도 대충 유추할 수는 있었다. 위더 백작이 샤먼 후작과 모종 연계가 있었다고. 하지만 이렇게 눈으로 확실한 증거를 확인하니 분노가 부글부글 끓어올랐다.

"아이딘."

그의 낮은 부름에 한쪽에 서 있던 아이딘이 긴 한숨과 함께 차가운 물을 건넸다. 그가 공작 위에 올라가면서부터 함께했던 이 부관은 그의 성정을 너무 잘 알았다.

"각하."

"……아버지께서는……."

그는 길게 한숨을 내쉬었다. 위더 백작 부인이 바닥에 꿇어 울던 그 장면이 생각났다. 제발 딸만큼은 살려 달라고 빌던. 모르겠다. 그 모습을 보며 동정보다는 기분이 착잡해졌다.

가족이란 본디 한 사람이 가장 편하게 있어야 할 보금자리였다. 하지만 세상에는 보금자리가 되어 주지 못하는 가족들이 많았고, 그런 가정을 파괴한 건 우습게도 곧 위더 백작이었다.

이사벨은 결국에는 피해자였다. 그 사실을 알고 있었지만 그렇다고 화가 풀리지는 않는다. 스칼렛 말마따나 세상에 아픔 없는 인간이 몇이나 되나. 그저 그 크기가 달라 그렇지, 결국에는 다 그렇게 살아간다.

그러나 그게 과연 한 사람이 아픔을 받아도 꾹 참아야 하는 이유가 되나?

이 물음을 누구에게 물어야 할지 모르겠다. 그는 제 마음을 꼭꼭 숨기는 법밖에 배우지 못했기에.

모든 사람이 그에게 그렇게 말했다. 공작이라면 응당 제 마음을 숨기고, 감정을 숨기고, 표정을 숨기고 모든 것을 숨겨야 한다고.

하지만…… 지나치게 힘들다.

스칼렛이 이런 기분이었나. 혼자서 꽁꽁 마음속에 숨기고, 말도 못 하고 묻지도 못하고 그렇게 바짝바짝 타들어 가는 마음을 안고서, 그렇게 하루하루를 보냈나.

스칼렛의 이름을 읊조리자 기분이 한결 편해졌다. 그리고 그의 죄책감이 더해졌다.

그때였다.

"각하. 손님이 오셨습니다."

"누구지?"

늦은 저녁에 연락도 없이 찾아오다니, 칼리드가 미간을 찌푸렸다. 중요한 손님이 아니라면 접대해야 할 의무도, 접대하고 싶은 마음도 없었다. 돌아가게 하라고 말하려던 그는 집사의 이어진 말에 당장 소파에서 일어났다.

"디르난트 영애께서 오셨습니다."

급히 접대실로 가자 그곳에는 스칼렛이 환하게 웃으며 서 있었다. 그가 문을 열기가 무섭게 그의 품에 뛰어드는 몸을 반사적으로 그러안자, 스칼렛이 까르르 웃었다.

"짠! 누가 왔게요?"

그는 누군가가 갑작스럽게 제 일과를 흐트러뜨리는 걸 굉장히 싫어하지만, 그게 스칼렛이라면 상관없었다. 아니, 오히려 그녀가 자신의 삶을 어지르고 흐트러뜨려 주길 바랄 뿐이다.

소파에 앉은 스칼렛의 얼굴에는 별다른 기색이 없었다. 그래서 칼리드는 단순히 그녀가 심심해서 찾아온 것이라 여겼다.

사실, 그럴 리 없는데도.

스칼렛은 심심하다는 이유로 귀족가의 문을 함부로 두드릴 만큼 철이 없는 사람이 아니었다. 사실 철이 없게 다녀도 상관없지만, 스칼렛은 절대 그러지 않았다.

그런 사람이 갑자기 찾아와서 품에 안긴다. 달콤하게 속삭이며 이질적으로 그에게 사랑을 말하는 스칼렛의 얼굴이 묘하게 일그러졌다는 것을, 그녀의 목소리에 울음이 들어 있다는 것을 깨달았을

땐 스칼렛이 이미 눈가에 눈물을 매달고 있었다.

"칼리드."

그녀가 나지막이 그의 이름을 불렀다. 칼리드는 그제야 스칼렛이 왜 갑자기 자신을 찾아왔는지 깨달았다. 그녀는…… 그 똑똑한 머리로 이미 판단을 다 하고 찾아왔을 게 뻔했다. 그럼에도 아무 말도 하지 못하고 억지로 웃는 그녀의 뺨을 만지작거렸다.

"선대 프로디아드 공작의 죽음을, 위더 백작이 사주했습니다."

말을 내뱉는 그 와중에도 이가 갈렸지만, 그는 최대한 담담하게 그녀에게 알렸다. 언젠가는 밝혀질 사실이고, 그저 그의 입을 통했을 뿐인데 여전히 마음이 좋지는 않았다.

이내 스칼렛의 뺨을 타고 눈물이 후두둑 떨어졌다.

장대비처럼 흐르는 눈물에 덜컥 겁부터 났다. 하지만 그녀가 우는 것이 자신 때문임을 알자 칼리드는 묘한 기분에 휩싸여야만 했다.

누군가가 저 때문에 울고 있었다. 그의 처지를 안타까워하면서.

그는 단 한 번도 저를 위해 울어 본 적이 없었다. 그런 그를 위해 스칼렛이 울고 있었다. 자신의 어깨에 얼굴을 파묻는 스칼렛의 작은 뒤통수를 감싸 안았다.

그러나 그러면서도 속이 여전히 이상했다. 뭔가 뜨뜻한 게 흘러오는 것 같았다. 스칼렛이 우는 건 여전히 보고 싶지 않았지만, 그녀가 자신을 위해 우는 건 꽤 이질적이라…….

칼리드는 스칼렛에게 다정하게 읊조렸다.

"저는, 괜찮습니다."

"괜찮긴 뭐가 괜찮아요."

스칼렛이 투덜거리듯 그의 어깨를 톡 쳤다. 스칼렛의 작은 손을 잡으며 그가 그녀의 뺨에 입을 맞추었다. 눈물이 섞여 약간 짰다. 하지만 그만큼, 따뜻하고 달콤했다.

그는 웃었다. 모르겠다. 이게 무슨 느낌인지. 그는 누구도 믿지 못했고, 누구에게도 쉽사리 제 얘기를 하는 편이 아니었다. 공작의 후계자로 태어나 공작으로 길러진 터라, 누군가의 동정을 바라서는 안 됐고 바란 적도 없었다.

하지만 이 순간만큼은 눈물을 뚝뚝 떨구는 그녀를 보며, 칼리드는 왠지 모르게 위로받는 것 같았다.

"우리 꼭 행복해져요."

스칼렛은 위더 백작을 욕하지도, 화를 내지도 않았다. 왜 혼자만 알고 있었느냐고 묻지도 않았다. 그저 담담하게 행복해지자고 말했을 뿐이다.

그리고 그의 품에 파고드는 체온이 무척 따뜻했다. 분명 자신이 안았는데 왠지 모르게 그녀에게 안겨 있는 것 같았다.

스칼렛이 훌쩍대다가 곧 울음을 그쳤다. 사건의 경위를 알고도 스칼렛이 별다른 화를 내지 않았다는 데에 안도했다면 너무 비겁한 것일까. 칼리드는 이 모든 것들이 다 정리가 되면, 꼭 그녀를 앉혀 놓고 그간의 일을 한번 알려야겠다고 생각했다.

그녀에게 무언가를 숨기고 싶지 않았다. 이전에도, 앞으로도.

도란도란 이야기를 나누던 스칼렛이 피곤하다고 그에게 안겨 왔다. 마치 아기처럼 칭얼대는 모습이 그를 편안하게 해 주려는 것임을 알고 있었기에 칼리드는 그저 옅게 웃었다.

"손만 잡고 잘게요. 나 믿죠?"

쿠션에 얼굴을 묻으며 스칼렛이 장난스레 중얼거렸다. 칼리드는 피식 웃고 말았다. 뜨뜻한 체온이 그를 감싸 안았다. 마치 위로하듯 토닥거리는 손이 그 어느 순간보다도 다정하고 따뜻해서-

"잘 자요."

칼리드는 그 어느 때보다도 깊게 잠들었다.

* * *

위더 백작이 감옥에 갇히고 다음 날, 칼리드는 금방 전달받은 위더 백작이 클로레이타 폭동을 사주했음이 밝혀진 증거를 들고 에드워드를 방문했다.

에드워드는 그가 오리라는 것을 예상한 듯 꽤 여유로운 표정으로 서류를 보고 있었다.

"그래서, 이제는 어떻게 할 예정이지?"

칼리드는 침묵을 지켰다. 이제 더 어떻게 해야 하느냐고?

"제 의사가 중요합니까?"

"중요하지."

"……."

"경의 의사를 적극 반영해 볼 예정이거든."

칼리드는 관자놀이를 짚었다. 에드워드가 그에게 무슨 말을 하는지 잘 알고는 있었지만, 딱히 달갑진 않았다.

"진짜 저를 위하시는 것이라면 아예 위더 백작을 프로디아드로 넘겨주십시오."

"아, 그건 곤란해."

"그럼 폐하께서 판단하십시오."

완전히 내 손으로 들어오지 않는 이상 관여하지 않겠다. 칼리드의 뜻은 명확했다. 어차피 위더 백작을 프로디아드에 넘길 수 없다는 것은 칼리드도 알고 있으니, 그의 뜻은 위더 백작을 법에 따라 처리하라는 것이었다.

"마틸라 클락이 말하길-"

"……."

"외교부에서는 최고형을 제의할 것이라고 하더군. 오늘 점심, 스칼렛이 넌지시 말하더라고."

스칼렛의 이름이 나오기가 무섭게 조금 풀어진 그의 표정을 즐겁게 보다가 에드워드가 말을 이었다.

"나는 그게 경 때문이라고 생각하는데."

"스칼렛은 그저 모든 것을 종합적으로 고려해 그렇게 의견을 드렸을 뿐입니다."

"하지만 그 이유에 경이 없다면 거짓말이겠지."

칼리드는 반쯤 웃음이 섞인 에드워드의 말에도 별다른 반응을 보이지 않았다. 에드워드는 무슨 생각을 하는지 꽤 의미심장한 표정을 짓다가 다시 길게 한숨을 쉬었다.

사실 겉으로 티를 내지는 않았으나, 칼리드는 이미 스칼렛이 어떻게 나올지 알고 있었다. 물론 스칼렛이 공과 사를 분간 못 하는 성정은 절대 아니었지만, 그래도 그는 묘하게 그 정도 자신은 있었다. 스칼렛이 그 때문에 어느 정도 강하게 나갈 것이라는…….

칼리드는 티 나지 않게 한숨을 쉬었다. 대체 무슨 유치한 상상인지.

하지만…….

스칼렛과 무관하게, 칼리드가 위더 백작과 따로 해결해야 할 일이 있는 것은 확실했다. 선대 프로디아드 공작의 죽음이 사고가 아니라 위더 백작의 지시에 따라 진행되었음이 확실히 밝혀진 이상, 위더 백작을 그저 단순히 처형하고 용서하고 싶지 않았다.

그런 그의 기색을 눈치챈 듯 에드워드가 물었다.

"그래서, 무슨 일이 있나?"

칼리드가 겨우 시시껄렁한 농담을 하려고 찾아온 것이 아니라는 것쯤은 에드워드도 잘 알았다. 그의 눈빛이 날카로워지는 것을 보며 칼리드가 입을 열었다.

"위더 백작과 독대를 하려고 합니다."

"해. 귀족원에 프로디아드가 독대를 하겠다고 하는데 누가……."

"보는 이 없이. 단둘이서."

"……."

에드워드가 입을 다물었다. 위더 백작은 반역자. 반역자와의 독대는 사실 독대가 아니다. 옆에 감시하는 자가 꼭 붙어 있어야 하니.

한편으로는 반역자와 독재를 청한 자가 혹여 내통하지 않을까 감시하는 역할이기도 했지만, 다른 한편으로는 직접 반역자와 연계가 있는 귀족이 바로 죄인을 죽여 버리는 것을 방지하기 위해서다.

역사에 그런 일이 전혀 없었던 것은 아니다. 간혹 왕의 벌을 받더라도 제 손으로 꼭 반역자를 처단하겠다고 하는 귀족들이 존재했으니, 에드워드의 기우는 틀린 게 아니었다.

"경."

"폐하, 위더 백작과의 독대를 원합니다. 이게 제 요구입니다."

에드워드는 미간을 찌푸렸다. 칼리드가 위더 백작을 죽여 버리려고 독대를 할 것 같지는 않았다. 하지만 진짜로 아비의 죽음을 사주한 자를 만나면, 그가 과연 이성을 유지할 수 있나?

위더 백작은 극악무도한 자다. 가족을 불행으로 처넣고, 프로디아드의 가주를 죽였으며, 동시에 스칼렛에게 갖은 상처를 준 자다. 칼리드가 과연 그 남자를 보고도 진정할 수 있는지가 의문이었다.

하지만…….

에드워드는 이마를 짚었다. 위더 백작과 프로디아드 공작가 사이의 일이 단순한 일이 아님을 잘 알았다. 지금껏 프로디아드가 왕실에 보여 준 충성은 이미 충분하다 못해 넘쳐 났고, 에드워드는 그동안 프로디아드에 너무 많은 것을 요구했다.

사실 왕이 신하에게 명령하는 것이야 당연하지만, 사람인 이상 하나쯤 보상이 필요할 터다.

"30분."

"……."

"딱 30분 허용하겠네."

에드워드가 길게 한숨을 쉬며 종이를 꺼냈다. 감시 없이 단둘이 독대하는 것을 허락한다는 왕의 명령서였다. 칼리드는 무표정하게 그것을 받아 들고 손에 꽉 쥐었다.

"경."

"걱정하지 않으셔도 됩니다."

"중요한 증인이다."

"……."

"죽이지는 말게."

칼리드가 고개를 끄덕였다. 사실 죽일 생각은 없었다. 이렇게 깔끔하게 죽일 것이었다면 독대를 청하지도 않았을 것이다. 하지만 다른 건 몰라도 위더 백작이 죽기 전에 후회는 꼭 맛보게 하고 싶었다.

칼리드가 나간 뒤 에드워드의 집무실에는 적막이 흘렀다. 칼리드는 몰랐겠지만, 에드워드로서는 꽤 큰 결단을 내린 것이나 마찬가지였다.

루이스 프로디아드.

그는 꽤 익숙한 이름에 쓰게 웃었다. 시간이 참 빨리도 지난다.

루이스, 아델리나, 에스더, 빈센트, 에드워드, 마리아…….

공작, 공작 부인, 후작, 왕, 왕비가 아닌 한때 이름으로 불렸을 사람들의 얼굴이 스쳐 지나갔다. 그중에서 결국 갈 이는 가고 남을 이는 남고, 그들의 아이들이 커서 사랑하고 그렇게 쭉 새로운 이야기를 써 간다.

에드워드는 조용하게 두 손으로 얼굴을 쓸며 마른세수를 했다.

루이스. 그래도 나는, 네 아들을 꽤 아낀다. 네 아들은 아델리나와 네 좋은 점만 골라 닮았구나.

에드워드는 그렇게 생각하며 피식 웃었다.

* * *

적막이 흐르는 감옥에 두 사람이 앉아 있었다. 춥고 습기가 찬 감옥에서 굳이 독대를 한 건, 이 인간을 따스한 곳에 일분일초도 있게 하고 싶지 않았기 때문이다.

"위더."

칼리드의 부름에 위더 백작이 천천히 고개를 들었다. 칼리드는 그의 뱀 같은 눈동자를 보며 역겨움에 몸부림쳤다. 어떻게 된 게 인간이 이 정도로…… 구역질이 났다.

"참…… 알차게 인생을 살았더군. 평범한 인간이라면 해 보지 못한 것들을 한 번에 다 하면서."

칼리드의 낮은 목소리에 위더 백작이 피식 웃었다. 그 명백한 비웃음에도 칼리드는 별다른 반응을 보이지 않은 채 얼굴을 굳히고 있었다. 이내 위더 백작이 입을 열었다.

"꽤, 재미있는 일을 했지."

재미있는.

위더 백작의 도발은 너무 명백해서 반응해 줄 가치도 없었다. 칼리드는 얼굴을 굳히고 위더 백작을 보았다.

"죽이지는 말게."

에드워드가 그에게 독대를 허락하면서 한 말의 의미가 무엇인지는 확연했다. 칼리드는 입꼬리를 말아 올렸다.

그가 웃을 것이라 예상하지는 못했는지, 위더 백작의 미간에 주름이 잡혔다. 그는 이제 바닥의 바닥까지 떨어진 자라 무서울 것이 없었다. 그저 자신의 '꿈'을 이루지 못해 안타까울 뿐.

"허망하군."

"……."

"그렇게 극악무도한 악을 저질렀음에도 결국 이룬 건 하나도 없이 이렇게 가게 되다니. 역시 악도 능력이 있는 자만이 저지를 수 있는 모양이야."

위더 백작이 별것 아님을 조롱하는 말이었다. 일개 백작가의 후계자로 태어난 것이 천추의 한인 백작에게는 가슴을 후벼 파는 말이었다.

"닥쳐!"

"……."

"너도 결국에는 운이 좋았을 뿐이다."

공작가의 아들로 태어났기에 가능한 일이었다. 귀하게 태어났기에 가능한 일이었다. 객관적으로 보자면 틀린 말은 아니었으나 위더 백작의 입에서 나온 말이기에 우스운 점이 있었다.

"아비나 딸이나 똑같군."

"뭐?"

"멍청한 건 똑같다는 말이다. 어떻게 사람이 이 정도로 멍청하고 무능력할 수 있는지 궁금하다."

"이놈이!"

"네가 공작가의 아들로 태어났다면 뭐가 달라졌을 것이라 생각하나? 설마. 사람들은 흔히 착각하지. 내가 더 귀한 집에서 태어났다면, 내가 더 대단한 신분으로 태어났다면 큰일을 했을 것이라고."

칼리드가 자리에서 일어났다.

끼이익-

의자 끌리는 소리와 함께 천천히 위더 백작에게 다가간 그가, 백작의 몸에 감겨진 쇠사슬을 손으로 투둑 끊어 냈다. 그 광경을 보던 백작의 얼굴이 하얗게 변했다.

"하지만 사실은 거기서 거기야."

"……."

"멍청한 건 어디에 가도 멍청하고, 똑똑한 건 어디에 가도 똑똑하지. 정도의 차이만 있을 뿐. 공작으로 태어나도 너는 결국 왕이 되지 못한 것에 울분을 토했을 것이다."

"왜! 왜 나는 왕이……!"

"그리고 네가 왕으로 태어나지 못한 게 아니라, 그냥 왕이 될 재간이 없었을 뿐이고."

콱-!

"끄아아악!"

위더 백작의 고통에 가득 찬 목소리가 감옥을 울렸다. 그의 오른쪽 팔을 관통한 검이 미동도 없이 벽에 박혀 있었다. 새빨간 혈관이 투둑 터질 만큼의 고통에 위더 백작이 비명을 지르며 숨을 몰아쉬었다.

반대로 칼리드의 얼굴은 꽤 평온했다. 누군가의 팔을 관통하고 있는 검이 그의 손에 쥐어진 것이 아니라는 것처럼.

"아버지는……."

아버지라는 말을 내뱉기가 무섭게 다시 한번 분노가 치밀어 올랐다. 칼리드의 미간이 꿈틀거렸다.

스무 살의 그날, 폭탄과 함께 사지가 갈가리 찢어져 온 아버지의 시체를 보며 울지도 못하고 멍하니 서 있었던 자신을 상기하며 그는 더욱더 검을 세게 박았다.

"아버지는, 사지가 갈가리 찢어 공작가로 귀환하셨다."

"……흐어억…… 꺼억……."

"후환 없이 처리해야 한다며 폭탄을 들고 뛰어들라 네가 지시했다고 하더군."

"……끄으윽…… 그, 그건……."

"그래서 나도 후환 없이 처리할 생각이다. 네가, 다시는 기어오르지 못하게."

말을 마침과 동시에 칼리드가 검을 빼냈다. 선혈이 뚝뚝 떨어지는 검을 들고 칼리드가 무표정하게 다시 한번 검을 들었다. 그리고 곧, 그것을 위더 백작의 다리에 박았다.

독대실은 한동안 비명으로 가득 찼다. 그것이 누구의 것인지 모르는 사람은 없을 것이다. 젊은 공작은 모든 원한과 울분, 마지막으로 위더 백작의 죄악에 따른 피의 대가를 검에 담았다.

30분.

에드워드가 허락한 딱 30분의 시간 동안 위더 백작은 너덜너덜 걸레짝처럼 되어 끌려 나갔다. 칼리드는 검을 닦으며 길게 숨을 내쉬었다.

죽여 버리고 싶지만 그래서는 안 되겠지. 이럴 때만큼은 법이니 왕명이니 하는 것들이 지독하게 원망스럽다.

그는 눈을 감았다. 선혈이 낭자한 독대실의 광경에 발을 내딛던 아이딘이 움찔하자 칼리드가 검을 다시 검집에 넣었다.

"위더 백작을 치료해 줘."

"네?"

"겉으로 상처만 보이지 않게."

칼리드의 명에 고개를 갸웃거리던 아이딘이 곧 고개를 끄덕였다. 칼리드의 독대는 비공개적으로 윤허가 난 것이기에 최대한 외부인이 모르게 진행되어야 했다. 그러려면 위더 백작이 상처를 입었다는 사실이 알려지면 곤란했다.

사실 알려져도 상관없지만, 굳이 그 덕지덕지한 상처를 드러낼 필요는 없었다. 하물며 스칼렛이 볼 수도 있었고, 그는 그녀에게 그런 흉측한 모습을 보이고 싶지 않았다.

아이딘이 명을 이행하러 나간 뒤 칼리드는 독대실을 한번 쭉 훑었다. 이곳에서 끝이 났다. 이토록 깔끔하고 허무하게.

그는 입꼬리를 말아 올렸다.

인간의 종말이란, 이토록 비극적이다.

* * *

그 이후로 스칼렛은 예상대로 공개 처형을 건의했고, 그에 따라 추밀원에서는 공개 처형 쪽으로 의견을 합치었다. 에드워드도 마침 위더 백작을 본보기 삼아 귀족들에게 경고 아닌 경고를 내리고 싶어 했고, 스칼렛이 마침 건의해 준 터라 그 명분을 이용해 위더 백작을 공개 처형할 수 있었다.

시민의 분노는 어마어마해서 사실 위더 백작의 말로는 눈으로 보지 않아도 알 수 있었다.

한곳에 모인 귀족들의 눈치를 슬금슬금 보던 국민들은 위더 백작의 죄명이 하나하나 까밝혀지는 동시에 분노했고, 6년의 전쟁에서 아들을, 딸을, 남편을, 아내를, 수많은 가족과 친구를 잃은 이들은 감히 나라를 팔아먹은 위더 백작의 행태에 분노했다.

칼리드는 제 옆에 붙어서 위더 백작을 보는 스칼렛을 감싸 안았다. 위더 백작에게 시민의 분노가 쏟아지는 장면을 묵묵히 응시하던 칼리드가 스칼렛의 눈을 가렸다.

"칼리드?"

"보셔 봤자 별거 없습니다."

"어……."

"왕궁으로 돌아가는 게 좋을 것 같습니다."

아무리 외교관이라 본 게 많다고 하나 공개 처형까지 받아들일 수 있을 정도는 아닌지라, 스칼렛은 흔쾌히 고개를 끄덕였다.

그리고 저녁쯤 들려온 소식에 의하면, 위더 백작은 이미 참수가 필요 없을 정도로 몰골이 말이 아니게 되었다고 했다. 물론 목이 잘리는 것은 변할 수 없는 일지만.

조용하기 그지없는 집무실에 홀로 앉아 칼리드는 숨을 골랐다. 이사벨과 위더 백작 부인이 감옥으로 압송되고, 반역과 내통에 연루된 사람들이 하나하나 제거되고 있었다.

드디어 모든 것이 끝을 맺었다. 그것에 후련함보다는 묘한 허무함이 더 컸다.

그날 마지막 재판이 끝난 뒤, 그는 스칼렛을 잡는 이사벨을 보았다. 당장 뛰쳐나가 무슨 짓이냐고 외치고 싶었지만, 이사벨을 보는 스칼렛의 눈빛이 담담해서 칼리드는 일부러 가만히 있었다.

그녀도 정리를 마치고, 이제는 자신도 정리를 마쳤다.

얼마나 길게 이 후유증이 오래갈지는 모르겠지만, 그래도 언젠가는 사라지고 자신의 시간을 가겠지.

* * *

위더 백작의 재판이 끝난 뒤 스칼렛과 칼리드는 꽤 평범한 일상을 보냈다. 스칼렛은 여전히 소문이 종종 들려올 정도로 외교부에서 파란만장한 일상을 보내며 셀린느를 질질 끌고 이리저리 뛰어다니는 것 같았다.

두 사람의 연애에는 아무런 이상이 없었고, 스칼렛이 외박하는 날이 많아질수록 디르난트 공작의 매서운 눈초리가 칼리드에게 꽂히는 것을 제외하고는 별다른 문제가 없었다.

그리고 어느 날, 에드워드가 진지한 얼굴로 그를 불렀다.

"폐하, 부르셨……?"

칼리드는 정원에 발을 내디딤과 동시에 자신을 덮쳐 오는 진지한 기운에 미간을 찌푸렸다. 긴 식탁의 가장 상석에는 왕과 왕비가, 양쪽에는 각각 태자 부부와 디르난트 공작이 앉아 있었다.

뭐지?

"공작, 어서 오게."

에드워드가 두 손을 식탁 위에 놓고 날카로운 눈빛을 하며 칼리드를 불렀다. 그의 낮게 깔린 음성에 옆에 앉아 있던 왕비, 마리아가 손을 들어 에드워드의 등을 찰싹 쳤다.

"이이가 또 쓸데없는 데서 분위기를 잡네."

"아, 아파. 당신 진짜 손 매운 거 알아?"

"어머, 그래서 화났어?"

"아니…… 내가 왜 화가 나, 그냥 아프다고."

마리아의 날카로운 눈매에 에드워드가 기어 들어가는 소리로 고개를 저었다. 윈체스터 왕실 공식 바퀴, 아니, 잉꼬부부의 쓸데없는 애정 행각을 4미터 거리에서 본 칼리드의 얼굴이 점점 일그러졌다.

그때 옆에 있던 디르난트 공작, 에스더가 턱짓을 했다.

"공작, 그곳에 앉아."

가장 하석에?

어쨌든 왕과 태자, 그리고 공작이 있는 자리에서 공작인 칼리드가 앉을 만한 자리는 아니었다.

하지만…….

칼리드는 직감적으로 오늘 그가 불려 온 것이 스칼렛과 연관이 있음을 알아차렸다. 아니나 다를까, 그가 자리에 앉자마자 에드워드가 물었다.

"그래서, 결혼 생각은 있나?"

…….

에드워드의 직설적인 물음에 마리아가 이마를 짚었다. 그녀는 이번에는 손을 쓰는 대신에 에드워드를 보며 말했다.

"애들 부담 주는 것도 아니고 왜 그래? 애 엄마도 가만히 있는데 입 좀 다물어."

"내가 왜!"

"두 분 다 그만하세요."

국왕 부부는 하루가 멀다 하게 티격태격하는 게 애정 표현이라 그리 놀랍지도 않다. 에스더는 한숨을 푹 쉬더니 이내 칼리드를 향해 고개를 돌렸다.

"스칼렛과 이 문제에 관해 이야기해 봤나?"

"하지 않았습니다."

"어쩐지, 결혼 얘기가 나오니 스칼렛이 주춤하더라니."

칼리드가 쓰게 웃었다. 스칼렛은 애초에 결혼 생각이 없어 보였다. 물론 언젠가는 그녀도 결혼을 해야겠지만, 최소한 지금까지는 이렇다 할 언급이 없었다.

에스더는 그럴 줄 알았다는 듯이 입을 열었다.

"물론 우리 잔소리이고 간섭일 수도 있지만, 진지하게 스칼렛과 함께 얘기해 보는 게 좋을 것 같아."

"알고 있습니다."

"스칼렛한테 이미 언질을 줬으니까, 그 부분에 대해 걱정하지는 말고. 진지하게 생각해 보게."

에스더의 말은 꽤 진지했다. 그것이 그와 스칼렛에 대한 최대한의 배려임을 칼리드는 모르지 않았다.

프로디아드는 후계자가 필요하고, 디르난트도 후계자가 필요하다. 진짜로 두 사람을 밀어붙일 예정이었다면 진즉 약혼부터 시켰을 것이다. 두 사람의 뜻과 상관없이.

하지만 그럼에도 이렇게 앉아 다정하게 얘기를 나눌 수 있다는 건, 그만큼 두 사람이 나름대로 보호와 배려를 받을 수 있다는 것이겠지.

그러나 결혼 문제도 문제지만, 그 전에 먼저 해결해야 할 것이 있었다.

칼리드는 얼굴을 굳히며, 속으로 생각을 이어 갔다.

* * *

"네? 당신까지 찾아갔다고요? 으악! 내가 창피해서 진짜……!"

칼리드의 품에 안겨 아삭아삭 사과를 씹던 스칼렛이 경악스레 외쳤다. 칼리드는 그런 그녀의 머리를 쓰다듬어 주다가 피식 웃었다.

"아무래도 걱정이 된 것 같습니다."

"걱정도 걱정 나름이죠. 어머니는 그렇다고 쳐도, 칼라일은 거기에 왜 또 끼어 있었대? 이 인간이 진짜, 다른 사람 혼사에 관심이 많은 게 중매쟁이 적성인 줄."

스칼렛이 중얼거리며 태자를 욕했다. 덤으로 투덜대는 것도 잊지 않았다.

"때가 되면 어련히 결혼하지 않을까. 내가 무슨 안 하겠다는 것도 아니고, 우리 둘이 싸운 것도 아닌데 뭐가 그리 급한 거야."

그녀가 입을 삐죽 내밀었다. 그 모습을 보던 칼리드는 피식 웃고 말았다.

"아무래도 후계자니까 마음이 급해지신 것 같습니다."

스칼렛이 마지막 사과 조각을 입에 다 밀어 넣고 그의 몸을 꼭 끌어안았다. 그리고 낮게 중얼거렸다.

"당신도 급해요?"

"흐음……."

스칼렛의 물음에 칼리드가 난감한 표정을 지었다. 솔직히 빨리 결혼하고 싶으냐고 묻는다면, 당연하다. 온종일 스칼렛을 볼 수 있고, 옆에 딱 두고 싶은데 싫을 리가. 결혼한다면 지금 그대로 하고 싶은 거 다 하게 지지해 줄 자신도 있었다.

안살림이나 뭐 그런 게 필요한 것도 아니다. 그런 걸로 치자면 프로디아드나 디르난트나 비슷했다. 하물며 안주인이 안살림을 맡지 않는다고 집안이 개판으로 돌아갈 정도로 두 공작가는 허술하지 않았다.

다만.

부부가 되면, 그 바탕에는 믿음이 깔려 있어야 한다.

칼리드는 스칼렛의 어깨를 부드럽게 감쌌다.

"스칼렛."

그의 다정한 부름에 스칼렛이 고개를 돌렸다. 그녀의 호기심 가득한 눈동자에 약간의 불안감이 서렸다.

"드릴 말씀이 있습니다."

"말해 봐요."

칼리드는 말을 골랐다. 어떻게 말해야 그녀가 저를 원망하지 않을까 생각하다가, 사실 그녀가 자신을 원망하는 게 당연하다는 생각에 그냥 이실직고하는 게 나을 거라는 판단이 들었다.

조금 늦었지만, 그래도 그는 그녀에게 숨기고 싶지 않았다.

"사실, 저는 위더 백작의 반역 사실을 미리 알고 있었을 뿐만 아니라, 위더, 그러니까 이사벨 위더의 사실도 알고 있었습니다."

"……."

스칼렛의 미간이 살짝 찌푸려졌다. 그와 동시에 칼리드의 속마음도 더욱더 빠질빠질 타들어 갔다. 그럼에도 칼리드는 숨김없이 전부 말했다.

"당신을 이용해, 가문의 반역을 도모하려고 한다는 것도, 알고 있었습니다."

"……."

"폐하의 명령이 있었지만, 사실, 제가 당신에게 알리고 싶지 않은 마음도 있었습니다. 그래서…… 죄송합니다, 스칼렛. 언젠가는 알려야 한다고 생각했습니다. 실망하셨더라도……."

칼리드는 말꼬리를 흘렸다. 미안하다. 죄송하다. 어떻게 말해야 할지 모르겠다. 눈물을 툭툭 흘리며 엉엉 우는 그녀의 모습이 떠올라서 더욱더 가슴이 아려 왔다. 그리고 자신이 얼마나 잘못했는지 다시 한번 상기했다.

스칼렛의 미간이 더욱더 찌푸려졌다. 언뜻 불안해 보이기도 한 그녀가 침묵을 쭉 지키더니, 조용하게 입을 열었다.

"그리고, 더 없어요?"

"당신에게 숨겼습니다."

"……뭘?"

"위더 백작이 생각 그 이상으로 극악무도한 자라는 사실을."

스칼렛은 길게 한숨을 쉬었다. 칼리드는 스칼렛의 굳은 얼굴을 보다가 심장이 목구멍에서 튀어나올 올 것 같은 느낌에 휩싸이고 말았다.

약간의 침묵이 흐르고, 스칼렛이 침을 꿀꺽 삼키더니 다시 고개를 들고 그와 시선을 맞춰 왔다.

"칼리드."

"네."

"앞으로 그런 얘기."

"숨김없이 다 말씀드리겠습니다."

"좀 이렇게 분위기 잡고 말하지 말아 줄래요?"

"네?"

스칼렛이 길게 숨을 들이쉬었다 내쉬며 말했다.

"깜짝 놀랐잖아, 난 또, 세상에, 간 떨어지는 줄 알았네."

"스칼렛?"

"난 또 무슨 밖에 애라도 만들어 온 줄 알았지. 세상에- 와, 놀라

죽을 뻔했네.”

침묵이 흘렀다.

칼리드의 예상을 빗나가다 못해 이미 같은 공간에 있는 것 같지 않은 스칼렛의 대답에, 칼리드는 처음으로 쩌적 얼어붙는다는 것이 뭔지 알게 됐다.

스칼렛은 안심했다는 듯이 크게 숨을 내쉬며 그를 보고 있었고, 그에 칼리드가 떨리는 목소리로 그녀에게 물었다.

“제, 제가…….”

“…….”

“제가 그렇게…… 믿음이 없는, 존재인 겁니까?”

대체 어떤 식으로 생각이 흘러가야 밖에서 애를 만들었다는 결론에 달할 수 있지? 저 작은 머리에는 대체 뭐가 들어 있길래 그런 생각을 할 수 있는지 궁금했다.

칼리드의 떨리는 목소리에 당황한 건 스칼렛이었다. 그녀는 멈칫하더니 이어서 고개를 크게 절레절레 저었다. 얼마나 세게 저었는지 머리가 아픈 건 아닐까 걱정될 정도로.

“아니에요!”

스칼렛이 크게 외쳤다. 그녀의 얼굴에 번진 당황함을 보며 칼리드는 입꼬리를 말아 올리고 말았다. 그런 그의 얼굴에 스칼렛이 길게 한숨을 푹 쉬며 입을 열었다.

“그냥 너무 진지하니까. 나도 최악의 최악의 최악을 생각한 거였다고요.”

“최악의 상황이 너무 바닥입니다, 스칼렛.”

“이해 좀 해 줘요. 그러게 누가 그렇게 분위기 잡으래?”

스칼렛이 툴툴거리면서 사과를 하나 입에 물었다. 칼리드는 아삭아삭 사과를 입안에 밀어 넣는 스칼렛을 사랑스레 응시했다.

"앞으로 최악의 상황을 상상할 때는, 제가 당신에게 어마어마한 실수를 했다, 정도로만 생각하십시오."

"어마어마한 실수?"

"네, 제가 당신 간식을 훔쳐 먹었다든가 하는 정도."

"……그게 어마어마한 실수예요?"

스칼렛이 어이없다는 듯이 헛웃음을 지었다. 하지만 칼리드는 진심이었다. 그녀에게 해를 끼치는 최악의 상황이라면, 아마 기껏해야 그녀의 쿠키를 하나 훔쳐 먹었다, 정도일까.

그만큼 그는 그녀에게 숨기는 것이 없고 싶었다. 지금부터는.

"어쨌든 스칼렛, 제가 당신에게 숨기고 있었습니다. 죄송합니다."

어차피 틀어진 화제라 그저 웃고 넘어가도 상관없었지만, 칼리드는 굳이 다시 한번 스칼렛에게 사과했다. 뭐가 되었든 그녀의 입에서 나오는 말을 듣고 싶었다. 원망이든 용서든. 물론 후자면 더 좋겠지만, 전자라도 괜찮았다.

스칼렛은 사과 조각을 아삭아삭 다 씹어 먹더니, 피식 웃었다. 그리고 그녀가 드물게 오만한 표정으로 칼리드를 보았다.

"칼리드."

"네."

"나는 바보가 아니에요."

스칼렛의 말에 칼리드가 미세하게 미간을 찌푸렸다. 그녀의 여유로운 표정에는 칼리드의 말을 대수롭지 않게 여기는 기색이 명백히 묻어나 있었다.

"솔직히 이사벨이 날 이용한 걸 당신이 알고 있는 줄은 생각지 못했는데- 뭐, 사실 당신이 모르는 게 더 말이 안 되더라고요."

"어떻게……."

"프로디아드를 이용해 위더를 견제하려는 계획을 세워 당신과 이사벨을 약혼까지 시킨 폐하께서, 당신한테 자초지종을 알리지 않았을 리가 없고."

"……."

"당신이 그냥 발만 들이민 것도 아니고 가장 복잡하게 엮인 핵심 인물인데, 위더 백작가와 이사벨이 무슨 짓을 어떻게 하고 다녔는지 몰랐다는 게 말이 안 되잖아요. 설사 몰랐다고 해도 폐하와 어머니께서 귀띔하셨겠죠."

스칼렛의 대수롭지 않은 기색에 칼리드는 길게 한숨을 쉬었다. 물론 그렇긴 하다. 사실 조금 생각해 보아도 알 법하긴 하지만…… 그래도 사과는 꼭 해야 했다.

"죄송합니다."

"뭐가요?"

"당신한테 숨기고 있어서. 당신이 얼마나 답답하고 얼마나 상처를 입을지 예상했음에도 결국 입을 다물 수밖에 없었습니다."

칼리드의 진지한 목소리에는 진심이 철철 넘쳐 났다. 그런 그의 눈을 똑바로 응시하다가 스칼렛이 환하게 웃었다.

"내가 가끔가다가 감성적, 아니, 사실 꽤 감성적인 사람인 건 맞는데, 그래도 그렇게 불합리한 사람은 아니에요."

"스칼렛."

"당신은 프로디아드의 공작이고, 폐하의 명령을 들을 의무가 있잖아요. 하물며 폐하께서 나를 시험해 보고 싶었고, 그 상황에서 오히려 나한테 이것저것 다 일러바치는 게 더 이상한 거죠."

스칼렛이 손을 뻗어 칼리드의 품에 폭 안겼다. 칼리드는 품에 안겨 오는 온기에 희미하게 미소를 지었다. 이윽고 그녀가 말을 이었다.

"그런 걸로 그렇게 미안해할 필요 없어요. 그 상황에서 할 수 있는 가장 최고의 선택이었다는 걸 이해하지 못할 정도로 난 멍청하지 않거든."

그녀의 다정한 음성에 칼리드가 팔에 힘을 주었다.

모르겠다. 가끔은 토라지기도 하고, 애처럼 굴기도 하고, 감성적이다가 잘 삐치기도 하고, 혼자서 끙끙거리며 앓기도 하고, 답답하게 굴기도 하고, 그러다가 다시 헤실거리며 웃는다.

하지만 그의 품에서 환하게 웃고 있는 사람은 세상에서 가장 강한 사람이었다.

그 사실을 다시 한번 상기하자, 칼리드는 비로소 밀려오는 행복감에 웃을 수밖에 없었다.

"힘들었죠?"

"……네?"

그때 뜬금없이 스칼렛이 물었다. 그에 채 반응하기도 전에 그녀가 말을 덧붙였다.

"나한테 아무 말도 못 하느라고."

"……."

"당신 성격에 나한테 뭔가를 숨기면서 기뻐했을 리가 없잖아요. 또 마음속에 나한테 죄책감 가득 안고 혼자서 애만 태웠을 게 뻔하니까."

"아닙니다."

"아니기는 무슨."

칼리드가 가볍게 고개를 저었지만 스칼렛은 여전히 미소를 띠면서 그를 힐끔 올려다보았다. 그런 그녀의 눈가에 가볍게 키스한 뒤, 칼리드가 말했다.

"제가 아무리 힘들다고 해도, 아무것도 모르는 당신보다 힘들었겠습니까."

"그건 누구도 모르죠. 상대방의 마음과 내 마음을 재단하는 방법 같은 건 없으니까. 누가 더 힘들었는지는 사실 신밖에 모르겠지만."

"……."

"누가 더 힘들고 말고와 무관하게, 덜 힘들었다고 힘든 사실이 없어지는 건 아니니까, 난 그냥 당신을 위로할래요."

스칼렛의 나긋한 음성이 방을 메웠다. 뭐라 구구절절 길게 늘어놓은 말은 아니었지만, 칼리드는 왠지 모르게 그 어느 때보다도 더 욱더 크게 위로를 받은 느낌이었다.

약간의 침묵이 흐르다가 스칼렛이 그의 품에서 벗어난 뒤 그와 눈을 맞춰 오며 말을 이었다.

"내가 좀 파란만장한 사생활을 이어 왔잖아요?"

"……그렇습니다만."

"난 그게 하나도 부끄럽지 않아요."

"……."

"사람한테 배신당한 거, 물론 어느 정도 내 문제도 있겠지만 그렇다고 해도 가장 근본적으로는 그 사람들 문제라고 난 언제나 생각해 왔어요."

"스칼렛, 당신이 잘못한 게 아닙니다."

"알아요. 그러니까 나는 계속해서 사람을 믿을 거예요."

스칼렛이 부드럽게 웃으며 입을 쪽 맞췄다. 갑작스러운 키스에 칼리드가 멍하니 그녀를 보자, 스칼렛이 부드러운 표정을 얼굴에 머금었다.

"나는 기본적으로 사람을 믿지는 않지만, 한번 믿기 시작한 사람은 끝까지 믿어요. 그건 당신도 마찬가지겠죠? 날 믿는 거 맞죠?"

"물론입니다. 스칼렛."

"그러니까 내가 하고 싶은 말은, 그 사람들은…… 우리 인생을 망치려던 그 사람들은 우습게도 하나도 우리를 망가뜨리지 못했어요."

"……."

"그러니까 우리는 계속 서로를 믿는 거예요, 칼리드. 나는 당신을 믿어요. 당신을 이해할 거고, 그러니까……."

"……."

"불안해하지 마요."

칼리드는 그녀가 무슨 말을 하고 싶어 하는지 그제야 깨달았다. 아니나 다를까, 스칼렛이 부드럽게 말을 이었다.

"상대방에게 모든 것을 허용한 건, 당신뿐만이 아니니까."

나도, 당신이라면 모든 것을 허용하고 있으니까.

스칼렛의 다정한 음성은 아무런 격앙된 감정도 없었고 어떤 특별한 언변도 없었으나, 정작 칼리드는 그에 크게 안도하는 자신을 발견해야 했다.

불안감.

모르겠다. 자신이 여태껏 왜 그런 감정을 갖고 있었는지.

하지만 한 가지 확실한 건 그가 스칼렛에게 퍼부었던 그 모든 감정만큼이나 스칼렛이 그에게 애정을 퍼붓고 있다는 것.

칼리드는 스칼렛의 보라색 눈동자를 응시했다. 몇 번이나 배신을 받아도 몇 번이나 상처를 입어도, 결국 괜찮다고 웃으며 훌훌 털어버린다. 그 강한 마음이 과연 어디서 나오는 것인진 모르겠지만, 그래도 그것만으로도 그녀는 충분히 빛났다.

칼리드가 스칼렛을 향해 팔을 뻗었다. 방금까지 생글생글 웃고 있던 스칼렛이 그것을 보더니 입을 삐죽하고는 고개를 돌렸다.

"하지만 그래도, 괘씸한 건 괘씸한 거죠."

장난스러운 말투에 칼리드가 짐짓 미간을 찌푸렸다.

"이런, 그럼 전 이제 어떻게 해야 합니까?"

스칼렛이 짐짓 고민하는 체 눈알을 데굴데굴 굴렸다. 그리고 생각났다는 듯이 방긋방긋 웃으며 입을 열었다.

"일단 다음부터는 절대 나한테 뭐 숨기지 말아야 해요. 알겠죠? 다음부터 다시 이러면 이렇게 쉽게 안 끝나요."

"다시는 없습니다, 스칼렛. 당신을 걸고 맹세하겠습니다."

"……왜 날 걸어요?"

"보통 이런 건 가장 중요한 걸 걸고 하는 거 아닙니까?"

칼리드의 말에 스칼렛이 그의 어깨를 가볍게 치자, 칼리드가 웃음을 흘렸다. 당연하지만 그녀에게 뭔가 숨기는 일은 다시는 일어나지 않을 것이다. 이제부터는 그 어떤 거짓말도 그녀에게 하고 싶지 않았다.

그 어떤 것도.

생각을 마친 뒤 칼리드가 물었다.

"그럼 전 이제 어떻게 갚으면 됩니까?"

그의 물음을 듣던 스칼렛이 고개를 갸웃거리며 뭔가를 열심히 생각하는 듯하더니, 이내 장난스럽게 웃으며 답했다.

"이럴 때는 보통 몸으로 갚던데."

"아, 저도 동의……."

"우와, 냉큼 받아먹는 거 좀 봐. 방금까지 뼈저리게 반성하는 그 태도 어디 갔어요? 이 남자 좀 보게, 괜찮다고 하니까 진짜……."

스칼렛의 말은 미처 끝나지 못했다. 칼리드가 손을 뻗어 그녀를 안아 들고 품에 꾹 껴안았기 때문이다. 그에 스칼렛이 가볍게 혀를 차더니 말을 이었다.

"하여튼, 기회 잡는 거 하고는."

"당신도 만만치 않습니다."

"어쨌든 간에 뼈저리게 반성 좀 하고, 기왕이면 몸으로 좀 갚아요. 기한은…… 내가 됐다고 할 때까지?"

"그런 건 합의해서 정하는 겁니다."

"아, 진짜. 쪼잔하게. 그냥 나한테 주도권 좀 주면 어디 덧나나. 알았어요. 그럼 공평하게 다음 생까지 해요."

스칼렛이 밉지 않게 툴툴거리자 칼리드가 희미하게 웃었다. 공평과 다음 생이 무슨 관계가 있는지는 모르겠으나, 이미 충분히 마음에 든 기한이어서 그는 고개를 끄덕였다.

"그래서, 당신은 나랑 결혼하고 싶어요?"

"하고 싶습니다."

상당히 솔직한 대답이었다. 하고 싶지 않을 리가 없었다.

결혼.

긴 카펫을 서로의 손을 잡고 들어가고, 신이 보는 앞에서 평생을 약속하고, 부드럽게 웃는 그녀의 입술에 맹세의 증표를 남기고, 이어 손가락에 서로를 기억하겠다는 낙인을 남긴다.

한 집에서, 한 침대에서, 그렇게 서로 마주 보며 깨고, 지내고, 모든 시간을 보낸다.

당연히 하고 싶다. 굳이 숨길 이유가 없었다.

스칼렛은 그의 대답에 그럴 줄 알았다는 듯이 환하게 웃었다.

"사실 나도 하고 싶어요."

"……."

"하지만 그냥 겁이 나요. 당신에 대한 것이 아니라, 나에 대한 거. 알잖아요, 나 생각 많은 거."

"어떤 생각 말입니까?"

"그냥……."

스칼렛이 시선을 아래로 내렸다.

"그냥, 고민돼요. 이것저것. 내가 과연 결혼에 어울리는 사람인지, 내가 당신의 그런 사랑을 감당할 자신이 있는지, 이 감정을 끝까지 끌고 갈 수 있을지."

칼리드는 부드럽게 미소를 지었다. 스칼렛이 무엇을 걱정하는지 모르지 않았다. 그로서는 그녀를 너무 잘 알았고, 그래서 더욱더 스칼렛의 우려를 이해할 수 있었다.

그래서 그가, 다정하게 입을 열었다.

"스칼렛."

"네."

"세상에는 확정된 것도 있지만, 확정되지 않은 것도 있습니다.

전자는 보통 현재고, 후자는 보통 미래입니다.”

“…….”

“확정되지 않은 것 때문에 굳이 현재를 망칠 필요는 없습니다.”

스칼렛이 눈을 깜박 깜박거렸다. 칼리드는 그녀의 얼굴을 두 손으로 감싼 뒤 부드럽게 말을 이었다.

“그러니까 당신은 그저 감정에만 충실하십시오.”

“…….”

“사랑합니다.”

쪽, 입을 맞추자 스칼렛이 눈을 감았다. 달콤한 향이 입안에 퍼진다. 말캉한 혀가 그를 얽혀 왔다. 칼리드는 스칼렛을 감싸 안았다. 그에 비해 다소 작은 체구가 품에 안겨 왔다. 곧 스칼렛이 그의 목에 팔을 두르고 입술을 뗐다.

“나도요.”

“네.”

“나도 사랑해요.”

그녀가 달콤하게 웃었다. 걱정이라 말하던 것과 달리, 사랑한다는 감정에는 이토록 솔직하다. 그 모습이 한없이 사랑스러워서 칼리드가 다시 그녀를 품에 안았다.

이윽고, 조금 길고, 조금 진한 키스가 이어졌다.

세상에 다시없을 가장 귀한 것을 품에 안은 칼리드는 생각했다.

정말 다행이다. 매 순간, 매시간 당신을 만난 것에 감사하며 그렇게 살아갈 수 있어서, 그리고 당신을 사랑하는 것만큼 당신도 나를 사랑해서, 그리고 우리 둘이 결국에는 같은 곳을 볼 수 있어서.

그는 미래를 쉽게 단정 짓는 사람이 아니었지만, 이 순간만큼은 단정 짓고 싶었다.

당신과 나는 영원히 함께할 것이다.

라일락이 만개하는 곳에서 그는 그녀를 만났고, 그는 그녀에게 반했다.

그리고 8년 뒤, 그는 그녀에게 다시 한번 반했다.

첫사랑이고, 마지막 사랑이라 말할 수 있었다. 이렇게 당신을 사랑할 줄 알았다면 그냥 첫눈에 반할 걸 그랬다. 아니, 사실 생각해 보니 첫눈에 반했던 것 같다.

하지만 그게 무슨 상관이랴.

햇살을 받아 우아하고 반짝이던 그날의 스칼렛. 그는 그 순간을 영원히 잊지 못할 것이고, 그리고 그녀와 함께하던 그 모든 순간을–

"사랑합니다."

"나도요, 사랑해요."

–잊지 못할 것이다.

* * *

아침 햇살이 얇은 커튼을 비집고 방 안을 비췄다.

화려한 백금발이 흐드러지듯 쿠션에 펼쳐져 있었다. 넘실거리는 백금빛 머리카락을 한 줌 쥐어 손가락으로 어루만지던 칼리드는 손을 뻗어 스칼렛의 뺨을 가볍게 그러쥐었다.

아직 잠에서 깨지 않은 그녀가 약간 뒤척이다가 본능적으로 그의 품에 안겨 들었다. 팔을 뻗자 다시금 고른 숨소리가 귀를 간질거리고, 하얗고 부드러운 살결이 손끝에 걸려 들었다.

따뜻한 햇볕, 부드러운 미풍, 그와 그녀의 사랑.

칼리드는 스칼렛을 품에 안았다.

행복하다.

그는 웃었다.

그의 품에, 그의 세상이 있었다.

제10장

첫사랑과 함께 찾아온 마지막 사랑

첫사랑과 함께 찾아온 마지막 사랑

위더 백작이 처형을 당한 뒤 내 일상은 꽤 조용하게 흘러갔다. 단 하나, 주변 사람들이 과하게 내 사생활에 신경을 쓰기 시작했다는 것을 제외하고.

"너 언제 결혼했냐?"

아침에 출근하기가 무섭게 들려온 물음에 나는 발걸음을 멈추었다. 외교부 건물 입구 부근에 올망졸망 서 있는 몇몇 동기들과 선배들을 쭉 훑던 나는 방금 물음을 던진 펠로 선배에게 답했다.

"결혼 안 했는데요?"

내가 언제 결혼을 했단 말인가. 그 전에, 왜 요즘따라 결혼 얘기가 많이 나오는지 모르겠다.

며칠 전 어머니가 갑자기 나를 불러서 결혼 얘기를 꺼냈을 때까지만 해도 그저 의례적이겠거니, 하고 웃던 나는 칼리드가 본격적으로 결혼 얘기를 꺼낸 뒤부터 하루하루를 결혼 얘기에 포위되어 살았다.

그리고 오늘, 이제는 유일한 청정 지대인 직장마저도 결혼 얘기에 물들어 버렸다.

나는 얼굴을 찡그렸다. 그런 내 모습에 옆에 있던 트리첼 선배가 부드럽게 웃으며 말했다.

"오늘 아침도 공작 각하와 함께 왔다며?"

"그랬죠."

"요즘 거의 날마다 같이 출근해서, 둘이 이미 결혼했다고 아는 사람들이 수두룩해."

나는 이마를 짚었다.

"무슨 날마다예요, 딱 세 번이구먼."

"열흘에 세 번이지."

펠로 선배의 말에 나는 입을 꾹 다물 수밖에 없었다. 요즘따라 만나는 횟수가 많아지다 못해 출근 시간을 제외하고는 언제나 붙어 있는 터라, 웬만하면 내 사생활에 관심이 없는 어머니마저도 '자제하는 게 어떻겠니.'라는 말씀을 하셨다.

나는 푹 한숨을 쉬었다.

"어쨌든요."

"결혼 얘기가 오간다며? 언제 청첩장 받아 볼 수 있어?"

난 고개를 절레절레 저었다. 그게 정해졌으면 내가 이 며칠 묘하게 압박감을 느끼지도 않았겠지. 정작 칼리드는 독촉도 하지 않는데 왜 내 주변만 이러는지 모르겠다.

결국 나는 공작가의 후계자로서의 의무 따위 머리 뒤편으로 집어던진 발언을 하고야 말았다.

"꼭 결혼해야 해요?"

내 물음에 펠로 선배가 피식 웃었다. 이어서 옆에 있던 몇몇 동기들도 함께 웃음을 터뜨렸다. 그 와중에 에리나 선배가 우아하게 웃으면서 입을 열었다.

"보통 사람에게야 당연히 필수 사항은 아니지만, 우리 스칼렛이 그런 말을 하게 될 줄은 몰랐네?"

"그거야……."

나는 머리를 훌훌 털었다. 공작가의 후계자로서 결혼하지 않겠다는 말을 하다니, 내가 내뱉고도 어이가 없었다.

결국 어깨를 으쓱거리며 '언젠가는 하겠죠.'라고 중얼거리며 건물 안쪽으로 들어갔다.

* * *

"결혼을 하지 않고 아이를 갖는 방법은 없을까?"

"결혼을 하지 않고 아이를 갖는 방법은 있지만, 감당해야 하는 게 결혼하는 것보다 더 많을 텐데, 괜찮겠어?"

"미안, 내가 물음을 잘못 물었네."

나는 쿠션에 박았던 얼굴을 들었다. 옆에서 우아하게 차를 마시던 올리비아가 피식 웃고는 고개를 저었다.

"요즘 결혼 얘기가 오간다며?"

"말도 마. 왜 이렇게 다른 사람 얘기에 관심이 많은지 모르겠어."

"그거야, 원래 다른 사람 학업, 결혼, 출산 얘기는 인류의 삼 대 가십거리야. 지위가 높은 사람일수록 흥미는 더 올라가는 거고."

너무 맞는 말이라 반박도 할 수 없었다. 그리고 솔직히 내 일이라 이렇게 머리를 싸매는 것이지, 다른 사람 이야기라면, 그것도 두 공작가의 혼사가 달린 이야기라면 나도 귀를 쫑긋하고 같이 구경했을 것이다.

"으아아악, 미치겠어."

나는 소파에 엎드린 채 쿠션을 머리에 얹고 발버둥을 쳤다. 그때 언제 왔는지 비올레타가 내 다리를 팍 치며 옆에 앉았다.

"먼지 날려, 하지 마."

"날 좀 이해해 줘. 진짜 미치겠다고."

"그런데 왜 그렇게 기를 쓰고 결혼을 하지 않으려고 하는 거야?"

"내가 언제?"

비올레타가 뱁새눈을 한 채 나를 뜯어보며 말했다.

"지금."

"그런 건 아니야."

나는 결국 다시 몸을 일으켰다. 그리고 10년은 폭삭 늙은 얼굴로 입을 열었다.

"그냥, 불안해서 그래."

"네가?"

"그냥 아무 이유 없이 불안해. 이것저것. 내가 과연 결혼을 감당할 수 있는지. 뭐, 그런 거."

"으음…… 양심이 없는 줄 알았는데 양심은 있네."

올리비아의의 갑작스러운 말에 나는 미간을 찌푸렸다. 내가 무슨 양심이 없다고 이래.

하지만 올리비아는 꽤 진지한 얼굴이었다.

"생각을 해 봐. 본인의 과거 행적을. 애인이 거의 스물이나 되고."
"스물까지는 아니야!"
"하여튼 그 정도로 많고, 그 와중에 길게 사귄 건 하나도 없고, 네가 상대한테 막 목숨도 바치고 할 만큼 그렇게 헌신적인 것도 아니고."
반박하고 싶지만, 너무 사실이라 반박을 못 하겠다. 내가 입을 꾹 다물고 있자 올리비아가 계속해서 말을 이었다.
"그런데 공작은 네가 첫사랑이고, 여자관계 깨끗하고, 다정하고, 헌신적이고, 아무리 봐도 양심은 네가 없는 것 같은데? 걱정도 공작이 해야 할 것 같고."
…….
나는 억울한 눈빛으로 그녀를 보았다. 어느새 쿠키를 집어 먹고 있던 비올레타가 내 눈빛을 보더니, 이내 입안에 있는 쿠키를 억지로 넘기고는 고개를 올리비아 쪽으로 돌렸다.
"야, 우리 스칼렛이 얼마나 예쁜데!"
"스칼렛 예쁜 건 인정하지만, 상대는 프로디아드 공작이야."
"공작가의 후계자고!"
"상대가 프로디아드 공작이라니까."
"공부도 잘하고."
"상대가 프로디아드 공작이라고."
"매, 매력도 있고."
"상대가 프로디아드 공작이라고 백번을 말할까?"
"싸움도 잘하고."
"그만해, 비올레타. 너 도움 하나도 안 돼."

나는 결국 한숨을 푹 쉬었다. 그래, 뭐, 나도 안다. 객관적으로 봐도 칼리드가 나와 비교해서 떨어지는 사람은 절대 아니지. 하지만 지금은 조건 따위를 따질 때가 아니었다.

"이게 바로 연애할 남자 따로, 결혼할 남자 따로 두는 귀족 영애의 가장 근본적인 이중 잣대……."

"닥쳐. 그런 거 아니니까."

올리비아의 말에 나는 그녀에게 쿠션을 뿌리고 싶은 욕망을 억눌렀다. 그에 올리비아가 피식 웃음을 흘렸다.

"뭐, 농담이긴 한데. 너무 고민하지는 마."

"……."

"두 사람이 천천히 해결해 볼 문제지, 이건 주변에서 급하게 재촉한다고 될 일이 아니니까. 그리고 애초에 조건 같은 걸로 빠질 사랑이었다면 지금까지 오지도 않았겠지. 내 말도 너무 신경 쓸 필요 없어."

나는 그녀를 빤히 보았다. 그녀의 적안에 담긴 묘한 웃음기를 보다가, 내가 퉁명스럽게 한마디 내뱉었다.

"난 네가 내 편인지, 적인지 모르겠어."

"다행이네. 비올레타처럼 너무 무모하게 네 편만 들면 큰일 나는데."

올리비아의 말에 나는 길게 한숨을 쉬고는 머리를 털어 냈다. 올리비아 말이 맞았다. 어쨌든 지금 상황에서 가장 중요한 건 내 마음과 칼리드의 마음이지. 뭐, 주변 사람들이 밀어붙인다고 될 결혼이었다면 세상에 혼자인 사람이 없겠다.

"아, 됐어. 생각 안 할래."

"잘 생각했어. 그냥 흘러가게 내버려 둬."

비올레타가 마지막 쿠키를 다 씹으며 중얼거렸다. 그때 그녀가 생각났다는 듯이 손뼉을 탁 쳤다.

"그러고 보니."

나와 올리비아의 시선이 비올레타에게 향하자, 그녀가 말을 이었다.

"릴리 필레르의 두 번째 연극이 쫄딱 망한 거 알아?"

"응?"

나는 미간을 찌푸렸다. 릴리 필레르라면…… 아, 그 위더 백작의 내연녀.

"망했다고?"

"귀족들이 전부 의도적으로 발길을 끊었거든."

"왜?"

"사교계에 소문이 쫙 퍼져서. 위더 백작이 필레르 후작의 외동딸과 외도 관계에 있었다고. 뭐, 위더 백작이 처형을 당한 지금, 그게 진짜인지는 알 길이 없지만- 거의 기정사실처럼 퍼지더라고."

나는 미간을 찌푸렸다. 이렇게 크나큰 스캔들을 다른 사람이라면 몰라도 필레르 후작이 가만히 두었을 리가 없었다. 무조건 수를 쓰든 소문을 잠재웠을 텐데. 나는 눈알을 데굴데굴 굴렸다.

"그 소문이 그냥 돌게 내버려 뒀다고? 아니, 그전에, 귀족들이 후작 영애의 스캔들을 그렇게 막 뒤에서 씹고 다녔다고?"

"그거야…… 소문의 근원지가 어마어마한 사람이니까."

"누구?"

"필레르 공작 부인."

나는 멈칫하고 말았다. 그리고 이해했다.

역시, 폐하가 흑막이셨군.

위더 백작이 반역을 꾀한 상황에서 진짜로 릴리 필레르가 아무런 연관이 있는지, 없는지는 누구도 모른다.

결국 증거는 없고 직접 잡을 수도 없으니, 약간의 수단이 필요하셨겠지.

왕비 전하의 시녀장인 뮐레르 공작 부인이 소문의 근원지라 함은 당연히 왕비 전하가 뒤에 있다는 것. 왕비 전하가 그렇게 쓸데없이 소문을 퍼뜨릴 분은 아니시니 이건 폐하께서 내리신 결정일 것이리라.

"재스민 필레르, 개고생 하겠네."

"그렇지? 뮐레르 공작 부인이 한 말이지만 당연히 어마마마께서 암묵적으로 동의하셨다는 거고, 어마마마가 그런 스캔들을 묵인했다는 건 다른 의미에서 왕실이 필레르 후작에게 그다지…… 으음, 그다지 신임을 주고 있지 않다는 거니까."

추밀원 중 하나인 필레르 후작가가 불륜 스캔들에 휘말렸다. 그리고 그 근원지는 왕실. 귀족들이 그게 무슨 뜻인지 모를 리가 없었다.

국왕 폐하께서는 필레르 후작가를 어느 정도 밀어내고 계신다는 뜻이고, 따라서 한동안 필레르 후작가의 세가 약해지는 건 감수해야 할 듯싶었다.

결국 후계자인 재스민 필레르가 전부 감수해야 하는 부분이었다.

"필레르 후작도 꽤 불쌍해. 딸 하나 잘못 키워서 저게 무슨 짓이야."

비올레타가 중얼거리는 말에 나도 고개를 끄덕였다. 원래 귀족가는 자식들의 교육에 어마어마한 정성을 퍼붓는다. 혹여 가문에 손해를 끼칠까 봐.

"그런데 릴리 필레르는 가문과 연을 끊었다고 하지 않았어? 그런데도 직접적으로 피해가 가나?"

"야, 솔직히 걔 데뷔작 보러 가는 사람들 중에 8할은 필레르 후작 때문에 갔을 거야. 그런데 지금 봐 봐, 망했잖아."

"혹시 집에 기어 들어가는 거 아니야?"

"왜 아니겠어? 진실인지 아닌지는 모르겠지만, 릴리 필레르가 후작가로 돌아갔다는 소문이 돌았어."

"나 같으면 절대 안 받아 줄 거야. 가문에 먹칠한 자식을 왜 받아 줘?"

가문의 명예는 귀족의 정체성이나 마찬가지였다. 그런데 어떻게 가문에 먹칠 수준이 아니라, 아예 기반을 뒤흔든 자식을 쉬이 용서할 수가 있단 말인가. 아니나 다를까, 그 답은 비올레타에게서 흘러나왔다.

"그래서 필레르 후작이 릴리 필레르를 쫓아냈대. 그렇게 잘났으면 어디 한번 혼자 살아 보라고."

나는 한숨을 푹 쉬었다. 진짜, 자식 교육 잘해야 돼. 나는 이제 애 낳으면 칼리드한테 교육 맡겨야지. 난 아마 다 망칠 거야. 매일 애들이랑 싸우다가 화병 날 거야.

나는 소파에 등을 기댔다.

아, 칼리드 보고 싶다.

"무슨 생각해?"

"응? 아, 아니야. 그냥 갑자기 칼리드 생각이 나서."

"……이러면서도 결혼은 안 하겠다고 하는 걸 보면, 결혼에 트라우마라도 있는 줄 알겠다."

나는 피식 웃었다. 왠지 모르게 결혼을 하면 인생의 전환점을 맞이할 것 같아서 그냥 기분이 묘했다.

“아카데미 때가 좋았는데. 결혼 걱정도 없어, 후계 걱정도 없어, 그냥 착실하게 공부만 하면 되고.”

“으음, 난 싫어.”

“넌 당연히 싫겠지. 어지간히 사고를 치고 다녔어야지.”

올리비아의 말에 비올레타가 눈을 치켜떴다. 하지만 이내 본인이 사고를 치고 다녔다는 사실을 상기하고는 흥– 콧방귀를 끼며 다시 내게로 고개를 돌렸다.

“그래서, 이번 아카데미에는 갈 거야?”

“응? 아카데미에 왜 가?”

“어, 너 몰랐어? 아, 어젯밤에 공작이랑 있었겠구나.”

무슨 소리를 하는 건가. 나는 미간을 찌푸렸다.

하지만 이내 비올레타가 한쪽에 놓인 편지 중에서 하나를 뽑아 내게 건네는 것을 받아 들고는 그녀가 무슨 말을 하는지 알아차렸다.

“아카데미 축제?”

“매년 하는 거잖아. 어젯밤에 왔더라고, 뭐, 디르난트 쪽에도 갔을 테지만, 네가 어젯밤에 공작과 있다고 하니까.”

아카데미는 개교일에 맞춰 축제를 열곤 했다. 시기는 봄에 접어들고 날씨가 따뜻해질 무렵. 그러고 보니 벌써 봄이구나. 나는 새삼스러운 느낌에 사로잡혀 길게 한숨을 쉬었다.

아카데미는 매해마다 축제를 열고 졸업생들을 초청하지만, 나는 거의 참석하지 않았다. 어찌 되었든 간에 재학생 시절 질리도록 참여한 축제에 굳이 참석할 이유가 없다고 생각했기 때문이다.

그래서 나는 고개를 저었다.

"아니, 안 갈래. 나 요즘 바빠."

핑계가 아니라 사실이었다. 다만 외교부가 언제는 바쁘지 않을 때가 있었냐마는.

하지만 내 대답에 비올레타는 꽤 의외라는 듯이 눈을 크게 뜨고 나를 보았다.

"진짜? 진짜 안 갈 거야? 아비게일이 섭섭해할 텐데."

"발터르 영애가 왜?"

"그거야- 매년 아카데미 축제에 새로운 강사, 부교수, 교수 임명식이 있잖아."

나는 눈을 깜박 깜박거렸다. 그런데 그게 발터르 영애와 무슨…….

"아, 혹시!"

나는 자리에서 벌떡 일어났다. 발터르 영애는 현재 아카데미에서 국제법 박사 학위를 따고, 아카데미 교수를 목표로 하고 있었다.

"이번에 발터르 영애도 임명되는 거야?"

"몰랐어? 아, 하긴. 초청장도 못 받았으니까 그 명단도 못 받았겠다. 그래, 아비게일이 이번 강사 임명 명단에 들어갔어."

난 멍하니 고개를 끄덕였다. 발터르 영애가 아카데미에 정식으로 자리를 인정받는다면 내가 안 갈 수가 없었다. 솔직히 이사벨 일로 그때 꽤 신세를 진 것도 있고, 평소에도 이것저것 날 도와준 적이 많았는지라.

더군다나 위더 백작가가 무너진 지금, 한때 위더와 맺었던 사업 계약 중의 절반 이상이 발터르로 간 터라, 현재로서 디르난트의 가장 공고한 아군 중의 하나가 발터르였다.

외교부 일로 바쁘긴 하지만 시간을 굳이 내라면 못 낼 정도는 아니었다. 나는 그렇게 생각하며 다시 한번 고개를 끄덕였다.

* * *

퇴근 뒤 칼리드를 만나는 건 거의 의례적인 행사라 그리 놀랍지도 않았다. 나는 그와 팔짱을 끼고 천천히 수도의 중심 거리를 걸었다.

"아카데미 축제가 열린다던데, 갈 거예요?"

"아직 결정하지 않았습니다만, 갈 것 같지는 않습니다."

"으음, 역시."

나는 고개를 끄덕였다. 뭐, 할 일이 없는 게 아니고서야…… 아니면 나처럼 특이한 이유가 아닌 한 굳이 갈 이유가 없다. 내 대답에 칼리드가 고개를 숙이고 내게 물었다.

"왜 그러십니까?"

"아, 발터르 영애가 정식으로 강사로 임명된다고 해서요, 이번에 참석해야 할 것 같은데."

"그럼 이번 아카데미 개교 축제에 참석하시는 겁니까?"

"해야죠. 발터르 영애가 날 도와준 게 워낙 많아서. 얼굴 비추는 게 좋을 것 같아."

내 대답에 칼리드가 음- 하고 뭔가 생각하는 듯하더니 나를 보며 말했다.

"그럼 저도 가는 게 좋을 것 같습니다."

"안 바빠요?"

"딱히."

나는 웃음을 흘렸다. 마침 극장 앞에 다다른 터라 계단을 오르는 내 손을 잡아 주며 칼리드가 부드럽게 답했다.

"마침, 준비한 것도 있고."

"준비?"

고개를 갸웃거리자 칼리드가 고개를 저었다.

"아닙니다."

우리는 곧 예약한 박스석에 들어갔다. 요즘따라 자주 오페라 하우스에 오는 것 같은데, 그래서 그런지 익숙하기 그지없는 환경에 편안하게 소파에 기대자, 칼리드가 내 어깨를 감쌌다.

손에 와인 잔을 들고 천천히 시작을 기다리던 나는, 갑자기 비올레타의 말이 생각나 입을 열었다.

"그러고 보니, 필레르 후작이 조금 곤란해졌다면서요?"

"네, 좋지 않은 소문이 도는 바람에."

좋지 않은 소문이긴 하지만 사실에 근접한 소문이다. 물론 이렇게 계속 퍼지다가 어떻게 와전될지는 나도 알 수 없지만.

귀족 가문에 이런 유의 스캔들은 너무 치명적이라, 필레르 후작가는 아마 한동안 고생을 좀 해야 할 것이다. 남녀 관계에서 다소 자유롭고 개방적인 분위기를 지향하는 윈체스터에서는 딱 하나, 결혼과 가정에만큼은 한없이 보수적인 분위기였다.

이사벨이 그런 식으로 내 애인을 뺏어도 기껏해야 가십 정도로밖에 끝나지 않을 수 있었던 건 내가 멍청하게 그녀를 보호해 준 것도 있지만, 다른 한편 어쨌든 내가 결혼하지 않았다는 점도 있었다.

다른 사람의 애인이나 약혼자를 빼앗는 건 이미 불륜과는 급이 다른 문제였다. 전자는 애들의 치기 어린 사랑싸움으로 볼 수 있으나, 후자는 명예에 어마어마한 흠집을 준다.

나는 한숨을 푹 쉬었다. 이렇게 생각하니까 더 부담스럽다. 결혼의 무게가 확 닿아 오는 것 같았다. 뭔가 일생일대의 선택을 놓고 있는 것 같아.

“무슨 생각 하십니까?”

“아, 아니에요. 그냥 재스민 필레르도 꽤 고생하겠구나 싶어서.”

나는 내가 방금까지 결혼 문제로 고민했다는 것을 들키지 않기 위해 급히 화제를 옮겼다. 칼리드는 그런 내 얼굴을 조용히 응시했다.

“필레르 후작가가 당분간 추밀원에서 입지가 좁아질 건 확실합니다.”

“그러네요. 그런데 그럴 만도 하죠. 불륜 스캔들이 어디 작은 일이에요? 불륜과 사생아는 가문에 먹칠하는 가장 큰 스캔들인데. 하물며 위더 백작이랑.”

칼리드가 가볍게 미소를 짓자 나는 계속해서 말을 이었다.

“하지만 그 전에…… 릴리 필레르도 참 대단하다 싶은 게, 무슨 생각으로 그런 짓을 했는지…….”

“사랑에 빠진 사람은 원래 맹목적입니다. 멍청할 정도로.”

“인정은 하지만 상대가 위더 백작이에요. 아니, 그 전에 위더 백작도 대체 무슨 생각인 거죠? 아무리 봐도 위더 백작 부인은 위더 백작에게 아깝다 못해 안타까울 지경으로 좋은 사람이었어요.”

나와 가치관이 맞고 틀리고와 다르게, 위더 백작 부인 자체는 꽤 좋은 사람이었다. 부드럽고, 다정하고, 유약하고, 배려심 깊고. 결혼만 잘했더라면 그런 파국은 맞지 않았을 텐데.

역시, 사람은 결혼을 잘해-

"으악."

"스칼렛?"

나는 머리를 부여잡았다. 아니, 어떻게 된 게 생각하는 족족 결혼 쪽으로 주제가 가지? 이 며칠 동안 주위 사람에게 세뇌 수준으로 교육을 받은 게 이런 결과로 나타나는 건가.

나는 머리를 탈탈 털었다. 이건 아니다, 이건 아니야.

"칼리드. 우리 주제를 다른 걸로 바꾸어 보아요."

"요즘 스트레스를 받으시는 겁니까?"

"네?"

칼리드가 부드러운 목소리로 내게 물었다. 나는 그의 다정한 적갈색 눈동자를 보며 순간 죄책감에 휩싸이고 말았다. 이렇게 좋은 사람을 두고 나는 결혼을 주저하고 있다니, 부담감을 느끼고 있다니.

칼리드는 묘하게 웃음기가 도는 표정으로 나를 보다가, 내 이마에 입을 가볍게 맞추고는 말을 이었다.

"결혼 얘기가 나올 때마다 얼굴색이 하얗게 질리시길래."

"아니…… 그건 아닌데."

그렇게 티가 났나?

"저번에 말씀드렸지만, 부담 갖지 마시고 천천히 흘러가게 내버려 두는 겁니다."

"알아요."

"급하지 않습니다. 지금 결혼하나, 1년 뒤에 하나, 10년 뒤에 하나…… 어차피 같은 사람과 할 거니까."

나는 눈을 깜박거렸다. 그러고 보니 그러네? 어차피 지금 하나, 내일 하나, 10년 뒤에 하나- 어차피 난 칼리드랑 할 건데 뭐가 걱정이지?

칼리드와 눈을 맞추자, 그가 다시 내 눈가에 입을 맞춰 왔다. 나는 살짝 눈을 감다가 그의 입술이 떨어지자 입을 열었다.

"사실, 별거 아닌 일에도 내가 민감하게 반응해서…… 그냥 가끔 쓸데없는 가설을 세우곤 해요."

"쓸데없는 가설이라……."

"당신이 진짜 이사벨과 사랑했다면, 어쨌을까 하는."

"그랬다면 그건 제가 아닌 겁니다."

혹여 기분이 나쁠까 봐 그의 눈치를 보며 조심스레 내뱉은 말이었다.

사실 카펠라에서도 그랬지만, 조금 불안하기도 했다. 그때야 홧김에 사귀자고 그렇게 말을 내뱉었지만, 결혼 전까지 간 지금, 별별 생각이 다 들었다.

만약 진짜로 칼리드가 이사벨을 사랑했다면? 만약 그랬다면 나는 계속 이 남자를 사랑했을까?

아무리 이사벨이 내 애인을 7명이나 빼앗았다고 하나, 그것과 무관하게 내가 타인의 약혼자를 뺏은 행동이 정당화될 수 있을까?

객관적으로 보면 당연히 칼리드는 이사벨을 사랑한 적도 없고, 그의 말마따나 진짜 진실이 그러했다면 그건 애초에 칼리드가 아니었겠지만…… 나는 그런 생각을 한 번씩 했다.

만약 그때 내가 우연하게 그 편지를 보지 않았다면, 아니, 이사벨이 나를 배신하지 않았다면, 그녀가 진짜로 착한 사람이었다면, 그러면 나는 칼리드와 사랑에 빠졌을까, 하는.

시작이 비틀어졌다는 느낌을 어쩐지 지울 수가 없었다. 만약, 만약 칼리드가 진짜로 누군가를 배신하는 사람이었다면…… 아, 잠깐만, 만약 그런 사람이었다면 그가 진짜 칼리드일까? 그게 진짜 내가 사랑하는 남자일까? 그럼 나는 대체 어떤 선택을 했을까.

모르겠다. 이런 가설을 백 번이고 천 번이고 세워 봤자 현실이 아닌 이상 무슨 소용이 있겠느냐마는, 하지만 그럼에도 그런 생각이 드는 걸 멈출 수는 없었다.

시선을 바닥에 고정한 나는 길게 한숨을 쉬었다. 이렇게 생각만 하다가 한평생 결혼도 못 하겠네.

그때였다.

"스칼렛."

"네? 어……."

칼리드가 갑자기 나를 품에 안았다. 그리고 그가 조용하게 내게 읊조렸다.

"제가 만약 누군가를 배신하는 사람이었다면, 아마 지금까지 오지도 못했을 겁니다. 그리고 당신은 저를 사랑하지도 않았을 겁니다. 그저 적당하게 관계를 유지하다가, 그렇게 끝이 났으리라고 생각합니다."

"하지만……."

"당신은 바르고, 똑똑한 사람이니까."

"……."

"만약 그때 당신이 저를 유혹하지 않았더라면, 아마 그 뒤에는 제가 유혹했을 겁니다."

아, 이 말, 들어 본 적 있다. 그러고 보니 그때도 오페라 하우스에서였지. 묘하게 기시감이 드는 상황이었다.

하지만 이런 내 의아함 뒤로 칼리드가 계속해서 말을 이었다.

"저는 당신을 오랫동안 사랑했고, 따라서 당신이 저를 유혹하지 않았다고 해도 저는 당신에게 구애했을 겁니다, 스칼렛."

"진짜요?"

"네. 하지만 스칼렛. 이 모든 것을 다 제쳐 놓고서라도……."

"……."

"당시의 저는 당신을 사랑했고, 우리는 그때 그렇게 만났으며, 결국에는 지금까지 걸어왔습니다. 우리는 옳은 시간에, 옳은 장소에서, 옳은 사람과, 옳은 상황을 맞이했습니다."

"……그렇, 죠."

사랑은 원래 운과 타이밍이 따라 줘야 한다. 혹자는 그것을 '운명'이라고 한다.

"이 정도면, 어느 정도 불안감은 풀리셨습니까?"

칼리드의 물음에 나는 입을 꾹 다물었다. 웃기게도, 정말 거짓말같이 머릿속을 꽉 메우고 있던 불안감이 사라졌다. 뭐가 이렇게 쉬우냐고 할 수도 있겠지만, 애초에 다가오지도 않은 상황, 진실도 아닌 상황, 쓸데없는 가설, 쓸데없는 고민일 뿐이었다.

나는 고개를 끄덕였다.

"어느 정도 알 것 같아요."

내가 사랑한 그 사람은 이런 사람이고, 이런 사람이므로 내가 사랑했다.

모든 가설을 다 붙여도, 결국 그가 칼리드고 내가 스칼렛이고, 우리가 그런 일을 겪고 결국 사랑에 빠졌음을 부정할 수는 없다.

그 사실이 떠올라서 나는 결국 웃으며 고개를 끄덕였다.

* * *

나는 거울을 빤히 보았다. 라이나가 뒤편에서 빗을 들고 내 머리를 조심스레 빗겨 주었다. 그 모습을 보며 나는 화장대 위에 있는 서류로 눈길을 돌렸다.

아카데미 축제가 삼 주 뒤, 그 전에 외교부 일을 다 마쳐야 한다.

발터르 영애는 내가 아카데미 축제에 참석하겠다는 편지를 보내기가 무섭게 고맙다는 답신을 보내왔다. 개인적으로도 나는 그녀를 꽤 좋아하는 터라, 시간을 내서 특별히 축제에 참석하는 게 딱히 귀찮지는 않았다.

최근에는 왠지 모르게 마음이 평온해져서 이제는 '결혼 안 하니?'라는 물음에도 '저 대신 해 줄 거예요?'라는 말로 받아칠 수 있게 되었다.

물론 말은 그렇게 했지만 나도 약간, 아주 약간 결혼에 대한 기대 같은 게 생겨 버린 건 어쩔 수 없었다. 어쩐지 해도 괜찮을 것 같단 말이지.

특히 칼리드라면.

저도 모르게 입가에 미소가 떠올랐다. 라이나는 거울 너머로 내 머리를 다 만진 뒤 마지막으로 귀걸이를 달아 주고는 보석함에서 사파이어 반지를 꺼냈다.

"으음? 반지?"

"어, 안 해 보실래요?"

"갑자기 웬 반지?"

성인식을 맞이할 때 어머니가 내게 해 준 이 반지는, 그 뒤로도 중요한 장소에 나갈 때마다 내가 꼭꼭 하고 다니던 것이었다.

하지만 평소에는 거추장스러워서 손가락에 뭘 달고 다니지 않는 터라 나는 라이나를 이상한 눈빛으로 보았다.

그에 라이나는 약간 당황하더니, 이내 사람 좋은 미소를 지으면서 입을 열었다.

"예, 예뻐서요."

"귀찮은데 무슨."

"사이즈는 괜찮으시고요?"

"그거야 내 반지니 사이즈가 당연히…… 야, 어디에 끼워 넣는 거야."

나는 갑자기 내 왼손 약지에 반지를 끼워 넣는 라이나를 보며 기겁했다. 아니, 이제는 얘까지 나한테 결혼 독촉을 하려고 이러나.

라이나는 내 말에 손을 빤히 쳐다보더니 그것을 뺄 생각은 하지 않은 채 진지하게 내게 물었다.

"작진 않으세요?"

"조금 헐렁해. 나 이 반지, 검지에 착용하던 거야."

"아, 그럼 역시 한 사이즈 작은 걸로."

"고칠 필요 없어. 어차피 이거 검지에 끼는 건데 왜 약지에 넣고 이래? 그리고 나도 다 커서 이젠 반지 사이즈 조절할 필요 없거든?"

성인식 뒤로 손이 조금 커지는 바람에 한때 자주 반지 사이즈를 조절했다. 특히 사파이어 반지 같은 경우에는 딱 손에 맞게 일 년에 한 번씩 사이즈를 고치는 편이었다.

라이나는 그것 때문에 그러는지 계속 내 손가락에 이것저것 대

보면서 괜찮은지 물었다.

하지만 사실 스무 살도 더 넘은 상황에서 손가락 사이즈가 갑자기 확 바뀔 리가 없지 않은가.

"괜찮다니까."

"그래도 반지는 딱 맞게 착용해야 해요."

라이나는 내 눈치를 힐끔 보더니 내 손에 이것저것 반지를 끼워 놓고는 다시 빼기를 반복했다.

마지막으로 루비 반지까지 전부 착용해 본 뒤, 라이나가 그중에서 가장 사이즈에 맞은 걸 집어 들고는 알겠다며 고개를 끄덕였다.

"반지 사이즈 줄이지 마. 특히 그 사파이어 반지는."

그거 줄였다가 혹시 살이라도 찌면 어쩌려고.

내 말에 라이나가 절대 그럴 일은 없다고 호언장담했다. 그리고 고개를 돌리며 혼자 눈치가 없고 다행이고 어쩌고저쩌고 한 것 같은데……. 뭐, 그건 나랑 별 상관이 없을 것 같아 나는 다시 서류 쪽으로 눈길을 돌렸다.

* * *

오전 회의가 끝난 뒤, 나는 서류를 정리하고 회의실을 나섰다. 조용하게 복도를 걷던 나는 문득 눈앞에 보이는 인영에 멈칫하고 말았다.

"뭐야."

그건 내가 할 말 같은데.

우연도 이런 우연이 있나. 나는 리스터를 보며 피식 웃음을 흘렸다. 한동안 내 눈앞에서 보이지 않더니 하필이면 이때 딱 보이냐. 그러고 보면 수도에 온 지 한참 된 것 같은데 저번에 보고 진짜 눈에 안 띄었네?

어라?

나는 고개를 갸웃거렸다. 뮐레르 공작가의 막내아들이라면 국빈 연회에서도 안 보일 이유가 없었다. 그러고 보니 진짜 한동안 안 보였네.

리스터는 나를 보며 뭔가 생각난 듯 얼굴을 찌푸렸다. 그러고는 곧바로 입을 열었다.

"어디 가냐?"

"비올레타한테."

"근무 시간에?"

"내 마음이지."

내 대답에 리스터가 얼굴을 더 일그러뜨렸다. 그러다 이내 상당히 화가 난 얼굴로 나에게 쏘아붙였다.

"프로디아드 공작과는 아직도 만나고 있냐?"

"그럼, 알콩달콩 잘 만나고 있지. 왜."

나는 입꼬리를 말아 올렸다. 하여튼 상냥한 어투로 묻는 법이 없다. 뭐, 나쁜 녀석이 아니라는 건 알지만, 어떻게 하면 대화에서 밀리지 않을까 고민해야 하는 터라 꽤 피곤한 건 사실이었다.

반면에 칼리드와는…… 나는 다시 미소를 지었다. 그런 내 얼굴을 보던 리스터는 어이가 없다는 듯 헛웃음을 터트렸다.

"신기해서 그런다. 그놈은……."

"말조심해. 공작이야."

"그 인간 때문에 내가 이 며칠 무슨 고생을 했는데. 수도에 오자마자 지방으로 쫓겨났다고."

"……응?"

나는 고개를 갸웃거렸다. 뭐야, 국빈 연회에 리스터가 안 보인 게 칼리드 때문이었단 말이야?

내 얼굴을 빤히 응시하던 리스터는 내가 진짜로 아무것도 모른다는 것을 깨달았는지 헛웃음을 지었다.

하지만 내가 뭘 알 리가 없지 않는가. 칼리드가 밀레르 공작가에 무슨 일을 했든 나에게 보고할 의무는 없었다.

그래서 나는 어깨를 으쓱하며 입을 열었다.

"글쎄, 뭐, 이유가 있으니까 칼리드가 그랬겠지?"

"절대적인 믿음이냐? 넌 의심 같은 거 해 본 적도 없어?"

"의심해야 돼?"

그 전에 의심할 이유가 뭐가 있겠는가. 나는 가볍게 웃음을 흘리며 발걸음을 옮겼다. 어차피 더 대화를 해 봤자 의미도 없었으므로.

하지만 리스터는 나와 생각이 다른지, 계속 제 갈 길을 가려던 나를 불러 세웠다.

"결혼 얘기 오가던데."

"너까지 그 얘기야? 아, 이젠 기정사실이 다 되었네."

나는 헛웃음을 흘렸다. 뭐, 며칠 전보다 마음이 평온해진 건 사실이었지만, 그래도 리스터한테서 그 말을 들을 줄은 몰랐던 터라 나는 조금 의외라는 얼굴을 하고 말았다.

하지만 리스터는 생각보다 훨씬 더 심각한 얼굴로 나를 응시하고 있었다.

"그래서 넌, 결혼할 거냐?"

"언젠가는 꼭 해야겠지?"

"그래, 해."

"흐음……."

나는 조금 느긋한 표정을 지으며 리스터를 보았다. 이 녀석의 성격을 누구보다도 잘 알고 있는 나였다. 다른 데서 눈치가 좀 이상해 그렇지, 그래도 타인의 표정이나 감정을 읽는 데는 나름대로 자신이 있다고 자부하는 나는 혹시나 하는 마음에 리스터를 보며 입을 열었다.

"혹시나 해서 묻는 건데 말이야."

주변에 관심이 없다 못해 어마어마하게 냉담한 녀석이 갑자기 혼자 있는 내게 말을 건다거나, 묘하게 칼리드와 이상한 분위기를 풍겼다거나, 그리고 오늘 갑자기 결혼 문제를 묻는 거.

나 혼자서 착각하면 뭐 상관이야 없지만, 묘하게 느낌이…….

"너 아직 나 좋아해?"

내 말이 끝나기가 무섭게 리스터의 얼굴이 종이쪽을 구겨 넣은 것처럼 일그러졌다.

역시.

"미쳤냐?"

"아니. 묘하게 저번부터 나한테 시비 아닌 시비를 걸잖아, 너."

"그게 어떻게 방금 물음과 연결이 되냐?"

"그거야…… 너 원래 관심 있을 때는 시비 걸고 괜히 말 걸고 그러잖아."

다섯 살짜리처럼.

나는 마지막 말을 삼켰다. 으음, 사실 나도 리스터가 날 사랑한다거나, 아직 내게 감정이 남았다는 생각은 하지 않았다. 칼리드와 이미 결혼 얘기가 오가는 지금, 그런 말도 안 되는 로맨스 같은 전개가 나올 리가.

하지만 최소한 리스터가 진짜 나한테 아무런 감정이 없다는 생각 또한 하지 않았다.

리스터는 불쾌하다는 표정으로 나를 보더니 흥– 콧방귀를 뀌었다.

"신기해서 그런다."

"신기?"

"그 대단하신 영애님께서 남자와 결혼 생각까지 간다는 게."

리스터의 말에는 비꼼이 가득해서, 순간 그의 말투를 예상했던 나마저도 울컥할 수밖에 없었다. 그래, 이놈이 바로 아카데미에서 내 자존감을 갉아먹던 수많은 놈들 중 한 명이었다.

물론 나는 그 두 배로 이 녀석에게 갚아 줬지만.

철이 없었지. 나는 리스터를 쭉 훑으면서 고개를 절레절레 저었다.

리스터가 나쁜 사람이 아니라는 건 잘 알고 있다. 아니, 사실은 굉장히 좋은 사람이라는 것도 알고 있었다. 이사벨이 리스터한테도 접근을 했는지 않았는지는 모르겠지만, 설사 접근했다고 해도 거기에 넘어갈 녀석이 아니라는 것쯤은 나도 잘 알았다.

하지만 그 이전에.

나는 시선을 리스터의 얼굴에 고정했다.

"나는 칼리드와 있으면 행복해. 내가 무슨 행동을 어떻게 하든지 날 사랑해 줄 것 같거든. 그리고 나도 그 사람이 무슨 모습을 하든 사랑할 거야."

"……."

"이제 알 것 같아? 이 대단하신 영애님이 결혼을 결정한 이유를?"

마지막 말은 리스터의 말투를 따라 괜히 비꼬듯 대답했다. 하지만 평소라면 거기에 미간을 찌푸려야 할 녀석은 되레 꽤 복잡한 얼굴로 나를 빤히 보았다.

뭐야.

기껏 세워 놓고 알 수 없는 말과 행동만 계속하는 리스터를 보다가 나는 한숨을 푹 쉬었다.

하지만 그때였다.

"그래."

"응?"

"그게 훨씬 보기 좋네."

"뭐야. 그 전형적인 전 남친이 아련하기 짝이 없는 모습으로 칠 것 같은 대사는. 소설 써?"

나는 미간을 팍 찌푸렸다. 그러나 리스터는 오히려 잔뜩 찌푸렸던 얼굴을 푼 채 꽤 여유로운 얼굴로 나를 보고 있었다.

"너 원래 굉장히 빡빡하게 살았잖아."

"그 정도는 아니었어."

"그런데 그렇게 여유로운 얼굴을 할 수도 있냐?"

"당연한 거 아니야? 누굴 쓸데없이 가시만 세우는 예민한……."

나는 말을 하다 말고 멈칫하고 말았다. 그러고 보니, 내가 이렇게 확신 있게 누군가와 결혼하리라고 생각했던 적이 있던가? 어쩐지 없었던 것 같다. 칼리드 직전까지는 애초에 결혼이라는 걸 생각해 본 적도 없었던 것 같고.

그저 좋으면 만나고, 싫으면 헤어지고, 그러다가 이사벨에게 빼앗기면 헤어지고 울면서 일주일을 보내다가, 그렇게 다시 원상태로 돌아오고, 그랬던 것 같은데. 순간 나도 몰랐던 별것 아닌 어마어마한 사실을 깨달은 것 같았다.

리스터는 그런 내 얼굴을 빤히 보다가 피식 웃음 지었다.

"어쨌든 결혼 축하한다."

"뭐야. 무섭게 왜 이래?"

"공작한테는 비극인 것 같지만."

"야!"

하여튼 마지막까지 곱게 말하는 법이 없다. 나는 기가 막혀서, 말을 마친 채 발걸음을 옮기는 리스터의 뒷모습을 빤히 보았다.

* * *

"어머니. 주무세요?"

침대에 앉아 뭔가를 뒤적이던 어머니는, 노크 소리와 함께 들어온 나를 보고 눈썹을 까닥였다. 일찍 퇴근한 어머니의 저녁 시간을 방해하는 것 같아 조금 죄송하지만, 나는 그래도 나름대로 용기를 내 어머니의 방을 찾은 것이었다.

"들어오렴."

어머니는 나를 보자 온화하게 미소 지으셨다. 요즘따라 어머니와 대화하는 시간이 많아지는 것 같아 꽤 기쁘기도 했다.

내가 쪼르르 방에 들어가니, 어머니가 한쪽 이불을 젖히면서 말했다.

"여기 누워."

어머니가 쿠션을 세워 주자 나는 바로 거기에 등을 댔다. 폭신한 쿠션의 감촉이 등에 닿으니 왠지 모르게 다시 한번 어렸을 때로 돌아간 것 같은 느낌이 들었다.

나는 고개를 돌려 어머니를 빤히 보았다. 세월의 흐름은 그녀를 전부 비켜 나간 걸까. 이 와중에 어머니의 얼굴을 보며 나는 대체 왜 그녀를 닮지 못했을까 따위의 생각을 하고 있었다.

"무슨 일이니?"

"저, 결혼할까요?"

내 뜬금없는 물음에 어머니는 보던 서류에서 눈을 떼고 내게로 고개를 돌렸다. 사실 너무 갑작스럽긴 하지만, 사실 이런 걸 같이 고민할 사람 중에서 가장 적격인 게 그녀밖에 없었다.

어머니는 비록 나를 따뜻하게 안아 주거나 언제나 옆에서 나와 함께해 주지는 않으셨지만, 그래도 나는 언제나 가장 필요한 순간에는 그녀부터 찾았다. 그리고 사실 어머니는 내가 가장 힘들 때도 내 옆에 있어 주셨다.

사랑의 표현 방식이 다른 사람들과 다르다고 하여, 섣불리 그녀가 나를 덜 사랑할 거라는 판단은 내리지 않았다. 아니, 사실 어머니가 누구보다도 날 사랑한다는 걸 나는 알고 있었다.

고개를 돌려 어머니와 눈을 마주쳤다.

일생일대 가장 중요한 선택을 앞둔 것 같았다. 누군가는 결혼이 별거냐고 말할 수도 있겠지만, 나한테는 꽤 중요할 수밖에 없는 이야기였다.

"갑자기 무슨 생각이 들어서?"

"그냥, 여기저기서 말이 나오니까……."

나는 말을 얼버무렸다. 하지만 어머니는 그런 나를 보며 계속해서 물었다.

"그저 여기저기서 말이 나와서? 주변 사람들이 다 하라고 해서?"

"사실은……."

나는 길게 한숨을 쉬었다. 사실 누구에도 말을 하지 않았지만, 왠지 모르게 나를 빤히 보는 어머니의 눈길이 내 가슴 깊숙이까지 전부 파헤치는 것 같아서 나는 결국 조금 주저하다가 입을 열 수밖에 없었다.

"사실은, 결혼하고 싶어요."

"……."

"디르난트 공작가의 후계자가 아니라. 그냥, 그 사람이랑 결혼하고 싶어요."

말을 마치고 나는 고개를 뚝 떨궜다.

솔직하게 말하자면 결혼을 하고 싶다. 나는 칼리드를 사랑하고, 그도 나를 사랑한다. 그래서 모든 시간을 함께하고 싶고, 언제나 다정하게 날 안아 줄 것 같은 그 사람과 결혼해서 아침부터 저녁까지 온전히 서로의 시간을 공유하고, 그러다가 아이를 갖고, 가정을 갖고…….

어렸을 때부터 아버지와 어머니를 보면서 그려 온 가장 완벽한 가정을, 나도 갖고 싶었다.

"그런데 왜 주저하는 거야?"

"내가, 그 사람을 영원히 사랑할 수 있을지 모르겠어요."

"네가?"

"네. 제가."

결국 문제는 내 마음이었다.

"저는 그동안 그냥 단순하게 기분에 휩쓸리고 감정에 휩쓸려서 사람을 만나 왔고, 그게 이상하고 잘못됐다는 생각은 하지 않았거든요."

"그래."

"그런데 지금 결혼 이야기가 꺼내지니까, 두려워요. 내가 그 준비가 되어 있는지. 내가 과연 이 사람을 죽을 때까지 사랑할 수 있을지. 내가, 혹시 언젠가 갑자기 질리거나 마음이 변하지 않을지."

"트라우마구나."

어머니의 담담한 말에 나는 고개를 들었다. 모르겠다. 나쁜 기억은 아니었지만 스멀스멀 불안감이 기어올랐다.

이렇게 좋은 사람을, 혹여 내 변심으로 인해 상처 주지 않을까 하는.

"그만큼 사랑한다는 거겠지."

"그런가요?"

"그래. 너무 사랑해서, 나 때문에 상대가 받을 상처부터 걱정하는 거야."

나는 입을 꾹 다물며 손만 만지작거렸다. 어쩌면 그렇게 생각할 수도 있었다. 그럼, 어떻게 해야 하지? 나는 길게 한숨을 쉬었다.

그때 어머니가 갑자기 입을 뗐다.

"나는 예뻤어."

"네?"

그녀의 뜬금없는 말에 내가 고개를 홱 들었다. 그리고 그녀와 눈이 마주치자, 문득 평소의 그 무뚝뚝한 어머니의 모습과 묘하게 어울리지 않아 나는 푸흡 웃음을 흘리고 말았다.

하지만 어머니는 꽤 진지한 얼굴로 말을 이었다.

“나는 내가 누구보다도 완벽하다는 걸 잘 알고 있었어.”

“흐음.”

“내게 청혼하는 남자들도 많았고.”

나는 고개를 끄덕였다. 어렸을 때 왕비 전하의 무릎 위에서 들어본 것 같다. 저 먼 대륙을 통일한 황제가 어머니께 황후의 관을 바쳤다는 말을. 물론 거절했지만.

나는 호기심에 물었다.

“그런데 왜 아버지랑 결혼하셨어요?”

“제일 이상한 인간이었거든.”

“……네?”

“제일 이상한 인간이었어. 귀족이면서 귀족의 의무 따위 개나 주고, 출세욕도 없고, 변방에 들러붙어서는 늘어져서 중앙에는 올라오지도 않고, 그 와중에 천재라고 소문은 났는데.”

“났는데?”

“그놈이 글쎄 내 가정 교사를 맡은 첫날부터 하기 싫다는 티를 팍팍 내는 거야.”

으음. 아버지, 그런 타입이셨군요. 내가 알고 있던 거랑 조금 차이가 있으시네요.

“그런데 유일했어.”

“뭐가요?”

“내게 청혼하면서, 날 어떻게 만들어 주겠다고 하지 않은 남자는.”

나는 고개를 갸웃거렸다. 으음. 그게 무슨 뜻인지 하나도 모르겠다. 하지만 어머니는 꽤 즐거운 기억을 회상하듯 내게 말했다.

"난 왕녀고, 아름답고, 차기 디르난트 공작으로 내정되었고, 가진 게 꽤 많았거든. 사실 그래서 황후의 관이나, 뭐- 날 왕으로 만들어 주겠다고 해도 코웃음을 칠 수 있었어."

"……."

"솔직히 그놈들이 제시한 것들이 하나같이 시시한 것들이라 그만큼 사람도 꽤 시시했어. 뭐, 개중에 이것저것 검 잘 쓰는 녀석도 있었는데 내가 더 강했고, 지위나 돈이야 내가 더 많았으니까."

"더 대단한 사람을 찾은 건가요? 어머니보다?"

"아니. 그랬으면 지금까지 결혼을 못 했겠지."

나는 다시 웃음을 터뜨렸다. 너무 맞는 말이라서 반박을 못 하겠다. 하지만 어쩌겠는가, 어머니가 훌륭한 건 사실이니.

"스칼렛."

"네."

"너보다 돈이 많거나, 지위가 높거나, 널 근사한 여자로 만들어 주거나, 그런 건 그다지 대단하지 않아. 왕비로 만들든, 황후로 만들든, 아니면 왕으로 만들든. 사실 그런 것들은 누군가에 의해 되어도 별다른 의미가 없어."

"……."

"하지만 가장 중요한 건, 언제나 '네'가 '너'로 남을 수 있게 해 주는 거야."

"……."

"그리고 너희 아버지는 내게 그것을 약속했고, 실제로 그것을 실천했어.”

나는 고개를 갸웃거렸다.

무슨 뜻인지 알 것 같기도 했고, 모를 것 같기도 했다. 그때 내 얼굴에 비낀 기색을 읽어 냈는지 어머니가 말을 이었다.

“네가 원하는 걸 지켜 주고, 네가 하고자 하는 것을 지켜 주고, ‘누군가의’ 부속품이 되지 않게, 네가 영원히 너로 남을 수 있게.”

“…….”

“네가 만족스러운 그 모습으로 성장할 수 있게 도와주는 사람. 그리고 너 또한 그가 스스로 만족스러운 모습으로 성장할 수 있게 도와주고 싶은 사람.”

“…….”

“그래서, 프로디아드 공작은 언제 한 번이라도 너를 자신이 원하는 대로 억지로 변화시키려고 했니?”

“아니…… 요.”

“너는 그런 적이 있어?”

“아니요.”

“그럼, 너는 지금 네 모습이 마음에 들어?”

어머니의 마지막 말에 나는 차마 입을 열 수가 없었다. 더 입을 열다가는 이유 모를 울음이 나올 것 같아서. 그래서 나는 대답 대신 고개를 끄덕였다.

어머니는 알 것 같다는 얼굴로 미소 지었다.

나는 입을 꾹 다물었다. 어머니의 말에 나는 비로소 알 것 같았다.

나는 우습게도 얼마나 간단한 문제로 고민했는가.

나는 칼리드를 사랑한다. 그리고 그가 더 행복해졌으면 좋겠다.

미래의 마음이 어찌 되었든 간에 지금 이 상황이 진실임은 변하지 않고, 사실 그래서 더욱더 현재에 충실해야 했다.

우리는 서로 갈 길이 멀고, 분명 조금 시간이 지난 뒤 우리의 모습은 다르겠지만, 그건 결국 우리 둘이 함께 만든 시간일 게 분명하다.

그러니까.

나는 어머니와 시선을 마주쳤다.

"그럼 어머니."

"응?"

"어머니는 언제 결혼을 결심했어요?"

어머니는 내 물음에 우아하고 잔잔하게 웃음을 흘렸다. 더없이 행복하고, 달콤하게.

"네 아버지가 있을 때."

"네?"

"내가 상상한 모든 미래에, 네 아버지가 있을 때."

어머니의 말이 끝나자마자 나는 멍하니 그녀를 응시했다. 그리고 그녀가 한 말이 무슨 뜻임을 깨닫는 순간, 나는 환하게 웃고 말았다.

내 미래에 있는 사람.

우습게도 나는 그동안 매 순간을 칼리드와 함께하겠다는 생각을 하면서도 정작 결혼을 주저했다.

그래서 내 마음을 확신했느냐고 묻는다면, 사실 답은 예전부터 하나였다. 나는 칼리드를 사랑했고, 지금도 사랑한다.

그럼 앞으로는?

사랑할 것이다. 꼭.

세상 그 어떤 연인도 미래 50년의 길을 전부 완벽하게 짜 놓고 시작하진 않는다.

하지만 지금부터 손을 잡고 걷기 시작하면, 결국 우리가 원하는 미래에 도착할 수 있지 않을까.

칼리드는 단 한 번도 나를 자신의 의지대로 휘두르려 하지 않았다. 그리고 사실 그건 나도 마찬가지였다. 가장 기본적으로 우리는 서로 존중하고 있었고, 그 이상으로 서로 믿고 있었다.

사실 그쯤이면 이미 답은 정해진 것이나 마찬가지였다.

어머니와의 대화가 끝난 뒤 나는 오랜만에 어머니와 함께 잠이 들었다. 그녀는 꽤 다정하게 내 머리를 쓰다듬으며 우아하게 웃었다.

* * *

다음 날 아침.

밤새 머리를 쥐어짜 내며 한껏 들뜬 밤을 보낸 나는, 수면 부족으로 약간 지끈거리는 머리를 꾹꾹 누르며 천천히 복도를 걸었다.

결혼 고민 두 번 하다가는 쓰러지겠네. 마침 점심을 같이하자고 초대를 보내온 비올레타의 궁을 향해 걷다가 고개를 절레절레 저었다.

하지만 그래도 결정을 내리니 세상이 달라 보이긴 한다. 최소한 며칠 전처럼 쓸데없이 속이 착잡하지는 않았다. 나는 어머니의 말을 되새기며 비올레타의 궁에 발을 내디뎠다.

그때였다.

"영애님?"

"어, 델로스?"

나는 비올레타의 방에서 나오는 델로스와 몇몇 조수들을 보면서 입꼬리를 말아 올렸다.

레 브리제의 주인이자, 한때 진행되었던 칼리드와 나의 보석 사재기 사건의 최대 수혜자인 그는, 그 뒤로도 나를 볼 때마다 얼굴에 미소를 가득 담고 있었다.

나는 그를 향해 미소를 지으며 입을 열었다.

"비올레…… 아, 죄송해요. 왕녀 전하께서 호출하셨나 봐요?"

"그렇습니다. 이맘때면 왕녀 전하께서 보석함을 '정리'하시곤 해서."

말이 정리지, 사실상 물갈이라는 것을 모르지 않는 내가 고개를 끄덕였다. 비올레타는 비록 자신을 꾸미는 건 굉장히 귀찮아하지만, 예쁜 것들을 그냥 늘어놓고 보는 건 또 좋아했다.

하물며 귀하신 왕녀 전하께서 보석이 필요하시다는데, 델로스가 오지 못할 이유가 어디 있는가.

나는 그에게 간단하게 묵례를 하고 계속 발걸음을 옮기려 했다. 하지만 그때, 델로스가 갑자기 나를 불러 세웠다.

"영애님."

"말씀하세요."

"레 브리제에는 꽤 좋은 것들이 많습니다."

나는 고개를 갸웃거렸다. 갑자기 무슨 말인지 알 수가 없었다.

그런 내 표정을 읽었는지 델로스가 빙그레 웃으며 말을 이었다.

"가령, 반지라거나."

"어머."

나는 웃음을 터트렸다. 이제 보니 홍보를 하려던 거였어. 그의 그 작은 기회라도 꼭 잡고 마는 능력에 나는 감탄을 보내며, 그만 웃고 말았다.

"뭐, 결혼 생각이 있을 때 레 브리제를 첫 번째로 찾을게요."

사실 그리 오래 걸릴 것 같지는 않지만.

내 대답에 델로스가 계속해서 온화한 미소를 얼굴에 걸고는 답했다.

"레 브리제에는 여러 가지 라인이 많습니다. 특히 반지라면."

"제가 갈 때는 가장 예쁜 것으로 추천해 주시는 건가요?"

"영애님의 손에 끼워 드릴 물건이라면 당연히 영혼을 갈아 만들어야죠."

"고맙기도 해라."

"하지만 그 전에, 그 의미도 꽤 좋지 않을까 싶습니다."

나는 알쏭달쏭한 델로스의 말에 눈썹을 까닥였다. 무슨 말을 하는지 알 것 같기도 한데 모르겠다. 반지의 의미라, 그냥 한평생 가장 가까이하겠다, 뭐 그런 뜻 아닌가?

"한 분이 한평생 오직 한 번만 주문할 수 있죠."

"뭐가요?"

"레 브리제의 반지 말입니다."

"으음?"

"그런 의미에서, 레 브리제의 반지는 세상에 단 하나뿐입니다. 만약 프러포즈를 받게 된다면 상대에게 자신이 마지막이라고 확신할 수 있을 겁니다."

그것참 좋은 의미다. 나는 눈알을 데구루루 굴렸다.

그러니까 레 브리제의 반지는, 한 사람이 오직 한 번밖에 주문하지 못한다 그건가.

상술이라면 정말 좋은 상술이었다. 한 사람이 한평생 한 번밖에 주문하지 못한다니, 그리고 그런 반지의 프러포즈를 받는 이는 꽤 행복할 게 뻔했다.

"좋은 의미네요. 꼭 참고하도록 할게요."

델로스는 허리를 굽혔다. 곧 멀어져 가는 그의 뒷모습을 빤히 보다가 나 또한 고개를 돌리고 비올레타의 방으로 향했다.

* * *

"비올레타, 나 결혼할…… 꺄악!"

시녀가 문을 열자마자 방 안에 발을 내디딘 나는 갑작스러운 물체, 아니, 사람에 미약하게 비명을 질렀다.

아니나 다를까, 비올레타가 품에 뭔가를 안은 채 깔깔거리며 나를 보고 있었다.

"뭐야."

나는 놀란 가슴을 쓸어내리며 비올레타를 흘겼다. 하지만 평소라면 나를 퍽퍽 치며 웃어야 할 비올레타는 되레 내게서 등을 돌리더니, 품에 있는 '뭔가'를 향해 까르륵대며 입을 열었다.

"아이구, 고모가 놀랐대요."

"고모?"

나는 미간을 찌푸렸다. 무슨 말인지 몰라 방 안을 훑는데, 올리비아가 질색하는 얼굴로 고개를 절레절레 저으며 차를 마시고 있었다.

나는 그제야 방 안에 평소보다 사람이 더 많다는 사실을 깨달았다. 그러다 몸을 돌린 비올레타에게 안겨 있는 아이를 발견하고 입을 쩍 벌렸다.

"무슨 아기야?"

비올레타의 품에는 한없이 작은 아기가 안겨 있었다. 아직 머리도 채 나지 않고, 녹색 눈동자를 한 아기. 겨우 1살이나 되었을까 싶을 정도로 작은 아기에 질겁하다가, 나는 그제야 뭔가 깨닫고 웃음을 흘렸다.

"혹시…… 칼라일의 딸? 내 오촌 조카?"

"꺄아, 고모가 이제야 알아본대요. 리즈, 고모 한 대 콩, 해 봐요."

"야, 너 역겨워. 좀 정상적으로 말할 수는 없는 거야?"

비올레타가 아기의 손을 잡고 나를 때리듯 톡 치자, 올리비아가 못 볼 걸 봤다는 듯이 고개를 돌렸다.

그에 비올레타가 입을 삐죽 내밀더니 품에 안은 아기, 정확히 말하자면 샤론 태자비와 칼라일 사이의 아이인 샤를리즈를 고쳐 안으며 입을 열었다.

"야, 네가 몰라서 하는 소리야. 요즘 우리 왕실 서열 1위라고. 왕실 실세야. 우리 어마마마가 껌벅 죽어."

나는 피식 웃었다. 왕실 서열이라…… 원래 왕비 전하가 압도적인 절대적 권력을 행사하고, 그 아래로 국왕 폐하, 샤론 태자비, 비올레타, 로젤리아, 세드, 마지막으로 칼라일 순이니……. 어떻게 보면 왕비 전하를 정복한 이상, 왕실의 실세로 새롭게 등극했다고 해도 이상할 게 없었다.

그나저나 칼라일은 어렸을 때는 여동생한테 치이더니, 커서는 아내한테 치이고, 이제 좀 늙으면 딸한테 치이겠구나.

나는 팔을 뻗었다. 그와 동시에 비올레타의 품에 안긴 아기, 샤를리즈가 손을 뻗어 내게 오려고 바동거렸다.

옆에 서 있던 유모의 도움을 받아 조금 서툴게 아이를 안은 내가 신기한 듯이 입을 열었다.

"생각보다 무겁네."

"그럼 애가 인형 같은 줄 알아? 어휴, 어깨 결리는 줄 알았네."

비올레타는 방금까지만 해도 까르륵대며 아이를 어르던 주제에, 바로 어깨를 툭툭 치며 소파에 앉았다. 나는 품에 안은 아이가 혹여나 떨어질세라 단단히 붙잡고 천천히 걸음을 옮겼다.

우아, 폭신폭신해. 그리고 귀여워. 칼리드에게 보여 주고 싶다. 나는 왠지 모르게 아기를 안고 있는 칼리드의 모습을 상상하다가 웃음을 흘렸다.

"그런데 쌍둥이잖아. 나머지 하나는?"

"태자비 궁에서 자고 있어. 그쪽은 잠꾸러기야. 온종일 잠만 잔다고 그래. 이쪽이 진짜 악동이지."

생긴 건 천사 같은데 하는 짓이 악동이라고? 나는 고개를 숙였다. 순간 에메랄드 같은 녹색 눈동자와 시선이 마주치자, 저도 모르게 미소를 짓고 말았다.

"아, 귀여워."

"애 싫어하는 줄 알았는데, 의외로 좋아하는 타입이었어?"

"아니, 그냥 귀여워서. 진짜로 키워 보면 말이 달라지겠지."

나는 피식 웃으며 품에 안은 아기를 고쳐 안았다. 이 작달막한 게 이제 큰단 말이지. 신기하다.

"그런데 왜 갑자기 안고 나왔어? 이렇게 막 안고 다녀도 괜찮아?"
"괜찮아. 너무 한곳에만 있으면 애가 지루해한다고 해서 내가 특별히 안고 나왔어. 그리고 유모도 있는데, 뭘."
나는 주변을 쭉 훑었다. 사교계에서 자주 보던 귀부인들과 눈이 마주친 내가 환하게 웃었다.
뭐가 되었든 내 품에 있는 건 칼라일의 딸이었다. 미래 윈체스터의 왕이 될 자. 그것을 상기하자 갑자기 품이 무거워지는 것 같아 나는 길게 한숨을 쉬었다.
"나도 애 낳을까?"
내 중얼거림에 올리비아가 답했다.
"결혼하려고?"
"응."
그에 올리비아가 고개를 끄덕였다. 조금 더 격한 반응이 나올 줄 알았는데 그녀는 의외로 담담한 표정이었다.
"안 놀라?"
"어차피 예상했던 일이었는데, 뭘. 죽네, 사네, 싫네, 고민되네 해도 어차피 결혼할 거라고 예상했어."
나도 결혼 결심을 내리면 뭔가 크게 변할 줄 알았는데, 여전히 일상으로 흘러가서 되레 놀라울 정도였다.
그런데 결혼하려면 일단 약혼부터 해야 하나?
아, 그럴 필요가 없나. 가끔 약혼 없이 바로 결혼으로 가는 사람도 많았다. 특히 사랑으로 이어진 결혼은 약혼 절차를 뛰어넘는 경우가 더 많았다.
나는 다시 고개를 숙였다. 품에 안긴 샤를리즈가 내 머리카락을 입안에 넣고 우물우물 씹고 있었다. 나는 내 앞섶을 꼭 잡고 진지하게 머리를 먹고 있는 샤를리즈를 빤히 보다가 웃음을 흘리고 말았다.

아, 결혼하고 아이를 낳으면 우리 아이도 이렇게 사랑스러울까.

기왕이면 얌전했으면 좋겠어. 칼리드, 무조건 칼리드를 닮아야 해. 이건 내 인생에서 절대 타협할 수 없는 선이었다.

아이는 무조건 칼리드를 닮아야 하고, 기왕이면 아이는 셋이 좋고, 셋이 전부 칼리드를 닮아야 한다.

그렇게 생각하던 나는 소파에서 천천히 일어났다. 칼리드한테 보여 주고 싶다. 요즘 결혼 얘기도 슬슬 나오고 있고, 칼리드 표정도 좀 구경할 겸.

나는 비올레타를 보며 말했다.

"비올레타, 애 좀 빌려줘."

"어…… 어?"

"어디 가려고."

"칼리드 찾으러. 보여 주고 싶어."

내 말에 올리비아가 미간을 찌푸렸다.

"애 놀라지 않냐? 연무장에 갈 거 아니야?"

"글쎄."

나는 잠깐 고민했다. 진짜 그런가?

그때, 주스를 벌컥벌컥 들이켠 비올레타가 손을 휘휘 저었다.

"야, 그냥 데려가. 윈체스터의 제왕이 될 아기는 그깟 사람을 무서워하지 않아."

"……너 그냥 귀찮은 거지?"

"사실 조금 그래. 그 뭐야, 부인들. 스칼렛이 애를 좀 봐도 괜찮겠죠?"

"물론입니다, 전하."

디르난트 공작 영애인 내가 보겠다는데 감히 거부할 인간은 없었다. 비올레타는 이미 답이 정해진 물음을 귀부인들에게 묻고는, 만족스러운 대답을 들은 뒤 흡족하게 웃었다. 어차피 아이를 돌볼 귀부인들과 호위를 맡을 기사들이 줄줄이 따라붙을 게 뻔하니 별로 큰 문제는 없었다.

나는 샤를리즈를 품에 안고 방긋 웃었다.

내 품에서 샤를리즈가 멋도 모른 채 '마아–' 하고 의미 없는 말을 내뱉었다.

* * *

비올레타의 방에서 나온 뒤 다짜고짜 연무장에 쳐들어간 나는 제1기사단의 인파를 가르며 성큼성큼 칼리드에게 다가갔다. 그리고 멍한 눈길로 나를 보는 칼리드를 향해 활짝 웃으며 외쳤다.

"칼리드, 짠!"

"꺄–!"

우리 조카님, 호응 죽이는구나.

내 외침에 혼자 좋아서 까르륵대는 샤를리즈를 힐끔 보다가 나는 다시 고개를 들었다. 그리고 상당히 복잡한 표정으로 나를 응시하고 있는 칼리드를 향해 순진하게 웃었다.

하지만 나와 내 오촌 조카의 적극적인 인사에도 연무장은 침묵에 휩싸였다. 칼리드는 꽤 복잡한 표정으로 나와 아이를 번갈아 보다가 미간을 좁혔다.

그때였다.

"우와, 우리 단장님 미래가 보인다."

"야, 쉿!"

나는 미간을 찌푸렸다. 뭐야, 무슨 미래가 보인다는 거야? 나는 입을 삐죽였다. 그러고는 생글생글 웃는 샤를리즈를 다시 한번 고쳐 안으며 복잡한 표정의 칼리드를 보았다.

뭐야, 왜 저러지? 혹시 뭐 이상한 상상하는 거 아니야?

"아, 이상한 상상하지 마요, 칼리드. 당신 아이 아니니까."

"헉!"

"헙!"

"오오."

내 말이 끝나기가 무섭게 주변에서 숨을 들이켜는 소리가 들렸다. 나는 경악에 가득 찬 눈빛으로, 하지만 그 와중에 흥미가 가득한 얼굴로 나와 칼리드를 보는 기사들을 쭉 노려보곤 말을 이었다.

"내가 낳은 것도 아니거든요! 무슨 상상을 하는 거야."

"헉! 그럼 입양……!"

"이건 아이를 낳지 않겠다는……."

"먼저 못부터 박고……."

"우아, 역시 뭐가 다르긴 달라."

나는 한숨을 쉬었다. 방금부터 추임새를 넣는 실력이 기사인지 배우인지 의심이 갈 정도였다. 나는 급한 마음에 연락도 없이 연무장에 온 나 자신을 탓하며 길게 고개를 저었다.

그때 칼리드가 갑자기 팔을 뻗었다. 내가 고개를 들자, 칼리드가 웃으며 입을 열었다.

"힘들지 않으십니까? 아기는 생각보다 훨씬 무겁습니다."

"어어……."

나는 고개를 끄덕였다. 목에 대롱대롱 달린 느낌이라 약간 힘들긴 했다. 그런 내 모습에 칼리드가 예상했다는 듯이 빙그레 웃으며 샤를리즈를 안아 들었다.

내 옆에 있던 후작 부인의 도움 없이도 손쉽게 아이를 안아 드는 그를 신기하게 보며 나는 피식 웃었다. 심지어 한 팔로 들었어. 나는 두 팔로도 힘들어 죽을 것 같은데.

칼리드는 왼팔로 아이를 안은 채 오른쪽 손으로 내 손을 잡았다. 내 품에서보다 훨씬 더 안정적으로 안겨 있는 아이에게 약간의 배신감을 느끼며 나는 입을 삐죽였다.

칼리드는 내 손을 잡고 천천히 발걸음을 옮겼다. 그러다 문득 갑자기 발걸음을 멈추더니 고개를 기사단 쪽으로 돌렸다.

"베르 경."

"네. 단장님."

"방금 쓸데없는 추임새를 넣은 기사들, '알아서' 처리하도록."

"네!"

칼리드의 말에 사색이 된 기사들의 얼굴을 보면서 나는 입을 삐죽였다. 그러게 누가 그런 말도 안 되는 상상을 하라고 했나.

나는 칼리드의 손을 잡고 그의 집무실로 들어갔다.

그러자 뒤에서 후작 부인이 조심스레 말을 걸어왔다.

"밖에서 기다리도록 할까요?"

"들어오셔도 괜찮은데."

"높으신 분의 사적인 대화는 함부로 듣는 것이 아니라고 했습니다. 도움이 필요하시면 저희를 호출하시면 됩니다."

나는 후작 부인의 배려에 고개를 끄덕였다. 뭐, 나나 칼리드가 데리고 있겠다고 하니 그녀 또한 나름대로 안심하는 것일지도.

그런 생각을 하며 방에 들어간 나는 칼리드의 크라바트를 입안에 가져가는 샤를리즈를 발견하곤 기겁했다.

"샤를리즈! 그거 먹으면 안 돼!"

샤를리즈는 그 와중에 영특하게 자신을 부른다는 것을 깨달았는지 멈칫했지만, 이내 다시 까르륵대면서 천 쪼가리를 입가에 가져갔다. 그때 칼리드가 다른 한쪽 손으로 부드럽게 크라바트를 아기의 입에서 빼냈다.

"어휴, 아까는 내 머리를 먹더니."

"원래 아기들은 뭐든 입에 가져가는 버릇이 있습니다."

"잘 아나 봐요? 애 본 적 있어요?"

"아기는 없지만, 연관 있는 가문에는 아기가 꽤 있으니까요."

나는 흐음- 한숨을 쉬었다. 샤를리즈는 자신의 먹을 게 빼앗겼다는 것이 상당히 분한지, 볼을 빵빵하게 불리며 칼리드를 올려다보고 있었다.

나는 소파에 털썩 주저앉았다. 몇 분이나 안았다고 어깨가 결리는지 모르겠다. 은근 무게가 간단 말이지.

나는 고개를 들고 칼리드를 보았다.

"무겁지 않아요?"

"아기가 무거우면 얼마나 무겁다고, 그보다 스칼렛."

"왜요?"

“갑자기 왜 오신 겁니까. 그것도…… 귀하신 분을 안고.”

나는 피식 웃었다. 누군지 모를 줄 알았는데 알고 있네. 아, 제1 기사단의 단장인 만큼 칼라일과도 자주 만났을 테고, 그러다 보니 몇 번 귀하신 미래의 폐하를 봤을 수도 있나…….

뭐가 되었든 내가 지나치게 아기에게 관심이 없었을 뿐, 그가 아기를 알아보는 것도 이상한 일은 아니었다.

“알고 있었어요? 칼라일 딸인 거?”

“당신이 안고 다닐 만큼 귀한 아기는 현재 윈체스터 왕실에 두 분밖에 없으니까, 당연히 그럴 거라 생각했습니다. 그래서 이분은……?”

“첫째예요. 미래의 우리 주군님. 신기하죠?”

내 말에 칼리드가 미간을 찌푸렸다. 뭐가 신기하냐고 묻는 것이 역력한 표정에 내가 어깨를 으쓱했다.

“아니. 그냥 이렇게 작달막한 아기가 커서 왕이 된다고 하니까.”

“스칼렛도 한때는 아기였습니다.”

“칫, 그거야 그렇지만.”

나는 입을 삐죽였다. 누가 그걸 몰라.

하지만…….

고개를 살짝 들어 샤를리즈의 손을 잡고 미소 짓고 있는 칼리드를 보았다. 사실 갑작스럽게 아기를 안고 온 건 귀여운 오촌 조카를 보여 주기 위한 것도 있지만, 다른 한편 할 말도 있었기 때문이다.

나는 칼리드를 빤히 보았다. 뭐라고 입을 떼야 할지 모르겠다.

‘어젯밤에 어머니와 진지하게 대화를 해 보았는데, 역시 나는 당신과 결혼하고 싶어요?’

아니, 이건 너무 이상해. 자칫하면 어머니한테 등 떠밀렸다는 인

상을 남길 수도 있어. 그럼-

'당신 아기를 낳아 주고 싶어요.'

……이것도 약간 이상해. 내가 내뱉을 만한 말이 아니야. 심지어 어감이 하나도 로맨틱하지 않아. 그럼-

'내 남자가 되어 줄래요?'

……이것도 이상해. 이미 내 남자인걸.

나는 머리를 싸맸다. 대체 어떻게 해야 뜬금없지 않으면서도 로맨틱하고 매우 진지한 와중에 재치 있는 프러포즈를 할 수 있을까?

일단 반지부터 사야 하는 건가? 혹시 레 브리제를 만난 건 반지부터 사라는 신의 계시인가? 아니면 샤를리즈를 만난 건 아기부터 만들라는 신의 계…… 아, 이건 너무 갔어.

"……렛."

그럼 역시 '나와 결혼해 줄래?'

아, 너무 식상한데.

"……칼렛."

아, 그럼, 조금 우아하고, 재치 있고 조금 에둘러서…… 아! 결혼하면 이름만 부를 수는 없으니까-

"스칼렛!"

"우리 이름 말고 다른 식으로 부를까요?"

"……."

"……."

으아, 망했어.

나는 이마를 짚었다. 갑작스럽게 외친 내 말에 칼리드가 어안이 벙벙한 표정을 지었다. 나는 그제야 방금부터 내가 얼마나 멍청하고 쓸모없는 잡생각을 했는지 깨달았다.

칼리드한테 밖에서 애 낳아 왔느냐고 물은 다음으로 멍청한 질문이었어. 나는 길게 한숨을 쉬었다.

"미안해요. 내가 다른 생각을 했어요."

"무슨 생각을 하신 겁니까?"

"으음…… 그냥."

"갑자기 이름이 마음에 들지 않으신 건 아니겠고."

나는 머리를 도리도리 저었다. 역시 나는 쓸데없이 잡생각을 하면 안 된다는 걸 여실하게 보여 주었다. 나는 결국 난감하게 웃으며 입을 열었다.

"별거 아니에요. 이상한 생각 하다가…… 알잖아요. 나 가끔 엉뚱한 데로 생각이 튀는 거."

"결혼하고 싶으십니까?"

"어…… 어, 어떻게……."

나는 눈을 깜박거렸다. 어떻게 알았지? 그냥 다른 식으로 부르자고밖에 말 안 한 것 같은데?

칼리드는 그런 내 모습을 보며 말했다.

"사실 저도 고민하고 있었습니다."

"뭘요?"

"결혼하면 어떤 식으로 불러야 할지."

그렇게 말하는 칼리드의 얼굴에는 미소가 걸려 있어서 나는 순간 두근거리고 말았다. 왜 이렇게 예고도 없이 막 던지는지 몰라. 나는 길게 숨을 들이쉬고, 최대한 내 생각을 들키지 않으려 천천히 입을 떼었다.

"사실, 그냥 부르던 대로 부르는 게 좋을 것 같아요."

"부르던 대로?"

"그러다가 뭐, 어느 순간 바뀌게 되어 있겠죠, 뭐."

나는 어깨를 으쓱했다. 사실 방금 그렇게 외치긴 했지만, 난 아직도 뭔가 부부 간의 호칭 같은 게 어색했다. 어머니와 아버지는 가끔은 다정하게 이름을, 가끔은 '당신'이나 '여보' 같은 것으로 상대를 부르긴 했으나, 사실 뭐가 되었든 사랑만 담아 부르면 되지 않을까.

그나저나 화제가 자연스럽게 결혼 쪽으로 넘어왔네?

나는 고개를 들었다. 칼리드가 샤를리즈와 눈을 맞추며 웃고 있다가 다시 나와 눈을 마주하고는 환하게 웃었다. 그의 얼굴에 퍼진 미소를 응시하며 나는 턱을 괴었다.

"사실 조금 고민했어요."

"네."

"그런데 생각해 보니까, 그래도 난 당신이랑 결혼하고 싶어. 그리고 사실 어차피 당신이랑 결혼할 거, 빠르게 하는 게 좋겠더라고요."

"두렵지 않으십니까?"

"조금."

나는 배시시 웃었다. 뭔가 입 밖에 내고 나니 훨씬 편안해지는 것 같아서, 그리고 다른 한편 조금 여유로워지는 것 같아 계속해서 느긋하게 말을 이었다.

"하지만 그래도 후회하고 싶지 않아요."

"무슨 후회 말입니까?"

"빨리 결혼할걸, 그래서 함께 부부로 지낸 시간이 더 길었으면 좋았을걸, 그런 거요."

내 말에 칼리드가 피식 웃었다. 이내 그가 자리에서 일어나더니 갑자기 내 옆에 털썩 앉았다. 나는 그의 품에서 방긋방긋 웃으며 내 머리 쪽으로 손을 뻗는 샤를리즈를 보면서 미소를 짓고 말았다.

생각보다 그림이 예쁜데? 잘생긴 남자가 아기를 안고 있다라…….

"아기 좋아해요?"

"글쎄, 딱히 생각해 본 적은 없습니다."

"그럼 우리는 결혼하고 아기를 몇 명 낳을까요?"

"일단, 두 명을 낳아야 할 것 같습니다만……."

"……만?"

프로디아드와 디르난트의 후계자가 적어도 한 명씩 필요하니 그의 말은 틀릴 게 없었다. 하지만 나는 다소 주저하는 그의 표정을 보며 고개를 갸웃거렸다.

"……만, 어디까지나 상황을 봐 가면서……."

나는 그의 복잡한 표정을 보며 미간을 찌푸렸다. 무슨 상황을 봐야 하는지 하나도 감이 잡히지 않았다. 살짝 얼굴을 구긴 나를 응시하던 칼리드가 손을 들어 내 미간을 펴 주자, 나는 결국 풋 웃을 수밖에 없었다.

그나저나 아기가 있어서 그런가, 진도가 너무 빨리 나갔어. 나는 결국 고개를 도리도리 저었다.

"아, 너무 먼 얘기를 하고 있네요, 우리. 일단 결혼부터 하고 봐요."

"네."

칼리드가 고개를 끄덕이며 내 이마에 가볍게 입을 맞추었다. 그런 그를 보며 나는 환하게 웃었다.

* * *

시간은 꽤 빨리 지나갔다. 아카데미 축제가 코앞으로 다가오자, 평생 처리해도 안 될 것 같던 서류가 점점 바닥을 보이기 시작하더니, 아카데미 출발 직전 나는 겨우겨우 시간에 맞춰 모든 임무를 완성할 수 있었다.

그리고 그다음 날, 나는 덜컹거리는 마차에 몸을 싣고 길게 한숨을 쉬었다.

"왜 그렇게 땅이 꺼져라 한숨을 쉬고 있어?"

내 맞은편에 앉아 있던 비올레타가 눈을 동그랗게 떴다. 그에 내가 고개를 젓자, 올리비아가 피식 웃음을 흘리며 읽고 있던 책에서 눈도 떼지 않은 채 입을 열었다.

"또 결혼 생각하고 있겠지, 뭐."

"어떻게 알았어?"

내 물음에 올리비아는 진짜 그걸 몰라서 묻느냐는 표정을 지었다.

"너 요즘 우리 만날 때마다 말하는 주제가 거의 결혼, 출산, 육아야. 누가 보면 결혼한 지 10년은 된 유부녀인 줄 알겠어."

올리비아가 다분히 귀찮다는 눈빛을 하며 다시 고개를 숙였다. 웬만하면 내 편을 들어 주는 비올레타마저도 고개를 끄덕이며 그녀의 말에 동조하고 있는 걸 보니, 내가 이 주제로 어지간히 그녀들을 괴롭혔나 보다.

하지만 그도 그럴 것이, 나도 내 나름대로 고충은 있었다. 결혼을 결정하니 그다음으로 밀려오는 고충은 당연히-

"어떻게 근사하게 청혼하지?"

"57번째."

"응?"

"네가 이 물음을 물어본 게 벌써 57번째야, 스칼렛. 지겹지도 않아?"

"하지만—"

나는 머리를 털었다.

"기왕이면 하는 청혼, 근사하게 하고 싶단 말이야. 그 사람 뇌리에 박히게, 기왕이면 10년 뒤에도 20년 뒤에도 30년 뒤에도 두고두고 회상하면서 행복하게 웃을 수 있는."

올리비아가 썩은 표정을 하며 고개를 절레절레 저었다. 반면 비올레타는 내 말에 공감한다는 듯이 고개를 끄덕였다.

"그렇지, 역시. 뭘 하든 근사하게 해야지. 뇌리에 박히게."

"역시 너도 그렇게 생각하지?"

나는 나와 같은 생각을 하는 친우를 만난 기쁨에 미소를 지었다. 역시 비올레타는 나와 생각이 같았어. 그렇게 생각하며 그녀의 의견을 물어보려 했으나, 그보다 먼저 비올레타가 입술을 떼었다.

"기왕이면 멋있는 건 무조건 본인이 하는 게 좋겠지! 상대방에게 반격의 기회 따위 주지 못하게!"

"……반격?"

"응? 당연히 반격 못 하게 해야 하는 거 아니야?"

"비올레타. 그 단어는 그렇게 쓰는 거 아니야. 통상적으로 우린 그걸 거절이라고 하고 있어. 프러포즈는 거절하는 거고, 공격은 반격하는 거야."

올리비아가 팔랑 책장을 넘기며 한심하다는 듯이 말했다. 나는 프러포즈의 제대로 된 함의 따위 하나도 깨우치지 못한 비올레타를 보다가 창밖으로 고개를 돌렸다.

마차 안이 다시 정적으로 가득 찼다. 기왕이면 뇌리에 박히는 프러포즈를 하고 싶은데, 어떻게 해야 하려나. 어렸을 때부터 시험과 논리에만 적격화된 내 머리는 창조적인 아이디어 따위 개뿔도 생각해 내지 못한 채, 결국 그 자리에서 무리라고 아우성만 쳤다.

그때였다. 정적을 깨고 올리비아가 혼자 중얼거렸다.

"반지?"

"응?"

"반지부터 준비해야 하는 거 아니야?"

그런 그녀의 말에 나는 순식간에 큰 깨달음을 얻은 듯이 미치게 고개를 끄덕였다. 역시 프러포즈는 반지가 필요하다.

이 며칠간 너무 바빠서 사실 제대로 된 생각은 하나도 하지 못한 채 그저 혼자 답답해 미치는 줄 알았다. 그런데 가장 기본적인 것도 잊고 있었구나. 나는 입을 삐죽였다.

아카데미에서 돌아가면 일단 반지부터 준비해야지.

나는 속으로 되뇌었다. 기왕이면 레 브리제가 좋겠지. 보석은 칼리드가 좋아하는 걸로 하고, 프러포즈는 기왕이면 가장 화려하고 반짝거리게. 정 안 되면 왕실을 통째로 빌려서…….

그렇게 내가 상상의 나래에 빠질 무렵이었다. 올리비아가 나를 힐끗 보더니 다시 웃음을 흘리며 중얼거렸다.

"다만, 공작이 먼저 선수를 치지 않는다는 보장이 있어야겠지만."

"칼리드가? 설마. 나 결혼 결심한 것도 최근인데?"

"과연 그럴까? 그 공작이라면…… 아니다. 그래서 반지를 준비하려고?"

나는 말을 하다 만 올리비아를 이상한 눈길로 보았다. 내가 결혼을 결심한 지 얼마나 되었다고 그 짧은 시간 내에 칼리드가 프러포즈를 준비하겠는가.

아무리 그가 잘났다고 해도 그건 다소 무리수였다. 나는 그렇게 생각하며 계속해서 아카데미 축제가 끝난 뒤의 청혼 절차를 상상하고 있었다.

"아, 아카데미다."

점점 상상의 나래를 펼치며 내가 화려하기 그지없는 프러포즈 장면을 머릿속으로 그릴 무렵, 비올레타의 목소리가 귀를 울렸다. 그와 동시에 고개를 돌려 창밖을 내다보자 언제나 그러하듯 꽃들로 장식된 울타리가 먼저 눈에 안겨 왔다.

순간 나는 청혼이고 뭐고 전부 다 잊은 채 별별 추억이 다 담겨 있는 아카데미의 모습에 흠뻑 빠지고 말았다.

역시, 이래서 다들 아카데미에 한 번씩 방문하는 거구나.

"별로 변하지도 않았네. 그렇지?"

비올레타의 물음에 나는 고개를 끄덕였다. 오기 전까지만 해도 별로 기대를 하지 않았는데, 왠지 모르게 와 보니까 기대가 되네?

그렇게 생각하며 천천히 옷가지를 정리하던 중 마차가 멈추었다. 그리고 문이 열리자 우리는 천천히 마차에서 내렸다. 나는 구겨진 치마를 손으로 툭툭 털고는 나를 보는 익숙한 인영을 향해 미소를 지었다.

"축하해."

"이렇게 와 주실 줄 몰랐어요."

발터르 영애가 입꼬리를 말아 올리며 부드럽게 허리를 굽혔다. 그녀는 평소와 달리 수수한 차림으로 잔잔하게 어깨에 머리를 늘어뜨렸는데, 어쩐지 벌써 아카데미의 수많은 교수님과 비슷한 느낌이 나서 신기하기도 했다.

이게 바로 교수의 정석이라는 걸까.

"임명식은 모레라고 했지?"

"네."

"축하해."

며칠 동안 아카데미에 있을 터라 갖고 온 짐들을 정리하는 하인들을 보다가 우리는 천천히 발걸음을 옮겼다.

비올레타와 올리비아는 피곤하다고 먼저 게스트 룸에 들어가서, 나와 발터르 영애만이 천천히 정원을 걸을 수밖에 없었다.

"아, 이렇게 오니까 뭔가 신기해."

"뭐가요?"

"내가 학생 때 어땠을까— 그런 생각도 나고. 그냥 신기해. 내가 별관 쪽에 묵게 될 줄은 상상도 못 했는데. 그때는 정말 하루 빨리 졸업부터 하고 싶었단 말이야."

내 말에 발터르 영애가 풋 웃었다. 아카데미의 별관 숙소는 주로 게스트 룸으로 쓰이곤 했다. 반대로 학생들은 본관의 뒤편에 있는 학생 전용 기숙사에 머물렀다.

"그때는 그렇게 싫었는데. 와 보니까 또 괜찮은 것 같아."

"그거야 졸업을 다 했으니까 그런 거죠. 정작 그때로 돌아가라고 하시면 도로 싫어지실걸요?"

"아, 그건 그래."

내가 고개를 끄덕이자 발터르 영애가 우아하게 웃음을 흘렸다.

아카데미는 모든 윈체스터 귀족들의 젊은 시절이다. 아무런 계산도 없이, 아무런 이익 관계도 얽히지 않은 채 가장 순수할 수 있는 곳.

물론 그렇다고 해도 귀족들이 모인 이상 은근한 암투 같은 게 없다면 거짓말이겠지만, 그래도 대부분은 순수하고 유치하다고 웃어 넘길 수 있는 것들이었다.

그러고 보니 여기서 참 많은 일이 일어났는데.

나는 별관을 벗어나 점점 본관으로 발걸음을 옮기며 향수에 젖은 얼굴을 했다. 간간이 보이는 아카데미 학생들이 뛰어 지나가고, 개중에 사교계에 이미 데뷔한 몇몇 학생들이 나와 발터르 영애를 알아보고는 인사를 건네고 갔다.

"그때는 왜 그렇게 한심했을까?"

"한심이요?"

"응."

나는 웃음을 흘렸다.

"애인들과 헤어지고 울었던 기억들이 있지."

"어머."

"아, 그때는 진짜 무슨 생각으로 그랬는지 몰라. 그런데 우습게도 난 그때 진짜 진지했어."

"원래 다 그렇지 않을까요? 헤어지는 순간에는 하늘이 무너질 것 같다가, 또 시간이 지나면 별거 아니잖아요."

"그렇긴 해."

나는 쓰게 웃었다. 이사벨도 그랬다. 그 아이를 잃으면 세상의 절반이 뚝 떼어 나간 것처럼 공허할 줄 알았는데, 사실 그렇지도 않았다.
이러저러한 생각을 떠올리던 나는 순간 멈칫했다. 화사하기 그지없는 정원이 눈앞에 펼쳐지자 저도 모르게 숨이 멎는 줄 알았다. 우아하게 만개해 있는 꽃, 햇빛에 반사되어 반짝거리는 분수, 귀를 간질거리는 물소리.
"제1정원이네."
나는 익숙한 광경에 한숨 섞인 미소를 지었다. 그도 그럴 것이 아카데미 교내에서 가장 애증의 장소를 꼽으라고 하면 당연하게 제1정원이 들어갈 정도로, 많이도 들락거렸던 장소였기 때문이다.
"이 꽃들은 어떻게 된 게 변한 게 없어."
"이사장님의 사랑이죠."
"아, 그 할망구."
나는 질린다는 표정을 지었다.
"내가 그 할망구 때문에 아카데미에서 공부 다음으로 많이 한 일이 정원 쓸기였어."
이사장 연설 시간에 졸았다든가, 이사장 교육 시간에 책을 봤다거나, 이사장이 말할 때 수다를 떨었다거나-
뭐, 지금 생각해 보면 참 별거 아닌 일이었지만, 어쩌면 그래서 그 깐깐한 이사장이 겨우 정원 청소밖에 안 되는 벌칙을 내린 것이었겠지만, 당시의 나로서는 진절머리 나도록 이사장의 벌을 싫어했다.
그러고 보니 졸업하고 공작이 되면 꼭 와서 복수하겠다고 했는데, 아직도 공작이 못 되어서 복수를 못 했네?
나는 이를 갈았다. 조만간 다시 와서 꼭 복수할 거야.

"그래도 제1정원에서 많은 일이 있었죠."

"그랬지. 올리비아, 비올레타, 니콜라스, 에드리안, 코르켈, 그리고 너랑. 우리 맨날 여기 와서 뭐 먹고 수다만 떨었잖아."

"그랬죠."

"코르켈의 그 수다쟁이 본능은 아마 여기서 싹을 틔웠을 거야."

내 말에 발터르 영애가 까르르 웃었다. 드물게 호탕하게 웃음을 터뜨리는 그녀를 보다가 나도 웃음을 흘리고 말았다.

나는 정원을 쭉 훑었다. 아카데미를 다닌 사람치고 제1정원을 모르는 사람은 없을 것이다. 화사하게 만개한 꽃들, 무슨 꽃인지는 모르겠지만 꽃말이 대단해서 이사장이 입에 붙이고 다녔더랬다.

그리고 분수대, 기둥…… 아, 그러고 보니 여기에 별별 사람이 다 왔었는데.

"그거 알아? 아카데미 다닐 때 내가 거의 제1정원 청소 담당이었잖아."

"그랬죠?"

"그런데 올 때마다 별별 사람들이 다 있었어. 연인이랑 헤어진 애도 있었고, 성적이 잘 나오지 않아서 우는 사람도 있었고, 심지어 수업 시간에 간식 먹던 애랑, 그리고…… 아, 그리고 임자 있는 여자를 좋아하던 사람이랑."

"오오, 마지막 그건 꽤 위험한데요?"

"그렇지? 나도 그렇게 생각했어. 그래도 착한 사람 같았어. 유일하게 두 번인지, 세 번인지 마주쳤던 사람이라 대충 기억은 하는데……."

나는 고개를 갸웃거렸다. 제1정원은 장소가 커, 숨어서 혼자 사색하기 딱 좋은 장소였다. 자주 청소하러 오는 입장에서 별별 사람들을 다 만나 본 건 그다지 이상하지 않았지만, 그래도 몇몇은 뇌리에 딱 박혀 잊히지가 않았다.

그중에서 음, 유일하게 두 번인지 세 번인지 만났던 남자가 있었지. 너무 오래전이라 다 까먹고 있었는데, 여기 와 보니 생각이 났다. 별거 아닌 일이지만 목소리가 좋아서 기억하고 있던 사람이었다.

“그런데 그 여성분이랑은 잘되었다고 했어요?”

“그거야 모르지. 여기는 원래 문제 안고 오는 사람투성이야. 해결됐는지는 하나도 모른다고.”

그래도 잘됐으면 좋겠다.

얼굴도, 신분도 모르지만 나는 그때 진심으로 여기서 만난 이름 모를 모든 사람이 잘되었으면 했다.

성적이 잘 나오지 않아 부모님을 실망시킬까 봐 울던 아이도, 애인과 헤어진 뒤 혼자 훌쩍이던 아이도, 가장 친한 친구와 싸운 뒤 어떻게 사과를 건네야 할지 몰라 고민하던 아이도, 그리고 그 짝사랑하던 사람도.

나는 웃음을 지으며 발걸음을 옮겼다. 뭐가 되었든 다 지나간 일이었다.

“그런데 결혼 준비하신다면서요?”

“으음, 뭐. 아직 준비만.”

“프러포즈는 하셨고요?”

“생각 중이야.”

“어, 스칼렛 님이 하시게요?”

발터르 영애의 물음에 내가 무슨 그런 당연한 말을 하느냐는 듯이 웃었다. 당연히 내가 해야지.

으음, 딱히 당연히도 아닌가. 하지만 내가 하고 싶은걸.

"공작 각하께서 많이 아쉬워하실 것 같아요."

"에이, 무슨. 프러포즈는 누가 하느냐의 문제가 아니지. 더군다나 난 그냥 가만히 앉아서 기다리는 성격도 아니고."

"그건 그렇지만……."

발터르 영애는 방금 우리가 걸어 나온 제1정원을 힐끔 보고는 다시 내 쪽으로 고개를 돌리며 말을 이었다.

"의외로 공작 각하께서 많이 마음을 쓰시고 계실지도 몰라요."

"뭘? 프러포즈에?"

"그것도 있고. 이것저것요."

발터르 영애가 애매하게 답하며 여전히 의중을 알아챌 수 없는 미소를 지었다. 나는 그녀의 미소를 보며 고개를 갸웃거리다가 계속해서 발걸음을 옮겼다.

"아, 그러고 보니……."

얼마나 지났을까, 별관 쪽에 닿은 뒤 발터르 영애가 갑자기 생각난 듯 손뼉을 탁 쳤다.

"왜 그래?"

"결혼하시면 부케는 꼭 제가 받을 거예요."

그녀의 말에 나는 풋 웃음을 흘렸다. 뭐, 대단한 거라도 말하는가 했더니 겨우 부케였나. 나는 어깨를 으쓱하며 입을 열었다.

"뭐, 상관은 없지만 받을 수 있겠어?"

"왜요?"

"내 부케를 받을 사람들 안에 비올레타도 있을 텐데."

발터르 영애가 묘한 표정을 지었다. 비올레타와 함께 아카데미를 다녀 본 우리는 '위급한 상황'에서 비올레타가 얼마나 격렬해질 수 있는지 다 알고 있었다.

"몸을 던지지 않을까?"

"으음. 그래도 왕녀 전하이신데."

"걔가 그걸 신경 쓸 인간으로 보여?"

"으음, 역시. 좀 곤란하긴 해요."

발터르 영애가 웃음을 터뜨렸다. 비올레타가 진짜로 부케를 받겠다고 달려들면 과연 그녀를 이길 사람이 있긴 할까.

뭐, 올리비아 정도야 가뿐히 비올레타를 이길 수 있겠지만, 올리비아가 부케 따위에 관심을 둘 리가 없었다.

그럼 뭐, 사실 결과는 뻔하지 않은가.

나와 발터르 영애는 서로 마주 보다가 웃음을 흘리고 말았다.

조금 먼 훗날의 이야기일지도 모르겠지만, 어쨌든 기분은 좋았다.

* * *

아카데미에 도착한 저녁, 오랜만에 아카데미로 모인 동기들은 모여서 만찬을 함께했다.

애초에 산책에 관심이 없는 다른 사람들을 내버려 두고 나는 산책하러 홀로 밖에 나왔다.

별관을 따라 걷던 나는 익숙하지만 익숙하지 않은 아카데미의 저녁을 만끽하며 천천히 생각에 잠겼다.

하지만 원래 불쾌함은 예고도 없이 찾아오는 법인가 보다.

느긋하게 발걸음을 옮기던 나는, 앞에 보이는 익숙하지만 그다지 반갑지는 않은 인영에 얼굴을 사정없이 일그러뜨리고 말았다.

“스…… 디르난트 영애.”

스칼렛-이라고 습관적으로 부르려던 것을 멈추고, 이내 자신이 실례를 저질렀다는 것을 깨달았는지 엘리엇이 정중하게 허리를 굽혔다. 하지만 그건 나에게 아무런 감흥도 주지 못했다.

엘리엇.

이사벨과 한눈을 판 7번째 애인이었다.

왕궁도 아니고 아카데미에서 만나게 될 줄이야.

하지만 나는 이내 그가 윈체스터의 귀족이고, 더불어 역시나 아카데미 출신이라는 사실을 떠올리고는 고개를 저었다.

조금 놀라긴 했지만, 어쨌든 그렇다고 해서 왜 여기에 있느냐고 물을 순 없었기에, 나는 그의 인사를 받아 주지도 않은 채 계속 발걸음을 옮겼다.

그리고, 사실 헤어질 때 말하지 않았는가. 다시는 마주쳐도 인사하지 말자고.

나와 칼리드가 사랑하고 말고와 무관하게, 이사벨과 무관하게, 그리고 내가 그에게 감정이 있고 없고와 무관하게- 나는 나를 배신한 사람에게 그렇게까지 너그럽지 못했다.

솔직히 말해서 어쩌면 이사벨의 그 말도 안 되는 제안을 받아들였을 수도 있어 더 화가 났다.

대체 나를 얼마나 우습게 보았으면.

그래서 나는 그저 그를 스쳐 지나갔다. 이 와중에 욕을 할 만큼 심심하지도 않았고, 그만큼의 여력도 없었다.

하지만 엘리엇은 전혀 그럴 생각이 없는 듯했다.

"저, 영애님."

"……."

나는 고개만 살짝 돌려 엘리엇을 보았다. 그는 꽤 뻘쭘한 자세로 서 있더니, 내가 발걸음을 멈춘 것을 보며 입을 열었다.

"죄송합니다."

"……."

"말씀드리고 싶었습니다."

나는 피식 웃음을 흘렸다. 아, 그래, 그렇단 말이지.

온전히 발걸음을 돌리자 엘리엇은 긴장한 표정이 역력해 보였다. 하지만 나는 딱히 이상한 감정이 들지 않아 그저 무미건조하게 말했다.

"말해서, 뭐가 달라지나?"

"스…… 영애님."

"아, 말하면 네가 편해지겠구나. 용서를 빌었으니까."

나는 입꼬리를 말아 올렸다. 나는 이사벨을 6번이나 용서해 주고, 그녀가 빼앗은, 아니, 정확히 말하자면 한눈을 판 남자들과 깔끔하게 헤어져 준 만큼 감정에 한해 질척거리는 것을 굉장히 싫어했다.

특히, 끝난 감정에.

사람은 자신의 선택에 책임을 져야 한다. 물론 그게 쉽지 않은 건 사실이지만, 그래서 나 자신도 가끔 그것을 감당하지 못한 채 변명거리를 찾곤 하지만, 그래도 기본적으로 사람은 자신의 선택에 책임을 져야 한다.

그러니 내 대답은 간단했다.

"사과는 안 들은 걸로 할게."

"……영애님!"

"그리고 우리 다시 만나도 인사하지 않기로 하지 않았던가?"

내 말에 엘리엇이 움찔거렸다. 그래, 저놈도 한때 나를 사랑했겠지, 좋아했겠지. 내가 이름을 부르면 얼굴을 발갛게 물들이던 때가 있긴 했었다. 끝이 엉망이었지만.

하지만 뭐가 되었든 간에 이미 지나간 일이다. 그래서 나는 계속해서 발걸음을 옮겼다.

아니, 옮기려고 했다.

엘리엇이 다시 입을 열지 않았다면.

"저는."

"……."

"저는 당신이 저를 사랑하지 않는 줄 알았습니다."

"……."

"당신에게는 저보다 중요한 것들이 더욱 많았으니까."

나는 쓰게 웃었다. 이사벨과 어조만 달랐지, 결국에는 그게 그거였다. 그러니까 내가 그를 덜 사랑했다는. 그래서 불안했다는.

알고 있었다. 내가 엘리엇과의 관계에서 어쩌면 진짜로 그가 느끼기에 부족할 만큼의 사랑을 주었을 수도 있고, 내 나름대로 잘해보려고 했지만 그게 엘리엇한테는 충분히 불안했을 수도 있다.

그게 틀렸다는 건 아니다. 엘리엇이 아무 말도 못 한 채 혼자 속을 태웠다고 하면 진짜로 내 잘못일 수도 있었다.

하지만 딱 거기까지.

"엘리엇."

나는 길게 한숨을 쉬었다.

감정에는 옳고 그름이 없다. 방향과 정도의 차이만 있을 뿐. 그래서 나는 엘리엇을 어느 정도는 이해할 수 있었다. 그러나 그는 분명 가장 큰 실수를 했다. 가장 결정적인 실수를.

"알아. 네가 무슨 생각을 했을지. 사실 그럴 만도 해. 그 부분은 어쩌면 내 잘못일 수도 있어."

잠시 숨을 고른 나는 다시 말을 이었다.

"하지만 엘리엇. 그 어떤 문제가 있어도, 그 어떤 상황이 일어나도- 너는, 너는 그 상황에서 이사벨이 끼어들게 하면 안 됐어."

제삼자가 끼어드는 순간 성질이 온전히 변하니까.

"너는 내가 너를 시험한답시고 다른 남자와 외도를 하면, 그게 진실이든 거짓이든 그것을 받아들일 수 있겠어?"

내 말에 엘리엇은 입을 꾹 다물었다. 그도 어느 정도는 알고 있겠지. 그의 행동은 그 의도가 어찌 되었든 간에 나에 대한 기만이고, 심지어 우롱이었다는 것을.

물론 내게도 어느 정도 문제점이 있다는 사실은 알고 있다. 하지만 그건 결코 그의 행동에 변명거리가 되어 주지 못한다.

두 사람의 관계는 두 사람이 해결해야 옳았다.

"그럼 이만."

나는 그래서 입을 꾹 다무는 그를 보며 미련 없이 고개를 돌렸다. 내 강경한 말에 그가 어떤 상상을 하고 있을진 모르겠지만, 최소한 그는 내가 멀리 걸어 나갈 때까지 더 이상 나를 붙잡지 않았다.

내게 사과를 함으로써 죄책감을 덜려고 했겠으나 어림도 없다.

이윽고 산책을 마친 뒤 방에 들어온 나는 침대에 털썩 주저앉았다. 눈알을 데굴데굴 굴리며 잠깐 사색에 잠겼다가 고개를 탈탈 털었다. 이로써 완벽하게 끝이었다.

결혼을 결심한 상황에서 이렇게 우연하게 과거의 사건을 끝맺을 수 있는 것도 나름 행운이었다. 나는 입꼬리를 말아 올리며 옷을 갈아입으려고 옷장에 다가갔다.

한데 그때였다.

똑똑–

누군가가 방문을 두드렸다. 나는 옷장의 문을 열다 말고 이 시간에 올 만한 사람이 누가 있는지를 생각하다 조심스레 입을 열었다.

"누구죠?"

"접니다."

칼리드의 목소리가 들려옴과 동시에 나는 바로 문 쪽으로 뛰어갔다.

달칵.

문이 열리자 칼리드가 빙그레 웃으며 나를 보고 있었다.

"달밤에 데이트는 성공적이었습니까?"

나는 고개를 갸웃거렸다. 무슨 달밤에 데이트…… 아, 혹시…….

"아, 진짜. 무슨 말을 하는 거예요."

나는 칼리드의 어깨를 툭 쳤다. 애초에 칼리드 또한 짓궂은 농담이었는지 내 행동에 별다른 반응을 하지 않았다.

"그저 우연하게 '비밀스러운' 만남을 보게 되어서."

"계속 그렇게 말하면 나 화낼 거예요."

"죄송합니다."

그에 나는 푸흡 웃음을 흘리고 말았다. 아, 뭐야. 화낸다는 말에 이토록 깔끔한 사과라니. 역시 내 남자야.

나는 나를 분노시키는 역할밖에 하지 못했던 엘리엇의 사과 아닌 사과를 상기하며 칼리드를 향해 손을 뻗었다.

"언제 왔어요?"

"방금 도착했습니다."

"나랑 엘리엇이 함께 있는 걸 봤어요?"

"봤습니다."

"그런데 안 도와주고."

나는 입을 삐죽였다. 사실 칼리드가 도와줄 필요도 없고 애초에 도움이 필요한 상황도 아니지만, 그래도 괜한 투정을 부리자 칼리드가 웃음을 흘렸다.

"도움이 필요한 상황은 아니었지 않습니까. 그리고 혼자 해결하고 싶어 하는 게 보여서."

"칫, 말은 잘해."

"그리고…… 뭐, 그쪽도 깨달은 바가 있을 겁니다."

칼리드는 묘한 미소를 지으며 나와 눈을 마주쳤다. 깨달은 바라니, 뭘 말하는 걸까.

"내가 모르는 뭔가 있구나?"

"흐음."

"안 물을게요. 당신이 뭐 나한테 해가 가는 일을 할 리도 없고."

"대단한 믿음을 가진 겁니까?"

"영광인 줄 알아요."

나는 다시 웃음을 터뜨렸다. 칼리드가 그런 나를 응시하다가 고개를 살짝 숙여 부드럽게 입을 맞추었다.

눈을 감자 익숙한 감각이 내 허리를 휘감았다. 커다란 손이 내 머리를 받치고, 부드러운 머리카락의 감촉이 뺨을 간질거렸다. 익숙한 무게감에 뒤로 한 걸음 한 걸음 물러나니 머리를 받치고 있던 손이 목을 부드럽게 감싸며 내려왔다.

뒤이어 달콤한 향이 입안에 스며들었다. 이게 진짜로 달콤한 무엇인가가 있는 것인지, 아니면 그저 상황에 빠져든 나 자신의 환상인지는 모르겠지만, 나는 조금의 주저함도 없이 그것에 빠져들었다.

푹신한 침대의 시트가 등에 닿았다. 어느새 나를 눕힌 칼리드가 입가에 미소를 매달고 나를 보고 있었다. 우리 둘의 시선이 부딪치기를 몇 분, 나는 손을 뻗어 그의 목을 끌어안았다.

다시금 공기 속에 열기가 피어올랐다. 조금 거칠지만 뜨거운 체온이 어깨에 걸린 블라우스를 끌어내고, 곧 내 혀를 끈질기게 찾던 입술이 내 턱을 따라 내려왔다.

차가운 목에 뜨거운 숨결이 닿기가 무섭게 몸을 부르르 떨자 옅은 웃음소리가 들려왔다.

"추우십니까?"

"조금? 그런데 더워지려고 해요."

아래로 내려갔던 그의 시선이 다시 내 눈을 잡아 왔다. 나는 그와 눈을 마주쳤다. 칼리드는 손가락으로 흐트러진 내 머리를 가닥가닥 쓸어 주다가 다시 한번 입술에 쪽- 하고 키스했다.

얼굴만 보고 있었는데 행복감이 밀려왔다.

나는 미소를 지으며 그를 응시하다 낮게 속삭였다.

"우리, 결혼 빨리할까요?"

"언제는 늦게 하고 싶다고 하시더니."

"생각이 바뀌었어요."

"무슨 심경의 변화라도 있으십니까?"

나는 눈가를 휘며 답했다.

"생각해 보니까 당당하게 같이 있을 방법이 그것밖에 없을 것 같아."

"지금까지 충분히 당당했다고 생각합니다만."

그의 말에 나는 푸훗 웃음을 터뜨렸다. 하긴, 그건 그렇다. 우리만큼 다른 사람 눈치 안 보고 사랑한 커플이 있나. 굳이 말하자면 우리는 결혼만 하지 않았지, 거의 부부 같은 관계를 유지했던 것 같다.

하지만 그렇다고 해도…….

"이제야 알겠어요. 사람들이 왜 결혼하는지."

"흐음?"

"딱 붙잡고 싶은 거예요. 자기 옆에서 떨어지지 못하게."

"당신도 그렇습니까?"

무슨 당연한 말을 하느냐는 듯이 내가 고개를 끄덕였다. 칼리드는 내 뺨에 다시 입을 쪽 맞추고는 나지막이 말했다.

"꽤 우연의 일치로군요."

"……."

"저도 그런데."

다시 뜨뜻한 체온이 입안을 헤집더니 곧바로 머리, 몸, 그리고 모든 것을 헤집었다. 나를 껴안는 그에게 매달리며 나는 조그맣게 속삭였다.

"프러포즈."

"……."

"프러포즈는 어떤 걸 받고 싶어요?"

내 물음에 돌아오는 것은 대답 대신 뜨뜻한 열기였다. 나는 눈을 감으며 웃음을 터뜨렸다. 이 와중에 프러포즈 걱정이라니, 이게 뭐야. 하나도 로맨틱하지 않아.

하지만 그와 별개로 나를 꽉 끌어안는 그의 품만큼은 세상 그 어떤 것보다도 달콤하고, 단단하고, 그리고 안정적이어서-

"사랑해요."

"저도 사랑합니다."

나는 결국 다시 한번 그에게 모든 것을 맡겨 버리고 말았다.

* * *

다음 날 아침, 아카데미 축제가 정식으로 시작되고, 첫 번째로 열린 교수 임명식에 참석한 나는 화려한 꽃다발을 발터르 영애에게 안겨 주며 축하의 말을 건넸다.

"축하해."

"고마워요, 영애님."

"이제 우리 후배들한테 우리가 받은 모든 고통을 물려줄 때가 되었어. 알지? 성적은 낮으면 낮을수록 좋은 거."

내 말에 아카데미 성적에 깊은 트라우마를 가진 비올레타가 기겁하며 나를 때렸다.

"야, 이 악마야! 왜 쓸데없는 걸 물려주고 그래!"

아카데미 교수들은 원래 성적을 짜게 주기로 유명했다. 그런 의미에서 내 말이 얼마나 사람들의 공분을 불러일으켰는지는 굳이 설명하지 않겠다.

결국 나는 마지막에 '농담이야, 농담.'이라고 내 발언을 철회하고

서야 비올레타의 무쇠 주먹에서 벗어날 수 있었다.

환하게 웃는 발터르 영애를 보면서 나는 칼리드를 향해 입을 열었다.

"우리 아이 낳으면, 발터르 영애가 담당 교수가 될 수도 있겠죠?"

"그럴 가능성이 없지 않아 보입니다."

"그럼 지금부터 잘 보여야 해요. 우리 아이의 편안한 학교생활을 위해서."

"스칼렛, 아이의 학교생활에 지나치게 간섭하는 건 좋은 교육이 못 됩니다."

으음, 그것도 그렇긴 하네.

우리 어머니는 내 아카데미 생활에 눈곱만치도 관심이 없으셨지만, 나는 전공 수석을 놓치지 않는 사람이었다. 뭐, 그런 의미에서 확실히 아이의 학교생활에 지나친 간섭은 좋지 않을 수도.

내 진지한 표정에 나와 칼리드의 대화를 듣고 있던 올리비아가 기가 막히다는 표정을 지었다.

"애부터 낳고 걱정하지? 아니, 그 전에 결혼부터 해."

나는 그녀를 흘기고는 입을 삐죽였다.

"할 거다, 뭐. 그리고 미래를 위한 걱정은 언제 해도 이르지 않아."

"그런데 결혼하려면 먼저 프러포즈부터 해야겠죠?"

몇몇 교수들의 축하를 받으러 멀리 떨어졌다가 다시 우리한테로 돌아온 발터르 영애가 한마디 끼어들었다. 그녀는 그 말을 하면서 칼리드를 힐끔 보더니 이내 화사하게 웃었다.

"의미 있고, 예쁘고, 화사하게가 좋겠죠? 꽃들이 만개해 있는."

"프러포즈에는 꽃이 빠질 수 없지."

"기왕이면 의미 있는 꽃이면 더 좋고요."

발터르 영애의 말이 끝나기가 무섭게 언제 왔는지 코르켈과 셀린느도 불쑥 끼어들었다. 코르켈은 그렇다 치고 셀린느까지 왔네. 저것들은 이제 공공연하게 세트로 다닌다는 건가.

뭐, 나로서는 나쁘지 않았다. 조금 눈꼴시어 그렇지.

나는 나와 칼리드의 행동이 그들의 행동보다 백배는 더 눈꼴시게 했다는 사실은 전부 까먹은 채 코르켈과 셀린느를 뾰족한 눈으로 응시했다. 그런 내 눈빛에도 아랑곳없이 셀린느가 계속해서 말을 이었다.

"의미 있는 꽃이라 하면 흔히 여러 가지가 있죠. 꽃말이 예쁘다거나."

나는 피식 웃고 말았다. 로맨틱하긴 하다. 영원한 사랑, 불멸의 사랑, 그런 꽃말이란 걸까.

"아, 나 부담 좀 주지 마. 왠지 모르게 꽃 다 모아 놓고 청혼해야 할 것 같아."

나는 그 장면을 잠시 상상하다가 고개를 절레절레 저었다. 이렇게 말하니까 왠지 모르게 프러포즈에 세상 꽃들을 다 모아 놓아야 할 것 같다. 그거 은근 부담감 느껴지는데- 나는 고개를 들어 칼리드를 힐끔 보았다.

그는 뭔가 알 듯 말 듯 한 애매한 표정을 짓고 있었다. 혹시 그도 은근하게 기대하고 있는 걸까.

역시 화제를 돌리는 게 좋겠다.

나는 이 어색하고 불편한 주제를 어떻게든 벗어나려고 고개를 털었다. 주변에 뭐 다른 화제가 없나 고민하며 주변을 둘러보던 나에게 문득 어떠한 생각이 떠올랐다.

"그런데 이 꽃들은 여전하네?"

주변에 울긋불긋 피어 있는 꽃들은 내가 아카데미 시절부터 만개했던 것이다. 대체 뭐가 그리 대단하다고 이사장은 아직도 이 꽃들을 그렇게 많이도 심어 놓았을까.

나는 아카데미 시절 정원 청소를 방해했던 가장 큰 적들을 노려보며 입을 열었다.

"이사장은 무슨 이유로 이 꽃들을 신처럼 모시고 있는 거야?"

내 말에 코르켈이 어깨를 으쓱하며 답했다.

"그냥 뜻이 좋다는 거겠지. 알잖아. 이사장 낭만주의자인 거."

"뜻?"

꽃에 뜻이 있어 봤자 기껏해야 꽃말이겠지. 나는 한숨을 푹 쉬었다. 그 꽃말에 홀려서 이사벨이 준 그 바이올렛 꽃을 표본으로까지 만들었다.

사실 꽃말이라는 게 지역이나 문화권에 따라 여러 가지가 있는 터라 크게 의미를 둘 필요는 없다고 책에서 본 것 같다.

나는 코웃음을 치며 말문을 떼었다.

"꽃말 때문에 그러는 거야?"

"그럼 그거 말고 뭐가 더 있겠어? 마법학부 애들을 전부 동원하면서 사시장철 꽃이 피게 하는 이유가."

"거참, 지극정성이네. 그래서 꽃말이 뭔데? 아니, 그 전에 이 꽃들 다 뭐야? 코스모스인가?"

나는 고개를 절레절레 저었다. 아카데미 내내 정원 청소만 해 봐라. 꽃이고 풀이고 기쁜 마음이 들 리가 없었다.

하지만 그런 내 물음에 주위 사람들의 표정이 묘하게 변했다. 그 중에서 셀린느가 어색한 미소를 지으며 내게 조심스럽게 물었다.

"스칼렛 님, 이 꽃들이 무엇인지도 잘 모르시는 거예요? 코스모스라니……."

"알아야 해?"

내가 식물 연구하러 아카데미에 온 것도 아니고. 땅에 있든 하늘에 걸려 있든 내 눈에 잎이 달린 건 전부 풀떼기였다. 나는 입을 삐죽였다. 그때 코르켈이 셀린느를 툭 치며 말했다.

"아서라. 얘가 바로 그 전설 속의 이사장 연설 시간에 한 번도 빼먹지 않고 존 사람이야. 덕분에 정원 청소 담당이었지. 공부보다 청소를 더 많이 했을걸?"

"그 정도까지는 아니야."

"반항기를 격렬하게 겪은 장본인이었지. 뭐, 원래 아카데미야 다 반항기 시절이라지만, 얘는 더 특별했어. 이래서 바른 애가 삐뚤어지면 무섭다는 거지."

"야…… 날조하지 마. 그 정도는 아니었어."

물론 내 반항기가 거세게 왔다는 건 부정하지 않겠다. 얼마나 심했던지 방학에 집에 돌아갔다가 어머니한테 말대꾸까지 했더랬다. 그리고 대법전을 50번 베끼는 벌을 받았었지. 거기에 어렸을 때도 못 해 본, 의자 들고 꿇어 있기를 2시간 동안 했다.

나는 코르켈을 흘기고는 고개를 들어 칼리드를 쳐다보았다. 그제야 나는 칼리드가 꽤 미묘한 미소를 지으며 나를 보고 있다는 사실을 깨달았다.

헉, 왜 저렇게 보지? 혹시…….

"나 착실했어요!"

갑작스럽게 튀어나온 말에 칼리드가 깜짝 놀란 표정을 짓더니 이내 온화하게 미소를 지었다.

나는 혹여 코르켈의 말에 칼리드가 오해라도 할까 그게 걱정되어 황급히 입을 열었다.

"공부도 꼬박꼬박 했고, 그래도 나름 예의를 지켰단 말이에요."

"알고 있습니다."

"그래요, 알고 있어야 해요."

내 황급한 변명에도 칼리드는 그저 부드럽게 웃으며 내 이마에 입을 맞출 뿐이었다. 그가 내 과거에 이상한 상상을 하지 않고 있다는 것을 확인한 뒤 그의 얼굴을 보며 조심스럽게 물었다.

"그런데 칼리드, 알고 있어요?"

"무엇을 말입니까?"

"아카데미에 있는 꽃들 말이에요."

내 말에 칼리드는 묘한 얼굴을 했다. 그는 웃음을 참는 듯 잠시 헛기침을 하다가 고개를 끄덕이고는 천천히 입술을 떼었다.

"라일락입니다."

"아, 그래요?"

칼리드의 대답에 나는 고개를 끄덕였다. 그렇구나, 라일락이구나.

응? 잠깐만, 라일락?

나는 미간을 팍 찌푸리고 묘한 미소와 함께 나를 보고 있는 칼리드를 응시하였다. 어디서 들어 본 것 같은데? 그것도 칼리드 입에서.

"라일락…… 라일……."

나는 홀로 꽃 이름을 중얼거리다가 저도 모르게 입을 쩍 벌리고 말았다. 아주 오래전, 그러니까 언제인지 기억은 잘 나지 않지만 분명 그런 말을 들었던 것 같다.

"라일락이 피어 있던 정원에서 어떤 분을 만났습니다."

–라고.

내 미세한 표정 변화를 눈치챘는지, 아니면 다른 무슨 생각을 하고 있는지 칼리드가 미미하게 미소를 지으며 나를 응시했다. 나는 입을 꾹 다물고 대체 무슨 말을 어떻게 해야 할지 몰라 망설일 수밖에 없었다.

세상에.

그거–

"–나였어요?"

"네, 그렇습니다."

나는 나 자신의 무지함과 눈치 없음에 너무 기가 막혀서 놀라고 말았다. 사람이 어떻게 이 정도로 눈치 없을 수가 있어. 그래도 나 나름대로 꽤 눈치가 빠른 편이라고 생각했는데…….

아, 어렸을 때 로맨스 소설을 보면서 여주인공의 눈치 없음을 비웃었던 과거의 나는 반성해야 했다.

나는 안절부절못한 채 칼리드를 보았다. 사실 하나하나 맞추어 보자면 나일 수밖에 없었다.

라일락 정원, 아카데미, 애인이 많음, 당시 애인이 있었음, 현재 미혼.

심지어 칼리드는 그 뒤로 나한테 첫사랑이고, 마지막 사랑이라는 말을 했다.

와, 나 너무 대단한데? 지금까지 그걸 모르고 있었다니. 얼굴이 갑자기 화끈해져서 양손으로 얼굴을 감쌌다.

"정확하게 말해 주지……."

기어 들어가는 내 목소리에 칼리드가 입꼬리를 말아 올린 채 뺨을 감싼 내 손을 잡았다. 나는 그의 눈길을 슬금슬금 피하면서 밀물처럼 밀려오는 부끄러움에 한숨을 쉬었다.

그에 칼리드가 다정하게 말했다.

"혼자서 오해하는 모습이……."

"우스웠어요?"

"……귀여우셔서."

"별게 다 귀여워. 이러다가 내가 밥만 먹어도 귀엽다고 하겠네."

"어떻게 아셨습니까?"

나는 입을 쩍 벌렸다. 할 말이 없다. 그리고 자세하게 따져 보자면 심각하게 모자란 내 눈치가 원흉인지라, 나는 이내 눈을 꾹 감고 칼리드의 품에 안겨들었다.

"나 지금 너무 부끄러운 거 알죠."

"압니다. 그래도 너무 부끄러워하실 필요는 없을 것 같습니다. 애초에 알아차리라고 한 말은 아닌지라……."

"그래도."

나는 입을 꾹 다물었다. 사실 부끄럽기도 했지만, 다른 한편 상당히 행복하기도 했다. 결국, 그가 말하는 모든 사람이 나였다. 그 사실을 깨닫자 부끄러움이 가시고 행복감이 밀려왔다.

칼리드는 품에 안긴 나를 꽉 안았다. 그의 품에 얼굴을 파묻고 내가 작게 중얼거렸다.

"사랑해요."

"저도."

"다 끝났냐?"

그때였다.

나도 사랑해요-라고 말을 내뱉으려는 나는 갑작스럽게 나와 칼리드 사이에 끼어든 퉁명스러운 목소리에 눈을 깜박거렸다. 아, 이건 분명 코르켈 목소리인데.

그러고 보니 여기 아카데미였지.

"와, 얘 표정 좀 봐. 우리 존재를 아예 까먹은 표정이야."

"내버려 둬, 예전부터 저랬어."

"쟤가 원래 저렇게 얼굴에 철판 까는 애가 아니었는데. 공작이 애를 다 망친 거야!"

코르켈과 올리비아의 말이 끝나기가 무섭게 비올레타가 매서운 눈으로 칼리드를 노려보며 말했다. 나는 그녀의 깊은 우정에 감사를 드리는 한편, 아카데미 한복판에서 이런 애정 행각을 벌였다는 사실에 약간의 쑥스러움을 느끼며 어색하게 웃었다.

"그런데 라일락 꽃말이 뭐야?"

더 이상 내버려 두면 비올레타와 칼리드의 은근한 기 싸움이 계속될 것 같아 내가 황급히 물었다. 그에 셀린느가 부드럽게 웃으며 답했다.

"'젊은 날의 추억'이었죠."

나는 고개를 끄덕였다. 그러고 보니 그런 말을 들어 본 적 있는 것 같다.

젊은 날의 추억. 아카데미를 다닌 모든 이들의 소년, 소녀 시절 추억을 기념하는 의미.

"꽃말, 좋긴 하네."

방금까지 별 의미도 없는 꽃말에 집착한다고 비웃었던 사실을 완전히 잊어버리고 나는 고개를 끄덕였다. 역시 내가 좋으면 좋은 거다.

나는 환하게 웃었다. 아, 아카데미에 오길 잘했다. 이렇게 칼리드의 첫사랑도 찾고-원래부터 나이긴 했지만- 이것저것 추억거리도 생기고.

어쩐지 이번 아카데미행이 꽤 좋은 추억이 될 수 있을 것 같은 예감이 들었다. 사실 라일락 얘기가 나왔을 때부터 이미 충분히 좋은 추억으로 남았지만.

"스칼렛."

나를 부르는 칼리드의 다정한 음성에 다시 고개를 들었다. 그의 적갈색 눈동자가 나를 바라보자, 왠지 모르게 얼굴이 뜨거워져서 헛기침을 하고야 말았다.

아, 왜 이래.

"왜 그래요?"

"라일락은 사실 꽃말이 더 있습니다."

"그래요?"

이건 또 몰랐던 사실이다. 그 전에 칼리드가 꽃말에 신경을 쓸 줄은 몰랐다. 왠지 모르게 그의 다른 면을 발견한 것 같아서 나는 빨리 대답해 보라는 눈빛을 보냈다.

이내 칼리드가 천천히 답했다.

"라일락의 다른 꽃말은, 첫사랑입니다."

"우와."

나는 눈을 깜박거렸다. 신기하다. 이렇게 꽃말과 상황이 딱 맞아떨어지다니. 이게 바로 운명인 건가.

"그리고 하나 더 있지만, 그건 내일 알려 드리겠습니다."

"왜 하필 내일이에요?"

"그것도 내일 알려 드리겠습니다."

나는 대답 대신 내 머리에 입을 맞추는 칼리드를 보며 고개를 갸웃거렸다. 하지만 칼리드는 여전히 대답 대신 그저 미소를 지으며 다시 내게 입을 맞출 뿐이었다.

결국 나는 궁금증을 접고 고개를 끄덕일 수밖에 없었다.

* * *

보통 아카데미의 축제 기간은 일주일 정도지만 그중에서 가장 볼거리가 많고 중요한 것은 첫날에 있는 것들이라, 나는 축제 이틀째에는 그저 방에 박혀 있으려고 했다.

솔직히 아카데미에 온 이유부터가 발터르 영애의 강사 임명식 때문이 아니던가.

그런 의미로 볼 때 깨우는 사람도 없는 아카데미의 게스트 룸에서, 아침 해가 뜬 지 한참이 지난 뒤에야 눈을 뜬 것은 그다지 이상한 일은 아니리라.

애초에 시녀를 데려올 만큼 그렇게 독립성이 떨어지지는 않아서, 나는 홀로 깨끗하게 씻은 뒤 간단하게 화장을 하고는 다시 침대 안에 기어 들어갔다.

역시, 이불 안은 따뜻하고 안전하다. 나는 홀로 웃으면서 셀린느에게 빌려 온 책을 펼쳤다.

하지만 그때, 갑자기 누군가가 밖에서 문을 두드렸다.

"누구죠?"

대답이 없자 나는 미간을 찌푸렸다. 아카데미에서 누가 이런 저질스러운 장난을 치는 건지. 나는 잔뜩 인상을 쓰며 문을 열고 문틈을 힐끗 보았다.

하지만.

"어?"

문밖에는 아무도 없었다. 공포 사건을 방불케 하는 상황에 잠시 당황한 나는 주변을 두리번거릴 수밖에 없었다.

뭐야, 벌건 대낮에 왜 갑자기 이런 일이 벌어지는 거야.

나는 문을 닫고 다시 방에 들어왔다. 하지만 내가 다시 이불을 들추기도 전에, 다시 한번 노크 소리가 들려왔다.

"누구야?"

나는 조금 불안한 목소리로 크게 외쳤다. 다시 조심스럽게 문을 열었지만 역시나 문밖에는 아무도 없었고, 순간 대낮임에도 오싹하기 그지없어 나는 결국 문을 활짝 열어젖힌 채 비올레타의 방에 갈 생각을 했다.

바닥에서 뭔가를 발견하기 전까지는.

이게 뭐야.

방금 전에는 문을 다 열지 않아서 몰랐지만, 바닥에는 예쁜 봉투 하나가 곱게 놓여 있었다. 심지어 더러워지지 않게 하려고 그 아래 라일락을 깔아 놓은 편지 봉투는 아무리 봐도 굉장히 수상한 기운을 풍기고 있었다.

나는 조심스럽게 편지 봉투를 집어 들었다. 누군가의 장난이라고 치기에는 지나치게 정성스러웠다. 내가 발견할 때까지 손수 문을 두드린 센스라니. 심지어 봉투는 무척 고급스러웠고, 레이스 장식까지 있었으며, 향긋하기까지 했다.

나는 천천히 방 안에 들어오면서, 혹시 이것이 나를 흠모한 어느 이름 모를 소년의 수줍은 고백이면 어찌하나 고민하며 칼을 찾았다.

미안하지만 나에게는 이미 사랑하는 남자가 있다고 거절해야 하나.

나는 그런 쓸데없는 생각을 하면서 천천히 편지를 찢었다.

그리고.

"아, 뭐야."

수줍은 고백은 맞네.

이름 모를 소년의 것은 아니지만.

[제1정원에서 뵙겠습니다.]

나는 익숙한 필체를 보며 웃음을 흘리고 말았다. 잔뜩 긴장했던 것이 무색하게도, 깔끔하기 그지없는 필체는 분명 칼리드의 것이 분명했다. 칼리드가 처리한 서류만 얼마나 많이 봤는데 그걸 모르겠는가.

그리고 무엇보다도 군더더기 하나 없는 한마디.

이쯤 되어서도 모르면 눈치가 없는 게 아니라 바보인 거다.

꽃이 만개한 정원, 정성스러운 편지.

프러포즈.

나는 길게 한숨을 쉬었다. 이 며칠간 봐 왔던 사람들의 이상 행동들이 완벽하게 들어맞았다. 이로써 내 눈치가 거의 0에 수렴한다는 것이 증명되었지만, 우습게도 부끄럽다기보다는 그저-

"이게 뭐야."

-그저 웃음이 나왔다.

세상에. 어떻게 이럴 수가 있지? 어떻게 반응해야 하지? 대체 뭘 어떻게 해야 하는 걸까?

나는 침을 꿀꺽 삼켰다. 프러포즈만큼은 내가 하고 싶었는지라 빼앗기면 꽤 아쉬울 것 같다고 생각했는데, 뜻밖에 그렇게 아쉽지는 않았다.

하긴, 뭐. 프러포즈가 내 소유물도 아니고. 솔직히 레 브리제를 털어서 커프스 버튼도 사 줬겠다, 대신 복수도 해 줬겠다, 나름대로 멋있는 건 다 내가 해 왔네.

그러니까 이번만큼은 그냥 그한테 넘기자.

나는 입술을 꼭 깨물었다. 순간 너무 기분이 좋아서, 너무 벅차올라서 가슴이 미친 듯이 두근거렸다. 심장이 튀어나올 것 같았다.

이러다가 혹시 프로포즈가 아니라고 하면 평생 놀림감이 되겠지만 왠지 모르게 직감이라는 게 있지 않은가.

나는 자리에서 일어났다. 일단 가장 예쁘고 가장 완벽하게 그를 만나고 싶었다. 그가 언제나 그러했던 것처럼. 나를 만날 때만큼 그가 근사했던 것처럼.

그리고, 그리고 뭘 해야 하지?

머리를 다시 만지고 화장을 고치고 옷까지 갈아입은 뒤, 나는 급하게 계단을 뛰어 내려갔다.

이럴 줄 알았으면 제일 예쁜 옷으로 가져오는 건데. 라이나를 데려오는 건데! 마담 지제르까지 데려오는 건데!

나는 내 선견지명이 없음을 탓하며 급히 제1정원으로 뛰어갔다.

그리고 곧 제1정원 앞에 멈춘 뒤 숨을 들이켜고 말았다.

반짝거리는 햇빛이 바닥에 깔린 꽃잎을 비추고 있었다. 며칠 전까지만 해도 온통 풀떼기밖에 없던 바닥은 어느새 깔끔하게 정리가 되어 있었고, 삐죽삐죽 튀어나온 풀 대신 꽃잎들이 자잘하게 흩어져 있었다.

나는 내 어깨에 팔랑거리며 내려앉은 꽃잎을 쥐어 멍하니 쳐다보았다. 사방이 온통 라일락이라 몰랐는데, 바람도 얼마 없는 상황에서 꽃잎이 이렇게 예쁘게 하늘거리다니……. 이 풍경이 모두 누구의 손에서 나왔는진 굳이 상상하지 않아도 알 것 같지 않은가.

나는 입꼬리를 말아 올렸다.

아, 예쁘다.

예뻐서 미칠 것 같아.

반짝거리는 햇빛 아래서 이슬을 머금은 꽃들이 우아하게 흐드러져 있고, 옅은 꽃향기가 은근하게 코를 간질거렸다. 팔랑거리는 꽃잎들이 내 어깨와 손바닥 위로 내려앉고, 한 걸음 한 걸음 내디딜 때마다 발밑에 있는 라일락 꽃잎들이 드레스에 팔랑거리며 드레스에 내려앉았다 떨어지기를 반복하고 있었다.

질식할 것처럼 속이 두근거렸다. 아무것도 하지 않았는데 벌써 코가 시큰거렸다.

나는 눈물부터 줄줄 흘러 얼굴을 망치는 일이 없도록 주의하며 최대한 담담한 표정으로 천천히 제1정원에 걸어 들어갔다.

환한 햇빛은 여전히 정원의 곳곳에 스며들고 있었고, 커다란 분수가 시원한 물소리를 내며 떨어지고 있었다. 바닥에 깔린 꽃잎들이 하늘거리고, 그 사이에 칼리드는…….

응? 칼리드는……?

나는 고개를 갸웃거렸다. 이게 아닌데? 원래 이쯤 되면 칼리드가 나와 줘야 하는데? 내가 상상했던 거랑 다르단 말이야.

나는 떨떠름한 표정을 지으며 주변을 두리번두리번 살폈다. 상황은 모두 프러포즈라고 말하고 있는데, 정작 프러포즈를 해야 하는 당사자가 보이지 않았다.

신종 장난이라고 하기에는 상대가 칼리드였고, 설사 이게 칼리드가 한 게 아니라고 해도 이 정도로 정성스럽게 장난을 칠 이가 내 주변에는 없었다.

나는 계속해서 두리번거리며 천천히 분수 가까이로 갔다. 그리고 익숙한 듯 익숙하지 않은 광경에 조심스럽게 입을 열었다.

"거기 누구 없어요?"

혹시 진짜 칼리드가 아니라면 너무너무 부끄러우니 일단 그를 부르지는 않았다. 하지만 내 물음에도 주위는 잠잠했고, 오직 시원한 물소리만 들려오고 있었다.

나는 어깨를 축 늘어뜨렸다. 방금까지 기대에 부풀었던 마음이 전부 산산조각 난 것 같았다. 나는 입을 꾹 다물고 길게 한숨을 쉬었다.

하긴, 칼리드가 어떻게 그 짧은 시간 내에 프러포즈를 준비하겠는가.

나는 조금 실망 어린 얼굴을 한 채 발걸음을 옮기려고 했다.

뒤편에서 익숙한 목소리가 들려오기 전까지는.

"오늘도, 수업을 빼먹고 청소하러 오신 겁니까?"

익숙한 목소리에 심장이 두근댔다. 따뜻하고 부드러운 목소리가 말하는 내용에 주변이 고요해진 것만 같은 착각이 들었다.

오늘도, 수업을 빼먹고, 청소.

이 몇 가지 단어 조합들이 한데 엉켜 내 머릿속을 헤집어 놓았다.

멈추었던 발걸음을 돌리고 뒤를 돌아보자, 조금 멀리 떨어진 기둥 옆에 칼리드가 웃으며 서 있었다. 나는 그의 얼굴에 걸린 미소를 보다가 멍하니 입을 열었다.

"청소…… 요?"

"네."

"……."

"오늘도 그래서 오신 거라면, 도와 드리고 싶습니다."

나는 입술을 깨물었다. 순간 코가 시큰거렸다. 머릿속이 어지러웠다. 순식간에 아주 오래전의 어떤 기억이 내 머릿속을 스쳐 지나갔다.

"언제…… 부터?"

"아주 오래전부터."

"……."

"당신이 생각하는 그 이전부터."

나는 입을 꾹 다물고 칼리드를 응시했다. 하늘거리는 꽃잎이 우리 사이에서 팔랑거리며 춤을 추고 있었다. 시원한 물소리가 정적을 가르고 우리 두 사람의 빈 공간을 채웠다.

하지만 우리 사이에 있었던 것이 비단 라일락이나 분수만은 아니었나 보다.

칼리드는 입꼬리를 말아 올린 채 얼굴에 미소를 가득 담고 천천히 내게 다가왔다. 그가 가까워질 때마다 그 한 걸음 한 걸음에 그가 나를 오롯이 기다렸던 시간이 그대로 묻어나서, 나는 저도 모르게 울컥하고 말았다.

나와 조금 더 가까워진 거리에서 우뚝 멈춘 칼리드가 나지막하게 내게 물었다.

"숨어 있어서 죄송합니다."

"……."

"계속 나오고 싶었습니다만, 당신의 평화를 깨고 싶지 않았습니다."

그것이 오늘 기둥 뒤에 숨어 있었던 것을 지칭하는 것이 아니라는 것쯤은 나도 알았다.

아스라하게 번지는 과거의 시간에 입꼬리를 말아 올렸다.

내 기억 속에 존재하는 한 조각의 기억, 햇살이 비추던 그날, 빗자루를 휘두르고 있던 그날, 조곤조곤하게 들려오던 그 목소리.

결국, 얼굴조차 모르고 지났던 그 짧디짧은 인연.

어떻게 이런 운명의 장난이 있을 수가 있나.

그것이 당신이라고, 내가 사랑하는 사람이었다고, 하면 당신이 말하던 '그녀'는…….

나는 입을 꾹 다물었다. 어렴풋이 기억이 나는 그날, 내게는 그저 스쳐 지나가던 그날이 그에게는 시작이었다. 나에게 그는 수많은 사람들 중 한 명이었지만, 분명 그에게는 나 혼자뿐이었을 것이다.

나는 결국 참지 못하고 눈물을 떨구었다.

이게 감격인지 슬픔인지, 아니면 너무 오랜 시간 뒤의 기쁨인지 모르겠지만 뺨을 타고 흐르는 눈물에 입술을 꾹 깨물자, 칼리드가 천천히 내게 다가와 손을 뻗었다.

"우는 모습을 보고 싶어서 한 말은 아니었습니다만, 이러면 제가 후회되지 않습니까."

나는 고개를 저었다. 아, 주책맞게 이게 뭐 하는 짓이야. 프러포즈에는 꼭 당당하게 웃고 싶었는데 눈물을 흘리고야 말았다. 평소라면 부끄러움부터 밀려왔겠지만, 이 순간만큼은 신기하게 행복감이 먼저였다.

나는 고개를 들고 나를 응시하는 칼리드와 시선을 마주했다.

8년의 시간이 흘러서 그는 내 앞에 섰고, 나 또한 그의 앞에 섰다.

나는 그렇게 이름 모를 그 남자를 만나게 되었고, 그는 결국 내 앞에서 이름을 말할 수 있게 되었지.

나를 처음 만난 그 순간을 오로지 그만이 간직하고 있다는 사실이 너무 아쉽고 미안했으나, 동시에 행복했다.

결국, 그는 나를 잊지 않았고, 결국, 이렇게 나를 불렀다.

"어떻게, 거기에 있게 된 거예요?"

"8년 전, 아카데미 축제 때문에 잠시 제1정원에 들린 적이 있었습니다. 그리고 당신을 보게 되었고."

"내가……."

"우렁차게 외치면서 들어오길래 장군이 들어오는 줄 알았습니다."

나는 칼리드의 어깨를 톡 쳤다. 기껏 말하라고 했더니 뭐가 이렇게 솔직해. 칼리드가 내 손목을 가볍게 감싸 쥐더니 이내 내 이마에 입을 맞췄다.

"그냥 그 순간 끌렸던 것 같습니다."

"……."

"다행이라고 생각했습니다."

"뭐가요?"

칼리드는 나를 품에 안고 나지막이 속삭였다.

"첫눈에 반해서."

"……."

"당신을 알게 된 그 순간부터 모든 시간을 오롯이 당신을 사랑하는 데에 쓸 수 있어서."

나는 결국 참지 못하고 그를 끌어안았다. 뺨을 타고 눈물이 툭툭 떨어졌다. 그럼에도 웃음부터 나갔다.

마음이 벅차오르고 모든 것들이 정지된 것 같았다. 이럴 줄 알았으면 그냥 그날, 그 남자가 나오게 잡아끌걸. 그러면 최소한 이름이라도 기억했을 텐데. 그러면 차라리 얼굴이라도 알았을 텐데.

그랬다면 8년 뒤 소렐에서 만나는 그 순간 알아챘을까?

어, 우리에게 이런 인연이 있었네요-라고 웃으면서 그렇게 담소를 나눌 수 있었을까?

모르겠다. 하지만 그 모든 가설이 무슨 의미가 있으랴.

나는 그를 끌어안은 팔을 풀고 손으로 뺨을 닦은 뒤, 다시 그와 눈을 마주쳤다.

"그저께 발터르 영애와 대화할 때까지만 해도 전혀 상상도 못 했어요."

"무엇을 말입니까?"

"난 제1정원 담당 청소였고, 그래서 자주 여기서 혼자 있는 사람들을 만나 왔거든요."

"알고 있습니다."

"그래서 그냥 당신도, 그러니까 그 남자도, 그냥 그렇다고 생각했어요. 그렇게 별로 다를 게 없다고 했는데, 그게 당신이라니까…….”

“…….”

“그게 당신이라니까 너무 신기하고, 기쁘고, 마음이 이상하고, 너무, 너무―”

“스칼렛.”

“―너무 행복해.”

칼리드가 다시 나를 품에 안았다. 평소에는 재잘재잘 쓸데없는 말까지 잘 내뱉던 내 입은 오늘따라 이상하게 내 마음을 제대로 대변해 줄 수가 없었고, 그래서 나는 그의 품에서 웃음으로 이 모든 것들을 표현할 수밖에 없었다.

“그래도, 당신을 기억해서 다행이야.”

완전히 잊어버리지 않아서.

“목소리가 좋은 사람이라고 생각했어요. 고민이 많은 남자겠구나, 그리고 꽤 다정할 것 같다고 생각했어요.”

“그리고?”

“그리고 행복했으면 좋겠다고 생각했어요.”

“다행입니다.”

칼리드가 손을 뻗어 내 뺨을 닦아 주었다. 이윽고 그가 다정하게 말했다.

“저는 지금 행복하니까.”

나는 고개를 끄덕였다. 그래, 행복해서 다행이야. 당신이 행복해서 정말 다행이야. 그리고 나도 행복해서 정말 다행이다.

칼리드는 팔에 힘을 주고 나를 꽉 껴안았다. 그의 뜨뜻한 품에 안기자, 문득 지금까지의 시간이 전부 머릿속을 스쳐 지나갔다.

내가 첫 만남이라고 생각했던 그 순간, 그의 차가운 그 눈빛부터.

그러고 보니…….

"소렐에서 날 처음 만났을 때, 왜 그런 눈빛을 했어요? 정말 차갑게 날 봤잖아. 날 좋아했다면서."

"으음……."

내 물음에 칼리드가 난감한 표정을 했다. 처음 만날 때와 달리 다소 풍부해진 그의 표정을 보다가 내가 옅게 웃음을 터뜨리자 칼리드가 천천히 답했다.

"사실, 들키고 싶지 않아서 그랬습니다."

"뭘요?"

"제가 당신을 마음에 두고 있다는 걸."

"그럼 내가 당신에게 그 제안을 했을 때는 어땠어요?"

"당신밖에 보이지 않았습니다."

나는 다시 웃음을 터뜨리며 그의 품에 안겼다. 그가 나를 꽉 끌어안았다.

나풀거리는 라일락이 사방에서 화려하게 흐드러지는 것을 보다가, 작게 그에게 속삭였다.

"다시 말하지만, 우리 행복해져요."

"네."

"꼭이요."

"꼭입니다. 스칼렛, 그래서 말인데-"

칼리드는 나를 꽉 끌어안고 있던 팔을 서서히 풀면서 나와 시선을 마주했다. 그에 내가 어리둥절하게 그를 바라보았다. 뭐가 더 남았나? 혹시 뭐가 더 있나?

내 얼굴에 퍼진 호기심을 본 칼리드가 부드럽게 미소를 지었다. 이내 그가 나를 안았던 팔을 완전히 풀고 나와 마주한 뒤, 낮은 목소리로 천천히- 하지만 진중하게 물었다.

"고민이 있습니다."

"고민…… 이요?"

나는 고개를 갸웃거렸다. 이 와중에 갑자기 웬 고민? 그러나 칼리드의 얼굴에는 고민 때문에 고뇌를 하는 표정보다는 기대의 기색이 어려 있었다.

칼리드는 내 뺨을 가볍게 쓸고는 천천히 입을 열었다.

"사랑하는 사람이 있습니다."

"아-"

나는 가볍게 탄식을 흘렸다. 그제야 그가 무엇을 말하는지 알 것 같았다. 그와 동시에 8년 전의 기억이, 그 커다란 기둥을 사이에 두고 우리가 나눴던 대화가 천천히 피어올랐다.

그날 나는 그의 고민을 들어 주고 있었고, 그는 내게 그의 사랑을 말하고 있었다.

그리고 오늘, 나는 다시 그의 '고민'을 들어 주려 한다.

"혼자 풀 수 없는 난제라, 도움이 필요합니다."

"무슨 일이에요? 사랑?"

칼리드의 말에 내가 활짝 웃으며 물었다. 그에 칼리드가 천천히 고개를 끄덕이더니 말을 이었다.

"오랫동안 사랑했던 분이 있습니다."

"……."

"그분을 줄곧 마음에 두고 있었는데, 시기가 맞지 않아 계속 혼자 그리기만 했습니다. 한데, 우연하게 인연이 닿아 그분과 다시 만나게 되었고, 사랑에 빠지게 되었습니다."

"……네."

내 목소리가 조금 떨리자, 칼리드가 내 손을 부드럽게 잡으며 말했다.

"지금 그분께 청혼하고 싶은데, 해도 되겠습니까?"

그의 말이 떨어지자마자 고개를 끄덕였다. 그리고 조금 물에 젖은 듯한 목소리로 천천히 답했다.

"하세요."

"……."

"기다리고 있을 거예요."

내 말에 칼리드가 입꼬리를 말아 올렸다. 이윽고 내 손을 부드럽게 감싸 쥔 그가 내 왼손 약지에 반짝이는 뭔가를 천천히 끼웠다. 나는 저도 모르게 숨이 멎을 것 같은 느낌에 휩싸이고 말았다.

이 사람은 정말, 나를 기다렸구나. 모든 순간을.

내 손에 끼워진 것은 다름 아닌 반지였다. 햇빛을 받아 반짝이는 옅은 핑크 다이아몬드와 그것을 장식하는 자잘한 투명한 다이아몬드.

그것에 내가 반응을 하기도 전에, 칼리드가 다시 한번 내 손을 꼭 잡아 쥐고 천천히 허리를 굽혀 손등에 부드럽게 키스했다.

"스칼렛."

"네."

"저와 결혼해 주십시오."

"칼리드."

"평생 이 손을 놓지 않겠습니다. 그리고 평생 웃게 해 드리겠습니다.”

그의 말이 끝나기가 무섭게 나는 대답 대신 그의 품으로 뛰어들었다. 그 어떤 귀하고 비싼 것들을 모아 놓아도 이 순간보다 더 황홀하지는 못할 것이다.

사랑하는 연인의 목소리, 영원을 맹세하는 이 순간.

나는 결국 그의 품에 안겨 세차게 고개를 끄덕이며 끊임없이 내 마음을 내뱉었다.

“결혼할게요. 손을 놓지 않을게요. 이제부터는 내가 놓지 않을게요. 내가, 죽을 때까지…… 아니, 죽음이 우리를 갈라놓아도 내가 놓지 않을게요.”

“스칼렛.”

“내가 웃게 해 줄게요. 당신 옆에 있을게요.”

“…….”

“사랑해요.”

이제껏 당신이 나를 사랑했던 것 그 이상으로, 남은 시간은 내가 당신을 사랑할 것이다. 내가 당신을 지키고, 내가 당신을 사랑하고, 내 애정을 퍼부을 것이다.

그렇게 당신이 내 옆에서 웃을 수 있게, 우리가 서로 함께 웃을 수 있게.

나는 칼리드의 뺨을 감싸 쥐고 그와 시선을 맞추었다. 이윽고 달콤한 입술이 부딪쳤다. 그의 입술을 헤집으며 내 모든 감정을 그에게 쏟아부었다.

내가 그를 사랑하는 것만큼.

얼마나 지났을까, 천천히 입술을 떼곤 그와 시선을 마주하며 활짝 웃었다. 그때 칼리드가 입을 뗐다.

"라일락의 꽃말을 아십니까?"

"젊은 날의 추억, 첫사랑, 그리고-"

"영원한 맹세."

나는 활짝 웃었다.

다시 달콤한 입술이 부딪쳐 왔다. 방금보다 훨씬 더 진한 키스에 정신이 혼미해지는 것 같았다.

모든 것들이 이토록 완벽하고, 그토록 화려하다.

그의 첫사랑은 젊은 날의 추억이 되어 영원한 맹세로 끝을 맺었고, 내 사랑은 그의 맹세와 함께 이 정원에 영원히 각인되었다.

그 기억의 시작이 함께였든 아니었든 상관없었다. 결국 이렇게 여기서 함께 만나게 되었고, 앞으로 함께 가게 되었으니까.

"사랑합니다."

입술을 뗀 칼리드가 내게 속삭였다. 그의 적갈색 눈동자에 듬뿍 담긴 애정을 바라보다가 나는 웃으며 그에게 다시 한번 답했다.

"나도, 사랑해요."

그의 첫사랑으로 시작된 시간은, 우리 둘의 마지막 사랑으로 이 시간에 기억되었다.

라일락 꽃잎이 하늘거리며 우리에게 내려앉았다. 햇볕이 따뜻하게 우리를 비추고 있었다.

우리, 사랑, 그리고 결혼.

아, 행복하다.

제10.5장

그와 그녀가 몰랐던 이야기- 아카데미편

그와 그녀가 몰랐던 이야기- 아카데미편

흔히들 아카데미는 모든 이들의 추억이라고 한다. 가장 순수하고 때 묻지 않았던 시절, 계산과 이익 싸움이 오가는 사교계와 달리 그저 단순한 목적으로 감정이 오가는 곳.

그런 의미에서 많은 사람이 아카데미 시절을 소중히 기념하는 것은 그다지 이상한 일이 아니었다. 가령 아카데미 때 사귄 친구와 관계를 유지한다든가.

그리고 오늘, 아카데미 역사상 가장 유명한 이들로 구성된 아카데미 졸업생들이 한데 모여 티타임을 벌이고 있었다.

다만, 그 중심인 한 사람을 제외하고.

"스칼렛은?"

올리비아는 아삭아삭 쿠키를 소멸해 나가는 비올레타를 보며 자리에 앉았다. 그에 비올레타가 뿌루퉁한 얼굴로 쿠키를 입에 밀어 넣고 손을 탁탁 털었다.

"공작이랑 시내에 나갔어."

올리비아가 고개를 끄덕였다. 이틀 전의 프러포즈, 그 뒤로 칼리드와 스칼렛은 딱 붙어 떨어질 생각을 하지 않았다.

덕분에 평소 스칼렛 옆에 딱 붙어 있던 비올레타만 홀로 음식으로 분을 풀고 있었다.

올리비아는 문득 며칠 전 환하게 웃으며 자신들의 앞에서 반짝거리는 반지를 낀 손을 내밀던 스칼렛의 눈물 자국을 상기하고는 고개를 절레절레 저었다.

"하여튼 그깟 프러포즈, 뭐가 그렇게 중요하다고 그렇게 애를 울렸는지."

"본인도 손 하나 거든 주제에."

비올레타가 피식 웃으며 올리비아를 흘겼다. 그에 주위에서 조용하게 차를 마시던 발터르 영애, 아비게일이 풋 웃음을 터뜨렸다. 하지만 영문을 모르는 다른 이들은 고개를 갸웃거렸다.

"그게 무슨 말이야?"

니콜라스의 물음에 올리비아가 길게 한숨을 쉬자, 비올레타가 입꼬리를 삐뚜름하게 올리며 말했다.

"프러포즈에 쓰인 각종 스크롤이 누구 손에서 나왔게? 여기에 그런 거 만들 만한 사람이 누가 있겠어?"

노크 소리를 내는 스크롤부터 미풍이 불게 하는 스크롤, 라일락 꽃잎이 하늘거리는 것까지, 소소한 모든 것들이 전부 올리비아의 손에서 탄생한 것임을 지칭하는 것이었다.

올리비아가 귀찮다는 표정을 하면서 고개를 절레절레 저었다.

"그럼 어떡해. 폐하께서 허락해 주셨는데."

"보통 국왕 직속 명령이 아니면 연금술사들, 그런 실용성 개뿔도 없는 스크롤은 만들지 않는다고 하던데?"

그에 올리비아가 다시 한번 길게 한숨을 쉬었다. 실제로 국왕의 직속 명령이 없으면 연금술사들은 굳이 귀족들의 부탁을 들어주지 않는다. 하물며 그런 미풍이 날리는 스크롤이나, 그런 것들은 더더욱 그랬다.

하지만-

"스크롤이 필요합니다."

"죄송하지만 바쁜 사람이라, 거절할게요."

"스칼렛에게 청혼하려 합니다."

"……."

"그녀에게 가장 기억에 남는 순간을 남겨 드리고 싶습니다."

올리비아는 갑자기 마법부에 쳐들어온 칼리드를 상기하며 미간을 찌푸렸다. 공작이라 그런지 그 와중에 국왕의 허락은 정말 잘 받아 왔다. 심지어 허가서에는 '내 조카의 행복을 위해 노력해 주게, 연금술사 올리비아 양.'이라는 말까지 쓰여 있었다.

결국 올리비아는 칼리드에게 한 무더기 스크롤을 공급할 수밖에 없었다. 물론 대가도 톡톡히 받았다. 절대 스칼렛 때문에 그러는 건 아니라고 마지막까지 덧붙이는 그녀를 보며, 칼리드가 미묘한 미소를 지었더랬다.

올리비아가 흥- 가볍게 콧방귀를 뀌었다.

"하여튼 애물단지 같은 계집애, 어떻게 된 게 마지막까지 사람 귀찮게 만들어."

그녀의 말에 주변의 눈길이 전부 그녀에게 쏠렸다. 비올레타가 케이크를 입안에 밀어 넣으며 비웃음을 지었다.

"가만 보면 스칼렛 일에는 얘가 제일 적극적이야. 예전부터."

비올레타의 말이 끝나기가 무섭게 심각하게 동의한다는 듯이 에드리안과 니콜라스, 그리고 코르켈이 열심히 박수를 쳤다. 아비게일이 호호 웃으며 찻잔을 들었다.

"올리비아 님이야, 예전부터 그랬죠, 뭐."

"흥."

그녀도 알고 있었다. 상당히 귀찮다고 해도 결국 스칼렛이 원하는 대로 해 줄 수밖에 없다는 것을.

하지만 어쩌겠는가.

올리비아가 쓰게 웃었다. 그녀는 어렸을 때부터 누군가의 순수한 호의를 받아들일 줄 몰랐다. 우습게도 결국 그 순수한 호의 때문에 스칼렛 옆에 있었지만.

"애물단지 같은 계집애."

"흐음."

"성격도 까칠하고, 오만하고, 세상 사람들이 다 자기처럼 머리가 꽃밭인 줄 알고, 그 와중에 유치하고, 가끔 이중 잣대를 들이밀기도 하고, 논리가 없기도 하고, 사람 하나 쳐 내는 데 질척대고. 그리고 또…… 하여튼."

"……와아, 너 진짜……."

올리비아의 신랄한 말에 비올레타가 기가 막힌다는 듯이 입을 딱 벌렸다. 아무리 입이 독하다고 해도 이렇게나 독하다니. 스칼렛이 들었다면 둘이 머리채라도 잡았을 게 분명했다.

아, 아니다. 올리비아는 스칼렛 앞에서도 이미 말한 전적이 있었다.

아카데미 때 올리비아와 스칼렛이 얼마나 많이 싸웠는가. 두 사람은 매일 붙어 다니면서 싸웠고, 싸우면서 매일 붙어 다녔다.

가장 다른 두 사람이었다. 하나는 가장 고귀한 혈통을 타고나 모든 이들의 사랑만 받고 자라난 아이였고, 다른 하나는 윈체스터에서 가장 멸시를 받는 사생아로 태어나 모든 이들의 경멸을 받고 자라난 아이였다.

하나는 혈통에 깊은 자부심을 느끼고 있었고, 다른 하나는 혈통이 가장 값어치가 없다고 판단하는 이였다.

두 사람은 그렇게나 달랐고, 사실 지금도 그랬다. 스칼렛과 올리비아는 단순하게 가치관으로만 며칠 동안 싸울 수 있는 이들이었다. 그건 그 어떤 상황에서도 변하지 않는 것이다.

스칼렛은 올리비아의 생각에 절대 동감을 하지 않았고, 올리비아 또한 그랬으니까.

그럼에도 두 사람은 결국 친구였다. 웃기게도.

"그런데 왜 스칼렛과 친구가 되었는데?"

비올레타의 물음에 올리비아가 길게 한숨을 쉬었다. 하지만 그녀의 입가에 걸린 미미한 미소는 그녀가 스칼렛을 어떻게 생각하는지 알려 주고 있었다.

"그거야, 옆에 있을 수밖에 없으니까."

사람은 자신에게 애정을 퍼붓는 상대에게 모질게 굴 수가 없었다. 최소한 올리비아는 그랬다. 객관적으로 스칼렛은 가장 완벽한 사람은 아니지만, 그럼에도 올리비아를 제일 오롯하게 본 사람이었다.

"누군가가 뒤에서 하는 소리에 그렇지 않다고 말해 주는 사람들, 몇 없어."

카펠라에서도 이런 말을 하긴 했었다. 스칼렛에게. 결국, 그 아이는 기억을 못 하겠지만.

올리비아의 말에 아비게일이 의미심장하게 웃었다. 옆에 앉아 있던 코르켈이 손뼉을 짝 치며 입을 열었다.

"그러고 보니 한때 네 뒤에서 별별 이상한 소문을 퍼뜨리는 놈들이 있었지? 스칼렛한테 딱 걸려서 탈탈 털리다 못해 영혼까지 제대로 털렸지. 아, 사내 녀석들 11명이 한데 엉켜서 엉엉 우는데, 진귀한 광경이었어."

"그랬지."

"캬아. 나는 그날 처음으로 알았다. 아주 사람이 욕설 하나 섞지 않고 그렇게 잘 욕할 수 있다는 걸 말이야."

코르켈의 감탄에 올리비아가 피식 웃었다. 결국, 그랬다. 진부하고 더없이 흔한 이야기다. 뒤에서 유언비어를 퍼뜨리는 사람을 응징하고, 그로 인해 친구가 되었다는 이야기.

사실 그게 시작이라고 말하긴 어려웠다. 그 이전부터 그녀는 꽤 스칼렛과 교집합이 있었으니까. 같은 수업에서 미친 듯이 싸워 보기도 하고, 식사하다가 말다툼이 일어나기도 했다.

그럼에도 스칼렛은 올리비아의 유언비어에 반박하는 것을 선택했다.

"어쨌든 그랬어. 그냥, 그렇더라고."

그냥 그렇다. 올리비아는 그렇게 간단하게 일축했다. 별 거창한 이야기도 아니었고 별로 이상한 계기도 없었지만, 원래 사람과 사람 사이의 관계는 그토록 쉽게, 점점 스며들게 된다.

올리비아의 말에 아비게일이 우아하게 웃었다.

다른 사람은 몰라도 그녀는 그 말을 제대로 공감할 수 있었다. 웃기게도 그녀 또한 같은 이유로 스칼렛과 엮이게 되었으므로.

"발터르는 그런 사람이 아니에요, 선배. 아무것도 모르면서 함부로 그렇게 말하지 말아 줬으면 좋겠어요. 기분 나빠요."

한때 최고의 영광을 누리던 발터르 가의 차녀로, 위로 아름답고 훌륭한 후계자인 언니를 둔 그녀는 그저 가문의 한쪽 구석에서 묵묵히 제 일을 다할 수밖에 없는 존재였다.

언제나 자신의 속을 숨길 수밖에 없었고, 언니의 경계를 피하기 위해서는 알아도 모르는 척, 쓸데없는 일에는 관여를 하지 않는 것이 거의 습관처럼 되어 버린 날. 자신에게 음흉하고 속을 모르겠는 섬뜩한 여자라는 말이 따라붙은 날. 우습게도 스칼렛이 그녀를 변호해 주었다.

그건 꽤 기묘한 경험이었다.

사실 스칼렛에게 그건 꽤 별거 아닌 일이었다. 그녀는 자신이 호감을 느끼고 있는 이가 타인의 입에 오르락내리락하는 걸 굉장히 싫어하는 성격이었고, 어쩌면 습관적으로 그렇게 뒷담화에 반박했을지도 모르지만.

그래도, 좋지 않은가.

뒤에서 누군가가 나를 욕할 때, 내 편을 들어 줄 누군가가 있다는 건.

스칼렛은 쉬이 사람을 믿지 않지만, 믿으면 무한정 신뢰를 준다. 자신의 사람이라면 무조건 지키고 무조건 믿는다. 그럴 의지도, 힘도 가진 사람이었다.

그래서 아비게일은 스칼렛을 좋아했다. 가문과 가문이 엮이지 않았어도 좋아했을 거라 그렇게 생각했다. 누군가에게 무조건 보호받는 건 꽤 좋은 느낌이다. 반대로, 어떻게든 보호하고 편을 들어주고 싶은 사람이 있다는 건 꽤 기묘한 느낌이고.

아비게일이 우아하게 웃었다. 순간 올리비아의 시선이 그녀와 마주쳤다. 그에 미묘한 미소를 지은 두 사람이 피식 웃고 말았다.

옆에서 그것을 보던 비올레타가 입을 삐죽였다.

"걔가 그렇긴 하지. 무조건 제 사람한테 믿음과 애정을 퍼붓는 거. 덕분에 어마어마한 미친년한테 걸렸지만."

"아, 위더?"

에드리안과 니콜라스의 얼굴이 동시에 찌푸려졌다. 이사벨에게 배신 받은 뒤 홀로 구석에서 훌쩍거리던 스칼렛을 두 사람 다 본 적이 있었다.

그 뒤로 에드리안과 니콜라스의 세계에서 이사벨은 거의 배신의 상징에, 처단해야 할 대상으로 규정지어졌다.

비올레타가 고개를 끄덕였다.

"그래도 그건 스칼렛 탓이 아니니까…… 라지만, 하여튼, 어휴, 난 걔만 생각하면 기분 나빠."

"누군들 안 그래?"

올리비아가 미간을 팍 찌푸렸다. 그녀에게도 이사벨은 그다지 좋은 기억은 아니었다. 안타깝게 여길 구석이 있긴 하지만, 그렇다고 해도 어렸을 때부터 사생아라는 이름에 세상에 믿을 만한 사람 하나 없이 자란 그녀의 눈에 이사벨은 말 그대로 철없는 아이 같았다. 그게 악으로 변질한.

"하여튼 간에 이렇게 잘됐으니 뭐."

비올레타가 중얼거리자 다른 이들이 동의한다는 듯이 고개를 끄덕였다. 그때 코르켈이 생각났다는 듯이 입을 열었다.

"그런데 공작은 대체 언제 스칼렛한테 반한 거지?"

그가 알기에는 소렐이 두 사람의 첫 만남이었다. 하지만 왠지 모르게 직감이 그에게 알려 주고 있었다. 둘 사이엔 무언가가 더 있을 것이라고.

그의 물음에 비올레타가 답했다.

"8년 전."

"오오."

코르켈이 과장스럽게 두 손으로 입을 가리며 감탄했다. 하지만 그도 그럴 것이, 8년을 기다린 사랑이란 그렇게 쉬운 것이 아니므로 그가 감탄할 법도 했다.

"공작이 대단한 사람이네."

에드리안의 말에 니콜라스가 어깨를 으쓱했다. 그는 뭔가를 생각하는 듯하다가 이내 다시는 상상도 하기 싫다는 듯이 고개를 훌훌 털었다.

"왜 그래?"

"아, 아니야."

그런 니콜라스의 반응에 에드리안이 영문을 물었으나, 니콜라스는 그저 고개를 저으며 부정할 뿐이었다. 물론 그에 쉽게 호기심을 놓칠 에드리안이 아니었다.

결국 에드리안의 집요한 물음 아래 니콜라스가 머리를 긁적이며 말했다.

"아니, 그게, 공작이 대단한 사람이라고. 스칼렛을 꽤 많이 사랑하는 것 같던데."

"그거야 뭐, 당연한 거 아니야? 그 대단한 사람이 스칼렛 앞에 서면…… 음…… 다른 사람인 줄."

에드리안의 말에 니콜라스가 고개를 저었다.

"그 수준이 아니야. 내가 좀 겁이 많아 그럴 수도 있는데, 사실 저번에 그 디르난트 공작저에서 낭독회 할 때, 기억나?"

"아."

"그때 첫날에 우연하게 스칼렛 옆에 앉았거든? 길지도 않은 시간이었어. 그리고 내가 습관대로 소파 등받이 위에 팔을 길쳤는데……."

"걸쳤는데?"

"걸쳤는데 그게- 스칼렛 어깨를 감싸 안은 것처럼 보여서……."

"아……."

니콜라스가 말을 마치곤 무서웠다는 듯이 두 손으로 얼굴을 감쌌다. 흑흑거리듯 어깨를 늘어뜨린 그의 모습에 모든 사람이 알 것 같다는 표정을 하며 탄식을 내뱉었다.

아무리 친구라고 하나, 칼리드가 그걸 보고도 아무런 반응이 없을 리가 없었다.

"난 그날 내 팔 잘리는 줄 알았어."

"이제부터 팔 관리 잘해라."

"손 관리도 같이 잘해."

"눈깔 관리도 좀 해야겠어. 저번에 그 낭독회에서 스칼렛을 빤히 보던 그…… 무슨 백작가 아들내미가 요즘 사교계에서 안 보이던데. 그 배후에 공작이 있었다에 내 천재적인 두뇌를 걸겠어."

에드리안의 말이 끝나자 아비게일이 웃음을 터뜨렸다.

"청혼 때문에 아카데미를 며칠 전에 답사까지 하신 분이니까요, 뭐. 그럴 만도 하죠."

"아이고, 아주 그냥 손에 귀하게 모셔 놓고…… 저러다가 결혼하면 여왕님처럼 대접하겠네."

"이미 그러고 있잖아."

"그럼 여신님."

"이상할 건 없지."

에드리안의 말에 비올레타가 공감한다는 듯이 고개를 끄덕였다. 이미 스칼렛과 칼리드의 애정 행각을 다 본 그녀는 심각하게 그 말에 동의할 수 있었다.

결국 그들의 대화는 그동안 스칼렛과 접촉할 때마다 얼마나 공작의 갖은 박해 아닌 박해와 눈치 아닌 눈치를 받았는지 성토하는 쪽으로 흘렀다. 그래 봤자 결국 끝은 스칼렛이 그럴 만한 구석이 있으니 공작이 사랑할 수밖에 없다-로 끝났지만.

옆에서 그 대화를 듣던 올리비아가 한숨을 쉬며 고개를 저었다.

그나마 이 무리에서 가장 객관적으로 스칼렛을 평가할 수 있는 인물인 그녀가 보기에 눈앞에 있는 인간들과 공작은 본질적으로 딱히 다를 바가 없었다. 정도의 차이만 있을 뿐.

뭐, 친구니 그럴 수밖에 없겠지만.

올리비아가 우아하게 웃으며 그들의 대화에 끼고, 곧 한때 추억을 공유하던 이들의 대화가 다시금 흘러가기 시작했다.

아카데미.

추억, 젊은 날.

간혹 사람들은 말했다. 아카데미에는 모든 이들의 추억이 담겨 있다고. 하지만 그들이 기억하는 것은 단순히 아카데미가 아닌, 그들의 지나간 시간. 어쩌면 가장 순수했던 그때의 자신일지도 모른다.

"어! 뭐야, 다 있었어?"

얼마나 지났을까, 칼리드와 함께 나갔던 스칼렛이 환하게 웃으며 외쳤다. 그에 방금까지 이야기를 나누던 이들의 눈길이 전부 그녀에게 집중되고, 올리비아는 다가오는 그녀에게 의자를 빼 주며 물었다.

"공작은?"

"아, 처리할 일이 있어서."

"오늘은 즐거웠어?"

"응. 즐거웠어."

행복하게 웃는 스칼렛의 표정을 응시하던 모두가 웃음을 흘렸다. 스칼렛이 오늘 있었던 일을 재잘재잘 늘어놓기 시작했다. 그에 모두가 귀를 기울이며 시간이 흘렀다.

살랑살랑 미풍이 불었다.

어디서 달콤한 향이 풍기는 것 같았다.

한때 추억을 공유하던 소년 소녀들이, 어엿한 성인이 되어 다시 한번 서로의 우정을 공유하기 시작했다.

꽤 따뜻한 날이었다.

제10.5장

그와 그녀가 몰랐던 이야기- 외교부&기사단편

그와 그녀가 몰랐던 이야기– 외교부&기사단편

조용한 하루였다. 예정대로라면.

마틸라는 창턱에 기대 우아하게 차를 들이켰다. 그녀의 다른 한쪽 손에는 오늘 신문이 쥐어져 있었다. 그녀는 신문 첫 면에 대문짝만 한 기사를 보고 작게 미소 지었다.

[프로디아드와 디르난트의 결합, 사교계에 어떤 바람을 불어올 것인가!]

소문도 빠르다. 어제 스칼렛이 공작의 청혼을 받아들였다고 코르켈이 호들갑이 가득 묻어 나오는 전보를 외교부에 보낸 것 같은데, 대체 신문사의 녀석들은 어디서 어떻게 정보를 입수했는지 오늘 아침 수도 전역에 스칼렛과 칼리드의 결혼 예정 소식이 쫙 퍼졌다.

그녀는 찻잔에 남은 마지막 차를 완전히 입안에 털어 넣은 뒤, 신문과 찻잔을 책상 위에 놓고 천천히 집무실의 손잡이를 잡았다.

외교부의 아침은 흔히 외교부의 핵심 인물이 모인 회의로 시작된다. 욜라와의 무역에 대해 몇 가지 조언을 해 둘 게 있어 머릿속으로 회의 내용을 다시 한번 상기한 마틸라는, 문을 열기가 무섭게 귀를 찌르는 소리에 미간을 찌푸렸다.

"우리 헤어져!"

대체로 조용조용하기 그지없는 외교부 건물에서 울리기에는 지나치게 시끄러운 외침이었다.

마틸라는 바람처럼 자신의 앞을 스쳐 지나간 외교부의 비서 중 하나인 릴리아의 뒤를 눈으로 좇다가, 다시 저쪽에서 헐레벌떡 쫓아오는 기사를 보고 고개를 갸웃거렸다.

"이게 무슨 일이야?"

그녀의 물음에 집무실 바로 맞은편에 있는 회의실 안에서 상황을 살피던 이들이 나왔다.

에리나, 레오, 잭, 펠로, 그리고 몇몇 사람들- 모두 마틸라가 손수 꼬드겨, 아니, 제안해서 외교부로 영입한 인재들이었다.

이미 중년이 다 된 그들은 마치 재미있는 가십거리를 발견한 듯 손에 쿠키까지 들고, 방금 릴리아가 다녀간 방향과 헐레벌떡 달려가고 있는 기사를 번갈아 보고 있었다.

"릴리아가 크리스와 헤어지려고 하나 봐."

"크리스?"

"저기, 저, 보이지? 제1기사단 기사 녀석."

에리나가 짚은 곳에는 방금 '우리 헤어져.'를 외치면서 달려간 릴리나와 크리스가 옥신각신 다투고 있었다.

마틸라는 대체 이게 무슨 상황인지 짐작조차 가지 않아, 에리나의 옆에서 즐겁게 관전하고 있는 그녀의 남편 레오에게 물었다.

"대체 무슨 일이지?"

"스칼렛과 프로디아드 공작 때문에."

"그 둘, 아직 수도에 오지 않은 걸로 기억하는데."

"스칼렛과 공작이 결혼하면 누가 더 아까운가 하는 문제로. 우리 릴리아는 당연히 스칼렛이 아깝다고 했고, 저 기사는 자기네 단장이 아깝다고 했고."

마틸라는 순간 할 말을 잃었다.

복잡하기 그지없는 심경을 말로 표현하고 싶지만 차마 적당한 단어가 생각나지 않아 그녀는 그냥 입을 다무는 것을 선택했다. 사람이 저렇게 가치 없는 걸로 싸울 수도 있군.

마틸라는 어이가 없어 피식 웃음을 흘리고는 천천히 회의실로 들어갔다. 그와 동시에 세상에서 가장 의미 없는 걸로 싸우는 커플을 지켜보던 외교부의 인원들도 다시 회의실로 발걸음을 옮겼다.

"그나저나 우리 아기, 결혼한다니 세월 참 빠르지."

마틸라는 자리에 앉기가 무섭게 마치 곱게 키운 딸이 결혼을 맞이한 것만 같은 대사를 읊는 에리나를 보며 헛웃음을 지었다. 옆에서 에리나의 남편이 고개를 끄덕이며 입을 열었다.

"수줍게 웃으면서 면접실 문을 두드린 게 어제 같은데 말이지."

누가 부부 아니랄까 봐. 똑같이 아련한 미소를 지으며 말하는 에리나와 레오의 얼굴 위로, 잭의 어이가 완전히 가신 목소리가 덮였다.

"너희 기억은 대체 어떤 식으로 미화를 거쳤길래 스칼렛한테 수줍다는 단어를 사용할 수가 있어? 걔 면접 끝나고 우리가 무슨 말 했는지 기억 안 나지?"

잭의 말에 에리나가 칫- 혀를 차자, 그에 펠로가 피식 웃으며 답했다.

"아, 재가 우리 후배라서 정말 다행이다-라고 했었죠?"

"맞아, 그랬어. 걔는 일단 첫인상부터 내가 이 구역을 접수하러 오겠다는 기세였다고. 누가 감히 날 건드려? 내가 제일 잘나가, 이거였어."

잭의 말에 회의실에 웃음이 퍼졌다. 마틸라는 피식 웃으며 스칼렛이 제일 처음 면접에 왔을 때를 상기했다.

화려한 백금발을 단정하게 묶고, 깔끔한 정장을 차려입은 아이. 갓 아카데미를 졸업해 '왜 외교부에 지원했죠?'라는 말에 '오고 싶어서요.'라고 대답했던…… 나름 당돌했었다.

그때 레오가 어깨를 으쓱하며 입을 떼었다.

"어쨌든 그 기의 후배 중에서는 스칼렛이 제일 재미있었어. 결국 마지막까지 남은 것도 걔랑 코르켈이었지. 둘이 극과 극으로 달랐지만."

"코르켈은 넉살이 좋아서 우리가 뭐라 해도 헤실헤실했잖아. 한마디 하려고 해도 결국 웃을 수밖에 없는. 반면 스칼렛은…… 눈 동그랗게 뜨면서 '왜요.'이랬지. 그거 정말 재미있었는데, 따박따박 반박하면서 '아닌데요.'라고 하는 거."

에리나가 피식 웃으면서 고개를 저었다. 그녀는 스칼렛이 갓 외교부에 입부할 때 첫 번째로 그녀를 담당한 선배였다. 그만큼 스칼렛에게 애정이 깊은.

"그래서 내가 걔를 좋아해. 나는 그렇게 막 나한테 개기는 애들이 좋더라."

에리나의 말에 다들 동감한다는 듯이 고개를 끄덕였다.

기본적으로 외교부는 말과 행동으로 목적을 달성해야 하는 부서다. 상대가 타국의 국왕이 될 수도 있고 귀족이 될 수도 있는 상황에서, 선배나 직위 고하에 기가 눌리는 것은 가장 큰 금기였다.

그런 의미에서 외교부의 철칙은 '기본적인 예의 범주를 벗어나지 않는 상황에서 마음껏 개겨라.'다. 물론 지나치게 품위가 없어 보인다는 이유로 비공식적인 철칙이 되었지만.

이윽고 에리나가 한쪽으로 수첩을 꺼내며 피식 웃었다.

"어쨌든, 난 걔 좋았어. 물론 지금도 좋고. 선배 노릇은 그런 맛에 하는 거지. 내가 키운 애가 내가 가르친 걸로 성공해서 오는 거."

"그거야 뭐, 원래 후배의 잘못은 선배의 잘못이고, 후배의 영광은……."

"그냥 걔가 잘나서 그런 거고."

레오의 말에 마틸라가 마지막 말을 이었다. 그에 회의실에 웃음이 터졌다. 다소 '독특한' 외교부의 관계를 잘 보여 주는 말이라 누구도 그에 이의를 제기하지 않았다.

이어서 잡담이 끝나고 회의가 시작되었다. 방금까지 시시덕거리며 웃던 사람들이라고는 상상도 할 수 없을 만큼 진지한 분위기가 1시간 동안 지속된 뒤, 마틸라는 마지막으로 간단하게 정리를 하곤 자리에서 일어났다.

그리고 문을 여는 순간, 다시 한번 소프라노가 그녀의 귀를 강타했다.

"그러니까 너는 대체 어떻게 하면 너희 단장이 스칼렛 님보다 더 잘났다는 가치관을 가질 수 있어?"

"릴리아, 제발 좀, 이제 그만해."

"아니, 나는 그만할 수 없어! 이건 가치관의 문제야!"

"쟤네 아직도 싸우네."

복도 끝에 서 있는 릴리아와 크리스는 1시간 동안 쉬지도 않았는지 아직도 싸우고 있었다. 그에 몇몇 사람들이 한숨을 푹 쉬면서 고요한 외교부 건물의 정적을 깨뜨린 커플의 싸움을 말리러 발걸음을 옮겼다.

마틸라는 피식 웃으며 방에 들어갔다. 나름대로 사활을 건 릴리아와 크리스의 논쟁 소리가 멈추자, 그녀가 천천히 책상에 다가갔다.

마틸라는 방금 책상에 내려놓은 신문을 빤히 쳐다보았다. 정확히는 그 위에 있는 스칼렛의 이름을.

'결혼 축하해.'

마틸라는 속으로 짤막하게 축복을 보냈다. 아끼는 후배가 결혼하는 건 꽤 즐거운 일이다. 하지만 그녀는 예전에도 외교관이었고 앞으로도 외교관이었다. 그래서 마틸라는 스칼렛의 결혼으로 향수에 젖는 것보다, 아카데미에서 돌아온 그녀에게 줄 새로운 임무를 짜는 것을 선택했다.

그리고 이윽고, 집무실이 적막에 휩싸였다.

* * *

"크리스는 어디 갔냐?"

제1기사단 연무장.

마침 단장이 자리를 비운 틈을 타 오랜만의 휴식을 맞이한 기사들이 쭉 늘어진 채 한곳에 모여 있었다. 이 며칠간 인생의 단맛을 전부 경험한 그들이 행복한 표정으로 사과를 씹고 있었다.

그때 베르가 주위를 두리번거리며 크리스를 찾았다. 그에 옆에서 검을 닦던 엘린이 입을 열었다.

"외교부로 갔을걸? 여자 친구랑 싸우던데."

"뭐? 왜?"

베르는 평소 떨어지고는 못 사는 것처럼 굴던 릴리아와 크리스의 모습을 상기하며 고개를 갸웃거렸다.

반면 크리스의 과도한 애정 행각에 눈은 썩어 나고 가슴은 시리는 증상을 겪고 있던 몇몇 기사들은 고소한 표정을 지으며 피식거렸다.

그중에서도 평소 크리스와 자주 파트너를 맺은 탓에 더욱더 과다한 스트레스를 받아야 했던 재크가 답했다.

"거, 왜, 디르난트 영애랑 우리 단장님이랑 누가 더 아까운가 그것 때문에."

사소하다 못해 보통 커플이 싸우는 수만 가지 이유에 포함되지도 않은 문제로 다투는 두 사람 때문에 베르의 어이가 가출을 시도했다.

그는 바닥에 털썩 자리를 잡고는 고개를 절레절레 저었다.

"대체 왜 그런 걸로 싸우는 거야."

"할 일이 더럽게 없다는 표현이지. 단장님이 계셨어 봐. 애초에 그런 걸로 싸울 리가."

엘린의 말에 모두가 고개를 끄덕였다. 그들이 볼 때 애초에 칼리드와 스칼렛 중 누가 더 아까운지는 이미 중요하지 않았다.

그들은 칼리드가 백이면 백 스칼렛이 본인에게 너무 과분한 존재라고 인식한다는 사실만 잘 명기하면 되었다.

어차피 객관적인 사실은 중요하지 않다. 기사단에서 살아남으려면 원래 적당한 눈치는 탑재해야 했다.

그건 카펠라에서 스칼렛과 칼리드의 좋은 시간-최소한 칼리드 입장에서는-을 방해한 한 기사가 수도로 돌아와 평소보다 훨씬 더 긴 훈련 시간을 보상으로 받은 뒤 그들이 깨달은 도리였다.

스칼렛이 얼마나 칼리드에게 커다란 영향을 끼칠 수 있는지 몸소 체험한 기사들이 갑자기 숙연해졌다.

그때였다. 적막에 싸인 기사단 사이에서 세이드가 조용하게 물었다.

"그런데 말이야. 그 디르난트 공작 영애, 매력이 뭘까?"

그의 말이 끝나기가 무섭게 누군가가 그의 뒤통수를 갈겼다. 기껏 숙연해진 분위기가 다시 평소에 그러한 것처럼 다소 시끌벅적하게 돌아왔다.

엘린은 뒤통수를 만지작거리는 세이드를 보며 혀를 찼다. 아식도 공작 영애의 매력을 논하는 인간이 있다니. 오늘 단장이 없기에 망정이지, 안 그랬으면 또 멀리에서 귀신같이 나타나 훈련 시간 10시간을 추가했을 것이다.

그리고 가여운 세이드는 또 동네북이 되어 동료에게 맞았겠지.

세이드의 옆에 앉은 재크가 진지하게 그의 어깨를 잡았다. 이윽고 그가 곧 세상에 다시없을 중요한 이야기를 하듯 세이드를 향해 입을 열었다.

"잘 들어, 공작 영애는 말이야."

"응."

"이미 매력을 논하는 단계가 아니야."

"뭐?"

생뚱맞은 대답에 세이드가 미간을 찌푸렸다. 아니, 무슨. 내가 원하던 대답은 그게 아닌데?

하지만 재크는 철없는 아이를 타이르듯 상당히 신중한 눈빛으로 그를 응시하며 한 자, 한 자 박아 말했다.

"그분은 이미 종교야."

"……."

"그분이 말씀하신 건 교리고."

"……."

세이드의 얼굴에 어이없음이 비쳤다. 물론 그도 알고 있었다. 그들의 단장이 얼마나 그 영애 앞에서 안절부절못하는지.

하지만 당시 카펠라에 함께 따라가지 못했던 그는 칼리드의 인생에 스칼렛이 어마어마한 비중을 차지한다는 사실을 체감할 수가 없었다.

그저 동료들이 그렇다니 그런 줄 알 뿐.

다시 미궁에 빠진 세이드의 얼굴을 보며, 카펠라에서 칼리드와 스칼렛의 좋은 시간-어디까지나 칼리드의 시점에서-을 방해한 죄로 10시간의 추가 훈련 시간을 얻은 재크가 크흡 눈물을 삼켰다.

"어쨌든 기억해 둬. 종교, 교리."

세이드의 밝은 미래를 위해 재크가 마지막으로 강조했다. 결국 그것을 알아듣지도 못한 채 세이드가 고개를 끄덕였다.

"그런데 카펠라에서 발견한 건데, 우리 단장님, 공작 영애님 앞에서는 사람이 변하더라고."

"맞아, 맞아."

"그래서 혹시나 해서 묻는 건데."

"으음?"

"그 영애님, 아직도 우리 단장님 성격 잘 모르는 거 아니야?"

키이라의 물음에 기사단이 다시 한번 정적에 휩싸였다.

그들은 평소 기사단을 훈련시킬 때의 칼리드의 모습과 스칼렛 앞에서 웃고 있는 칼리드의 얼굴을 번갈아 대조하며, 스칼렛이 칼리드를 온전히 다 알고 있나 하는 의문에 휩싸였다.

그때 묵묵히 검을 닦던 엘린이 입을 열었다.

"그러고 보니 아이비가 그러는데, 저번에 그 영애님이랑 왕녀님이랑 함께 술을 마시는데."

"마셨는데?"

"영애님이 그러셨대. 단장님이 다정하고, 착하고, 상냥한 사람이라서 나쁜 일은 다 자기가 해야 한다고."

"……."

"……."

"심, 심각하다."

"나 지금 조금 죄책감이."

"그, 그거 사기 결혼급……."

"알려 줘야 하는 거 아니야?"

"아니야, 아직 속단하기는 일러. 우리한테 단장이 둘이 있을 수도 있잖아? 우리가 몰랐던 단장이 하나 더 있었던 거야!"

엄청난 정보를 맞닥뜨린 기사단이 현실 도피를 시도했다.

그들은 진심으로 스칼렛이 칼리드를 '상냥하고 착하고 다정하다.'고 표현한 것에 죄책감을 느끼고 있었다. 대체 얼마나 내숭을 부렸길래 그런 수식어가 나올 수 있지?

아이린의 말에 떨떠름한 표정을 짓고 있던 베르가 천천히 고개를 끄덕였다.

"우리, 영애님께 잘하자."

"그래. 꼬박꼬박 가서 인사도 드리고."

"길에서 만나면 땅에 머리도 박고."

"아기가 생기면 바닥에 기어 다니면서 말 타기도 해 주고."

"그, 그렇게 해야 내 죄책감이 조금 덜어질 것 같아."

기사들이 하나둘씩 이마를 짚기 시작했다. 그들은 칼리드의 내숭에 동조한 죄에 대해 어떻게 스칼렛에게 죗값을 치를지 진심으로 고민하고 있었다.

그렇게 기사들이 자신의 미래에 대해 고민하고 있을 때, 먼 곳에서 크리스가 터덜터덜 걸어왔다.

그를 먼저 발견한 베르가 크게 외쳤다.

"왔냐?"

"어, 왔어."

크리스가 풀이 팍 죽은 얼굴로 바닥에 주저앉았다. 그 모습을 보다가 누군가가 조용하게 물었다.

"결과는 어떻게 됐냐?"

"헤어졌어?"

조심스러운 물음에 크리스가 고개를 저었다. 하지만 그의 얼굴은 차라리 헤어졌다고 하는 게 더 나을 정도로 심각하게 어두워져 있었다. 그에 호기심이 생긴 기사들이 계속해서 물었다.

"그런데 어떻게 됐는데? 누가 이겼어?"

"릴리아가 이겼어."

“아…….”

“결국 인정하고야 말았어. 디르난트 영애가 아깝다는 사실을.”

“아아, 괜찮아. 애초에 말싸움으로 외교부를 이긴다는 것 자체가 말이 안 되었어.”

“흐읍, 나는 사랑 때문에 신념을 버렸어. 단장님, 죄송해요.”

“괜찮아. 아마 단장님은 더 좋아하실 거야.”

마치 세상이 무너진 것만 같은 크리스의 표정에 기사들이 하나둘씩 덕담을 건넸다. 동료를 위해 마지막으로 남겨 둔 사과를 크리스의 입에 쑤셔 넣은 뒤 다정하게 등을 토닥이는 기사들 틈에서, 크리스가 결국 어깨를 축 늘어뜨렸다.

그렇게 스칼렛과 칼리드에 관한 주제는 칼리드가 전장에서 펼친 영웅담으로 넘어갔다.

꽤 평화로운 하루였다.

에필로그

에필로그

프러포즈는 모든 것의 끝이 아니다. 시작일 뿐.

이 한마디를 이해하는 데까진 그다지 오랜 시간이 걸리지 않았다. 나는 아카데미에서 돌아온 뒤 정신없이 휘몰아치는 결혼 준비라는 늪에 정신을 놔 버려야만 했다.

예를 들자면, 이런 것 말이다-

"꽃은 장미로 할까요, 백합으로 할까요, 아니면 다른 걸로 할까요? 아, 리시안서스도 괜찮네요."

나는 내 눈앞에 펼쳐진 생김새가 비슷비슷한 꽃들을 보면서 엄청난 딜레마에 빠졌다. 내 눈에는 다 비슷해 보이는데 대체 뭐가 다르다는 거지?

설사 다르다고 해도 그냥 놓으면 다 비슷비슷하게 예쁠 것 같은데?

"꼭 골라야 해?"

"물론이죠, 청혼은 공작 각하께서 하셨으니, 결혼식 준비는 꼭 본인이 하겠다고 하신 건 영애님이세요."

나는 그 말을 내뱉은 순간의 나 자신을 저주하며 한숨을 쉬었다. 그러다가 문득 생각나는 바가 있어 꽃을 한 아름 들고 있는 라이나를 힐긋 보았다.

"그러고 보니, 너 저번에 반지 들고 내 앞에서 얼쩡거렸던 거."

흠칫.

내 말이 떨어지기가 무섭게 너무 놀라 품에 안은 꽃을 우수수 바닥에 떨어뜨린 라이나를 보며, 나는 자상하게 입꼬리를 말아 올렸다.

"내 반지 사이즈 때문이었구나?"

"아, 아니에요, 영애님. 증거 없이 함부로 말씀하시면 안 돼요……."

네 죽어 들어가는 소리가 증거야.

라이나는 고개를 푹 숙인 채 바들바들 떨고 있었다. 그에 오히려 혼내려던 내가 난감한 표정을 지을 수밖에 없었다. 딱히 쟤가 저렇게 무서워할 정도로 혼낸 기억은 없었던 것 같은데 왜 저러지?

나는 결국 한숨을 푹 쉬었다. 그나마 칼리드한테 매수를 당했으니 봐주는 거다. 그런데 저번에도 이런 일이 있었던 것 같은데?

"한 번만 더 그러면 진짜 자를 줄 알아."

"네!"

나는 내가 생각해 낼 수 있는 협박 중에서 가장 무서운 협박을 하며 라이나에게 으름장을 놓았다.

하지만 라이나는 방금까지 오들오들 떨던 게 다 거짓말이었다는 듯이 아주 해맑게 웃으며 고개를 끄덕였다.

혹시 쟤, 일부러 내가 함부로 못 할 거 알면서 저러는 거 아니야?

"그런데 영애님, 뭐로 하시겠어요?"

라이나는 내가 기분을 푸는 기색을 보이자, 다시 바닥에 있던 꽃을 주워 내 앞에 들이밀었다. 나는 그 이름 모를 여러 가지 꽃들을 보다가 이내 연분홍빛이 감도는 꽃을 하나 집어 들었다.

"이거 무슨 꽃이야?"

"리시안서스요! 예쁘죠? 이걸로 부케도 만들 예정인데, 장식도 이걸로 할까요?"

나는 고개를 끄덕였다. 그냥 예쁜 걸로 다 하면 좋지, 뭐.

라이나는 활짝 웃으며 알겠다고 한 뒤 바로 방을 나갔다. 그녀의 뒷모습을 보며 오랜만의 자유를 만끽한 나는 침대에 늘어져 멍하니 천장을 바라보았다.

칼리드의 청혼을 받아들인 뒤 수도가 제대로 들썩였다고 라이나가 그랬다. 실제로 내가 수도에 온 뒤 받은 축하 편지만 해도 방에 가득 찰 정도였으니, 나와 칼리드의 결혼 소식이 내가 느끼는 그 이상으로 커다란 반향을 일으켰다는 건 사실인 것 같았다.

그도 그럴 것이 두 공작가의 결합이다. 디르난트는 국왕 폐하와 가장 가까운 핏줄이었고, 프로디아드는 꽤 오랜 시간 왕실과 연을 맺지 않았던 터라 슬슬 말이 나올 시기였긴 했기 때문이다.

그런 와중에 그 둘의 결혼이라…….

프로디아드에 좋은 선택이었을 뿐만 아니라 디르난트에도 좋은 선택이었다. 국왕 폐하께도 좋은 선택이었고.

모두모두 좋은 선택이라, 나는 요즘 거의 축복 속에서 하루하루를 보내고 있었다. 그에 얼마나 행복했는지는 굳이 말하지 않겠다. 몸은 피곤해도 정신은 정말 행복하다는 게 바로 이런 거라는 걸 몸소 느끼고 있었다.

하지만 왕의 조카든, 디르난트와 프로디아드의 결합이든, 뭐든 나한테는 그저 결혼이었다.

가문과 가문의 결합 그 이전에, 사랑하는 사람과의 결혼.

그래서 그런지 나는 이 결혼이 중앙 귀족층에 불어올 바람보다, 칼리드와의 결혼 생활에 더욱더 중점을 두고 있었다.

나는 침대 시트에 얼굴을 파묻고 발을 동동 굴렀다.

아, 나 결혼해. 세상에, 내가 결혼한대. 내가 칼리드와 결혼을 한대. 1년 전에 이거 미리 알고 있었던 사람이 있었어? 내가 결혼을 한대. 내가, 결혼, 칼리드와. 이제 그러면 매일매일 같이 있을 수 있고, 애도 낳고, 알콩달콩…….

"꺄아아악!"

"행복하신가 봐요."

미약하게 비명을 지르며 이불을 팡팡 차던 나는 뒤에서 들려오는 목소리에 쩌적 굳을 수밖에 없었다.

나는 천천히 고개를 들고 문가에 서서 방긋방긋 웃고 있는 마담 지제르를 보았다. 그 뒤에는 그녀의 조수로 보이는 이들과 우리 집 집사와 시녀들이 서 있었다.

나는 웃음을 참는 게 확실한 사람들의 얼굴을 보다가 한숨을 쉬었다.

창피해 죽겠네.

"공작 영애의 방문을 이렇게 함부로 벌컥벌컥 열어도 돼?"

내 창피함이 화가 되어 마담 지제르에게 꽂혔다. 하지만 마담 지제르가 누군가. 위가 너무 휑하다는 말에 아래도 같이 찢어 주겠다고 한 사람이었다.

그런 의미에서 내 공격은 씨알도 먹히지 않았을 게 분명했다.

아니나 다를까, 마담 지제르가 호호 웃으며 답했다.

"노크를 열 번 정도 했답니다."

"……."

"너무 행복해서 쓰러진 건 아닌지 걱정이 되어서, 실례를 무릅쓰고 이렇게 문을 열게 되었어요."

하긴, 공작 영애의 방문을 열 번 정도 노크했는데 대답이 없으면 나라도 걱정은 되겠다. 물론 마담 지제르는 절대 걱정되어서 문을 연 표정이 아니었다.

나는 결국 그녀를 맞이하기 위해 침대에서 일어나다가, 문득 내가 마담 지제르를 부른 적이 없다는 사실을 상기하곤 멈칫하고 말았다.

물론 내 드레스를 그녀에게 맡기고 싶었으니 어떻게 보면 딱 맞춰 온 것은 맞지만, 부르지도 않았는데 벌써 왔을 정도로 그녀에게 신비한 힘이 있다고 생각하지는 않았다.

내 궁금한 표정에 마담 지제르가 곱게 눈을 휘며 입을 열었다.

"공작 각하의 명을 받고 왔답니다."

"어머니가?"

"그 공작 각하 말고요."

"아, 칼리드가?"

"네."

나는 입을 딱 벌렸다. 아니, 이 잘난 남자가 진짜!

"드레스를 주문하셨는데, 영애님 마음에 들게끔 세상에서 가장 예쁘게 부탁한다고 하시더라고요."

"결혼식 준비는 내가 한다고 했는데!"

"으음, 대신 공작 각하께서 입을 예복을 영애님께서 골라 주시면 되죠."

나는 그 말에 홀딱 넘어갔다. 굉장히 설득력 있는 말이었다. 나는 그렇게 나를 설득하고는 바로 줄자를 들고 내 치수를 재는 마담 지제르의 손에 몸을 맡겼다.

"영애님, 살찌셨네요?"

"꼭 그렇게 대놓고 말해야 돼? 웨딩드레스를 위해 굶을까 고민 중인데?"

"살이 적당히 오르셔서 예쁠 것 같다는 말이에요. 예전에는 좀 마른 편이라. 모양이 예쁘게 나올 것 같아요. 그리고 함부로 굶지 마세요. 지금 치수에 딱 맞게 재단될 거니까. 헐렁하면 안 예쁘답니다."

나는 마담 지제르의 말에 고개를 끄덕였다. 이로써 내가 다이어트를 하지 않아도 될 핑계가 생겼군.

"그리고."

"응?"

"어차피 결혼하면 살은 빠져요. 특히 신혼은 말이죠. 보통 침대에서 내려오질 않거든요."

……그렇게 해맑게 웃으면서 그런 농담 하지 마.

나는 알아듣지 못했어. 알아듣지 못했어. 알아듣지 못했어.

저건 그냥 침대에서 내려오지 않아 뭘 먹지 않아서 살이 빠진다는 뜻일 거야.

나는 한쪽으로 저절로 최면을 걸며, 내 손목 치수를 재는 마담 지제르를 감탄의 눈길로 쳐다보았다.

"그럼 드레스는 역시 길고, 화려하고, 풍성하게- 죠?"

"으음. 예쁘게만 나오면 돼."

"그럴 줄 알고 공작 각하께서 미리 주문하신 디자인이 있는데, 보실래요? 아직 디자인 단계라 그림뿐이지만."

"칼리드가?"

"네, 영애님 이미지에 맞게 하나하나 주문하셨어요. 저는 주문에 따라 받아 그린 공밖에 없답니다."

나는 마담 지제르의 손에서 설계도를 보고 감탄을 내뱉었다. 일단 설계도일 뿐인데 예뻤다. 저번 종전 기념 연회나 국빈 연회에서 이미 그녀의 실력을 봐 왔던 나는 고개를 끄덕였다.

그리고 나는 칼리드의 안목을 믿어.

하지만 내가 고개를 끄덕일 무렵, 마담 지제르의 뒤에서 바쁘게 움직이며 천을 하나하나 준비하던 그녀 조수들의 얼굴이 갑자기 새하얘졌다.

방금까지 방긋방긋 웃던 그녀들이 쩌적 갈라진 얼굴을 한 채 천천히 나를 보았다.

"어, 무슨 문제 있어?"

내 물음에 그녀들이 고개를 절레절레 저었다. 그러나 그녀들의 얼굴에 비낀 절망감이 나에게 알려 주고 있었다. 분명 무슨 문제가 있다고.

"아, 그냥 드레스가 꽤 손이 많이 가는 작업이라."

마담 지제르가 언제나 그러하듯 우아하게 웃으며 답했다. 그에 나는 아아- 작게 감탄했다. 손으로 하나하나 작업하다 보니 힘들긴 하겠다.

“조금 수고해 줘. 보수는 넉넉하게 줄게.”

“어머, 세기의 결혼식에 제 드레스를 입으신다는 것만으로도 이미 충분한 보수인데요?”

“세기의 결혼식?”

뭐야, 그 거창한 이름은.

“세기의 결혼식이죠. 영애님은 곧 디르난트 공작이 되실 분이고, 두 공작가 가주의 결혼이니까요. 이런 결혼식이…… 거의 없었던 것 같은데요.”

나는 이마를 짚었다. 하지만 결국 웃음을 흘리고 말았다.

“그러고 보니 벌써 내기 중이래요.”

“내기?”

“영애님이 과연 아이를 몇이나 낳을까 하는.”

“…….”

“첫째는 딸일까, 아들일까 하는.”

“…….”

“그래서 과연 첫째는 누구랑 결혼할까 하는.”

“그 내기의 근원지가 왕실이지?”

“어떻게 아셨어요?”

세상에 이렇게 가치 없는 문제로 내기할 만한 인간들이 다 왕실에 모여 있거든.

내 표정에 마담 지제르가 호호 웃음을 흘렸다.

곧 치수를 다 잰 마담 지제르가 내게 허리를 굽혔다. 그녀는 방금까지 얼굴에 건 장난스러운 미소가 거짓이었다는 듯이 온화하고 정중하게 나를 향해 입을 열었다.

"결혼 축하드립니다, 영애님."

"고마워."

"세기의 결혼식에 걸맞게, 대대로 미담으로 내려오는 세기의 결혼 생활이 되길 기도할게요."

말도 참 잘하지.

나는 고개를 끄덕였다. 마담 지제르는 환하게 웃은 뒤 공작저를 떠났다.

다시 침묵이 찾아든 방을 쭉 둘러보다가, 나는 결국 웃음을 흘릴 수밖에 없었다.

* * *

"어머니, 주무세요?"

"아니, 들어오렴."

결혼을 결정한 뒤 나는 어머니의 방에 들어가는 일이 잦아졌다. 평소라면 이게 무슨 응석이냐고 엄하게 꾸짖었을 어머니도 요즘은 내가 방을 찾으면 환하게 웃으며 나를 맞곤 했다.

나는 침대에 꾸물꾸물 들어간 뒤 이불을 덮었다. 어머니는 안경을 끼고는 손에 들고 있는 책을 천천히 넘기며 내게 물었다.

"결혼 준비 때문에 힘들지?"

"괜찮아요. 신경 쓸 게 많아서 조금 고민이긴 하지만, 그래도 대부분은 오드리랑 데미안이랑 라이나가 알아서 하는걸요."

나의 결혼이지만 단순히 나 혼자의 결혼은 아니다. 그런 의미에서 공작저에 있던 내 부관들과 몇몇 가문의 식솔들이 결혼식 준비를 위해 수도에 올라온 건 그다지 이상한 일이 아니었다.

실제로 내가 결혼식을 손수 준비할 수는 없으니 나보다 더 힘든 건 그들이었다.

그리고 어머니도 직접 관여하지는 않았지만, 꽤 신경을 쓰고 있는 덕분에 사실 내 투정은 정말 배부른 투정이었다.

어머니는 입꼬리를 말아 올렸다. 나는 쿠션에 몸을 기대며 입을 열었다.

"어머니. 묻고 싶은 게 있는데, 아버지는 어떻게 프러포즈하셨어요?"

"내 생일 파티에서."

"오오."

"연회장 한복판에서 내 손을 잡고, 평생 웃게 해 주겠다고 그랬어."

으음, 이거 은근 잘 써먹는 대사인가? 칼리드도 그랬던 것 같은데.

나는 피식 웃음을 흘렸다. 그때 어머니가 말을 이었다.

"그리고 선왕께서, 그러니까 네 외할아버지께서 뒷골을 잡으셨다고 하더구나."

"하더구…… 나?"

"나는 직접 못 봤어. 오빠, 아, 폐하께서 알려 주셨거든."

"어머니는 어딜 가셨는데요?"

"프러포즈가 끝난 뒤 네 아버지 손을 잡고 파티장을 뛰어나왔어."

……와, 아버지, 뭔가 내 예상을 빗나갔어.

"왜, 왜요?"

"그냥, 왠지 모르게 거기서 손잡고 뛰어나가야 할 것 같았거든."

시선을 책에 고정하고 진지하게 말하는 어머니 때문에 나는 웃음을 터뜨릴 수밖에 없었다. 그 장면이 상상이 가서 더 웃겼다. 왠지 모르게 어렸을 때 아버지만 보면 뒷골을 잡고 말을 더듬던 선왕 폐하의 모습이 떠올라 나는 큭큭거렸다.

"뭐, 사랑의 도피처럼 보이긴 했지만, 사실 내 결혼은 꽤 순조로웠어. 에리어 후작가가 떨어지는 가문도 아니고, 나는 공작이 되어야 했으니까."

"그렇군요."

"결혼 생활도 꽤 즐거웠고. 이것저것 아픈 일이 있긴 했지만 그래도 즐거웠어. 네 아버지가 옆에 있었거든."

나는 어머니의 얼굴을 응시했다. 두 아이를 배 속에서 잃은 그녀가 얼마나 슬퍼했을지 상상이 가지 않았다. 어쩌면 그래서 그녀는 내게 더욱더 애정을 퍼부었을 것이다. 모든 미안함과 애정을 담아.

"어머니, 감사해요."

내 말에 어머니는 시선을 책에서 거두고 내 얼굴로 향했다. 그리고 그녀가 입꼬리를 말아 올리며 입을 떼었다.

"뭐가?"

"그냥요. 많이."

"새삼스럽게. 결혼 때문에 그러는 거야?"

"사실 조금요."

"결혼은 두 사람의 일인 건 맞아. 하지만 너는 여전히 내 딸이고, 디르난트의 주인이 될 거다. 그러니까 그렇게 끝인 것처럼 굴지 않아도 돼. 그냥 누군가의 아내라는 이름이 하나 더 많아졌을 뿐, 그건 의외로 큰일이 아니야."

나는 고개를 끄덕였다.

"결혼하면, 후계자도 가져야 되는 거죠?"

"그렇지."

"최소한 둘?"

"셋 낳고 싶으면 낳아도 돼."

"으음…… 사실 많을수록 좋을 것 같아요."

"첫째를 낳아 보면 생각이 달라질걸?"

"……그건 경험에서 우러나온 조언인가요?"

어머니가 피식 웃었다. 그녀는 손에 든 책을 옆에 놓은 뒤, 나와 눈을 맞추며 답했다.

"조금은."

"으음, 왜요?"

"왜일까?"

평소 진지한 어머니답지 않게 그녀의 얼굴에는 장난스러운 미소가 가득 담겨 있었다. 어쩐지 이 얼굴이 더욱더 그녀 같아서, 나는 눈알을 데구루루 굴리며 말했다.

"너무 힘들어서?"

"사람마다 다르긴 하지만, 확실히 힘들긴 해. 최소한 난 힘들었어."

어머니는 웃음을 담고 이불을 정리하며 내게 덮어 주었다. 그리고 계속해서 말을 이었다.

"물론 그만큼 돌아온 것도 많지만."

"그래요?"

"그래서 말인데 스칼렛. 나는 네가 아이를 몇 낳든 상관없지만, 기왕이면 모두 프로디아드 공작을 닮은 아이를 낳았으면 좋겠어. 특히 딸이라면 더."

“…….”

“난 네가 고생을 좀 덜 했으면 좋겠거든.”

……응? 잠깐만, 어머니. 그거 무슨 뜻인가요?

나는 입을 삐죽 내밀고 어머니를 응시했다. 말을 마친 어머니는 본인도 웃기셨는지 피식 웃고 말았다.

“네가 어렸을 때 워낙에 애물단지여서.”

“저는 꽤 얌전했다고 알고 있는데요.”

“네가 매일 저녁마다 내 집무실 바닥에 엎드려서 물감 놀이를 했던 건 기억이 나니? 덕분에 내 집무실은 온통 물감 천지였어.”

나는 내 아련한 과거를 회상하며 고개를 저었다. 그럴 줄 알았다는 듯이 어머니가 손을 들어 내 이마를 딱 치고는 이내 말을 이었다.

“그때는 꽤 귀여웠는데.”

“……지금은 안 귀엽다는 말인가요?”

“여섯 살과 스물여섯 살이 어떻게 같아. 이제는 품에 안고 다니려고 해도 못 하겠어. 어렸을 때 네 아버지가 널 너무 안고 다녀서 그렇게나 많이 싸웠는데.”

“왜요?”

“매번 널 안고 다녀서 네가 걸음마를 시작할 기회가 없었거든. 난 빨리 네가 걸음마도 떼고, 빨리 너한테 검도 가르치고 싶었는데, 네 아버지는 널 바닥에 내려놓지도 않고. 넌 거기서 엉금엉금 기어 다니고.”

으음.

“결국 걸음마를 떼도 검은 못 가르쳤지. 넌 정말 나와 네 아버지 못난 구석만 닮았거든. 네 아버지가 정말 운동을 못했어.”

"죄, 죄송해요."

"기왕 생긴 것도 날 좀 닮으면 오죽이나 좋아. 하필 닮으라는 얼굴은 하나도 닮지 않고, 내 성격만 그대로 옮겨 갔어. 성격은 그래도 아버지를 좀 닮지."

……어머니, 쌓인 거 많으셨나요.

나는 어색하게 웃었다. 하지만 말을 하는 어머니의 표정은 아쉽다기보다는 행복해 보여서 나는 차마 투정을 부릴 수가 없었다.

어머니는 고개를 살짝 숙이고 내 손을 힐끔 보더니 입꼬리를 말아 올렸다. 그리고 이내 그녀가 내 왼쪽 손을 잡아 자신의 손 옆에 놓고는 말을 이었다.

"예쁘네."

내 손에서 반짝거리는 반지를 보며 그녀가 웃었다. 나 또한 어머니의 왼손에서 여전히 반짝이는 파란색 사파이어 반지를 보고 덩달아 웃고 말았다. 아버지가 돌아가셔도 그 자리는 영원히 아버지 자리였다.

나는 내 손을 빤히 응시하는 어머니를 힐끔 보고는 그녀의 어깨에 기댔다. 그에 어머니가 온화하게 입을 뗐다.

"결혼하면 생각보다 많은 일이 변할 거야."

"네."

"그래도 최선을 다해 행복해지렴."

나는 고개를 끄덕였다. 어머니는 어깨에 기댄 내 머리를 다정하게 쓰다듬었다. 그 손길을 느끼며, 나는 덩달아 입꼬리를 말아 올렸다.

* * *

결혼식이 하루하루 다가옴에 따라 나 또한 하루하루 바빠지고 있었다. 얼마나 바빴느냐면, 칼리드를 몇 번 만나지도 못했을 정도로 바빴다.

외교부는 내가 결혼을 한다고 해서 '그럼 마음 편히 가서 결혼하고 와.'라고 할 정도로 허술한 곳이 아니었고, 당연하지만 내 결혼 준비는 외교부의 일이 바쁘다고 알아서 굴러가지 않았다.

물론 이 모든 것들은 결국 내 일이니 나는 그냥 받아들이는 것을 선택했다.

그리고 시간이 흘러 흘러 드디어 결혼식 닷새 전. 나는 칼리드를 제외한 모든 사람 앞에서 드레스를 입은 모습을 공개해야만 했다.

참고로 여기서 왜 칼리드가 빠졌느냐 하면, 비올레타가 눈을 동그랗게 뜨면서 '어차피 결혼식에서 볼 거 나가!'라고 그를 내쫓았기 때문이었다.

그런 걸로 치자면 어차피 여기에 있는 모든 사람이 내 결혼식에 참석할 거니 상당히 설득력이 부족했지만, 요즘따라 칼리드를 '못살게 구는 데' 맛이 들린 비올레타는 그에 아랑곳하지 않았다.

"예쁘죠?"

드레스 룸에서 드레스를 갈아입은 나는 마담 지제르의 물음에 길게 숨을 들이쉬었다. 웬만하면 내 얼굴에 아주 객관적인 평가를 한다고 자부하는 나도 인정할 수밖에 없었다.

예쁘네.

드레스가.

나는 거울을 보면서 입을 꼭 다물었다. 목과 어깨를 촘촘하게 짜인 하얀색 레이스가 감싸고, 오팔 장식이 예쁘게 찰랑거렸다. 가슴부터 몸을 감싸고 내려오는 실크와 허리 아래서 풍성하게 퍼지는 드레스, 그리고 그 위에 꽃잎처럼 놓인 화려한 레이스 장식들.

나는 내 뒤로 길게 늘어지는 드레스 자락을 보면서 입을 딱 벌렸다.

"이거, 얼마나 길어?"

"양쪽으로 각각 세 사람은 들어야 할걸요?"

"너무 긴데?"

"그래야 예쁘죠."

"그 전에……."

나는 분명 수작업으로 이루어졌을 드레스 자락을 보면서 감탄했다. 왜 그날 조수들이 울상을 지었는지 이해가 갔다. 이 반짝거리는 연분홍빛 자수들, 그리고 하나하나 꿰맸을 게 분명한 장식들.

"드레스가 너무 예뻐서 내 얼굴이 묻히는 거 아니야?"

"영애님 얼굴은 드레스에 쉽게 묻힐 만한 수준이 아니세요."

"사람 잘못 찾았어. 그런 건 비올레타나…… 아, 밀지 마."

드레스 룸 안에서 혼자 감탄하는 사이, 마담 지제르가 우아하게 웃으며 날 밖으로 살짝 밀었다. 그에 엉거주춤 앞으로 나가자 밖에서 날 기다리고 있던 사람들의 시선이 전부 내게 쏠렸다.

"어머."

"와아."

"우와."

"헉."

줄줄이 이어지는 감탄사에 나는 어색하게 웃었다. 아, 이거 뭐야. 딱 희귀 동물이 되어서 구경거리가 되는 것 같다. 나는 최대한 허리를 펴고 앞을 응시했다.

“예뻐요?”

내 물음에 방 안에 빙 둘러앉아 있던 사람들이 고개를 힘차게 끄덕였다. 심지어 왕비 전하 옆에 앉아 있던 샤론 태자비는 품에 안고 있던 아이를 칼라일에게 넘긴 채 손뼉을 치고 있었다.

비올레타 옆에 앉아 있던 올리비아가 나를 쭉 훑더니 입꼬리를 말아 올리며 웃었다.

“예쁘네.”

“진짜?”

“드레스가.”

……누가 내 친구 아니랄까 봐.

나는 올리비아를 살짝 흘겼다. 그러자 그녀가 우아하게 웃으면서 고개를 끄덕였다. 긍정의 표시에 나도 마음이 살짝 놓여 덩달아 웃고 말았다.

“역시, 공작을 쫓아내기를 잘했어.”

그때 비올레타가 내 옆에 성큼성큼 걸어오더니 자랑스럽게 외쳤다. 내가 미간을 찌푸리니 비올레타가 콧방귀를 뀌면서 말을 이었다.

“이런 건 결혼식 당일에 보여야 막 감탄하고 그런다고. 나 공작이 감탄하는 거 꼭 보고 싶어. 그러다가 턱이 빠지는 거지!”

“그런데 어차피 공작한테는 그냥 스칼렛이라는 것만으로도 충분히 매일매일 감탄할 수 있지 않을까?”

“무슨 그런 정곡을 찌르는 소릴 아무렇지도 않게 해.”

칼라일의 말에 비올레타가 그를 흘깃 보며 퉁명스럽게 말했다. 나는 또다시 티격태격하기 시작하는 남매와, 옆에서 비올레타 편을 드는 샤론 태자비를 어이없는 눈길로 보다가 한숨을 푹 쉬었다.

그때 조용하게 앉아 있던 왕비 전하가 활짝 웃으면서 입을 열었다.

"공작이 결혼식을 하고 싶지 않겠네."

"왜, 왜요?"

내 당황한 물음에 왕비 전하가 계속해서 해맑게 웃으며 말을 이었다.

"결혼식 생략하고 바로 방으로 갈 것 같은데?"

……왜, 왜 이래, 이 사람들.

저번에는 마담 지제르가 저러더만, 이번에는 왕비 전하가 이러고 있어. 왜 마담 지제르가 그렇게 당당하게 공작 영애한테 그런 농담을 하나 했더니 뒤에 왕비 전하가 있었네?

왕실의 체통은 대체 어딜 간 거야? 아, 원래 없었군.

나는 평소 우아하기 그지없는 그 얼굴 그대로 나를 놀리는 왕비 전하를 보며 이마를 짚었다.

그때였다. 뒤에서 우리를 보던 마담 지제르가 천천히 내게 다가왔다. 그녀가 생긋 웃으면서 나와 왕비 전하를 번갈아 보더니 말문을 떼었다.

"특별히 그걸 위해서 준비한 게 있죠."

"뭘요?"

내 첫날밤을 위해서- 아, 엄격히 말해 첫날밤은 아니지만, 하여튼 형식적으로 첫날밤을 위해서 마담 지제르가 뭘 준비했다고?

나는 기겁해서 마담 지제르를 보았다. 하지만 그녀는 우아하게 웃다가 옆에 서 있던 조수들에게 살짝 눈짓을 할 뿐이었다.

나는 그들이 방 안의 커튼을 전부 닫고 심지어 조명까지 전부 다 끄는 것을 보며 불안에 잠겼다.

하지만 마지막으로 벽에 걸린 촛불이 전부 다 꺼지는 그 순간, 나는 감탄할 수밖에 없었다.

"어머."

캄캄한 방에서 내 드레스가 은은하게 빛나고 있었다. 방금까지 꽃이 만개한 것 같았던 하얀색 드레스가, 이번에는 옅은 호수에 별을 뿌려 놓은 것같이 빛나고 있었다.

"자고로 완벽한 드레스는 빛에서도, 어둠에서도 예뻐야 하죠."

"……."

"-라고 프로디아드 공작께서 말씀하셨답니다. 어둠에 가려서 신부님의 얼굴을 못 보는 일이 없게 해 달라고."

물론 방법은 제가 댔지만-이라고 말하는 마담 지제르를 향해 나는 입을 딱 벌리고 말았다. 그런 생각을 한 칼리드도 대단하고, 그 와중에 해 오란다고 진짜 해내는 마담 지제르도 대단했다.

나는 입을 꾹 다물고 드레스를 보았다. 이런 건 또 어떻게 생각했대. 어둠에 가려지지도 않는다니, 쑥스럽지만 기분은 좋았다.

곧 다시 커튼이 걷히고 환하게 밝혀진 방 안에서 나는 조용하게 숨을 골랐다. 사실 드레스를 입을 때까지만 해도 아무 생각이 없었는데, 뭔가 이렇게 하나하나 의미를 부여하니 그제야 은근하게 긴장이 되기 시작했다.

나는 길게 숨을 들이쉬었다 다시 내쉬었다.

그런 내 모습을 보던 마담 지제르가 활짝 웃으면서 내게 말했다.

"세상에서 가장 아름다운 신부님이 되셔야죠."

"고마워."

"물론 공작 각하도 세상에서 가장 멋진 신랑이 되셔야 하고요."

"아마 칼리드는 이런 거 필요 없어도 세상에서 가장 멋질 거야."

내 긴장감을 풀어 주듯 나긋하게 말을 건네는 마담 지제르를 보며 나는 웃음을 흘렸다. 다시 방 안을 둘러보자 그제야 미소를 지으며 나를 응시하는 사람들과 시선을 마주할 수 있었다.

"축하해."

왕비 전하의 축하 인사에 나는 고개를 끄덕이며 웃었다.

* * *

"긴장되어 죽겠어요."

"이런, 벌써 말입니까?"

나는 칼리드의 손에서 잔을 받아 들고 입을 삐죽였다. 드레스를 입어 봤더니 벌써 긴장이 되었다. 특히 그 반짝거리는 드레스.

"대체 그런 건 어떻게 생각했어요? 그 드레스. 빛나는 거요."

"그저, 저녁에도 여전히 예쁘게 빛났으면 좋겠다는 생각을 해 봤습니다. 당신처럼."

말은 잘해.

나는 칼리드의 품에 안긴 뒤 잔에 입을 댔다. 달콤한 포도 향이 입안에서 감돌았다. 나는 입꼬리를 말아 올리며 중얼거렸다.

"우리 결혼하면 뭔가 많이 변할까요?"

"딱히 그렇게까지 변할 것 같지는 않습니다. 기껏해야 처소가 변한다는 것 정도? 그리고 같이 사는 사람이 하나 더 늘어난다는 것?"

나는 피식 웃음을 흘렸다. 나와 칼리드 둘 다 왕실로 출근해야 했기 때문에 우리는 계속해서 수도에 머무를 예정이었다.

다만 칼리드의 타운 하우스는 애초에 규모가 크지 않았고, 내 타운 하우스에는 어머니가 있었기 때문에 우리는 본의 아니게 결혼과 함께 본래 거처에서 옮겨 나와야 했다.

물론 새로운 거처도 결국 귀족들이 있는 곳이라 원래 거처와 멀지 않았지만.

어쨌든 그래도 옮기는 건 옮기는 거다. 나는 몇 달간 미치게 뛰어다니면서 새로운 저택을 장식하던 오드리와, 그녀와 함께 역시 죽도록 뛰어다니며 새 저택에 뭔가를 채워 놓던 칼리드의 부관을 상기하며 웃음을 흘렸다.

"뭔가 신기해요."

"뭐가 말입니까?"

"그냥, 갑자기 이렇게 당신과 함께 계속 있을 수 있다고 하니까."

칼리드가 작게 미소 지었다. 나는 내 손에 들린 잔을 테이블에 놓고 다시 칼리드의 품에 깊숙하게 안겼다. 그런 내 등을 단단하게 안아 들며 칼리드가 입을 열었다.

"그래도 변하는 건 크게 없을 겁니다."

"혹시 내가 상상이랑 다르다고 막 싫어하면 안 돼요?"

칼리드가 고개를 끄덕였다. 그의 입가에 걸린 미소를 보다가 내가 입을 삐죽거렸다.

"내가 잠버릇이 좀 심해서."

"알고 있습니다만."

"헉! 알고 있었어요?"

"몇 번 겪어 봐서 알고 있습니다. 자다가 숨이 막히면 보통 스칼렛, 당신 다리더군요."

"그 정도는 아니에요!"

나는 칼리드의 어깨를 쳤다. 무슨 말도 안 되는 소리야! 내 잠버릇은 그냥 뒹굴뒹굴하는 거지, 그 정도는 아니라고.

"난 그냥 잘 때 뒹굴기만 한다고요."

"알고 있습니다만, 저는 그게 딱히 잠버릇이라고 생각하지 않았습니다."

"왜요?"

"어차피 제 품에 들어오면 그게 끝이니까."

나는 이마를 짚었다. 그래, 그렇긴 하지. 어쩐지. 혼자 잘 때 원래 침대 끝에서 떨어질 듯 말 듯 한 자세로 자던 것과 달리, 그와 밤을 보내면 계속해서 그의 품이었다.

"그리고……."

칼리드가 말꼬리를 살짝 늘이자 내가 고개를 들었다. 그 순간 입에 닿는 달콤한 감촉에 나는 반사적으로 눈을 감았다.

단단한 팔이 내 등을 감싸고 눈 깜짝할 사이에 나를 소파에 눕혔다. 나는 등에 닿은 푹신한 감촉에 손을 뻗어 칼리드의 목을 감쌌다. 단단한 다리가 나를 도망가지 못하게 꾹 누르는 것을 느끼다가, 내 입에서 쏙 빠져나간 그의 체취에 눈을 깜박였다.

닿을락 말락 하는 거리에서 칼리드가 미소를 짓고 있었다. 나는 그의 숨결에 침을 꿀꺽 삼켰다. 그때, 그가 손가락으로 내 입술을 쓸며 나지막이 속삭였다.

"사실 저도 잠버릇이 좀 있습니다."

"……무슨?"

"옆에 당신이 있으면 얌전하게 재우고 싶지 않는……."

나는 입을 꾹 다물었다. 그것참 좋은 잠버릇일세. 나는 입꼬리를 말아 올리고 그에게 답했다.

"그 잠버릇은 고치지 않는 게 좋을 것 같아요."

"저도 그렇게 생각합니다."

말을 마친 내 입술에 다시 달콤한 것이 쓸려 들어왔다. 머지않아 침묵이 우리를 휩싸 안았다.

그리고 며칠 뒤, 결혼식 날이 다가왔다.

* * *

결혼식을 맞이하는 것과 맞이한 것의 차이는 엄청났다.

나는 새벽부터 분주하게 돌아다니는 시녀와 마담 지제르 사이에서 잔뜩 긴장한 채 뻣뻣하게 굳어 있었다.

"긴장되세요?"

내 머리를 빗겨 주던 마담 지제르가 환하게 웃었다. 그녀는 새벽부터 내 타운 하우스에 온 게 피곤하지도 않은지 여전히 생기발랄한 얼굴을 하고 있었다. 그에 내가 고개를 끄덕이자, 옆에서 내 드레스를 정리하고 있던 라이나가 고개를 들고 웃음을 흘렸다.

"이제 신전에 가시면 더 긴장하셔야 할 텐데."

"그러지 마. 겁난단 말이야."

대부분의 왕족과 고위 귀족이 그러하듯 나와 칼리드의 결혼식은 신전에서 진행될 예정이었다. 덕분에 신전으로 향하는 시간까지 고려해 더 빨리 움직여야 했다.

나는 길게 숨을 들이쉬었다 다시 내쉬었다. 이러기를 몇십 번이나 반복했을까, 마지막으로 머리에 꽃을 장식한 마담 지제르가 환하게 웃으며 한 걸음 물러났다.

"다 되었어요."

"세상에! 너무 아름다우세요!"

라이나와 다른 시녀들의 호들갑스러운 외침 속에서 나는 거울을 쳐다보았다. 솔직히 너무 긴장되어서 지금 내가 어떤 상태인지조차 제대로 판단할 수 없었지만, 그래도 그 와중에 예쁜 것만큼은 확실하게 눈에 들어왔다.

"머리는 옆만 살짝 땋아서 꽃으로 고정해 보았어요. 아래는 잔잔하게 늘어뜨렸는데, 예쁘죠? 이제 면사포를 쓰시면 더 우아할 거예요."

"예뻐."

"보석보다는 꽃으로 장식했어요. 보석도 예쁘지만, 오늘 가장 빛나는 분은 다름 아닌 영애님이시니까요."

마담 지제르의 칭찬에 평소라면 쑥스러워 퉁명스럽게 받아쳤을 나는 저도 모르게 얼굴을 발갛게 붉히고 말았다. 하지만 그도 그럴 것이 너무 긴장되어서…….

나는 마담 지제르를 향해 웃어 보였다. 그에 그녀 또한 눈가를 곱게 휘며 내게 화답했다.

"와, 와, 와!"

그때 뒤편에서 언제 들어왔는지 비올레타가 감탄하면서 내게 달려왔다. 나는 그녀의 뒤를 따르는 올리비아를 보며 입을 열었다.

"바로 신전으로 가지, 왜 집으로 왔어?"

"잔뜩 긴장해서 바들바들 떨 게 눈에 보여서."

"나, 나 안 긴장했거든?"

"그래? 그럼 그 찻잔 좀 잡아 볼래?"

나는 긴장을 푸는 데 좋다며 라이나가 가져온 차를 들었다. 그러나 손이 부들부들 떨려 찻잔만 들었는데 안쪽에 있는 차가 출렁거렸다. 그걸 본 라이나가 기겁하며 내게서 찻잔을 뺏어 들었다.

나는 결국 한숨을 푹 쉬었다.

"긴장돼 죽겠어."

"답지 않게."

"그러게, 답지 않게."

"하객들이 전부 시에라의 왕족이라고 생각해 봐."

"나더러 지금 전투하러 가라는 거야?"

올리비아의 말에 내가 그녀를 슬쩍 흘겼다. 그러나 올리비아는 피식 웃으며 내 어깨에 손을 턱 올릴 뿐이었다.

"그냥 긴장 풀라는 거야. 오늘이 지나도 넌 여전히 스칼렛이거든."

"나도 알아. 그래도 긴장되는 걸 어떡해."

"이런, 그럼 어떡하지? 나 부담 주러 온 건데."

"뭘?"

거울 속에서 올리비아와 눈을 맞추며 내가 불안한 표정을 짓자, 그녀가 피식 웃었다.

"결혼 축하해."

"……."

"기왕이면 하는 결혼, 오래오래 행복하게 살아."

올리비아가 드물게 환하게, 순수하게 미소를 지으며 나를 보고 있었다. 그에 순간 울컥해져서 내가 힘차게 고개를 끄덕였다.

"영애님, 드레스를 입으셔야죠."

나는 마담 지제르의 부름에 자리에서 일어났다. 옆에서 예쁘다며 꺅꺅대는 비올레타를 뒤로하고, 나는 미소를 지었다.

* * *

신전이 이렇게 컸던가.

나는 주변을 두리번거리며 생전 처음 신전에 온 사람의 모습을 하고야 말았다. 그에 앞에서 길을 인도하던 한 신관이 빙그레 웃으며 입을 열었다.

"영애님께서는 신전에 처음 오시는 겁니까?"

"아, 아니요."

비록 신전에 올 일이 없어 꽤 생소하긴 했지만 그렇다고 해도 처음은 아니었다. 예전에 칼라일이 결혼할 때도 왔었다. 그리고 밀레르 공작가 장남의 결혼식 때도 왔었다.

하지만 신부가 되어 오는 거와 그냥 다른 사람 결혼식에 참석하러 오는 것의 차이는 어마어마했다. 심지어 이쪽 방향으로는 나도 처음이었다. 신부와 몇몇 관계자들 빼고는 접근할 수 없는지라.

어느새 복도의 끝에 있는 방 앞에 도착하자 신관이 문을 열어 주며 온화하게 웃었다.

"결혼 축하합니다. 영애님."

"고마워요."

나는 신관에게 고마움의 뜻을 표시하면서 방에 들어갔다. 그리고 방에 있는 사람들 때문에 놀라운 표정을 짓고야 말았다.

"영애님, 결혼 축하합니다."

나는 나를 향해 허리를 굽히는 영애들과 영식들을 보고 조심스레 고개를 끄덕였다. 제일 앞에 선 발터르 영애가 굽힌 허리를 천천히 펴더니 이내 옆에 있는 영애들에게 눈짓했다.

그와 동시에 익숙한 몇몇 영애들이 급히 다가와 내 시녀들이 들고 있던 드레스 자락을 넘겨받았다.

"아름다우세요. 영애님."

"고마워."

"정말 정말 아름다우세요. 영애님이 아름다우신 건 알았지만, 오늘은 정말 아름다우세요."

"응."

진짜 예쁘긴 했는지 연거푸 세 번씩 아름답다는 말을 하는 한 백작 영애를 보며 피식 웃음을 흘렸다. 조심스레 옷을 정리해 주던 발터르 영애가 됐다는 말을 하자 나는 소파에 앉았다.

그와 동시에 밖에서 노크 소리가 들려왔다.

"어머니!"

나는 노크와 함께 들어온 어머니를 보며 활짝 웃었다. 그녀는 언제나 그러하듯 흐트러짐 없는 모습을 하고 있었는데, 그녀와 달리 나는 순간 긴장이 쭉 풀리는 경험을 하고 말았다.

"어머니."

"긴장되니?"

"조금요. 하지만…… 그래도 괜찮아요."

나는 주변을 쭉 둘러보았다. 아침까지만 해도 콩닥대던 심장이 조금 잠잠해지는 것 같았다.

나는 은은하게 미소를 띠고 나를 보는 사람들과 하나하나 눈을 맞추며 미소 지었다.

어머니는 그런 내게 다가와 나지막이 속삭였다.

"결혼 축하해, 스칼렛."

"감사해요."

어머니의 축복은 몇 번을 들어도 질리지가 않아서 나는 활짝 웃었다. 그때, 나를 다정하게 보던 어머니가 갑자기 천천히 손을 뻗더니 내 뺨에 가볍게 입을 맞추었다. 눈을 동그랗게 뜨자 그녀가 입꼬리를 말아 올렸다.

"결혼 축하단다, 내 딸."

"……."

"이건, 네 아버지의 축복이야."

그녀의 다정한 음성에 순간 코가 시큰해졌다. 내 뺨을 다정하게 쓰다듬던 어머니가 계속해서 말을 이었다.

"오래오래 행복하게 살렴. 칼리드와."

"……."

"이건, 아델리나와 루이스의 몫이고."

아델리나와 루이스. 프로디아드 공작 부부이자 칼리드의 부모님.

나는 어머니의 곱게 휜 눈가를 보며 입을 꼭 다물고 힘차게 고개를 끄덕였다. 그리고 그녀의 말에 답했다.

"오래오래 행복하게 살게요."

"그래."

어머니는 마지막으로 내 손을 한번 잡아 주시곤 방을 나갔다. 그녀의 뒷모습을 보면서 나는 오랫동안 가만히 미소를 지을 수밖에 없었다.

그렇게 얼마나 시간이 지났을까, 에드리안, 니콜라스, 셀린느, 코르켈, 마틸라 선배, 그리고 외교부의 동료들과 몇몇 기사단의 기사들이 연속으로 내 방을 찾았다.

그들의 축복을 하나하나 받다가 새삼스럽게 나를 사랑해 주는 사람들이 참 많다는 것을 느꼈다.

나는 길게 숨을 들이쉬었다. 그 짧은 사이에 참 많은 일이 벌어졌구나.

모르겠다. 이게 끝도 아닌데 갑자기 코가 시큰해지고 은근히 향수에 젖었다. 그래서 저도 모르게 고개를 숙이려는데 누군가가 내 방문을 두드렸다.

"결혼식이 곧 시작될 것 같아요."

신관에게서 말을 전해 들은 뒤 내게 속삭이는 발터르 영애에게 고개를 끄덕이곤, 나는 천천히 자리에서 일어났다.

* * *

"칼리드."

나보다 훨씬 일찍 왔는지 문 앞에서 칼리드가 기다리고 있었다. 나는 커다란 예식장의 문을 보다가 나지막이 칼리드를 불렀다. 그리고 곧, 그가 고개를 돌렸다.

그와 시선이 마주치자 나는 입꼬리를 말아 올리며 미소를 지었다. 하지만 방금까지 미소를 짓고 있던 칼리드가 잠시 멈칫하는 듯 하더니 이내 그대로 자리에 박힌 듯 서 있기만 했다.

평소라면 손을 뻗으며 나를 품에 안았을 사람이 아무런 미동도 없자 나도 덩달아 긴장감에 뻣뻣하게 굳었다.

뭐가 이상한가? 아닌데, 방에서 나올 때 분명 다 확인했다. 면사포도 제대로 됐고, 머리도 마담 지제르가 깔끔하게 정리해 주었다.

꽃 장식도, 드레스도 구겨진 곳 하나 없었다. 손에 든 부케는 여전히 완벽했고…….

왜 저러지?

나는 고개를 갸웃거렸다. 그때 내 드레스를 잡고 있던 영애들 사이에서 웃음소리가 흘러나왔다.

나는 입술을 꾹 다물었다. 뭔가 마음에 안 드나? 이상해? 내가 이상…….

"스칼렛."

영문도 몰라 다급하게 다시 한번 머리를 만지작거리던 내게 칼리드가 천천히 입을 열었다. 그에 눈을 깜박거리자 칼리드가 묘한 표정을 지으며 천천히 내게 다가왔다.

"안아 봐도 됩니까?"

잔뜩 긴장한 채 그의 다음 말을 기다리던 나는 맥이 탁 풀리고 말았다. 아, 이게 뭐야. 기껏 긴장하고 있었더니.

나는 칼리드를 살짝 흘기며 입을 삐죽거렸다.

"왜 갑자기 말이 없는가 해서 놀랐잖아요."

그에 칼리드가 천천히 나를 품에 안았다. 나는 그의 가슴께에 살짝 턱을 기대고 입꼬리를 말아 올렸다. 콩닥거리는 심장 소리와 함께 조금 위쪽에서 칼리드의 목소리가 들려왔다.

"너무 아름다우셔서."

"……."

"믿기지가 않아서 그랬습니다."

응? 내가 아름다운 게 믿기지가 않았다고? 내, 내가 아름다운 게 그렇게 믿을 수 없을 만큼 충격적인 일이야?

나는 당황하여 눈을 깜박거렸다. 하지만 칼리드는 이에 아랑곳하지 않고 계속해서 말을 이었다.

"당신이 제 아내가 된다는 게."

나는 안도의 한숨을 쉬었다. 칼리드의 목소리가 조금 떨리는 것 같아 그의 등을 끌어안으면서 조그맣게 속삭였다.

"뭐야, 놀랐잖아요. 나 지금 너무 긴장해서 당신 한마디, 한마디에 되게 민감하거든요."

"스칼렛."

"네."

"스칼렛."

"그래요. 칼리드."

"사랑합니다."

나는 가볍게 눈을 감고 고개를 끄덕였다.

"나도요."

"스칼렛."

"나도요. 사랑해요."

칼리드가 품에서 힘을 살짝 풀었다. 나는 고개를 들고 그와 시선을 마주했다. 그의 적갈색 눈동자가 눈에 들어왔다. 나만 보는 그 눈, 그리고 내게 사랑을 담고 있는 열정.

오롯한 애정에 나는 부드럽게 미소를 지었다.

곧 그의 입술이 내게 다가오고 달콤한 감촉이-

"잠깐만요!"

-내게 와야 하는데?

뒤에서 들려온 목소리에 나와 칼리드 모두 멈칫했다. 고개를 살짝 돌리자 내 뒤를 따라온 몇몇 영애들이 얼굴을 발갛게 붉힌 채 입을 가로막고 먼 곳을 보고 있었다.

그리고 그녀들 앞에서 발터르 영애와 언제 왔는지 모를 신관이 난처하게 웃으면서 서 있었다.

본의 아니게 나와 칼리드의 시선을 동시에 받게 된 신관이 어색하게 말했다.

"저, 많은 분들이 기다리시는데…… 시간 넉넉하게 드릴 테니 안쪽에 들어가서 하시는 게 좋지 않겠습니까?"

"영애님, 입술 번지시면 마담 지제르가 쓰러질 거예요."

발터르 영애의 덧붙임에 내가 웃음을 터뜨렸다. 결국 나는 못마땅한 얼굴을 한 칼리드의 품에서 벗어난 뒤 그를 톡톡 쳤다.

"들어가서 질릴 때까지 해요. 다른 사람들 다 보라지, 뭐."

"그럴 예정이었습니다."

문 앞에서 칼리드의 팔을 가볍게 감싸 쥔 내가 방긋 웃었다.

그와 동시에, 문이 열렸다. 달콤한 꽃향기가 코를 간질거렸다. 감미로운 음악이 울리고, 곧이어 나와 칼리드가 천천히 걸음을 옮겼다.

우리가 함께했던 그 추억 속에서, 사랑을 기억하고 영원히 함께

하겠다는 맹세 속에서 우리는 웃는다.

그 어떤 말도 우리의 사랑을 기록할 수는 없을 것이다.

나는 그렇게 생각하며 칼리드와 마주했다. 그의 입가에 걸린 미소가 이 순간을 더욱더 완벽하게 해 주고 있었다. 나는 그런 그의 적갈색 눈동자에 비낀 애정에 행복하게 속삭였다.

“사랑해요. 칼리드.”

“저도, 사랑합니다.”

그와 동시에 그의 향이 나를 덮어 왔다. 그 순간 우리를 축복하는 그 어떤 박수 소리도, 환호도 내 귀에는 들려오지 않았다.

오직, 그만이 느껴질 따름이었다.

키스는 격렬하고 열정적이게.

그리고 영원하게.

사랑의 맹세는 그토록 순수하다. 우리의 시간은 결국 앞으로도 행복할 것이다.

그러니 이 순간, 이 모든 것, 이토록 아름답고 순수한 당신에게, 나에게, 그리고 우리의 사랑에, 건배를.

외전1

이미 흘러간 기억의 조각들

이미 흘러간 기억의 조각들

프로디아드와 디르난트의 결합.

사람들의 이목을 집중시킬 게 뻔한 세기의 결혼식이 시작되기 전, 에스더는 스칼렛의 방에서 나온 뒤 예식장으로 발걸음을 옮겼다. 그녀는 정교하게 장식된 리시안서스와 각종 꽃, 그리고 우아한 레이스들을 보다가 웃음을 흘렸다.

결혼이라…….

“애들, 참 빨리 크죠?”

사색에 잠겨 있던 에스더의 뒤에서 갑자기 누군가가 말을 걸었다. 그에 에스더는 당황하지도 않은 채 느긋하게 고개를 돌리며 웃었다.

“왕비 전하.”

마리아 왕비는 비록 지위로는 에스더보다 더 높았으나 어렸을 때의 습관 때문에 그녀에게 존댓말을 쓰곤 했다. 그에 다소 불편했던 적이 있으나 마리아도 고집으로는 타인에게 뒤질 사람이 아니었기 때문에 에스더는 그저 포기하면 편하다는 것을 느꼈다.

에스더가 고개를 끄덕였다. 애들이 확실히 빨리 크긴 한다. 세 번째로 임신 사실을 알고 눈물을 흘렸던 게 어제 같은데, 벌써 그 아이가 커서 결혼을 한다.

마리아는 에스더의 얼굴을 응시하다가 입꼬리를 말아 올렸다.

"후작께서 아시면 난리를 치시겠어요. 왜 하필 프로디아드냐고."

마리아의 말에 에스더가 피식 웃음을 흘렸다. 그녀의 남편이자 스칼렛의 아버지인 빈센트는 프로디아드와 앙숙 중의 앙숙이었다. 심지어 어린 스칼렛의 손가락을 잡고 절대 프로디아드는 안 된다고 진지하게 읊조리던 남자였다.

물론, 그 약속은 스칼렛이 이미 다 까먹어 버린 뒤라 하나도 남지 않았지만.

"그래도 기뻐할 겁니다. 스칼렛이 행복해한다면 그이도 기뻐할 거예요."

에스더가 미소를 띤 채 나지막이 말하자, 마리아가 고개를 끄덕였다. 에리어 후작이 얼마나 제 딸을 예뻐했는지 아는 사람은 다 알았다. 선대 프로디아드 공작을 보면서 툴툴거려도, 결국 제 딸의 결혼을 흔쾌히 받아들일 남자였다.

에스더는 미소를 지으며 예식장을 훑었다. 이내 그녀의 눈길이 길고 긴 카펫 위에 멈추었다.

그러고 보니, 몇십 년 전에 그 남자도 제 손을 잡고 저 길을 걸었더랬다.

그리고 영원히 행복해 주겠다고 했었지.

에스더는 눈을 감았다. 그건, 꽤 오래전의 이야기였다.

* * *

일국의 왕녀, 그것도 윈체스터의 왕녀라는 이름은 꽤 귀한 것이다. 특히 그 왕녀가 불세출의 미인이라 소문이 났다면 당연히 더 많은 이들의 호기심을 자아낼 수밖에 없었다.

그런 의미에서 디에트 대륙의 황제가 그 소문이 자자한 왕녀를 보러 특별히 행차한 것은 그다지 이상한 일이 아니었다.

그리고 왕녀, 에스더에게 첫눈에 반한 것 또한 그다지 이상한 일이 아니었다.

"왕녀, 나와 결혼해 주오. 그대에게 황후의 관을 바치리라."

금방 연무장에서 10명의 기사를 바닥에 눕힌 에스더는 땀에 흠뻑 젖은 채 그렇게 프러포즈를 받았다. 그녀의 앞에는 예복을 멋들어지게 차려입고 그녀에게 한쪽 무릎을 꿇은 황제가 있었다.

에스더의 미간이 살짝 찌푸려졌다. 이건 또 어디서 굴러온 놈인지 감도 잡히지 않았다. 그 전에 땀에 흠뻑 젖어 빨리 가서 목욕부터 하고 싶은 사람을 붙잡고 프러포즈라니…….

에스더는 이 황제가 멍청하거나, 혹은 미쳤다고 판단하고 그를 깔끔하게 무시한 채 발걸음을 옮겼다.

"왕녀! 발걸음을 멈추시오!"

에스더는 자신의 발목을 붙잡는 목소리에 미간을 찌푸리며 뒤를 돌아봤다. 그녀의 우아한 금빛 눈동자가 황제에게 꽂히는 그 순간, 황제는 자신이 무시당했다는 사실도 잊은 채 황홀한 얼굴이 되어 에스더를 응시했다.

미인이라고 듣긴 했지만, 이 정도로 미인일 줄 몰랐다.

초상화를 볼 때까지만 해도 그저 윈체스터 놈들의 알량한 자존심으로 몇백 배 미화해서 그렸다고 비웃었던 그였지만, 그는 인정해야만 했다. 그 초상화는 몇백 배 미화해서 그린 게 아니라, 몇백 분의 일 정도의 미모밖에 담지 못한 것이었다.

땀이 뚝뚝 흐르는 하얀 피부와 발그레한 뺨. 말려 올라간 속눈썹이 파르르 떨리고, 고양이처럼 도도한 눈이 나른한 기운을 품고 그를 보았다. 오뚝한 콧날 아래 발그스름한 입술, 백조 같은 목에—

"폐하."

그때였다. 멍하니 에스더를 보고 있던 황제의 얼굴에 그녀의 시선이 내리꽂혔다. 방금까지 무심하기 짝이 없던 그녀가 어느새 미소를 띠고 그를 응시하고 있었다.

그에 황제가 침을 꿀꺽 삼켰다. 입을 꾹 다물고 있을 때는 고양이 같더니, 웃으니 또 꽃 같다. 어떻게 사람이 저렇게 아름다울 수 있지? 그가 그렇게 생각하는 사이, 에스더가 어느새 그에게 다가와 조용하게 속삭였다.

"저와 결혼하고 싶으십니까?"

두말할 것도 없이 긍정이었다. 황제의 눈을 빤히 보던 에스더가 부드럽고 온화하게 웃으며 물었다.

"하면, 저와 대련 한번 하시겠습니까?"

* * *

"그래서. 황제 폐하께서 전치 4주를 받으셨다고요?"

"눈깔 관리를 제대로 못 한 죄야. 누가 그렇게 게슴츠레하게 내 쇄골을 보라고 했어?"

갓 목욕을 하고 나온 뒤 화장대 앞에 앉은 에스더는 아델리나의 물음에 득의양양한 표정으로 답했다.

겨우 대련이었는데 그 바보는 지금 병실에 앓아누웠다. 사실 당연한 결과였지만 에스더는 왠지 모르게 고소해 웃고야 말았다.

뒤에서 고개를 도리도리 젓던 아델리나가 한숨을 쉬었다. 일국의 황제를 팬 저 기개를 높이 사야 할지, 아니면 윈체스터의 국력이 어마어마한 것을 다행으로 여겨야 할지.

"폐하께서는 무슨 말 하지 않으시던가요?"

"아바마마? 잘했다고 하시던데?"

"……."

"기왕이면 다시 윈체스터에 기어 오지 못하게 다리도 뽑지, 뭣하러 팔만 부러뜨렸느냐고 그러시더라."

당당하기 그지없는 에스더의 말에 아델리나는 다시 한번 한숨을 쉬었다. 저놈의 부녀는 어떻게 된 게 저렇게 당당할까.

아무리 그래도 그렇지, 일국의 황제였다. 물론 황제라고 해 봤자 그저 몇 개 왕국을 통일한 것이고, 윈체스터가 결코 그에 뒤지지 않는 국력을 자랑한다곤 하지만, 어쨌든 황제였다.

기껏 외교하러 온 사람을 그런 식으로 대하다니. 정말 괜찮은 걸까.

"그놈, 날 보는 눈빛이 수상했어. 위부터 아래로 쭉 훑으면서 음흉하게 웃고 있었다고."

시녀의 도움으로 머리를 다 말린 뒤, 곧 둘만 남은 방 안에서 에스더가 말을 이었다. 그녀는 처음 연회에서 그 황제를 본 날 그 눈빛을 잊을 수가 없었다.

아직도 분노의 기색을 띠는 에스더를 보며 아델리나가 고개를 끄덕였다. 왕녀가 그렇다면 그런 거다. 어찌 되었든 간에 에스더의 뜻을 말릴 인간이 여기에는 없었다.

"그런데 너, 아카데미에 간다고?"

"그렇죠."

"결혼은 어쩌고?"

"결혼 먼저 하고요. 프로디아드 공작과는 이미 상의가 끝났어요. 결혼 뒤 틈틈이 가문에 돌아오는 걸로 하고요."

"흐음."

에스더가 길게 숨을 내쉬었다. 그렇게 말하는 아델리나의 얼굴에는 정략결혼을 맞이하는 신부의 긴장감 따위는 하나도 없었다. 그에 에스더가 입을 삐죽이다가 말을 이었다.

"기분 이상하지는 않아? 정략결혼인데?"

"별로요. 프로디아드 공작은 좋은 사람이에요. 좋은 사람과 결혼하는데, 이상할 리가 없죠."

"하지만 사랑하지는 않잖아."

"사랑으로 결혼하는 귀족들이 몇이나 될까요. 저는 애초에 사랑과 결혼하려는 생각은 없었답니다."

그에 에스더가 고개를 끄덕였다. 그녀가 보기에도 프로디아드 공작은 꽤 좋은 사람이었다.

잘생기고, 서글서글하고, 사람을 아낄 줄 안다. 저번 파티에 등장했을 때도 아델리나와 함께 서 있으면서 꽤 그림이 좋다고 느꼈던 것은 사실이었다. 물론, 장본인이 어떤 느낌인지는 모르겠지만.

결국 에스더는 그 주제로 입을 다물기로 했다. 어차피 두 사람의 일이다. 그녀는 자기 일만 잘하면-

그때였다.

쾅!

귀를 찌르는 굉음이 들리며, 감히 누군가가 왕녀의 방문을 부실 듯이 열어젖혔다. 이에 미간을 찌푸린 에스더가 고개를 돌려 그 무례한 자의 얼굴을 확인할 무렵, 낭랑한 목소리가 들려왔다.

"아니, 뭐 이딴 남자가 다 있어! 이런 좀생이 같은. 변비나 확 걸려 버려라, 이 삐―― 삐―― 삐――"

화통하기 그지없는 목소리에 에스더가 웃음을 흘렸다. 문을 박차고 들어온 이는 다름 아닌 마리아였다. 며칠 뒤면 곧 태자비가 될.

"마리아."

"어머, 왕녀님. 아델리나 영애도 있었네요."

에스더의 부름에 언제 욕을 내뱉었느냐는 듯이 마리아가 얼굴을 붉히며 우아하게 인사했다. 에스더는 너덜너덜해진 자신의 방문을 보면서 환하게 웃었다.

"문 또 새로 달아야겠네. 또 사랑싸움이야? 오빠가 뭘 또 어떻게 잘못했어?"

"어머, 사랑싸움이라니. 그렇게 귀여운 말을 하지 말아 주세요. 우리는 매일매일 전쟁이랍니다."

마리아가 나긋나긋하게 웃으며 말했다. 요즘따라 태자비가 되기 위해 우아하게 말하기 수업을 듣는다더니, 어느 정도 효과는 있는 모양이었다. 물론 공식적으로만.

그때였다. 멀리에서 쿵쿵거리는 소리가 나더니 기사가 어렵사리

닫은 문이 다시 한번 빠개질 듯이 쾅 열렸다. 그리고 이번에 나타난 것은 다름 아닌 에스더의 사랑스러운 오빠, 윈체스터의 태자 에드워드였다.

“뭐 저딴 여자가 다 있어? 가다가 사과 껍질이나 밟아 버려라!”

그렇게 외친 에드워드가 방 안을 쭉 훑더니 이내 세 여자를 발견하고는 흠칫하고 말았다. 그는 마리아가 이곳에 있을 줄은 생각지도 못했다는 듯이 떨떠름하게 뒤로 물러났다.

“왜, 왜, 뭐, 뭘 봐.”

“방금 뭐가 어쩌고 어째? 뭘 밟으라고?”

“사, 사과 껍…….”

“뭘 밟으라고?”

“사…….”

“사과처럼 만들어 줄까?”

순간 에스더의 테이블 위에 상시 갖춰진 사과를 든 마리아가 그것을 손바닥에 놓은 뒤 꽉 쥐어짰다. 그와 동시에 찌그러지다 못해 사과즙이 바닥에 뚝뚝 떨어지는 것을 본 에드워드가 침을 꿀꺽 삼켰다.

“미, 미안해.”

결국 에드워드는 공포에 못 이겨 태자고 뭐고 타협하는 길을 선택했다. 그에 마리아가 득의양양하게 웃으며 손으로 쥐어짠 사과를 입안에 쑤셔 넣고 에드워드에게 따라오라는 제스처를 취했다.

그리고 곧, 에스더의 방이 고요함으로 가득 찼다.

“저 두 분은 매일 저러시는 거예요?”

“예전에는 이틀에 한 번씩 저러더니, 요즘은 하루에 두 번씩 저러고 있어. 저러고는 저녁이면 또 둘이 붙어서 쪽쪽대고 장난이 아니야."

"그게 가능한가요?"

"저 둘한테는 가능해."

아델리나의 말에 에스더가 길게 한숨을 쉬며 고개를 저었다.

* * *

에드워드와 마리아의 국혼은 그로부터 며칠 지나지 않아 이어졌다. 그리고 몇 달 뒤, 프로디아드 공작 루이스와 아델리나가 결혼했다.

결혼하기가 무섭게 아기를 가진 마리아와 달리, 루이스와 아델리나는 조금 더 있다가 늦게 아이를 보겠다며 웃었다.

어찌 되었든 간에 주변 사람들이 다 결혼하는 것을 본 에스더는 그럼에도 결혼 생각이 하나도 들지 않았다. 그녀는 어차피 디르난트를 이을 예정이었고, 사실 결혼한다고 해도 크게 변하는 건 없어야 했다.

그러던 어느 날, 그녀의 가정 교사랍시고 저 먼 에리어 후작령에서 빈센트 에리어가 올라왔다.

* * *

"처음 뵙게 되어 영광입니다, 왕녀 전하."

에스더는 제 앞에 느긋하게 기대앉은 남자를 보며 눈을 깜박였다. 화사한 백금발에 짙은 자안을 가진 남자가 하나도 영광스럽지 않은 자세로 그녀 앞에 앉아 있었다.

"에리어 후작?"

"그렇습니다, 왕녀 전하. 오늘부터 왕녀 전하의 경제학 수업을 맡게 될 겁니다."

"경제학 쪽은 이미 다 배웠는데."

"학문에는 끝이 없어 교수가 필요하다고 한 건 왕녀 전하라고 알고 있습니다. 그래서 변방에서 호의호식하고 있는 저를 억지로 폐하께서 끄집어내셨죠. 귀찮게."

그렇게 말하는 빈센트의 얼굴에는 편하고 안락한 삶을 강제 종료 당한 자의 설움이 배어 있었다. 난생처음 하찮다 못해 짐짝 취급을 당한 에스더가 얼굴을 찌푸리고 의자에 앉았다.

"귀족으로서 최소한의 긍지조차 없다니, 불합격이군."

"왕녀로서 최소한의 품위는 가져야 하는 겁니다, 전하. 황제 폐하의 팔은 함부로 부러뜨리면 안 되는 거고요."

"그걸 후작이 집어낼 주제가 되지 않는다고 생각하는데?"

"왕녀 전하의 행위로 인해 윈체스터 귀족들이 얼굴을 들고 다니지 못합니다. 귀족의 긍지를 제게 찾으시길래 귀족의 긍지를 지킬 만한 말을 해 드린 겁니다. 사실 저는 전하께서 황제 폐하의 다리를 부러뜨리든 목을 부러뜨리든 별 관심이 없습니다."

다른 사람이 말하면 반신반의했겠지만, 이자가 말하니 신빙성이 상당히 강했다. 에스더가 비웃음을 지으며 입을 열었다.

"그렇게 귀찮으면 도로 올라가지 그래?"

"왕녀 전하께서 하신 말씀입니다. 폐하께는 그렇게 전하겠습니다."

"이봐!"

가란다고 진짜 가는 빈센트를 향해 에스더가 목청을 높였다. 그와 동시에 빈센트가 털썩 자리에 앉으며 낮게 말했다.

"진심으로 하신 말씀인 줄 알았습니다."

기가 막혀 에스더가 이를 갈았다. 어떻게 된 게 한마디도 지지 않아. 이자는 자신의 눈앞에 있는 이가 왕녀라는 자각이 없는 듯했다.

결국 에스더는 조용하게 책을 펼 수밖에 없었다. 어쨌든 에리어 후작은 윈체스터에서 유명한 천재였다. 아카데미 교수들도 인정한. 에스더와 비슷한 연배지만 모든 학문에 조예가 깊어 충분히 그녀를 가르칠 수 있다고 폐하가 말하던 게 생각났다.

에스더는 입을 꾹 다물고 빈센트를 노려보았다. 생긴 건 상당히 멀쩡하게 생겼는데, 사람이 저렇게 무기력할 수도 있나. 중앙에서 어떻게든 살아남자고 바득바득하는 자들만 봐 온 에스더의 눈에 빈센트는 무기력하다 못해 이미 새로운 물종에 가까웠다.

"전하. 제 얼굴에는 글자가 없습니다."

"알아, 나도."

"절 뚫어져라 보셔도 아무것도 나오는 게 없을 겁니다. 저는 이곳에 잘리기 위해 왔으니까요."

그래 보인다.

에스더는 잘리다 못해 차라리 후작 위에서도 잘리기를 바라는 게 아닐까 싶을 정도로 나른한 빈센트의 분위기에 방긋 웃었다. 그리고 한 자, 한 자 박아 말했다.

"그것참 아쉽군. 나는 후작이 천년만년 내 옆에 있어 줬으면 좋겠는데. 평생 돌아가서 쉴 생각 같은 건 하지도 말고. 내가 사람 귀찮게 구는 데는 또 뭐가 있거든."

"경제학의 학문이 깊긴 하나 그 정도까지는 아닐 겁니다."
"꼭 경제학만 토론하라는 법은 없지 않나. 그게 끝나면 다른 이유가 생기겠지."
화사하게 웃으며 말하는 에스더의 얼굴을 힐끔 보며 빈센트가 피식 웃었다. 그리고 이내, 그가 낮게 읊조렸다.
"뭐, 왕녀 전하의 뜻대로."
그게 에스더와 빈센트의 첫 만남이었다.

* * *

에스더와 빈센트의 수업은 그 뒤로도 쭉 이어졌다. 에스더는 꽤 좋은 학생이었고 나름 성실했으며, 빈센트는 그 귀찮은 태도와 다르게 수업할 때만큼은 꽤 완벽하고 훌륭한 선생님이었다.
하지만 설사 그렇다고 해도, 두 사람의 성격이 물과 불처럼 거의 정반대에 달했다는 사실은 변하지 않았다.
태생적으로 가장 고귀한 혈통과 완벽한 미모, 그리고 재능까지 타고나 어렸을 때부터 뭐든 열심히 진취적으로 완성하는 에스더와 달리, 빈센트는 먹고살게만 해 준다면 선생 자리가 아니라 작위도 내놓을 만큼 출세욕이 없는 인간이었다.
대체 그만큼 귀찮음이 많아서 어떻게 그 많은 공부를 했는지 의심까지 갈 정도라, 에스더는 빈센트와 만나고부터는 날마다 그와 다투는 것을 일상으로 삼아야 했다.
그리고 오늘도, 에스더는 빈센트와 싸운 일을 아델리나에게 말하고 있었다.

"아니, 그러니까— 어떻게 인간이 그렇게까지 얼굴에 귀찮음을 쓰고 있을 수 있어? 진취심도 없고, 성공 욕구도 없고, 사람이 참……."

"에리어 후작께서 원래 그러하시다고 들은 적이 있어요."

"의욕이 없다 못해 보기만 해도 내가 심심할 지경이야. 저런 게 귀족이라니, 귀족의 이름이 아까워."

대부분 에스더가 투덜대고 아델리나가 받아 주는 것이었지만.

한참을 걸으며 빈센트가 얼마나 재미없는 인간이고 얼마나 풀어져 사는 인간인지 열변을 토하던 에스더가 우뚝 멈춰 섰다. 자신의 궁 바로 앞에서 발걸음을 멈추는 에스더를 호기심 어린 눈길로 보던 아델리나가 에스더의 시선이 향한 곳으로 고개를 돌렸다.

"루이스?"

아델리나의 부름에 기둥에 기대 있던 루이스가 곧 제 아내를 보더니 환하게 미소를 지으며 걸음을 옮겼다.

다만, 제 옆구리에 빈센트를 끼고 오면서.

"아델리나! 데리러 왔어. 같이 집에 가려고. 아, 왕녀 전하를 뵙습니다."

해맑은 루이스의 부름에 아델리나가 떨떠름한 표정을 지었다. 루이스가 언제나 환하게 서글서글 웃고 있는 건 사실이었으나, 그 옆구리에 끼인 채 목을 잡힌 빈센트는 하나도 기뻐 보이지 않았다.

한평생 검만 수련해 온 루이스와 달리, 대부분의 시간을 책과 함께 보낸 빈센트가 루이스의 힘을 벗어나는 건 애초에 불가능했다. 결국 빈센트는 아델리나의 앞에 다가온 루이스가 힘을 풀기까지 질질 강제적으로 끌려올 수밖에 없었다.

저와 비슷한 키의 남자를 끌고 오고도 루이스는 하나도 힘든 기색이 없었다. 그런 그와 그 옆에서 흐트러진 머리를 정리하고 있는 빈센트를 번갈아 보다가 에스더가 피식 웃었다.

"좀 햇볕도 쬐고 그러지, 후작. 결국 공작에게 질질 끌려다니잖아. 그러게 내가 뭐랬어. 그렇게 살면 당한다고."

"이자가 지나치게 무식한 겁니다."

"후작이 많이 약한 거야. 난 공작과 싸워도 최소한 후작처럼 당하지는 않아."

에스더가 입꼬리를 말아 올리며 오만하게 말했다. 그에 옷을 정리한 에리어 후작이 미간을 미미하게 찌푸렸다.

"왕녀 전하. 그럼 저희는 이만 가 보겠습니다."

어느새 아델리나의 어깨를 감싸 쥔 루이스가 밝게 외쳤다. 그와 동시에 빈센트가 크나큰 짐을 덜어 놓았다는 듯이 길게 안도의 한숨을 쉬었다. 하지만 이내 '다음에 보지!'라는 루이스의 말에 다시 기겁할 수밖에 없었다.

멀어져 가는 아델리나와 루이스의 뒷모습을 보다가 에스더가 웃었다. 그래도 걱정했던 것과 다르게 두 사람은 사이가 꽤 좋았다. 그것이 나름 안심이 되어 에스더가 중얼거렸다.

"잘 어울리네."

"저런 자와 함께하다니, 부인이 고생이 많으십니다."

예상치 못한 대답을 들은 에스더가 고개를 돌렸다. 저보다 한 뼘은 큰 남자가 다소 귀찮은 표정을 지으며 옷맵시를 정리하고 있었다. 그에 에스더가 비웃음을 지었다.

"후작, 자기 자신의 잣대로 타인을 판단하는 건 그다지 좋은 일이 아니야."

"알고 있습니다. 하지만 자신의 잣대로 타인을 판단하는 데에 가장 특출한 재능을 가지신 왕녀 전하께서 그러실 줄 몰랐군요."

"뭐?"

무례하다면 무례한 빈센트의 말에 에스더가 미간을 찌푸렸다. 한평생 고고하게, 그 누구보다도 완벽하고 나름 바르게 살아오려고 했던 그녀였다.

한데 그런 그녀에게 빈센트가 말하고 있었다. 자신의 잣대로 타인을 멋대로 재단하고 있다고.

"후작. 무례는 거기까지야. 왕녀에게는 말을 가려서 할 필요가 있어."

에스더가 서늘하게 말했다. 그녀는 여태껏 이 어린 선생의 언행에 단 한 번도 직접 왕녀라는 직위를 들어 찍어 누르지 않았다. 누군가를 직위로 내리찍는 것은 지나치게 교양이 없는 것이고, 직위로밖에 해결할 수 없다는 건 그 사람이 얼마나 형편없는 것인지 알려 주는 것이므로.

하지만 빈센트의 말에 그녀는 결국 왕녀라는 직위를 꺼내 그에게 경고할 수밖에 없었다. 어찌 되었든 간에 빈센트는 그녀에게 지식을 전수해 주러 온 것이지, 그녀의 도덕과 자질 교육을 하러 온 게 아니었다.

그러나 에스더의 경고에도 빈센트는 느긋하기 짝이 없었다. 그가 천천히 에스더에게 다가가더니 이내 그녀와 눈을 마주쳤다.

"저를 어떻게 생각하십니까?"

갑작스럽다면 갑작스러운 물음에 에스더가 눈을 둥그렇게 떴다. 살짝 말려 올라간 속눈썹이 파르르 떨렸다. 어느새 한없이 가까워진 두 사람 사이의 간격에 에스더가 뒤로 한걸음 물러났다.

"무슨 말을 하는 거지?"

"그저 묻는 겁니다. 저를 어떻게 생각하시는지."

에스더가 미간을 찌푸렸다. 어떻게 생각하느냐고? 당연히 의욕도 없고 귀찮음만 가득 써 붙이고, 기껏 왕녀의 교사가 되어서는 출세욕도 없이 그저 하루하루를 보내는 한량, 그 정도였다.

객관적 사실에 부합되든, 되지 않든 에스더의 눈에 빈센트는 그런 사람이었다. 그래서 그녀가 입을 열려는 찰나—

"지금 생각하시는 것들이 전부 왕녀 전하의 입맛에 재단되어진 것이라고 확신하지 않을 수 있습니까?"

"그, 그건……."

"왕녀 전하는 제가 한량에 출세욕도 없고 무력한 인간이라고 판단했겠죠. 물론 왕녀 전하께서는 그렇게 판단할 이유가 있으십니다. 하지만 그렇다고 해도 매시간 제 그런 언사에 불만을 표시하면서 비웃을 자격은 없다고 생각합니다. 물론 충고나 지적을 할 이유도."

빈센트의 목소리에 에스더가 입을 꾹 다물었다. 그녀는 한평생 누군가에게 이런 지적을 받아 본 적이 없었다. 그도 그럴 것이 대부분의 이들은 그녀의 '충고'나 '지적'을 거리낌 없이 받아들였으니까.

그녀는 대부분 지적하는 쪽이었지, 받는 쪽이 아니었다. 새로운 상황에 맞닥뜨리자 에스더는 되레 할 말을 잃을 수밖에 없었다.

하지만…… 에스더가 눈알을 데굴데굴 굴렸다. 빈센트의 말은 틀린 게 아니었다. 그녀는 실제로 수업에서도 몇 번이나 빈센트의 가치관에 입각해, 그를 멋대로 한량이나 재미없고 가치 없게 산다는 판단을 해 왔으니까.

사실 방금 전도 뒤 담화를 하기도 했고.

빈센트는 고집스럽게 닫힌 에스더의 입술을 힐끔 보고는 피식 웃었다. 아직 스무 살도 채 되지 않은 이 오만한 왕녀는 왕의 막내딸로 자라나 누군가의 충고를 받아들일 준비가 되지 않은 자였다.

완벽한 미모. 완벽한 혈통. 그것을 받쳐 줄 만한 완벽한 재능까지. 오만하지 않을 수가 없었다.

하지만 그렇다고 해도-

"저는 왕녀 전하를 존중합니다. 그만큼 전하께서도 저를 존중하셨으면 좋겠습니다."

"……."

"무례를 저질러 죄송합니다. 함부로 전하를 가르치려 해 죄송합니다. 제 의견은 의견일 뿐, 무조건 옳은 것이 아니니 받아들이지 않으셔도 무방합니다."

빈센트의 어조는 분노나 그 어떤 감정이 전혀 들어 있지 않았다. 여전히 여유롭고 느긋한 그의 말투에 에스더가 오히려 당황하고 말았다.

수업이 곧 시작될 시간이라 말을 마친 빈센트가 발걸음을 돌려 그녀의 궁에 들어가려고 했다. 하지만 이내 천천히 앞으로 가던 그의 팔을 누군가가 잡아 왔다.

빈센트가 고개를 돌렸다. 그보다 한 뼘 정도 작은 왕녀가 여전히 고집스러운 얼굴을 한 채 그를 빤히 응시하고 있었다.

"전하?"

갑자기 팔이 잡힌 당황함에 빈센트가 고개를 갸웃거렸다. 그때 에스더가 천천히 입을 열었다.

"미안해."

"……?"

때에 맞지 않는 사과에 빈센트가 미간을 찌푸렸다. 하지만 에스더의 금빛 눈동자는 그를 올곧게 보고 있었다. 혹여 잘못 들었나 고민하다가 빈센트가 반문할 무렵- 에스더가 조심스럽게, 하지만 확실한 어조로 다시금 말했다.

"미안해. 후작을 멋대로 재단한 거."

에스더의 말에 빈센트가 웃었다. 딱히 혼내려고 한 말은 아니었다. 그냥 매번 만날 때마다 그의 귀찮음을 지적하고 충고하는 것이 다소 싫었던 것은 사실이었지만, 딱히 그렇게까지 화가 난 것은 아니었다.

원래 왕족들이야 적당하게 오만함을 갖고 태어난 종족이고, 이 어린 왕녀의 성장 환경을 생각해 본다면 그녀가 그런 태도를 보이는 것 또한 그렇게 이상한 것은 아니었다.

그래서 빈센트는 제 눈을 똑바로 보며 사과의 말을 내뱉는 에스더가 되레 신기했다.

"딱히 사과를 원한 말은 아니었습니다만."

"그래도 미안해. 방금까지 아델리나한테 후작 욕을 좀 했거든. 사실 예전에도 좀 했어."

"……."

"미안해. 사과해야 할 것 같아서 말하는 거야. 어쨌든 내가 잘못한 게 있는 건 사실이니."

잘못이 있으면 사과한다. 에스더의 세계는 그렇게나 단순하게 흘러갔다. 그녀는 자신의 사과가 딱히 부끄럽지 않다고 생각했다. 국왕 폐하가 그녀에게 가르치길- 사람은 사과하는 것을 부끄럽게 생각해야 하는 게 아니라, 잘못을 저질러 놓고도 반성할 줄 모르는 것을 부끄럽게 생각해야 한다고 했다.

사실 간단한 도리였다. 틀렸으니 사과하는 것. 하지만 아무리 변방에 있었다고는 하나 귀족들의 별별 행태를 다 봐 온 빈센트는 이 고집이 센 만큼 올곧고 순진한 왕녀의 사과에 조금 놀랄 수밖에 없었다.

"괜찮습니다. 그리고 다시 말하지만 왕녀 전하께서 저를 판단하는 건 자유입니다."

"하지만 그에 입각해 후작을 함부로 평가한 건 확실히 잘못된 일이었어."

에스더의 말에 빈센트가 입꼬리를 말아 올렸다. 그냥 천방지축 왕녀인 줄 알았더니…….

"사과, 받아들이겠습니다.

"앞으로 주의하도록 할게."

말을 마친 에스더가 그의 팔에 올려놓았던 손을 내리고 발걸음을 옮겼다. 빈센트는 화려하게 원을 그리며 계단을 올라가는 에스더의 드레스와 그녀의 뒷모습을 보다가 이내 작게 미소 지었다.

* * *

작다면 작고, 크다면 큰 마찰이 있었던 뒤, 에스더와 빈센트의 관계는 여전했다. 그녀는 여전히 당당하고 오만했고, 빈센트의 말에 동의하지 않으면 반박하곤 했다.

하지만 제 말에 책임을 지듯, 에스더는 그 뒤로 빈센트의 태도나 그런 것에 입각해 그를 함부로 비웃는 일을 하지는 않았다.

다른 한편 빈센트의 태도도 예전보다 훨씬 누그러진 것은 사실이었다. 그는 예전의 그 귀찮은 기색을 지우고, 명백히 더욱더 집중하는 자세로 그녀의 수업에 임했다.

"그럼, 오늘 수업을 끝마치도록 하겠습니다."

에스더는 책을 덮는 빈센트의 얼굴을 보다가 눈을 깜박거렸다. 이 며칠간 그녀가 판단한 바로 이 남자는 꽤 신기한 존재였다. 일단 출세욕 같은 게 없다는 건 이미 알고 있었으니 그렇다 쳐도.

일단, 제게 관심이 없었다.

아?

에스더는 이 생각을 하기가 무섭게 기겁하고 말았다. 애초에 왜 그가 자신에게 관심이 있어야 하는지 모르겠다. 왜 자신한테 관심이 있어야 하지? 자기가 세상에서 가장 예뻐…… 으음, 이건 좀 아닌 것 같다. 에스더는 여기까지 생각하고 고개를 털었다.

그날 빈센트에게 충고를 받은 뒤에도 그녀는 여전히 빈센트의 언행을 이해할 수 없었다. 사람의 가치관은 애초에 바뀔 수 있는 게 아니었으니까.

하지만 그렇다고 해도, 그녀가 저와 완전히 다른 이 귀족에게 나름의 흥미가 생긴 것은 사실이었다.

"후작."

에스더의 부름에 책을 정리하던 빈센트가 고개를 들었다.

"네. 전하."

"이 주 뒤, 어마마마의 생일 파티가 있을 거야."

"알고 있습니다."

"나와 함께 가겠어?"

윈체스터 최고 미인이자 가장 고귀한 미혼 여성의 에스코트 요청에 빈센트가 미간을 찌푸렸다.

"왜 저입니까?"

"후작이 가장 좋은 선택 같아서."

"……왕녀 전하와 함께 가고 싶은 사람이 남녀불문, 윈체스터 변경 지역 두 바퀴는 설 수 있을 겁니다."

"알아."

빈센트의 말에 에스더가 당당하게 고개를 끄덕였다. 그녀는 최소한 자기 자신이 얼마나 인기를 누리고 있는지 정도는 알았다. 그에 빈센트가 더 미묘한 표정으로 말을 이었다.

"그런데 왜 저입니까?"

"고르기 귀찮잖아."

"……그런 건 절 배우지 않아도 됩니다."

"그리고 나한테 관심도 없고."

그 말에 빈센트가 멈칫했다. 그렇게 말하는 에스더의 얼굴은 진심으로 단 하나의 비꼼도 없이 순수하기 그지없었다.

그러니까 이 왕녀는 진짜로 그렇게 믿고 있는 것이다. 자신이 왕녀에게 관심이 없다고.

빈센트는 길게 한숨을 쉬었다. 모르겠다. 그녀가 제대로 판단한 것일 수도 있고, 아닐 수도 있었다. 사실 자기 자신도 어떻게 대답해야 할지 잘 몰랐다.

그는 에스더를 응시했다. 사실 그가 제일 처음 그녀의 가정 교사

제안을 거절했던 것도 어느 정도 가십거리에 희생되기 싫어서였다. 수도에 올라오는 게 귀찮았던 것도 있지만, 젊은 미혼의 왕녀와 미혼의 후작. 호사가들이 딱 좋아하는 가십거리 아닌가.

하물며 두 사람이 같이 파티에 입장한다면 말은 더 커질 게 분명했다.

하지만—

"좋습니다. 어차피 참석해야 하는 자리니, 기꺼이 가 드리죠."

상당히 건방진 대답이었으나 에스더는 순순히 고개를 끄덕였다. 빈센트는 순간 에스더의 입가에 번지는 미소를 보며 미미하게 웃음을 지었다.

모르겠다. 될 대로 되라지, 뭐.

* * *

"입술 다시 발라 줘."

"오늘따라 묘하게 신경을 많이 쓰는 것 같은 건 제 착각이겠죠? 왕녀 전하, 오늘은 왕비 전하의 생일 파티지, 왕녀 전하의 생일 파티가 아니랍니다."

에스더는 시녀장의 말에도 고집스럽게 입을 다물었다. 그녀는 방금부터 완벽하게 끝마친 파티 준비에도 몇 번이나 제 화장을 고치고 있었다. 하도 완벽한 미모라 자부하여 애초에 화장품에 별다른 관심이 없던 왕녀의 갑작스러운 변화에, 시녀장이 떨떠름하게 대답했다.

하지만 에스더의 고집은 평소와 달리 꽤 강경했다. 평소와 지나치게 다른 에스더의 모습에 의아해하며, 시녀장이 그녀의 입술에 다시 립스틱을 바르기 시작했다.

그리고 곧, 누군가가 밖에서 문을 두드렸다.

"전하. 에리어 후작께서 오셨습니다."

"에리어 후작께서 오셨…… 으악, 왕녀 전하, 왜 갑자기 일어나세요!"

말이 떨어지기가 무섭게 자리에서 벌떡 일어난 에스더에 시녀장이 기겁했다. 하지만 에스더는 이에 아랑곳하지 않고 입을 열 뿐이었다.

"들어오라고 그래."

에스더의 말이 떨어지자마자 문이 열렸다.

평소 부스스한 백금발을 오늘따라 뒤로 깔끔하게 넘긴 빈센트는, 단정하기 그지없는 예복을 차려입고 있었다. 큰 키와 탄탄한 체격이 엿보이는 차림까지 하고 있으니, 제법 근사해 보였다는 것은 부정할 수 없는 일이었다.

에스더는 뚜벅뚜벅 걸어오는 빈센트를 보며 침을 꼴깍 삼켰다. 그 심각하게 티가 나는 행동에 옆에 서 있던 시녀장이 그녀 대신 부끄러워야 했다.

'전하, 제발…… 제발 좀 표정 관리…….'

시녀장은 한평생 볼 일이 없을 거라 생각한 왕녀 전하의 사랑에 빠진 모습을 보고도 기뻐해야 할지, 슬퍼해야 할지 몰랐다. 하지만 빈센트의 표정을 본 시녀장은, 오늘은 그냥 왕녀 전하의 행태를 넘기기로 했다.

빈센트는 제 앞에 서 있는 왕녀를 보고 눈썹을 꿈틀거렸다. 그의 것보다 더욱더 화려한 백금발을 위로 틀어 올리고 반짝거리는 보석들로 장식한 에스더는 무척이나 아름다웠다. 길고 가는 목과 어깨, 그는 불경하게 왕녀를 빤히 보는 일이 없게 그제야 자신을 갈무리했다.

'그래, 뭐. 둘 다 똑같은 것 같으니.'

시녀장이 속으로 웃으면서 급히 빈센트에게 말을 건넸다.

"후작 각하, 왕녀 전하께 인사를……."

"아……."

"됐어. 인사는 필요 없고……."

빈센트가 바로 에스더에게 안부를 물으려는 찰나, 에스더가 그를 저지했다. 방금까지 사랑에 갓 빠진 사춘기소녀 같은 얼굴을 하고 있던 에스더가 어느새 다시 그 오만하고 도도한 얼굴로 돌아와 천천히 앞으로 걸어 나갔다.

자연스럽게 내민 에스더의 손등에 키스한 빈센트가 그녀에게 팔을 내밀었다. 그에 에스더가 입꼬리를 말아 올렸다.

"꽤 사람 꼴을 하고 있군그래."

"저는 원래 사람 꼴을 하고 있었습니다."

"매일 그 모습을 하고 다녔다면 진즉 결혼했을 텐데 말이야."

"아쉽게도 결혼에는 그다지 관심이 없어서 말입니다."

"하면 나에게는?"

"네?"

"아니야. 가지."

에스더의 갑작스러운 물음에 빈센트가 고개를 돌렸다. 하지만 어느새 그의 팔을 잡은 에스더가 고개를 저었다.

그녀의 입술에 미소가 걸렸다.

* * *

언제나 그랬듯 왕비의 생일 파티는 화려하기 그지없었다. 국왕과 왕비에게 차례로 인사를 올린 에스더가 빈센트와 함께 자리를 옮겼다.

애초에 에스더나 빈센트나 공통점이 있다면, 둘 다 사교계 파티는 그다지 좋아하지 않는다는 것이었다. 물론, 즐기는 것과 잘하는 것의 차이는 있었지만.

"세상에, 왕녀 전하— 아주 아름다우세요!"

"고마워. 예전부터 알고 있었어."

갓 작위를 이어받은 발터르 백작이 그녀에게 다가와 인사를 했다.

입바른 칭찬에 도도하게 반응하는 에스더를 보며 빈센트가 헛웃음을 지었다. 좀 부끄러워하는 척이라도 하면 귀엽기라도 하지. 사실 이쪽이 더 귀엽긴 하지만.

"에리어 후작 각하, 오랜만이에요."

"오랜만입니다. 백작."

"둘이 아는 사이야?"

에스더의 물음에 발터르 백작이 까르르 웃음을 터뜨렸다. 그녀가 이내 활짝 웃으며 입을 열었다.

"한때 혼담이 오가던 사이랍니다."

"그래?"

말을 마치고 에스더의 눈치를 힐끔 살핀 발터르 백작이 의미심장하게 눈을 빛냈다. 에스더의 얼굴에 살짝 비낀 초조함을 읽어 낸 것이다.

"하지만 저는 제 사랑이 더 중요하기 때문에, 결국 무산되었죠. 전 제 남편이 백배는 더 사랑스럽답니다."

"사교계는 이게 문제야. 아무나 잡아도 혼담이 오간 사이였다는 거."

"그럼요. 그래도 그게 무어 문제인가요. 왕녀 전하도 프로디아드 공작 각하와 혼담이 오갔지만, 공작 부인과는 친구시잖아요."

이번에는 빈센트의 얼굴이 어두워질 차례였다. 발터르 백작은 제 앞에 서 있는 두 남녀를 차례로 골려 먹은 뒤, 까르르 웃으면서 '그럼 이만-'이라고 말하며 자리를 떠났다.

"그자와 약혼이 오가던 사이셨습니까?"

"그자? 공작? 그랬지, 결국 무산되었지만. 어차피 그냥 말만 오가던 사이라."

"왜 무산되었습니까?"

"글쎄, 그냥 우리 둘 다 별로 긍정적이지 않았어. 그러다가 흐지부지된 거지."

"그렇군요. 제가 저자를 싫어해야 할 이유가 하나 더 늘어났군요."

"뭐?"

에스더가 고개를 들었으나 빈센트의 얼굴에는 아무런 표정도 없었다. 언제나 그랬듯이 무심하고 담담한 얼굴이었다. 심지어 빨리 이 파티를 벗어나고 싶다는 귀찮음까지 서려 있었다.

"귀찮은가?"

"별로."

"귀찮으면 말해. 먼저 가."

에스더의 어투와 내용은 전혀 어울리지 않았다. 그녀는 은근히 뾰로통한 표정을 한 채 빈센트의 팔을 꼭 잡고 있었다. 빈센트는 저보다 한 뼘이나 작은 왕녀를 힐끔 보고 피식 웃었다.

"싫습니다."

"싫으면 말고, 놔줄 때 빨리 갈 것이지."

"딱히, 아직 가고 싶은 생각은 없어서 말이죠."

에스더가 어떻게 받아들였는지는 모르겠지만, 빈센트는 꽤 진심이었다. 그는 아직 이 파티를 벗어나고 싶은 생각이 하나도 없었다.

"춤 한 곡 추시겠습니까?"

"잘 춰?"

"그럭저럭."

"사교계에 얼굴은 안 내밀더니, 나름 열심히 살았나 보네?"

"언제 왕녀 전하와 한 곡 추게 될지 모르니까요."

"이거 영광이네."

말을 마친 두 사람이 손을 잡고 홀로 나갔다. 하지만 그 순간, 저 멀리에서 제게 접근하는 인영을 발견한 에스더가 우뚝 멈춰 섰다.

"아, 저놈 또 기어 왔네."

짜증이 가득 밴 목소리였다. 에스더는 제 팔을 잡아끄는 힘을 잠시 멈추고 쯧 혀를 찼다. 그에 빈센트가 뒤로 한걸음 물러나더니 그녀의 옆에 다시 섰다.

"누구 말입니까?"

"저기 저 빨간 머리, 보이지? 지금 헤실거리면서 나한테 오는 팔푼이."

"으음……."

"황제야. 이네즈의 황제."

"그분, 아직 침상에 누워 있어야 하지 않습니까?"

"지금쯤이면 다 나았겠지."

에스더와 빈센트의 속닥거림이 끝나기가 무섭게 황제가 에스더의 앞에 섰다. 그는 몇 달 전 에스더에게 맞은 것을 전부 잊은 듯이 황홀한 표정으로 에스더를 훑었다.

"왕녀, 진정으로 아름답소."

"폐하께서는 여전히 몰골이 추악하시군요."

에스더의 답에도 황제는 연연치 않았다. 그도 그럴 것이, 그날 연무장에서 본 것과 달리 드레스를 입은 에스더의 모습은 극상의 미라고 해도 과언이 아니었으니까.

"왕녀, 춤 한 곡 추시겠소?"

"거절하겠습니다."

"그러지 말고 한 곡……."

"춤이 추고 싶으시다면 혼자 추십시오. 저는 폐하를 상대할 시간이 하나도 없습니다."

에스더의 말은 일말의 여지도 없었다. 그에 옆에 서 있던 빈센트의 입꼬리가 조금 올라갔다. 하지만 정작 황제는 에스더의 자비를 받아들일 생각을 하지 않았다.

"왕녀. 왕녀는 모르겠지만, 짐은 왕녀를 보는 순간 사랑에 빠졌다오."

"사랑은 마음으로 하는 겁니다. 대체 왜 달렸는지 모르는 눈깔로 하는 게 아니라."

"왕녀, 나는 진심이오. 왕녀가 짐에게 오면 황후의 관을 그대에게 바치리다."

황제의 말에 에스더가 코웃음을 쳤다. 살다 살다 별 거지 같은 말을 들어 보겠다. 그녀는 디르난트의 공작이 되어야 했다. 한데 그깟 황후, 결국 황제 아래서 벌벌 떨면서 살아야 하는 황후라니.

거기까지 생각한 에스더가 고개를 절레절레 저었다. 상대할 가치도 없었다. 말이 통하지 않는 자라 말싸움을 하기도 귀찮았다.

하지만 그때, 한쪽에서 조용하게 서 있던 빈센트가 입을 열었다.

"폐하. 외람되지만, 외국의 황후보다는 윈체스터의 공작이 되는 것이 더 현명한 선택 같습니다. 더군다나 왕녀 전하께는."

"그대는 또 누군가?"

황제의 물음에 빈센트가 어깨를 으쓱했다. 딱히 알려 주고 싶은 생각도 없었다. 그래서 그는 대답 대신 그저 제 할 말을 이었다.

"폐하께서 이리 왕녀께 무례하게 대하시면, 신하된 도리로서 정식으로 외교부에 언질을 넣어 외교 항의를 해야 할 것 같습니다. 어쩌면 법무부의 힘을 써야 할지도 모르겠군요."

"뭐?"

"감히 윈체스터의 왕녀를 우롱한 것은 꽤 엄중한 일이니까요. 폐하께서 모르시리라 생각지 않습니다."

그에 황제의 얼굴이 붉으락푸르락해졌다. 이를 옆에서 듣고 있던 에스더가 서늘하게 웃으며 입을 열었다.

"제가 말할 때는 귓등으로도 듣지 않으시더니, 후작께서 말씀하실 때는 또 화가 나십니까? 우롱이라는 말이 나오니 겁이 나시는 겁니까?"

"왕녀, 짐은 왕녀를 우롱한 적이……."

"폐하의 청혼을 거절하고, 오늘 또다시 거절했습니다. 송구하오나 폐하. 거절 두 번이면, 알겠노라고 물러가는 게 도리 같습니다. 제 거절은 '빨리 눈앞에서 꺼져.'라는 말을 순화한 것이니까요."

"……."

"그리고 폐하, 폐하의 황후보다는 윈체스터의 공작이 백배는 더 좋은 선택입니다. 황제의 관을 주실 게 아니라면 제게 외국으로 가 달라는 말을 삼가 주십시오."

에스더의 말에 황제가 얼굴을 굳혔다. 이내 그가 상당히 분노한 표정으로 발걸음을 옮겼다. 에스더는 국왕에게로 가는 그의 뒷모습을 보며 피식 웃었다.

어차피 국왕은 그의 말을 귓등으로도 듣지 않을 것이다. 윈체스터는 결코 제국에 뒤지지 않는 국력을 가졌고, 애초에 황제가 먼저 무례를 범했으니.

그리고 그녀는 정식으로 내일 항의를 할 예정이었다.

황제의 무례에 대해.

"꽤 심하게 말했나?"

"꽤 심한 감이 없지 않으셨습니다. 특히 마지막 황제의 관 부분은. 황권은 함부로 도발할 수 있는 게 아니니까요."

"왕녀의 몸을 훑는 것도 그다지 현명한 선택은 아닌 것 같은데. 내 몸매는 저놈 보라고 있는 게 아니야."

"맞는 말씀입니다. 그래서 말리지 않았습니다."

에스더가 고개를 돌렸다. 빈센트의 시선이 그녀에게 멈추자, 에스더가 입꼬리를 말아 올렸다.

"그런데 법무부는 또 웬 말이야? 후작이 법무부 소속이라는 말은 들어 보지 못했는데?"

"이름만 걸고 있습니다."

"그래? 꽤 말을 잘하더군. 그렇게 말을 많이 할 수 있는 사람인지 몰랐어."

"필요할 때에도 입을 다물고 있는 건 귀찮은 게 아니라 무능력한 겁니다."

"그럼 방금은 필요할 때였나?"

에스더의 물음에 빈센트가 그녀를 직시했다. 두 사람의 시선이 허공에 엉켰다. 에스더가 눈을 깜박거리며 그의 대답을 기다리고 있었다.

빈센트는 이 도도한 왕녀의 눈동자를 보았다. 샹들리에의 빛에 반사되어 기묘한 빛을 내는 금빛 눈동자가 그를 한없이 빨아들이고 있었다.

"네. 필요할 때였습니다."

"왜?"

에스더의 물음에 빈센트가 웃음을 흘렸다. 이에 에스더의 미간이 살짝 찌푸려질 무렵, 그가 낮은 목소리가 읊조렸다.

"전하와 관련된 일이니까요."

흡족한 대답에 에스더가 고개를 돌렸다. 이내 그녀가 파티장을 쭉 훑더니 길게 한숨을 쉬었다.

"하면, 나와 관련된 일에 귀찮음을 감수한 이유가 무엇이지?"

꽤 노골적인 물음이었다. 빈센트는 나름 당돌한 물음에 잠시 웃음을 짓다가, 살짝 발갛게 달아오른 에스더의 뺨을 보고 천천히 답했다.

"제가, 왕녀 전하께 관심이 있기 때문입니다."

"누군가에게 관심을 둔다는 건 꽤 귀찮은 것이야. 끊임없이 시간과 힘을 타인에게 쏟아부어야 하니."

"평소에 느릿하게 살았던 게 바로 이럴 때를 대비한 것 아니겠습니까."

"다른 사람에게 퍼부어야 할 것을, 전부 내게 퍼붓겠다?"

"사람은 목표가 있게 살아야 한다, 라고 왕녀 전하께서 말씀하셨죠. 생각해 보니 꽤 맞는 말씀 같았습니다."

에스더가 고개를 끄덕였다. 세상에서 가장 목표 없이 살던 사람이 그렇게 말하자 상당히 놀라웠다. 하지만 빈센트는 꽤 담담한 표정으로 말을 이었다.

"전하가, 이제는 제 목표입니다."

에스더의 속눈썹이 파르르 떨렸다. 예상 밖의 대답에 그녀는 잠시 주저하는 듯하다가 환하게 눈웃음을 지었다. 그리고 곧, 그녀가 답했다.

"영광이야. 나는 한평생 수많은 사람의 목표가 되었지만, 후작의 목표가 되는 것만큼 기쁜 적은 없었거든."

후작과 왕녀의 시선이 부딪혔다.

화려한 샹들리에가 비추는 날, 사랑 그 이전의 기묘한 감정이 처음으로 흘러간 날, 두 사람이 그렇게 서로 마주 보며 웃었다.

그것은 시작이기도 했고, 어쩌면 과정이기도 했다.

사랑이라는 것은 언제나 미묘하고, 꽤 갑작스럽게 찾아오는 것이었으니까.

빈센트는 무엇인가를 갈구해 본 적이 없던 사람이다. 그리고 그의 인생에서 유일하게 손에 쥐고 놓지 않으려고 한 것이 다름 아닌 에스더였다. 다른 걸 다 내려놓고 딱 하나를 잡기 위해 덤비는 사람을 이길 이는 없었다.

빈센트는 직위나 명예에 연연하는 사람이 아니었고, 결국 그의 인생에서 유일한 가치는 에스더였기 때문이다.

에스더는 그날을 제 인생의 최고로 삼았다. 오만하여 누구도 눈에 넣지 않던 왕녀와, 귀찮아 누구도 원하지 않던 후작. 그리고 두 사람은 그날 서로를 간직했다.

그 뒤로 에스더와 빈센트는 꽤 열렬한 사랑을 했다. 담백하기 그지없는 시작과 달리, 에드워드와 마리아가 보고 멍해질 정도의 스킨십에 선왕이 뒷골을 잡았다는 건 또 다른 이야기였다.

하지만 그렇다고 해도 두 사람은 서로가 유일했다. 그렇게 서로의 마음을 끊임없이 확인하던 두 사람은 결국 1년 뒤 결혼을 했고, 같이 영원을 맹세했다.

영원. 그건 꽤 무거운 단어였다.

그리고 두 사람이 결혼하고 5년 후, 스칼렛이 태어났다.

그리고 스칼렛이 12살이 되던 해, 빈센트가 눈을 감았다.

에스더는 울었다. 평생 웃게 해 주겠다던 맹세는 어겼지만, 평생 자신이 '목표'라고 하던 그 말만큼은 끝까지 지킨 빈센트였다. 그는 정말 그 순간부터 눈을 감을 때까지 오로지 저를 목표로 했다.

그녀가 행복하게, 그녀가 건강하게, 그녀가 웃을 수 있게.

그건, 꽤 행복한 이야기였다.

* * *

"어머, 시작하네요."

마리아의 말에 상념에서 벗어난 에스더가 고개를 들었다. 자리에 앉아 있던 사람들이 전부 일어나고, 오늘 맺어지는 부부를 맞이했다.

이윽고 악대의 연주 속에서 스칼렛과 칼리드가 입장했다.

화려한 드레스를 입고 면사포를 쓴 스칼렛이 행복하게 웃고 있었다. 그 옆에서 칼리드가 그녀를 힐끔 보며 부드럽게 미소 짓는 것을 응시하다가, 에스더가 웃었다.

"전하는 전무후무의 가장 아름다운 신부가 될 겁니다."

"예전에는 그랬다고 쳐도, 앞으로는 모르지. 우리에게 딸이 생기면 그 아이가 더 아름다울 거야."

"그건 아닐 겁니다."

"왜?"

"저한테는 전하가 세상에서 가장 아름다우니까요. 그 누가 온다고 해도 전하가 세상에서 가장 아름다울 겁니다."

"칫, 이제 딸 낳으면 꼭 알려 줄 거야. 네 아버지가 그렇게 말했다고."

"상관없습니다. 누가 뭐라고 하든, 제게는 당신이 가장 아름다우니까요."

에스더는 웃었다. 길게 늘어지는 순백색의 드레스. 저 드레스를 따라 웃던 자신에게 빈센트가 그렇게 말했었다. 자신이 세상에서 가장 아름답다고.

"그리고 어차피 괜찮을 겁니다."

"뭐가? 우리 딸이?"

"네. 그 아이도 언젠가는 커서, 자신이 세상에서 가장 아름답다고 말해 줄 남자를 만나게 될 테니까요."

"섭섭하지 않을까?"

"섭섭할 테지만, 그래도 괜찮을 것 같습니다. 행복하기만 하다면."

스칼렛을 보는 칼리드의 눈빛에는 사랑스러움이 담겨 있었다. 에스더는 빈센트의 말을 상기하며 고개를 끄덕였다.

그래, 당신이 맞았다. 우리의 아이는 자신이 가장 아름답다고 말해 줄 남자를 찾았고, 그렇게 행복해졌다.

이 순간 당신은 내 옆에 없지만, 그래도 우리는 서로 사랑에 빠진 그 순간부터 오롯이 서로만을 마음에 담았다.

당신은 죽음의 그 순간까지도 나를 사랑했고, 나 또한 그렇겠지.

그러니 우리의 사랑은 결국 행복한 결말이다.

그렇게 생각하며 에스더가 환하게 웃었다.

아름다운 날이었다. 더없이 완벽한.

외전2

봄과 함께 찾아온 선물

봄과 함께 찾아온 선물

결혼이 모든 것의 끝이 아니라는 말도 맞았고, 모든 것의 시작이 아니라는 말도 맞았다.

결혼을 한 뒤에도 나는 여전히 스칼렛 디르난트였고, 아주 가끔 스칼렛 디르난트 프로디아드로 불리곤 했으나, 사실 그건 어디까지나 형식상의 의미였지 그다지 쓸 일은 없었다.

나와 달리 칼리드는 자신의 이름 뒤에 내 성이 붙는 게 꽤 즐거운 듯했지만.

하여튼 그런 의미에서 결혼 뒤에도 나는 꽤 즐겁게 보냈다. 새로운 저택에서 새로운 고용인들과 함께 보내긴 했으나 그래도 여전히 라이나가 있었기 때문에 어려움은 없었고, 무엇보다도 칼리드가 옆에 있었기 때문에 생활에 전혀 불편한 게 없었다.

어느 정도였느냐면-

"스칼렛, 입 벌리십시오, 아-"

"아."

10분 전 금방 잠에서 깬 나는 부스스한 얼굴을 한 채 등에 쿠션을 기대고 앉아 있었다. 그리고 그런 나를 향해 입을 벌리며 아- 하던 칼리드를 따라 저도 모르게 입을 벌린 내 입 속으로 스푼이 들어왔다.

나는 고소한 향을 풍기는 스프를 음미하며 고개를 끄덕였다. 새로 들인 주방장 솜씨가 아주 좋았다. 비올레타가 결혼 선물이라며 한때 왕실에서 근무하던 요리사를 보내 줬던 탓에, 나는 결혼 뒤 아주 행복한 식사 시간을 보내고 있었다.

"맛있습니까?"

나는 고개를 끄덕였다. 결혼하고 나서 내가 아침을 거의 침대 위에서 해결한다는 사실을 어머니가 아시면 아마 기절하실 게 분명했다. 그도 그럴 것이 어머니는 침대 위에서 뭘 먹는 것을 엄청나게 싫어했으니까.

하지만 이 짓도 습관을 들이니 떼기가 힘들었다. 나는 다시 내 입에 스푼을 넘기는 칼리드를 응시하며 입을 움직였다.

"아, 맛있어."

"배부릅니까?"

"아주 아주요. 힘이 좀 나는 것 같아."

"요즘따라 기운이 없는 것 같아 걱정입니다, 스칼렛. 뭐 드시고 싶은 거 있습니까?"

칼리드의 말에 나는 그를 흘겼다. 내가 왜 기운이 없는지 이 남자는 진짜로 몰라서 이러는 걸까? 결국 새벽까지 자지 못하게 나를 잡던 그를 살짝 흘기며 두 팔을 뻗어 안아 달라는 제스처를 취했다. 그 뜻을 알아들었는지, 칼리드가 그릇과 스푼을 옆에 놓고 나를 품에 안았다.

“나 좀 자게 내버려 두면 기운이 날 텐데.”

“이런, 그런 거였습니까?”

“요즘 외교부에서 놀려요. 나 날마다 수척해진다고, 아무리 신혼이라지만 너무한 거 아니냐고.”

“그럼 휴가를 내는 것 어떻습니까. 그럼 오전에는 자고, 저녁에는…….”

“세상에, 칼리드. 지금 나더러 그런 것 때문에 휴가를 내라고요?”

나는 칼리드의 어깨에 턱을 받치고 그의 등을 툭 쳤다. 그에 칼리드가 웃음을 흘렸다.

나는 칼리드의 품에서 벗어나 그와 마주 보았다. 이내 내 뺨에 가볍게 입을 맞춘 그가 말문을 떼었다.

“그럼 전 다른 방법을 모색해 봐야겠군요.”

“다른 방법?”

“가령 제 모든 시간을 당신에게 맞춘다든지.”

“어이구. 고맙기도 해라.”

나는 실소를 터뜨렸다. 그런 나를 빤히 응시하던 칼리드가 갑자기 진지한 얼굴을 했다.

“스칼렛.”

그의 부름에 반사적으로 그의 얼굴을 본 내가 뭔가를 눈치채고 얼굴을 찡그렸다. 아, 잠깐만, 나 방금 스프 먹었단 말이야.

“아, 잠깐만요. 나 씻고 올…… 꺄악.”

그의 품에서 벗어나 물을 가지러 가는 내 허리를 그의 단단한 팔이 감아 올렸다. 순간 말려 올라간 네글리제를 헤집는 손길에 나는 그를 가볍게 흘겼다.

“아, 아침부터 진짜.”

“오늘 휴일입니다.”

“그래서 그 틈을 노려 보시겠다? 치사하기는.”

“기회는 잡는 거라고 누누이 말씀드렸습니다.”

나는 새침하게 입을 삐죽이며 그를 보았다. 하지만 다시 헤실거리면서 길게 한숨을 쉴 수밖에 없었다. 그런 내 얼굴에 비낀 찬성의 뜻을 읽어 냈는지, 칼리드가 나를 눕히며 속삭였다.

“걱정하지 마십시오.”

“…….”

“키스할 데가 꼭 입술뿐인 건 아니잖습니까.”

나는 얼굴이 화끈 달아올라 그를 찰싹 쳤다. 문득 어젯밤 기억이 머릿속을 스쳐 지나갔다. 아니나 다를까, 내 목을 지분거리던 뜨거운 열기가 목을 타고 천천히 내려갔다.

“아, 칼리드, 잠깐만- 흐으.”

오늘 할 거 많은데. 그렇게 생각하던 나는 순식간에 나를 집어삼키는 열기에 그냥 그 많은 할 거리들을 전부 머릿속에서 삭제했다.

그래, 잘생긴 남편보다 중요한 게 더 있을쏘냐.

* * *

“아, 허리야.”

“벌써 아파?”

“내버려 둬, 재 지금 퀭해진 거 봐. 이래서 신혼이 무섭다니까.”

내 아우성에 오랜만에 집에 들른 비올레타와 올리비아가 수군거렸다. 그에 그들을 흘기며 나는 찻잔을 들었다.

"하여튼, 이상하게 생각하는 걸로는 뭐 있어. 그냥 순수하게 아픈 거야. 그냥 순수하게."

"누가 뭐랬어? 여기서 지금 제일 이상하게 생각하고 있는 건 너야."

내 말에 비올레타가 발뺌하며 어깨를 으쓱했다. 그 모습을 보며 나는 웃음을 흘릴 수밖에 없었다.

"결혼하면 뭔가 달라질 줄 알았는데, 별로 달라지지도 않았어. 난 아직도 외교부 때문에 바빠 죽겠다고."

"그럼 결혼하고 나면 외교부가 '아이고, 유부녀시네요. 일 좀 덜어 드릴게요.' 그러는 줄 알았어?"

"그거야 아니지만, 그냥 변화가 얼마 없어서 오히려 신기할 지경이야."

내 말에 비올레타가 배부른 고민이라는 듯이 나를 흘겼다. 하지만 사실 나로서는 잔뜩 긴장했던 것이 무색하게 모든 것이 너무 평화롭게 흘러가서 이상할 지경이었다.

결혼이 두 번째 인생이라고 한 사람, 나와 봐.

"그래도 어느 정도 변화는 있지 않나? 얼마나 변화가 없길래?"

"그냥, 뭔가 결혼하면 내 생활 패턴도 바뀔 줄 알았지. 그런데 난 여전히 그대로야. 아, 아침을 침대에서 해결한다는 건 빼고. 그러고 보니 오히려 더 편해졌네?"

"이럴 수가. 이렇게 배부른 고민이라니."

나는 피식 웃고 말았다. 진짜 배부른 고민이긴 했다. 아침은 침대에서, 온종일 일하다가 가끔은 칼리드와 함께 퇴근했고, 가끔은 나보다 칼리드가 먼저 와서 나를 기다리고 있었다.

외교부 특성상 야근이 많아 늦게 들어올 때면, 칼리드는 일부러 나를 기다리며 함께 집에 돌아올 때가 많았다.

나는 미소를 지으며 차를 마셨다. 그리고 습관적으로 그 옆에 있는 쿠키를 집어 들고 입에 넣으려다가 미간을 찌푸렸다.

"아."

조금 불쾌한 듯 내뱉자 올리비아가 무슨 일이냐는 듯이 눈썹을 까닥였다. 나는 손에 든 쿠키를 접시에 내려놓고 혀를 찼다.

"이 쿠키, 냄새 이상해."

"응? 안 이상한데?"

"그거야 너니까 그렇고."

입안에 이미 쿠키를 몇 개 욱여넣은 비올레타가 눈을 동그랗게 뜨며 말했다. 하지만 이미 미각이라는 게 필요 없는 그녀의 위 구조상, 그녀가 이상하지 않다고 하는 건 그다지 신빙성이 없어서 나는 결국 입을 삐죽 내밀 수밖에 없었다.

"맛있어 보이는데."

"다른 거 달라면 되지. 라이나, 쿠키 더 있어?"

"네, 드릴까요?"

"스칼렛이 새로운 걸로 달래. 다른 거 더 가져와 봐."

내 작은 불평에 비올레타가 라이나에게 명령했다. 그에 방을 나간 라이나의 뒷모습을 빤히 보면서 내가 작게 투덜댔다.

"처음부터 좋은 걸로 가져올 것이지."

내 말에 올리비아가 움찔했다. 그녀가 손에 들린 찻잔을 내려놓고 나를 유심히 보기 시작했다.

"왜 그래?"

"언제부터 그랬어?"

"뭘?"

"쿠키 맛 이상한 거."

"몇 분 전에."

"아니, 그거 말고."

나는 고개를 갸웃거려다. 그녀가 무엇을 말하려는지 알 수 없었기 때문이다. 하지만 곧 쿠키를 가지러 간 라이나가 들어오면서 우리의 대화는 끊겼다. 우리 사이에 새로운 쿠키가 놓이고 방긋 웃으면서 그것을 집어 들려는 찰나, 갑자기 누군가가 문을 노크했다.

"들어와."

내 말이 떨어지자 방에 들어온 이는 다름 아닌 하녀였다. 그녀는 품에 옷을 한 아름 안고 있었는데, 마침 세탁이 다 끝난 것들인 것 같았다.

그것을 발견한 라이나가 그녀를 향해 웃고는 곧 한쪽에 있는 드레스 룸을 짚으려다가 무엇인가 발견한 듯 물었다.

"아, 각하 옷이구나?"

"네. 그렇습니다. 마침 옆 부분에 바느질이 좀 필요해서 리스 부인께 수선을 맡겼다가 가져온 거예요."

"그럼 여기 내려놔."

라이나의 말에 하녀가 옷을 내려놓았다. 그리고 곧 우리를 방해해서 죄송하다는 말과 함께 방을 나갔다. 그것을 빤히 보던 나는 다시 고개를 돌리고 쿠키를 집어 들었다.

하지만–

"아, 뭐야."

여전히 쿠키 맛이 이상했다. 며칠 전까지만 해도 안 이랬는데 왜 이러지? 오늘 파티시에가 실수했나?

나는 기분이 확 나빠져 쿠키를 접시에 홱 던졌다. 물론 말은 그렇게 했지만 그렇게 큰 동작은 아니었다. 하지만 그런 내 모습에 비올레타가 얼굴을 일그러뜨렸다.

"얘는, 먹기 싫으면 안 먹으면 되지, 왜 또 성질을 부리고 그래?"

"아니, 먹고 싶은데 냄새가 이상하니까."

"으음……."

"아, 미안해. 너 다 먹어."

내 목소리에 은근한 짜증이 배어 있다는 것을 느꼈는지 비올레타가 이상한 눈빛으로 나를 응시했다. 이내 나는 소파에 등을 기대고 길게 한숨을 쉬었다.

아, 허리가 아파. 요즘 왜 이렇게 아픈 데가 많아.

그렇게 생각하며 나는 한쪽에서 칼리드의 옷을 정리하는 라이나를 보았다. 하지만 그때, 칼리드의 외투를 집어 든 라이나가 '어머' 하는 소리와 함께 뒤로 한 걸음 물러났다.

"뭐가 떨어졌는데?"

비올레타의 물음에 라이나가 급히 허리를 굽혀 바닥을 샅샅이 살펴보았다. 그러고는 뭔가를 발견한 듯이 손을 뻗었다. 나는 그녀가 주어 올린 물건을 힐끔 보다가, 뭔가 이상함을 발견하고 자리에서 일어났다.

라이나는 그런 내 모습을 보고 조금 놀란 듯싶었지만 급히 내게 손에 있는 것을 넘겼다. 그것을 받아 든 나는 순간 쿵- 하고 내려앉는 심장에 어찌할 바를 몰라 멍해지고 말았다.

"왜 그래? 뭐야?"

뒤에서 비올레타가 나를 재촉하고 있었다. 나는 조금 망연자실한 표정이 되어 중얼거렸다.

"반지."

"응?"

"반지야."

나는 멍해진 채 천천히 소파에 다가가 털썩 주저앉았다. 그리고 반지를 들고 손으로 만지작거렸다.

"이게 왜, 칼리드의 옷에서 나왔지?"

내 손에 들린 반지는 분명 여자의 것이었다. 별다른 장식 없이 은색의 조잡한 반지였는데, 나는 일단 은색이고 뭐고를 떠나 왜 칼리드의 옷에서 내 것이 아닌 여자의 반지가 나왔는지 의아해서 입을 꾹 다물었다.

내 심각한 표정을 알아챘는지 올리비아와 비올레타가 동시에 내 손에서 반지를 낚아챘다. 나와 함께 덩달아 심각한 표정을 짓던 그녀들은 반지를 보자마자 얼굴을 풀고는 헛웃음을 지었다.

"뭐야. 이거 반지 아니잖아."

"뭐?"

"이거 그거야. 그- 바느질할 때 손가락에 끼는 거. 이름이 뭔지는 기억이 안 나는데, 하여튼 반지 아니야. 예전에 어마마마가 손수 샤를리즈한테 뭘 만들어 준답시고 바느질할 때 봤는데, 이런 걸 쓰더라고."

비올레타의 말에 올리비아도 실소를 터뜨렸다.

"골무네. 대체 이걸 어떻게 봐야 반지로 보냐, 넌? 아, 한평생 바느질이라는 걸 못 해 봤구나."

"내 말이, 이게 반지라면 그 디자이너는 정말 미적 의식이 바보일 게 분명해."

"바느질할 때 잘못 들어간 것 같네. 라이나, 이거 가져……."

대수롭지 않은 표정으로 라이나를 부른 올리비아가 손을 뻗었다. 그에 웃으면서 그것을 받아 들려는 라이나의 손을 쳐 내고, 내가 잽싸게 올리비아의 손에서 반지를 가져갔다.

"나 위로해 줄 필요 없어."

"응?"

"위로? 위로를 왜 해?"

"……반지인 거 다 알아."

"반지 아니라니까? 얘가 왜 사람들 미적 감각을 막 격하시키고 그래?"

"이거 반지 아니야. 시장에 가면 막 통에 넣어서 100개씩 팔고 그럴걸?"

나는 손에 반지를 꾹 잡고 어깨를 늘어뜨렸다. 그녀들이 왜 이러는지 모르지 않았다. 남편의 옷에서 여성 반지가 나왔다. 내 것이 아닌. 사실 하늘이 무너질 법한 이야기였다.

칼리드, 뭐야. 왜 당신이…….

나는 얼굴을 일그러뜨렸다. 순간 눈가가 희부예지는 듯하더니, 뺨을 타고 눈물이 뚝뚝 떨어졌다. 그에 비올레타가 기겁해서 나를 향해 외쳤다.

"아니, 얘가 왜 갑자기 울어? 야, 왜, 왜, 왜 울어? 왜, 왜 울지?"

"또 속으로 무슨 막장 시나리오를 쓴 거야? 야, 정신 차려. 이거 반지 아니라니까? 지금 당장 시장에 데려가 줄까? 100개에 한 세트씩 파는 거 보여 줘?"

비올레타와 올리비아가 번갈아 가면서 내게 말했으나 이미 그녀들의 말은 귀에 들어오지 않았다. 마치 남편의 외도를 확정이라도 한 것처럼 순간 울컥울컥 울음이 올라왔다.

뺨을 타고 장대비 같은 눈물이 뚝뚝 떨어졌다. 나는 내 왼손 약지에 끼인 반지를 만지작거리다가 결국 엉엉 울고야 말았다.

"헉, 야!"

비올레타의 새된 외침이 들려왔다. 하지만 방금까지 나를 말리던 올리비아는 되레 잠잠해진 채 미묘한 눈빛으로 나를 응시하고 있었다. 그러거나 말거나 나는 그 문제의 반지와 내 손가락에 끼인 반지를 만지작거리며 세상이 무너진 아이처럼 울음을 터뜨렸다.

"야, 아니, 얘가 왜 골무를 끌어안고 울어. 스칼렛, 너 왜 이래? 네가 아무리 세상 예민한 애라도 그렇지, 야아……."

비올레타가 다급하게 내 옆에 와서 나를 다독였다. 그녀는 나를 달래면서도 내가 왜 우는지 아무것도 모르겠다는 표정이라 더욱더 나를 절망에 빠뜨렸다.

아니, 그런데 내가 절망하지?

나는 한쪽으로 울면서 갑자기 내가 왜 이렇게 울고 있는가 하는 고민에 빠지고야 말았다. 뭔가 울음이 울컥울컥 나오는데 우습게도 정신이 또렷했다. 그러다가 다시 그 문제의 반지를 보자 또 울음이 흘러나왔다.

결국 나는 그렇게 그날 오후를, 비올레타의 달램과 함께 이유 없이 통곡하며 흘려보내야만 했다.

* * *

비올레타와 올리비아가 떠나가고, 나는 '반지'를 손에 꼭 쥔 채 멍하니 방에 앉아 있었다. 온 오후를 눈물범벅으로 만들기는 했지만, 솔직히 나 자신도 대체 내가 왜 울었는지 모르겠다.

그러고 보니 내가 왜 울었지?

나는 손에 든 '반지'를 빤히 응시했다. 은색의 링 모양으로 위에는 구멍 같은 게 있었다. 비올레타와 올리비아가 합창하며 골무라고 하니 일단 골무인 줄은 알겠지만, 왠지 모르게 느낌이 이상해 나는 고개를 갸웃거렸다.

뭐지.

나는 미간을 찌푸렸다. 느낌이 이상했다. 그래서 대체 뭐가 이상하냐고 하면 나도 말할 수 없었다. 그저 오늘 오후부터 내 말을 듣지 않는 감정이 울컥울컥 솟아올랐다고밖에…….

나는 일단 '반지'를 옷에 숨기고 차를 들었다. 결국 쿠키는 입 하나 대지 못했다. 평소라면 와그작와그작 잘도 씹혔을 게, 오늘따라 위에 들어갈 생각을 하지 않았다.

그때였다.

"스칼렛?"

익숙한 목소리에 고개를 돌리자, 휴일임에도 기사단에 갔던 칼리드가 돌아왔는지 문을 닫고 있었다. 그에 자리에서 일어나 그에게 다가간 나는 그의 품에 푹 안겼다.

칼리드는 갑자기 내가 품에 안기자 조금 멈칫했다. 하지만 이내 부드럽게 웃으며 조용하게 읊조렸다.

"휴일인데 곁에 있어 주지 못해 죄송합니다, 스칼렛."

"괜찮아요. 비올레타랑 올리비아가 다녀갔어요."

원래 다소 바쁜 나와 칼리드의 일정상 우리 둘은 휴일만큼은 오롯이 서로와 함께 보내곤 했다. 하지만 오늘 갑자기 기사단 측에서 호출이 왔고, 덕분에 두 사람의 세계를 만들려는 시도는 무산이 된 것이었다.

물론 내 호출을 받은 올리비아와 비올레타가 바로 와 줘서 심심하지는 않았지만.

칼리드는 환하게 웃더니 내 이마에 키스했다. 그리고 곧 반사적으로 내 뺨을 감싸 쥐었다. 그에 눈을 감으며 그의 입맞춤을 받아들이려는 찰나, 나는 문득 머릿속을 스치는 그 '반지', 골무라는 그것이 생각나서 멈칫했다.

"스칼렛?"

평소라면 먼저 입을 맞췄을 내가 갑자기 멈칫하자 칼리드가 나를 미약하게 불렀다. 하지만 나는 그의 어리둥절한 표정을 응시하다가 저도 모르게 뒤로 한 걸음 물러나고 말았다.

그 순간, 칼리드의 얼굴에 묘한 기색이 번졌다.

"무슨 일 있습니까?"

방금까지 다정하게 웃고 있던 그가 얼굴을 굳혔다. 그와 동시에 이유도 모를 불안감이 나를 스쳐 지나가며 심장이 쿵 하고 내려앉았다. 나는 그의 언뜻 굳은 얼굴을 응시하다가 황망하게 고개를 저었다.

"아니요. 없어요."

"그런데 왜 눈이……."

"별것 아니에요."

"무슨 일이 있는 거라면……."

"별것 아니라니까 왜 계속 물어요!"

평소와 다름없는 다정한 음성에 고개를 젓다가 나는 저도 모르게 언성을 높였다. 그리고 그 순간 나 자신도 깜짝 놀라 흠칫하고 말았다.

아, 이게 아닌데.

나는 뒤로 주춤주춤 물러났다. 세상에, 내가 지금 무슨 짓을 한 거야. 나 지금 무슨 말을 한 거지? 내가 왜 소리를 질렀지? 칼리드는 평소와 다를 바가 없이 여전히 다정했고, 여전히 부드러웠다.

나 자신의 이상함에 나조차도 당황했다. 오늘 오후부터 이상하게 눈물이 울컥 솟아오르더니 지금 이 순간에도 이유 모를 감정이 북받쳤다. 왠지 모르게 이 상황이 서럽기만 해서 내가 어깨를 축 늘어뜨렸다.

"미안해요."

나는 눈을 꾹 감았다. 가슴속에선 여전히 이상한 응어리가 내려가지 않았다. 평소라면 이러지 않았을 텐데. 아무리 내가 예민하다고 하지만 이렇게 억지를 쓰면서까지 짜증을 내지는 않았을 것이다.

그런데…….

그때였다. 눈을 꾹 감고 축 늘어져 있는 내 어깨를 감싸며 칼리드가 나를 품에 안았다. 엉겁결에 그의 단단한 품에 끌려 들어간 내가 눈을 깜박이자, 위에서 다정한 그의 목소리가 들려왔다.

"미안할 필요 없습니다, 스칼렛. 당신은 아무것에도 사과하지 않아도 됩니다. 최소한 저한테는."

"그래도 미안해요. 나도 내가 왜 소리를 질렀는지 모르겠어."

등을 토닥거리는 손길에 내가 한숨을 푹 쉬며 말했다. 그에 칼리드가 옅게 웃더니 이내 입을 열었다.

"요즘따라 많이 피곤하신 모양입니다, 스칼렛. 오늘 저녁은 얌전히 놔 드릴 테니 편하게 쉬십시오."

"그런 문제는 아니에요."

나는 입을 삐죽였다. 무슨 오해를 하는지 모르겠지만, 진짜 그런 문제는 아니었다. 수면 부족이나 피곤함 때문이었다면 진즉 나는 신경 쇠약에 걸려 버렸을 게 뻔하니까.

질리지도 않는지 계속해서 나를 품에 안은 채 칼리드가 그렇게 조용히 서 있었다. 그에 방금까지 요동치던 속이 너무 쉽게 잠잠해지자, 나는 잠시 말을 고르다가 그의 품에서 벗어나 그를 보았다.

"사실, 칼리드……."

사실 그가 오자마자 묻는 게 맞았다. 아니, 그 전에 비올레타와 올리비아, 라이나도 모두 이게 반지라고 하지 않았다. 하지만 나는 꼭 내 눈으로, 내 눈앞에서 칼리드의 반응을 확인하고 싶은 충동이 일었고, 그래서 결국 방금 옷에 넣어 뒀던 그 '반지'를 꺼냈다.

"이거, 알아요?"

"이거 골무 아닙니까? 예전에 어머니께서 수를 놓으실 때 쓰곤 했는데."

아, 세상 사람 다 아는데 나만 몰랐구나.

너무 담담하게 왜 이런 걸 물어보느냐는 칼리드의 표정에 나는 머쓱해졌다. 그제야 서서히 정신이 들기 시작했다.

아니, 나는 대체 왜 이딴 걸로 온 오후를 운 거지?

"스칼렛, 거기에 뭐가 있기라도 합니까?"

"아, 아니, 그, 그게……."

나는 우물쭈물하며 칼리드를 보았다. 어떻게 그에게 말해야 할지 몰라 조금 망설여졌다. 뭐라고 해야 하나, 내가 이걸 반지로 오인했다고? 그래서 당신이 혹시 다른 여자가 있는 것이라고 오해했다고?

아, 뭔가 말하려고 보니 굉장히 창피했다.

나는 얼굴이 화끈거려 결국 고개를 푹 숙였다. 그리고 조그맣게 중얼거렸다.

"이게 당신 외투에서 나왔길래, 내, 내가 오, 오해를 좀 했어요……."

"그게 제 외투에서 나왔습니까? 그럴 리가 없- 아, 혹시 새로 수선을 해 달라고 한 그 외투 말씀하시는 겁니까? 네이비블루의?"

"네……."

"그럼 재봉실에서 수선할 때 잘못 떨군 물건이겠군요. 그런데 대체 무슨 오해를 어떻게 한 겁니까?"

칼리드의 목소리에는 의문이 담겨 있었다. 그도 그럴 것이 내가 생각해도 골무를 반지라고 오해해서 울었다는 건…… 아, 진짜 창피하다.

"아, 아니, 이게 반지랑 비슷하게 생겨서……."

"……."

"호, 혹시 다른 사람한테 줄 반지는 아닌가 의심해서……."

"……."

"당신을 모, 못 믿은 건 절대 아닌데, 그냥 내가 견식이 좀 좁아…… 칼리드?"

우물쭈물 뒤로 가며 말을 잇던 나는 갑자기 나를 잡는 손길에 멈칫했다. 고개를 들자 칼리드가 미묘한 눈길로 나를 보고 있었다. 입가에 매단 다디단 미소. 다정하게 나를 보는 눈길.

"스칼렛."

그리고 나를 부르는 그 목소리가 마치 아이를 어르듯 너무 다정해서, 나는 결국 더욱더 밀려오는 미안함과 쑥스러움에 얼굴을 붉히고 말았다.

칼리드는 나를 빤히 응시하더니 이내 흐음- 하고 길게 숨을 내쉬었다. 그리고 곧, 그가 손을 들어 내 뺨을 잡고 마치 관찰이라도 하듯 이리저리 둘러보았다. 그러다 웃음기 섞인 목소리로 물었다.

"대체 이 작은 머리에는 뭘 담고 있길래, 매번 제 상상을 벗어나는 생각만 이렇게 불쑥불쑥 튀어나오는 겁니까?"

"미안해요……."

몇 번 혼자 땅을 판 전적이 있기에- 아니, 사실 전적이 꽤 화려하기에 나는 더욱더 미안해서 모깃소리만 하게 읊조렸다. 하지만 정작 칼리드는 웃으면서 나를 품에 안았다.

"스칼렛."

"네에."

"사랑합니다."

"나도요."

"제가 당신을 배신하는 일은 영원히 없을 겁니다. 영원히, 절대. 그러니까 안심하십시오. 그리고 꼭 저한테 모든 것을 털어놓으십시오."

다른 이가 했더라면 그저 빈말이라 입을 삐죽였겠지만, 칼리드가 한 말이라 나는 안심할 수밖에 없었다. 나를 더욱더 품에 끌어안은 칼리드가 웃으면서 속삭였다.

"그리고 그게 진짜 반지인지 아닌지 확인하고 싶으셨다면, 리스 부인에게 물으면 되는 거 아닙니까. 그렇게 간단한걸."

"아니, 그냥 당신 반응이 보고 싶어서…… 미안해요. 나도 사실 내가 왜 그랬는지 모르겠어."

내 말에 칼리드가 피식 웃었다.

"그래도 다행입니다."

"뭐가요?"

"당신이 아직 절 많이 좋아하는 것 같아서. 결혼하면 당장 질리지 않을까 상당히 걱정했습니다."

나는 그에 웃음을 흘렸다. 누가 할 소리를. 하지만 그와 반대로 꽤 기분이 좋아져 내가 작게 읊조렸다.

"걱정은 내가 해야죠. 내가 성격이 나빠서."

"부정하지는 않겠습니다."

"뭐예요?"

"그렇지만 제가 그런 걸 좋아합니다."

나는 칼리드를 살짝 노려보며 혀를 찼다. 하지만 이내 다시 배시시 웃으며 그의 품에 안겼다. 아, 쓸데없는 걱정은 왜 했담. 나도 참 멍청한 것 같았다.

그렇게 꽤 긴 시간을 안고 있은 뒤 칼리드는 내게 확인을 시켜 주겠다며 리스 부인을 불렀다. 당연하지만 그건, 그녀가 잃어버려 고민하던 그 골무가 맞았다.

하지만 진짜 사건은 그다음 날에 일어났다.

* * *

"그럼 이번 건은 이렇게 하죠. 릭서스 해양 교역 건 관련 서류는 재무부 쪽으로만 넘기면 되죠?"

"욜라에 먼저 동의를 구해야 한다고 전해. 사실 거의 통보가 될 것 같지만."

"알겠어요."

언제나 그렇듯 외교부 일로 하루를 보내고 퇴근 시간이 될 무렵, 나는 마지막 서류를 셀린느에게 넘긴 뒤 내 책상을 정리했다.

한데 내게서 서류를 받아 들고 제자리로 돌아가려던 셀린느가 갑자기 눈을 동그랗게 떴다.

"어? 스칼렛 님, 이거 다 뭐예요?"

나는 내 책상을 두리번거리다가 눈에 걸리는 몇 개 봉지를 보며 어색하게 웃었다.

"아니, 오늘 점심때 먹은 가게의 후식이 너무 맛있어서."

"치즈 구운 거 아니에요? 그런 거 느끼하다고 싫어하셨잖아요. 게다가 칠리소스까지, 너무 맵다고 안 드셨으면서."

셀린느의 말에 나는 어색하게 웃었다.

"몰라. 오늘따라 좀 그런 게 많이 당기네. 자극적인 거 말이야."

"으음, 그래도 너무 많이 드시지는 마세요."

셀린느는 내 책상 한구석에 쌓인 포장지와 쓰레기통 안에 던져진 봉지를 보며 말했다. 그에 내가 고개를 끄덕였다. 물론 나도 먹는 걸 어마어마하게 좋아하긴 하지만, 오늘따라 왠지 모르게 폭식한다는 느낌을 버릴 수가 없었다.

게다가 오늘 점심에는 평소에 좋아하던 음식들도 전부 다 끌리지 않아서, 그 와중에 선택한 게 평소라면 거들떠보지도 않았을 느끼한 크림소스 파스타였다.

그러고 보니 칼리드도 오늘 아침 내가 입맛이 바뀐 것 같다고 그랬다. 평소에는 먹지 않던 크림 야채 스프를 두 그릇이나 해치웠으니까.

조금 이상한데, 진짜 입맛도 변하는 건가.

"나 갈게."

"네. 내일 봬요."

고개를 갸웃거리던 나는 이내 자리에서 일어났다. 오늘 저녁 칼리드와 함께 연극을 보기로 했기 때문에 미리 약속한 중앙 정원 쪽으로 걸어갔다.

조금 늦은 것 같아 바쁘게 뛰던 나는, 저 멀리에서 보이는 칼리드의 뒷모습에 환하게 웃으며 달려갔다. 하지만 내가 그에게 가까이 가는 그 순간, 나는 풀숲에 가려져 있던 다른 인영에 멈칫하고 말았다.

곧, 처음 듣는 여자의 목소리가 흘러나왔다.

"그것도 꽤 큰일이네요. 게다가 영애님은 신경 쓸 일도 많으시니, 예민하실 때도 많을 테고……."

응? 뭐가 큰일이야? 예민해? 내가 예민한 걸 왜 다른 사람이 걱정해?

그렇게 내가 생각하는 사이, 어느새 칼리드가 내가 다가오는 것을 눈치챘는지 고개를 돌렸다. 나를 발견한 그의 얼굴에 미소가 걸렸으나, 우습게도 웃음이 하나도 나오지 않았다.

"어머, 오셨어요."

"네. 그런데 누구……."

"아, 왕실 어의랍니다. 현재는 왕비 전하의 주치의를 맡고 있지요."

나는 고개를 끄덕였다. 이 여자가 왕실 어의인지 뭔지는 궁금하지 않았고, 일단 내가 궁금한 건 왜 칼리드와 이런 외딴곳에서 둘이 이야기하고 있었는지였다.

그러나 칼리드와 어의는 그 문제에 대해 하나도 해석해 줄 생각이 없는 듯했다. 내가 입을 열기도 전에 어의는 내게 고개를 숙이더니 '그럼 이만-'이라고 하며 곧 품에 책을 안은 채 자리를 떠났다.

뭐야, 내가 오니까 자리를 뜬 거야? 내가 방해물인 거?

"스칼렛. 연극 곧 시작하겠습니다."

"아, 아, 네? 아, 그래요. 가요."

나는 내 어깨를 부드럽게 감싸는 칼리드의 손에 엉겁결에 고개를 끄덕였다. 하지만 내 뇌리에는 아직도 방금 전의 장면이 가시지 않았고, 결국 나는 찜찜한 상태로 연극을 봐야만 했다.

* * *

"연극은 어땠습니까?'

연극에 끝나고 집에 돌아온 뒤, 방문을 닫으며 칼리드가 물었다. 그의 갑작스러운 물음에 나는 대충 고개를 끄덕였다.

"괜찮았어요."

하지만 평소라면 의례적으로 내 대답에 뭔가를 더 물어야 할 칼리드의 목소리가 들리지 않았다. 나는 침대맡에 서 있다가 방 안에 정적이 가득 차자 뒤를 돌아보았다.

그리고 곧, 그의 미묘한 표정이 내게 안겨 왔다.

"스칼렛. 연극을 보는 동안 계속 뭔가를 생각하는 것처럼 보였습니다만, 혹시 무슨 일 있으신 겁니까?"

그의 얼굴에는 걱정이 한가득이었다. 그 순간 다시 내 심장을 죄책감이 콕콕 찔러 왔다. 뭔가 이상한 상상을 했다는 것, 내가 또 혼자서 열심히 땅을 팠구나 하는 것.

하지만 다른 한편, 그에게 이상한 반발심이 생겼다.

논리도 없고 이성도 없고 그저 억지 같은.

"내가 연극을 안 보고 있었다는 걸 알면서, 이제 와 내게 묻는 거예요?"

"네?"

내 물음에 칼리드가 미간을 찌푸렸다. 그도 그럴 것이 내 말은 정말 앞뒤가 맞지 않았고 뜬금없었기 때문이다. 내가 내뱉고도 어이가 없었다.

하지만 내 뚫린 입은 논리와 이성, 전부를 다 무시한 채 계속해서 그를 추궁하고 있었다.

"솔직히 말해 봐요, 딱히 나한테 관심도 없었죠."

"그럴 리가 있겠습니까, 스칼렛. 제 관심은 언제나 당신한테만 가 있었습니다."

"거짓말!"

헉, 내가 무슨 개소리를.

나는 내가 내뱉고도 어이가 없어서 저도 모르게 당황한 표정을 지었다. 나 진짜 왜 이래. 어제는 골무를 끌어안고 질질 짜더니, 오늘은 별 황당한 문제로 다 트집을 잡는다. 그리고 이 와중에…….

"흑."

뺨을 타고 눈물이 툭툭 떨어졌다. 왠지 모르게 세상이 무너진 것처럼 서러웠다. 이유? 그딴 게 있을 리가.

그저 이 순간 내가 너무 불쌍해서 미칠 것 같고, 그냥 울어야 할 것 같고, 내가 울어야 속이 풀릴 것 같고, 그 와중에 내 앞에 있는 내 남편은 이 와중에 너무 다정하고, 내가 너무 예민하고 성격도 나쁘고, 짜증은 왜 나고…… 아니, 그런데 대체 나 왜 우는 거?

"미안해요, 칼리드. 혼자 있고 싶어요."

"스칼렛."

"나가요."

칼리드는 어떻게든 나를 달래 보려고 했으나 나는 그저 그를 빨리 보내고 싶었다. 이유 없는 감정 기복에 그가 조금 당황하는 듯했지만 이내 표정을 갈무리하더니 고개를 끄덕였다.

"무슨 일 있으면 꼭 부르십시오. 바로 방 밖에 있을 겁니다."

달칵, 문이 닫히고 나는 줄줄 흐르는 눈물을 제어하지 못한 채 침대 위에 털썩 주저앉아 하염없이 울었다.

아, 미치겠네. 왜 울어. 아, 모르겠어. 울어야 할 것 같아.

나 왜 이러지? 미친 거 아니야?

그렇게 생각하며 혼자 훌쩍훌쩍 울 때였다. 너무 지나치게 눈물을 뽑아냈는지 머리가 어지러웠다. 갑작스러운 두통에 나는 일단 밖에 있는 칼리드를 부르려고 침대에서 일어났다.

뭐가 되었든 칼리드한테 화를 낸 건 잘못된 거니까 일단 사과부터…….

그렇게 생각하며 앞으로 한 걸음 옮긴 찰나였다.

순식간에 밀물처럼 쏟아지는 어지러움에 나는 머리를 부여잡고 저도 모르게 쓰러지고 말았다.

그리고 쿵, 하는 소리와 함께 정적이 찾아왔다.

* * *

캄캄하다. 세상이 빙글빙글 도는 것 같고 머리는 무겁고 모든 게 다 싫었다. 아무것도 인지할 수가 없었다. 그렇게 정신을 잃고 완벽한 암흑 속에서 얼마나 지났을까.

점점 정신이 돌아오고, 푹 젖은 몸과 얼굴에 약간의 불쾌감까지 더해지며 나는 눈을 떴다.

"스칼렛!"

대체 얼마나 잡고 있었는지 손바닥이 흥건했다. 나는 멍하니 천장을 보다가 천천히 고개를 돌렸다. 칼리드가 내 손을 꽉 잡은 채 긴장한 표정으로 나를 보고 있었다.

"스칼렛, 괜찮습니까?"

그렇게 말하는 그의 얼굴에는 온통 긴장감만이 가득했다. 하지만 그 와중에도 다정히 낮게 읊조리는 그 목소리가 너무 좋아서 나는 웃고야 말았다.

"괜찮아요."

조금 머리가 어지럽긴 했지만 참지 못할 정도는 아니었다. 다만 일어나고 싶은 생각은 절대 들지 않았다. 나는 머리를 약간씩 좌우로 움직이며 어떻게든 어지럼증을 완화해 보고자 애를 썼다.

아, 나 진짜 왜 이래.

나도 내 성격이 상당히 까다롭고 예민한 걸 알았다. 하지만 그래도 나는 내가 상당히 말이 통하는 사람이라고 생각해 왔다. 그런데 이게 뭔가.

성격도 안 좋고 고집에 오만함에, 그나마 볼 거라곤 나름 말을 처듣는다는 것과 제대로 말을 할 수 있다는 것밖에 없는데 이것마저 잃으면 나는 정말…… 칼리드한테는 뭐라고 말하지.

나는 머릿속을 가득 채우는 이상한 상상들을 곱씹으며 한숨을 푹 쉬었다.

그때, 갑자기 칼리드가 천천히 입을 열었다.

"어디 다른 데에 불편한 곳은 없으십니까?'

"없어요."

"다행입니다."

칼리드가 내 손을 입가에 가져가며 나지막이 속삭였다. 그런 그를 응시하다가 내가 조용하게 말했다.

"미안해요."

"네?"

"미안해요. 화를 내서. 이유 없이 떼를 써서 미안하고, 당황하게 해서 미안해요."

"괜찮습니다."

칼리드가 온화하게 웃었다. 그런 그를 보며 순간 나에 대한 한심함이 올라와 울컥 다시 눈물이 뚝뚝 떨어졌다. 그 모습에 칼리드가 당황하더니 이내 자리에서 일어나 내 침대에 앉았다. 그리고 곧, 허리를 숙인 그가 내 뺨을 만지작거리며 말했다.

"스칼렛, 울지 마십시오."

"미안해요. 나도 내가 왜 우는지 모르겠어……."

내 말에 칼리드가 연신 내 뺨을 훑었다. 그런 그와 시선을 마주한 나는 애써 흘러나오는 눈물을 참았다. 그때, 말랑말랑한 입술이 내 뺨에 닿았다.

"당신이 울면 가슴이 찢어지는 것 같습니다."

"흑…… 찢어지지 마요……."

"그러니까 울지 마십시오."

내 말이 웃긴지 칼리드가 웃음을 흘렸다. 왠지 모르게 기분이 묘해져서 나는 입을 꼭 다물고 말을 골랐다.

"의사는 다녀갔어요?"

"네."

"뭐라고 하던가요?"

나는 평소에 빈혈을 겪을 정도로 연약한 사람이 아니었다. 한평생 쓰러진 거라고는…… 뭐, 몇몇 있긴 했다. 하지만 이렇게 아무런 이유 없이 픽픽 쓰러지는 사람은 아니었다.

내 물음에 칼리드가 조금 당황한 표정을 짓다가 이내 부드럽게 웃으며 말했다.

"빈혈기가 있다고 하더군요."

"그런가요."

"그리고……."

"그리고?"

"그리고 더 뭔가가 있다고 하던데, 모르겠습니다. 다만 당신이 깨어나면 부르라고 하더군요."

고개를 끄덕이며 의사를 불러 달라는 말에 칼리드가 침대에서 일어났다.

의사는 꽤 빨리 도착했다. 심지어 혼자 온 게 아니라 사람을 한가득 달고 들어왔다. 나는 갑작스럽게 내 방에 들어온 집사와 몇몇 고용인들, 그리고 의사와 그 뒤의 조수들을 보다가 당황한 표정을 지었다.

이내 쿠션에 허리를 기댄 나는 진찰하는 의사를 담담하게 살펴보았다.

이것저것 듣고 누르고 살피던 의사가 입을 열었다.

"역시……."

나는 미간을 살짝 찌푸렸다. 내 옆에 앉아 있는 칼리드의 표정도 덩달아 미묘하게 변했다. 그리고 그가 말을 끝내기가 무섭게, 내 침대맡에 조용하게 서 있던 라이나가 두 손으로 입술을 막고 감격스러운 표정을 지었다.

아니, 뭐야. 또 나만 몰라? 왜 나는 맨날 혼자만 모르지?

나는 고개를 갸웃거리며 의사에게 대답을 요구하는 눈빛을 강렬히 쏘아 댔다. 그에 의사가 웃으며 말문을 뗐다.

"별다른 큰 병은 없습니다."

"그런데 왜 갑자기 쓰러진 거지?"

"혹시 요즘따라 짜증이 난다거나, 기분이 나쁘다거나, 누굴 보든지 다 눈에 거슬린다거나, 그런 현상이 일어나는 겁니까?"

너무 정곡을 찌른 물음에 나는 흠칫했다. 왠지 모르게 여기서 인정하면 내가 성격이 나쁘다는 걸 공식적으로 인정하는 것 같아 나는 고개만 살짝 끄덕였다.

그러자 의사가 말을 이었다.

“입맛이 바뀌시고, 평소에 거들떠보지도 않으시던 것들이 눈에 들어오고, 익숙한 음식이 싫으시고?”

“어떻게 알았…… 아, 잠깐만.”

너무나 정확한 진단에 고개를 갸웃거리던 내가 설마…… 하는 표정으로 의사를 보았다.

이 와중에 이렇게 콕 집어 ‘이상’을 말해 줬는데도 눈치를 채지 못하면, 나는 눈치가 없는 게 아니라 그냥 바보인 걸 거다. 아니지, 사실 일을 이 지경까지 끌고 오고도 눈치 못 챈 거면 이미 그냥 바보인 건 아닐까…….

그런 내 모습을 응시하며 의사가 입가에 미소를 시었다.

“아무래도 요즘따라 복중 아기씨가 심술이 나셨나 봅니다.”

“……!”

“그런……!”

“축하합니다, 두 분. 임신입니다.”

순간 심장이 쿵 하고 떨어진다는 게 이런 걸까. 나는 숨을 쉬는 것도 잊은 채 멍하니 의사의 얼굴을 응시했다. 그 와중에 나보다 더 좋아하는 고용인들을 잠시 제쳐 놓고, 나는 믿기지 않는다는 표정으로 물었다.

“그, 그…… 뭐?”

“아직 초기라 많이 불안정할 겁니다. 감정 기복도 심할 수 있고, 먹는 것도 마뜩잖을 수 있고요. 그래도 너무 근심하지 마십시오.”

"아, 아니, 근심이 아니라…… 어, 근심이 아니라…… 세상에."

나는 너무 놀라서 눈을 깜박거렸다. 한평생 혼자 살았는데 내 몸에 갑자기 아기가 생겼어. 이런? 이거 뭐지? 세상에? 뭐, 뭐야, 이런 거였어?

나는 고개를 돌려 칼리드와 시선을 마주했다. 하지만 어쩌면 나보다도 먼저 내 몸 상태를 알아차렸을지도 모르는 칼리드는, 이미 얼음처럼 얼어붙어 있어 심각한 동공 지진만을 동반한 채 앉아 있었다.

"임신, 임신? 그럼 요즘 예민했던 게……."

"으음, 사람마다 다르긴 하지만, 확실히 임신 때에 감정이 격동하는 시기를 거치는 경우가 많습니다. 스칼렛 님 같은 경우는 아무래도 조금 많이 격렬한 편에 속하는 것 같습니다."

"어, 그거 극복 방법은 없는 건가?"

"마음 따로, 머리 따로 노는 것이기 때문에 어려울 것 같습니다. 제가 아는 분들 중에는 스푼이 바닥에 떨어져 온 오후를 통곡하시던 분도 계셨으니까요. 바닥에 떨어진 스푼이 너무 불쌍해 보인다고요."

"그것참 과하게 극단적이네."

"참고로 디르난트 공작님이십니다."

"방금 그 말은 그냥 못 들은 걸로 해 줘."

내 말에 의사가 가볍게 웃음을 흘렸다.

"이 시기에는 주변 사람이 많이 인내해 줘야 합니다. 더군다나 초기라 많이 위험하고 하니 공작 각하께서…… 각하?"

"……."

"각하?"

"아, 그래. 왜 그러지?"

칼리드는 뭘 생각하는지 여전히 그 자세 그대로 미동을 하고 있었다. 그는 인간이 지을 수 있는 가장 복잡한 표정을 지으며 의사를 보았다.

"각하께서 많이 도와주셔야 한다는 겁니다."

"알겠어."

"뭐, 두 분 금슬이 하도 좋으셔서 괜찮을 것 같지만."

나는 환하게 웃었다. 웃기게도 내 성격에는 하나도 자신이 없지만, 정작 칼리드의 사랑에는 상당히 자신이 있었다. 아, 이렇게 말하고 보니 상당히 이기적인데?

나는 자리에서 일어나려는 의사에게 물었다.

"그런데 이렇게 되면 출근은 언제까지 할 수 있는 거야? 내 손에 잡힌 일이 꽤 많은데."

"사람에 따라 다릅니다. 개인적으로 너무 무리하는 건 좋지 않습니다. 이 부분은 이제 조금 더 길게 관찰을 해 보고 말씀드려야 할 것 같습니다."

말을 마친 의사가 이내 임신 초기에 주의해야 하는 것들을 이것저것 일러 주고 방을 나갔다. 뒤에서 호들갑스럽게 방방 뛰는 고용인들도 몸에 좋은 것들을 준비한다고 앞다투어 방을 나간 뒤, 나는 칼리드와 둘만 남은 방 안에서 멍하니 앉아 있었다.

솔직히 아직도 믿기지 않았다. 아기, 아기라니? 임신? 응? 내가? 엄마라는 말과 세상에서 가장 어울리지 않을 것 같은 내가?

물론 상상은 해 봤지만, 상상과 현실은 엄연히 다르다. 심지어

나와 칼리드는 결혼한 지 얼마 되지도 않았고, 아직 신혼이었다.

나는 천천히 고개를 돌려 칼리드와 눈을 마주쳤다. 방금부터 석상처럼 오롯이 꼿꼿하게 앉아 있는 그를 보며 내가 조심스레 물었다.

"칼리드, 내 말 들려요?"

"들립니다."

"내가, 임신이래요."

"……."

"우리가, 아이를 가졌대요."

그건 꽤 기묘한 느낌이라 뭐라 형언할 수가 없었다. 뭔가 굉장히 대단한 일이 일어난 것 같지만, 또 대수롭지 않은 것 같고, 이 와중에 갑자기 별 감정이 다 밀려왔다.

"카, 칼리드? 믿겨요? 우리가……."

그때였다. 뭔가 벅차올라 홀로 버벅대는데 갑자기 단단한 품이 나를 확 끌어안았다. 그에 반응하기도 전에, 나를 끌어안은 손이 미세하게 떨리는 것을 발견하곤 저도 모르게 웃고 말았다.

"칼리드……."

"스칼렛."

"네."

"스칼렛."

"네."

"스칼렛."

"네."

"사랑합니다."

뭔가 너무 반응이 없어서 조금 불안했는데, 우습게도 이 남자는 그

침묵으로 인간이 보일 수 있는 모든 반응을 보이고 있었던 것이다.

나를 끌어안은 품에 약간 힘이 더 들어갔다. 그런 그의 목을 끌어안으면서 내가 읊조렸다.

“꿈만 같아요. 너무 갑작스러워서 놀랐는데 신기하고, 아이를 가졌다니 더 신기하고. 그런데 당신과 함께 언젠가는 맞이해야 하는 순간이라서 더 신기했어요.”

“스칼렛.”

“당신은 어땠어요?”

“저는…… 조금 많이 놀랐습니다.”

“그래요?”

“네. 어느 정도 예상하고 있긴 했습니다만, 그래서 오늘 오후 마침 왕실 어의가 지나가길래 이것저것 묻긴 했는데…….”

“어, 잠깐만요.”

왕실 어의라는 말에 내가 그의 품에서 벗어났다. 오늘 오후부터 저녁까지 나를 괴롭히던 문제가 생각났기 때문이다.

“그 왕실 어의한테 물은 게 내 몸 상태였어요?”

“네. 그렇습니다만.”

그것을 빼놓고 뭘 또 물을 게 있느냐는 듯한 그의 눈빛에 내가 머쓱해졌다. 그러고 보니 내가 예민 어쩌고저쩌고 했더랬지. 그러니까 내가 이상해진 걸 칼리드는 눈치챘다는 것이었다.

뭔가 어제부터 나 혼자 흑역사 생성 중인 것 같은데…… 아, 아니다. 임신, 임신 때문이야. 내가 그런 게 아니야.

흐윽. 미안, 아가. 너한테 좀 책임을 전가해 보자꾸나.

나는 눈알을 데굴데굴 굴리고는 어색하게 웃었다. 그러다 칼리드에게 솔직하게 털어놓았다.

"나는 또 다른 문제인 줄 알고 오해했어요."

"어쩐지 당신 표정이 이상하더라니. 스칼렛, 그런 오해는 절대 하지 마십시오. 제가 아직도 믿음을 온전히 주지 못한 겁니까?"

부드럽게 머리카락을 뒤로 넘기며 조금 섭섭한 듯이 묻는 말에 나는 고개를 절레절레 저었다.

"아니요. 나는 당신 믿어요."

"다행입니다."

"그런데 우리 아기는 당신을 본 지 얼마 안 돼서 몰랐을 거예요."

그에 칼리드가 멈칫했다. 그리고 환하게 웃으며 다시 나를 품에 안았다.

"그럼 앞으로 꾸준하게 알려 주어야겠습니다."

"그래요."

"아빠가 엄마를 얼마나 사랑하는지."

"그래요."

"당신이 제게로 와 줘서 너무 감사합니다."

"누가 누구한테 갔다고요?"

"제가 당신한테 갈 수 있게 해 주어서 너무 감사합니다."

새침한 내 어조에 칼리드가 옅게 웃음을 터뜨렸다. 그에 맞춰 가볍게 미소를 짓자 칼리드가 말을 이었다.

"믿기지 않습니다. 행복해 죽을 것 같습니다."

"죽지 마요. 그럼 난 어쩌라고."

"그러게 말입니다."

나는 입꼬리를 말아 올렸다. 설마설마 이런 날이 올 줄 몰랐고,

사실 지금도 조금 당황한 상태이긴 했다. 배 속에 아기가 있다는 건 말로만 들었지, 경험도 못 해 봤고 정작 경험해 보니 이상했다.

하지만 그래도, 다행이다.

칼리드가 옆에 있어서.

이 며칠간 쭉 그를 의심했던 주제에—물론 나는 끝까지 그게 아기가 의심한 거라고 주장할 생각이다— 정작 이 순간만큼은 그가 너무 신뢰가 갔다. 그저 이 순간을 오랫동안 박제하고 싶을 정도로 행복했고.

"아기는 딸일까요, 아들일까요."

"글쎄 말입니다."

"당신은 뭐였으면 좋겠어요?"

"저는 딱히 상관이 없습니다. 그저 당신만 닮았으면 좋겠습니다."

"음…… 칼리드. 날 사랑해서 하는 말인 건 알지만, 그건 사실 악담에 가깝지 않을까……."

내 말에 칼리드가 미간을 찌푸렸다. 하지만 나는 진심이었다. 친어머니 또한 남편 닮은 아이였으면 좋겠다고 하는 판에, 날 닮으면…… 아마 전쟁이지 않을까. 왠지 모르게 하나만 낳아도 개판 될 것 같다.

나는 부드럽게 웃으며 입을 열었다.

"난 당신 닮으면 좋겠어."

"그러면 좀 징그러울 겁니다."

"아니야. 그래야 귀여워. 나 같은 사람은 나 하나만 데리고 사는 걸로 만족해요."

칼리드가 피식 웃었다. 그런 그의 어깨에 기대 행복하게 웃으며 나는 곧 다가올 아이를 그려 보았다.

기왕이면 생긴 것도 성격도 칼리드를 닮았으면 좋겠다. 그러면 키우는 맛도 있고, 예쁘기도 예쁘고. 반면 날 닮으면 뭔가…… 따박따박 말대꾸하면서 겁나 건방진 게 하나 나올 것 같아. 그리고 맨날 내 혈압 올리는 데 일조할 것 같고.

하지만 사실 딸이든 아들이든 그저 건강하게 자랐으면 좋겠다. 무엇이 되었든, 결국에는 우리 아이니.

그렇게 생각하며 나는 행복하게 웃었다.

그리고 그 이듬해 봄, 만개한 라일락의 향기와 함께 베아트리체가 우리에게 찾아왔다.

외전3

두 공작의 딸로 산다는 것은

두 공작의 딸로 산다는 것은

안녕하세요. 베아트리체 프로디아드 디르난트입니다. 올해 다섯 살이고요. 왜 이름이 이렇게 긴지는 굳이 설명하지 않아도 알 것 같으니 생략할게요.

자기소개를 간단하게 하자면, 저는 윈체스터에서 가장 유명한 두 공작의 장녀입니다. 사실 작년까지만 해도 한 공작과 한 공작 후계자의 장녀였는데, 세상에서 가장 아름다운 제 외할머니가 샤를리즈 언니의 제왕학 교육에 완전히 뛰어들면서, 저는 본의 아니게 쌍방 공작 영애가 되었어요.

그래서 기분이 어떠냐고요?

당연히 아주 좋습니다. 그리고 제 입으로 이런 말 하기 좀 그렇지만, 저는 예쁩니다. 이건 절대 과장이 아니에요. 이건 아버지가 인정한 사실입니다. 아버지가 말씀하시길 제가 세상에서 두 번째로 예쁘대요.

첫 번째가 누구냐고요? 그걸 굳이 입 아프게 말해야 할까요? 당연히 어머니입니다. 다른 집 아버지는 딸이 세상에서 가장 예쁘다고 하는데, 저희 집 아버지는 아직도 어머니가 제일 예쁘대요.

네, 뭐- 사실 제가 보기에도 어머니가 좀 많이 예쁩니다. 객관적으로 보자면야 어머니보다 비올레타 이모가 더 예쁜 것 같지만, 아이들이 하는 말은 객관을 수용하지 않습니다.

네? 제가 좀 많이 영악해 보인다고요? 정말 잘 보셨네요. 저는 영악합니다.

하지만 괜찮아요. 애들이 영악한 건 영리한 거라고 샤를리즈 언니가 말해 주셨습니다.

어쨌든 저는 두 공작가의 장녀로서 정말이지 어렸을 때부터, 아, 지금도 충분히 어리니- 아기 때부터 어마어마한 대접을 받고 자랐습니다.

아버지는 제가 태어나자마자 땅에 발도 닿게 하지 않았다고 해요. 덕분에 제가 걸음마를 좀 늦게 했는데, 그것 때문에 뒷골을 잡는 어머니를 보며 외할머니가 왠지 모르게 고소하다는 표정을 짓던 건, 아무래도 제 착각이겠죠?

뭐, 사실 그것 말고도 제가 어화둥둥 보석 대접을 받는 건 하루 이틀 일이 아닙니다. 그도 그럴 것이, 제가 좀 귀하긴 하거든요.

그런데 요즘따라 제자리를 위협하는 녀석이 태어났습니다. 다름 아닌 현재 저 구석에서 혼자 박수치면서 좋아하는 제 남동생 녀석이에요.

올해 한 살이 거의 되는 이 녀석은 저와 아버지가 있을 때는 악동이 따로 없다가, 어머니만 나타나면 세상에 다시없을 순한 아기가 됩니다.

세상에, 기가 막혀서.

비올레타 이모는 제가 어머니를 똑 닮은 것과 반대로 저 녀석이 아버지를 닮아 그렇다고 했습니다. 아버지가 어머니 앞에만 서면 저렇게 변한다고 하는데, 역시 부전자전이라는 말은 괜히 있는 게 아닌 것 같습니다.

하지만 상관없어요. 제가 조만간 날을 잡아 제가 왜 장녀고 누나인지 톡톡히 가르쳐 줄 예정이거든요.

네? 어머니랑 아버지한테 들키지 않을까 걱정되지 않느냐고요? 괜찮습니다. 완전 범죄는 그다지 어렵지 않습니다.

아, 저것 보세요. 저게 아버지가 들어오는데 인사도 하지 않고 혼자 까르륵대면서 엉금엉금 기어 다니네요. 걸음마를 하라고 바닥에 내려놓은 지 한참이 됐는데 아직도 기어 다닙니다.

심지어 아버지는 빨리 걸으라고 애를 잡아 세워 놓습니다. 헉, 옆에 있는 유모는 박수를 치며 좋아합니다.

거참, 어련히 알아서 걷지 않을까. 이 악마 같은 인간들.

싫어하는 녀석이지만 그래도 나름 불쌍하긴 하네요. 저도 저거, 많이 당해 봤거든요.

아, 아버지가 제게 오네요. 손에 뭔가를 들고 있습니다. 달콤한 향을 풍기는 게 딱 코코아입니다.

"리체. 오늘은 뭐 하고 놀았니?"

"책 봤어요."

사실 딱 한 페이지를 봤지만 어쨌든 본 건 본 겁니다.

아버지는 제 말에 기특해 죽겠다는 표정을 짓습니다. 그리고 제 머리를 다정하게 쓰다듬네요. 아, 하지 마세요. 아버지. 이거 아침에 어머니가 망쳐 놓은 헤어스타일을 시녀가 다시 다듬은 거란 말이에요!

어머니는 어떻게 된 게 손재주가 그렇게 없는지 궁금합니다. 어떻게 다섯 살짜리 딸의 머리 하나 빗겨 주는 게 그렇게 힘들지요? 사실 이 분야는 아버지가 더 잘해요. 어머니가 머리 하나 묶는 걸 배우는 데 반년이 걸린 것과 달리, 아버지는 일주일 만에 제 머리를 땋아서 위로 말아 고정하는 것까지 마스터했거든요.

역시, 이건 타고나야 하는 겁니다.

"어머니는요?"

"서재에 계셔."

어머니는 요즘 바쁩니다. 안 그래도 외교부 일로 하루 종일 뛰어다니시는데, 작년에 공작 위까지 받은 뒤로 더 바쁘게 하루를 보내시거든요.

그래서 사실 저는 어머니와 함께 있는 시간보다는 아버지와 함께 있는 시간이 조금 더 많습니다. 사실 그것 때문에 서운할 때도 많지만, 그래도 괜찮습니다.

함께 있을 때만큼은 어머니가 세상에서 가장 다정하게 저를 사랑해 주시거든요. 그리고 저는 일할 때의 어머니가 세상에서 가장 멋집니다. 아, 물론 아버지도 멋져요.

저도 커서 어머니처럼 될 거예요. 하긴, 이건 제 선택 사항보다는 필수 사항 같지만요.

"그건 어머니께 드릴 코코아인가요?"

"맞아."

"제가 마시면 안 되는 건가요?"

아버지가 탄 코코아는 세상에서 가장 맛있습니다. 너무 달지도 않고 적당하게 고소해요. 세상에서 가장 귀여운 표정을 짓고 아버지를 보았습니다. 하지만 역시 제 귀여움 확대 얼굴은 어머니의 피곤한 표정을 이기지 못합니다.

"으음. 하지만 어머니한테 드릴 건데?"

"마시고 싶은데……."

"라이나에게 따뜻하게 한 잔 풀어 달라고 말해 볼게, 리체."

그러니까 아내한테는 손수 탄 걸 드리고, 딸한테는 시녀가 탄 걸 먹이겠다 그건가요?

와, 이럴 수가.

저는 어이가 없어 아버지를 빤히 쳐다보았습니다. 아버지는 그런 제 모습을 보면서 열심히 웃음을 참습니다. 아니, 왜 웃음을 참는 거죠? 그게 더 기분이 나빠요!

"어머니한테 먼저 드리고, 아버지가 하나 더 타 올게. 그럼 되지?"

"네!"

제가 언제 삐쳤던가요? 저는 그런 적 없습니다. 저는 그렇게 옹졸한 사람이 아니라고요.

곧 아버지가 방을 나갑니다. 그것을 보다가 다시 제 무릎에 있는 책에 시선을 돌렸습니다. 벨론의 정치학입니다.

솔직히 무슨 말인지 하나도 모르겠습니다만, 외할머니가 읽으라고 하니 읽고 있어요.

그리고 사실 정치학은 꽤 재미있습니다. 요즘 새로 시작한 수업도 아주 재미있어요. 요즘은 국가와 국가 간의 관계를 배우고 있습니다. 조금 어렵긴 하지만, 어머니가 말씀하시길 굉장히 중요한 것이라고 해요.

그리고 제게 당부하셨어요. 너무 간단하게 문제를 보지 말라고. 강한 것과 약한 것, 승리와 패배 사이의 문제를 조금 더 입체적으로 보라고 했어요.

다만…… 사실 무슨 뜻인지 잘은 모르겠습니다. 하지만 어머니는 어렸을 때 지나치게 편협해서 조금 많이 교훈을 얻으셨다고 하니, 저도 주의해야 할 것 같습니다.

어쨌든 저는 아직도 책을 읽고 있어요. 어, 그런데-

"어머, 우리 리체. 책 읽고 있어?"

놀이방에 비올레타 이모가 들어왔습니다. 그리고 올리비아 이모도 왔어요. 와아, 이 두 사람은 정말 할 일이 없는 것 같습니다. 맨날 공작가에 오는 걸 보면요.

"너 지금 우리가 할 일이 없다고 생각했지?"

헉. 올리비아 이모는 독심술을 하는 걸까요?

"너 얼굴에 생각이 다 쓰여 있어. 엄마랑 어떻게 이렇게 똑같냐?"

으음…… 그렇군요. 이제는 좀 표정을 숨기는 법을 배워야 할 것 같습니다.

비올레타 이모가 까르륵 웃고 있습니다. 왕녀인 비올레타 이모는 아직 결혼하지 않았습니다만, 사실 영원히 할 것 같지 않아요. 평생 놀고먹는 게 목표라고 하는데 모르긴 몰라도 아마 세상에서 가장 잘 목표를 이루는 사람이 되지 않을까 싶어요.

올리비아 이모는-

"자, 이거."

"와아, 고맙습니다!"

올리비아 이모는 올 때마다 저한테 선물을 갖고 오십니다. 오늘 갖고 온 건 빛을 내는 반지인가 봐요. 예쁩니다.

"어머니는?"

"서재에 계세요."

"아버지는?"

"어머니한테요."

사실 이 대화는 거의 날마다 일어나는 대화입니다. 어머니가 있는 곳에 아버지가 있고, 아버지가 있는 곳에 어머니가 있거든요. 슬픈 일이죠. 이렇게 깜찍한 딸이 홀로 책을 보고 있는데 두 사람은 아직도 연애 중입니다.

칫, 너무해요. 저도 조만간 아버지 같은 남자를 찾고 말 겁니다.

물론 있는지는 저도 모르겠지만.

"어머, 왔어?"

어. 그때 문이 열렸습니다. 그리고 어머니가 들어오죠.

저는 활짝 웃으면서 어머니한테 달려갔습니다. 그런 저를 품에 안고 어머니가 배시시 웃습니다. 아, 예뻐요. 우리 엄마 정말 예뻐요. 아버지가 왜 그렇게 어머니를 볼 때마다 눈에서 꿀이 떨어지는지 알 것 같습니다.

"리체, 책 보는 거야?"

"네!"

"정치학이네? 이해는 잘되고?"

"잘 모르겠어요."

"괜찮아. 많이 읽다 보면 이해가 될 거야."

어머니가 활짝 웃습니다. 아, 어머니가 세상에서 제일 예뻐요. 제가 어머니를 닮았다고 하니, 저도 크면 어머니처럼 될까요?

"딜렌은? 음?"

어머니의 시선이 한쪽 구석에서 손가락을 빨고 있는 딜렌에게 갑니다. 헉, 저거, 저거 보세요! 저 무해한 눈빛! 저게 지금 세 시간 전에 절 맴매 때리던 그 녀석이 맞던가요?

"딜렌은 걸음마를 다 뗀 거야?"

"아직. 평형을 잡지 못해서 휘청거리고 있어."

"그래도 리체보다는 빨리 뗐네."

"그거야 당연하지. 칼리드가 애를 얼마나 안고 다녔는데. 둘째는 절대 그러지 말라고 내가 으름장을 몇 번이나 놨다고."

어머니가 한숨을 푹 쉬며 고개를 도리도리 젓습니다. 올리비아 이모가 피식 웃으면서 딜렌을 품에 안아요. 어머니 앞에서 낑낑대며 열심히 걸어 보겠다고 하던 녀석의 노력이 물거품으로 돌아갔네요. 쳇, 고소합니다.

"어, 스칼렛. 끝나셨습니까?"

"빨리 끝난다고 했잖아요. 어머, 또 코코아예요?"

"리체가 마시고 싶다고 해서."

역시 아버지밖에 없어요! 저는 아버지가 건네주는 잔을 조심스럽게 받았습니다. 역시 코코아는 아버지! 향이 정말 좋네요.

"맛있어?"

고개를 끄덕입니다. 먹는데 말 시키지 마요. 대체 왜 어른들은 뭘 먹는데 저렇게 흐뭇하게 절 볼까요? 제가 뭘 먹는 게 서커스 공연과 비슷하게 신기한 걸까요?

“리체는 참, 보면 볼수록 두 사람 예쁜 것만 골라 닮았어. 그렇지?”

“생긴 건 그렇지만, 성격은 나랑 똑같아.”

“그거야 뭐, 네 딸이니까. 배 속에 있을 때부터 나랑 올리비아는 이미 예상했어. 물건 하나 나오겠구나.”

물건이요? 제가 물건인 건가요?

딸이 물건 취급을 받았는데 어머니는 깔깔 웃기만 합니다. 아버지는 그 와중에 어머니가 그렇게나 예쁜지 벌써 그녀를 품에 안네요.

비올레타 이모가 코코아를 마시는 저를 흐뭇하게 봅니다. 그, 그렇게 보지 마요. 부담스러워요. 왠지 모르게 홀로 공중에서 그네뛰기를 하며 코코아를 마셔야 할 것 같단 말이에요.

“리체.”

게다가 은근한 목소리로 물어 옵니다. 또 무슨 이상한 말을 하려고 그러는 거지요? 아니나 다를까, 비올레타 이모가 굉장히 음흉한 미소를 짓고 물어봐요.

“어머니가 좋아, 아버지가 좋아?”

……할 말을 잊었습니다.

아버지와 어머니가 있는데 꼭 그렇게 물어야 하나요? 비올레타 이모는 정말이지, 사람 괴롭히는 데는 뭐가 있습니다. 저 보세요. 올리비아 이모가 정말 한심하다는 눈빛으로 보고 있습니다.

그, 그렇지만 여기서 한심하다고 느끼는 사람은 저와 올리비아 이모뿐인 걸까요? 어머니와 아버지가 저를 응시하고 있습니다. 대체 여기서 어떻게 대답을 해야 잘했다는 말을 들을 수 있을까요?

저는 눈알을 데굴데굴 굴렸습니다. 아, 문득 그게 생각이 나네요. 저번에 어머니와 외교부로 놀러 갔을 때, 마틸라 이모가 저한테 책을 선물해 줬어요.

으음…….

저는 고개를 들고 비올레타 이모를 당당하게 쳐다봤어요. 다섯 살보다 더 다섯 살 같은 비올레타 이모, 정말이지 나쁩니다.

"저한테 왜 그런 걸 물어보시는 거예요, 이모?"

"으, 응?"

역시, 비올레타 이모가 당황하네요. 제가 이긴 것 같습니다.

"제가 여기서 누가 좋다고 하든 나머지 사람은 상처를 받을 거잖아요. 그런데 왜 그런 물음을 하셔서 저를 곤란하게 만드세요?"

"……."

"대체 저의가 뭐죠?"

"저, 저의? 너, 너 그런 말은 대체……."

비올레타 이모가 버벅거립니다. 훗, 역시 제가 이겼어요! 마틸라 이모가 준 책은 정말 훌륭합니다. 곤란한 질문에는 무조건 저의를 물어보라고 했어요. 저의가 뭔지는 사실 저도 잘 모릅니다. 어머니한테 물어보니 의도라고 했어요.

사실 의도가 뭔지도 잘은 모르겠습니다. 그냥 이유라고 하면 편할까요? 아, 아닌가…… 언제 사전을 한번 제대로 찾아봐야 할 것 같아요.

제 말에 올리비아 이모가 웃습니다. 딜렌도 까르륵거리면서 박수를 쳐요. 기특한 것, 언제 어머니 몰래 숨겨 둔 사탕을 상으로 내려야겠어요.

"야, 야…… 얘, 얘 뭐야?"

비올레타 이모가 당황해서 어머니를 마구 흔듭니다. 어머니가 어깨를 으쓱하고 있어요.

"남들이 열다섯, 열여섯쯤에 오는 게 좀 일찍 온 거 같아."

"야, 이거 좀 심각한데?"

"마틸라 선배가 저번에 '능통한 화술, 이것만 있으면 당신도 이길 수 있다.'를 줬거든."

"아니, 애한테 왜 그런 걸 줘?"

애라고 무시하는 걸까요? 사실 다섯 살이면 그렇게 작은 나이도 아닙니다. 알 건 다 알아요. 가령, 제가 어머니 배에서 태어났다는 것도 압니다.

그런데 대체 어머니는 어떻게 저를 배 속에 넣은 걸까요? 으음, 미스터리합니다. 어머니에게 물어봤는데 제가 조금 더 크면 알려주겠다고 했어요.

비올레타 이모가 할 말을 잃은 채 어버버거립니다. 어머니는 고개를 절레절레 젓습니다.

"그러니까 왜 애한테 그런 쓸데없는 걸 물어봐?"

"쳇."

비올레타 이모가 입을 삐죽입니다. 제가 조금 심했던 걸까요? 비록 가끔 절 골리긴 하지만 아버지와 어머니를 제외하고 절 제일 예뻐하는 게 비올레타 이모입니다.

저는 결국 비올레타 이모에게 달려갔습니다. 그리고 그녀의 손을 잡고 사과했어요.

"미안해요, 이모. 고의는 절대 아니었어요."

어른한테 너무 건방졌을지도 모릅니다. 저는 제가 반성한다는 것을 최대한 표현하며 눈가에 눈물을 매달고 고개를 푹 숙였어요. 그때 갑자기 비올레타 이모가 저를 보더니 되레 저를 품에 안았습니다.

“흐어엉, 아니야. 이모가 잘못했어. 우리 리체한테 그런 거 물어보는 거 아니었어.”

네, 그렇다네요.

그리고 싫다는 걸 억지로 뺨에 키스합니다. 아니, 왜, 왜 이러죠? 이모, 부담스러워요.

아, 이모는 다른 건 다 좋은데 애정 표현이 과합니다.

제가 침 범벅인 얼굴을 소매로 쓱쓱 닦자, 옆에 서 있던 라이나가 제게 와서 얼굴을 닦아 줍니다. 딸이 키스 세례를 받는데 아버지는 아직도 어머니와 꼭 붙어 있네요. 이젠 저도 포기했습니다.

네, 어머니는 아버지 거고 아버지는 어머니 겁니다.

그때였습니다.

“다 왔구나?”

어, 외할머니입니다!

“리체.”

저는 외할머니에게 달려갔습니다. 세상에, 저희 외할머니는 여전히 아름답습니다. 사람이 이렇게 아름다워도 되는 걸까요? 외할아버지가 왜 반했는지 알 것 같아요. 저도 크면 어머니나 외할머니처럼 아름다워지고 싶습니다.

그런데 그러고 보니, 오늘 왜 갑자기 다들 여기에 모였죠?

“어, 다 왔네?”

아, 셀린느 이모랑 코르켈 삼촌입니다. 이제 아비게일 이모랑 에드리안, 니콜라스 삼촌만 오면 친하게 지내는 사람들이 거의 다 옵니다. 어, 아니나 다를까, 문이 열리네요.

"리체! 이리 와요."

저는 문을 열고 들어온 아비게일 이모한테 달려갔습니다. 오늘 온종일 달리기만 하는 것 같은데, 착각이겠죠?

"그럼 거의 다 모인 거야?"

"에드리안이랑 니콜라스는 출장 갔대. 요즘 바쁘잖아."

으음, 오늘 두 분은 못 보는 걸까요. 조금 의기소침해 있는데 그 때였습니다. 갑자기 어머니를 안고 계시던 아버지가 팔을 풀더니 제게 옵니다.

"그럼, 가 볼까?"

"어디로 가는 거예요?"

"오늘 다 함께 모여서 만찬을 하기로 했잖아."

아, 그러고 보니 오늘이 그날인가요? 그런데 생각보다 사람이 많이 모였네요. 와, 그것도 대단한 사람들이 다 모였어요. 어, 사실 생각해 보니 저도 좀 대단한 것 같습니다. 저는 두 공작가의 영애니까요.

아버지가 절 안고 걸음을 옮깁니다. 시끌벅적한 소리가 들리네요. 와, 요리사가 한상 거하게 차렸어요!

아, 행복해요. 역시 먹을 때마다 생각하는데 태어나길 잘한 것 같습니다.

아, 이제는 말 시키지 마세요. 저도 좀 먹고 싶거든요. 어쨌든 이쯤이면 제 소개는 나름 잘 끝난 것 같습니다. 꽤 긴 이야기지만 들어 주셔서 고마워요.

그럼, 어디 한번 먹어 볼까요?

외전4

그리고 그들은 오래오래 행복하게 살았답니다

그리고 그들은 오래오래 행복하게 살았답니다

"그럼, 이 부분에 대한 의안은 이렇게 끝마치도록 하겠습니다. 다른 의견 있으신 분들, 계시나요?"

차분한 목소리가 장안을 울렸다. 추밀원의 정기적인 회의가 이루어지는 회의장 내, 문과 마주한 자리에 앉은 스칼렛이 원탁에 둘러앉은 귀족들을 둘러보았다.

그녀의 물음에 대부분 귀족이 고개를 저었다. 원만하게 이루어진 회의에 흡족한 미소를 지은 스칼렛이 알겠다며 회의를 마치려는 무렵, 한쪽에서 서류를 훑던 칼리드가 입을 열었다.

"이번 무역의 협상 리더는 이미 선출되었습니까?"

그의 물음에 스칼렛이 고개를 끄덕였다. 안 그래도 이 문제로 어제 마틸라 클락이 그녀를 찾아왔더랬다. 사실 그녀의 의견이 가장 중요한 것은 아니었지만, 어찌 되었든 간에 이번 협상단의 리더로 고려하고 있는 이가 스칼렛으로서도 잘 알고 있는 사람이었기에.

"외교부의 셀린느 사르빈을 리더로 결정지었다고 합니다."

"셀린느 사르빈? 조금 어리지 않나요?"

그에 발터르 백작이 눈가를 휘며 물었다. 하지만 스칼렛을 본 발터르 백작은 이내 고개를 절레절레 저으며 말을 이었다.

"제가 판단을 잘못했군요. 원장께서 시에라와의 협상에 참석하실 때가 스물여섯이었으니, 사르빈 영애와 비슷한 나이 아니셨습니까."

스칼렛이 웃음을 흘렸다.

"외교부는 원래 세대교체가 빨리 이루어지는 곳이지요. 물론 선배들은 언제나 뒤에 있긴 하지만."

"인원 선발은 클락 장관의 뜻이겠지요?"

"그렇습니다."

발터르 백작의 물음에 대답한 스칼렛이 잠시 말을 골랐다. 사실 이십 대 중후반이면 어느 정도 홀로 협상을 지휘할 만한 능력이 있는 것은 맞았다. 하물며 이 몇 년간 셀린느의 진보는 꽤 칭찬할 만한 것이었으니까.

"그녀의 안목은 언제나 정확하니 백작께서 딱히 걱정할 만한 일은 없을 것 같습니다."

그녀의 말에 귀족들이 고개를 끄덕였다. 이내 스칼렛이 가장 먼저 물음을 제기한 칼리드에게로 시선을 향했다.

"프로디아드 공작께서는 또 다른 문제가 있으십니까?"

부부 사이치고는 꽤 정중하고 사무적인 어조였다. 하나 이 자리에 있는 그 누구도 그것에 의문을 제기하지 않았다. 이 부부는 사적에서는 꿀이 떨어지도록 붙어 있으면서, 정작 공적으로 엮일 때는 한없이 사무적인 태도로 서로를 대하곤 했으므로.

아니나 다를까, 그녀의 물음에 칼리드가 고개를 저으면 담담하게 답했다.

"없습니다."

"다른 분들도 없으시고요."

스칼렛이 원탁을 쭉 훑었다. 그리고 비로소 아무도 이의를 제기하지 않는 것을 확인한 뒤 천천히 자리에서 일어나며 회의의 끝을 고했다.

"그럼, 오늘 회의를 이만 끝마치도록 하겠습니다."

그녀의 말이 끝나자마자 귀족들이 자리에서 일어났다. 의례적으로 미소를 띤 채 귀족들의 인사를 받아 주던 스칼렛의 눈길이 아직 의자에 앉아 있는 칼리드에게 닿았다.

그와 동시에 약속이라도 한 듯이 칼리드가 고개를 들고 그의 적갈색 눈동자가 그녀를 직시하는 그 순간, 방금의 사무적인 태도는 어디로 갔는지 스칼렛이 배시시 웃었다.

"칼리드."

귀족들이 하나둘씩 빠져나가 결국 둘밖에 남지 않은 회의장에서 스칼렛의 목소리가 울려 퍼졌다. 그에 칼리드가 자리에서 일어나며 그녀에게 다가갔다.

"피곤하십니까?"

"피곤하죠."

벌써 아이 둘의 어머니가, 아니, 배 속의 아이까지 정확히 세 명의 아이 어머니가 되었는데 스칼렛은 언제나 한결같았다. 배시시 웃는 그녀를 칼리드가 품에 안았다.

"너무 무리하지는 마십시오."

그의 목소리에는 짙은 걱정이 담겨 있었다. 첫째인 베아트리체의 출산 당일 산실에서 터져 나오던 누구를 향한 것인지 모를 각종 욕설과 저주와 비명을 그대로 들은 칼리드는 그 뒤로 둘째는 없다고 못을 땅땅 박았다.

프로디아드의 명맥을 방계에 주더라도 절대 그 진통을 다시 느끼게 하고 싶지 않다는 것이 그의 이유이긴 했으나, 그걸 곧이곧대로 들을 스칼렛이 아니었다.

결국 베아트리체가 태어나고 한동안은 둘만의 세계를 즐기는 듯했지만, 두 사람은 결혼한 지 4년 만에 둘째인 딜렌을 가졌다. 그리고 현재, 스칼렛은 다시 셋째를 임신 중이었다.

"이번에는 딸일까요, 아들일까요?"

스칼렛의 물음에 칼리드가 길게 한숨을 쉬었다. 애 셋을 낳겠다던 스칼렛의 소원은 이루어졌을지 몰라도, 그것 때문에 다시 반복되는 입덧을 겪고 있어 하루가 다르게 수척해지는 스칼렛의 모습이 그의 가슴을 후벼 팠기 때문이다.

그는 결국 그의 마음도 모른 채 순진하게 웃으며 묻는 스칼렛의 뺨을 감싸며 입을 열었다.

"딸이든 아들이든, 다 됩니다."

"리체한테 물어보니까 여동생이 갖고 싶대요."

스칼렛의 말에 칼리드가 빙그레 웃었다. 예상한 답이었다.

요즘 그의 가르침 아래서 처음 검을 쥔 베아트리체는 신세계를 연 듯 하루하루를 검 연습에 매진하고 있었다.

스칼렛은 아직 여섯 살밖에 안 된 애한테 검이냐고 걱정했지만, 정작 검을 배우는 본인과 가르치는 사람, 더불어 스칼렛의 어머니인 에스더는 쌍수를 들고 환영하는 중이었다.

특히 에스더의 반응이 더욱 열렬했다.

"내가 드디어 스칼렛에게 못다 한 한을 풀겠구나!"

대체 딸한테 자신의 검술을 물려주지 못한 게 얼마나 큰 한인지는 모르겠지만, 하여튼 스칼렛이 그것을 상기하며 웃었다.

"리체는 생긴 거랑 성격은 나 판박이인데, 재능은 또 당신 쪽인 것 같아."

"딜렌은 딱 반대입니다."

스칼렛이 깔깔거리며 고개를 끄덕였다. 첫째인 베아트리체와 달리 딜렌은 칼리드를 많이 닮은 편이었다. 물론 이제 겨우 한 살이 된 아기가 닮아 봤자 얼마나 닮겠느냐마는, 어쨌든 그래도 부모로서의 감이라는 게 있었다.

"딜렌은 내 앞에서만 그렇게 얌전하더라. 귀여운 것. 누굴 닮았는지 몰라."

스칼렛이 의미심장하게 칼리드를 보았다. 그에 그가 그녀의 어깨를 감싸며 발걸음을 옮겼다.

자연스럽게 칼리드의 품에 안긴 스칼렛이 환하게 웃으며 계속 말을 이었다.

"그런데 칼리드, 그거 잊지는 않았죠?"

"무엇을…… 말입니까?"

"다음 주, 우리 같이 여행 가려고 했잖아요."

"아."

스칼렛의 말에 칼리드가 고개를 끄덕였다. 그러고 보니 며칠 전에 스칼렛이 그러긴 했었다. 이제 곧 셋째가 태어나면 또 한동안 바빠질 게 뻔할 테니까 그 전에 미리 여행을 가자고.

마침 남부의 브롤나에 새롭게 별장을 산 터라 꽤 즐기다가 올 수 있을 것 같았다. 하지만 이내 스칼렛의 살짝 부른 배를 본 칼리드가 미간을 찌푸렸다.

"하지만 스칼렛, 힘들지는 않으십니까? 안정을 취하는 게 좋지 않겠습니까?"

"괜찮아요. 의사한테 물어봤는데 이제는 위험 기간도 지났고, 몸 상태도 좋고, 집에만 있으면 오히려 답답하니까 편하게 여행을 다녀오는 것도 좋다고 했어요."

"그래도 혹시 힘드실까 봐."

"아, 또."

칼리드의 말에 스칼렛이 발걸음을 멈추고 그를 살짝 흘겼다. 본의 아니게 아내의 흘김을 받은 칼리드가 조금 난감하게 그녀를 응시했다.

스칼렛이 그의 팔을 잡고 말했다.

"저번에 리체를 가졌을 때처럼 또 나 막 안고 다닐 건 아니죠?"

"으음……."

"의사가 건강하다고 하는데도 땅바닥에 발도 못 대게 하더니, 내가 진짜 그때만 생각하면 너무 기가 막혀서."

스칼렛은 리체를 임신했을 때 제가 어디 나가려고만 하면 안절부절 뒤에서 제 눈치를 보던 칼리드를 상기하며 한숨을 푹 쉬었다.

남편 덕분에 팔불출 행위에 익숙한 에스더도 그만하면 됐다고 했을 정도니, 가히 상상이 가질 않았다.

하지만 칼리드의 입장에서는 꽤 억울했다. 그도 그럴 것이 당시 스칼렛의 상황은 정말 말이 아니게 엉망이었기 때문이다. 입덧으로 인한 영양 불균형에, 잔뜩 예민해져서 웃다가 울다가 다시 웃다가 울다가 다시 웃고 울고를 하루 사이에 반복했었다.

그런 그녀를 보면서 그냥 손 놓고 있는 게 더 이상한 게 아닌가.

결국 칼리드가 길게 한숨을 쉬면서 입을 열었다.

"당신이 걱정되어서 그런 겁니다."

"나도 알아요."

진심 어린 말에 스칼렛이 웃었다. 물론 그녀도 칼리드가 얼마나 그녀를 걱정하는지 잘 알고 있었다. 결국 상대방의 진심에 먼저 무너진 그녀가 한숨을 푹 쉬며 칼리드의 품에 안겼다.

"그래도 너무 걱정하지는 마요. 이번에는 입덧도 적고 감정도 안정적인 게, 애가 아주 얌전한가 봐요."

"다행입니다."

"딜렌을 가졌을 때보다도 더 얌전해요."

배 속에서부터 요란했던 리체와 달리, 딜렌은 정말 태어나기 전이나 태어난 뒤에나 애를 하나도 썩이지 않았다. 그녀의 말에 칼리드가 조금 안심한 표정으로 고개를 끄덕였다.

곧, 두 사람이 다시 걸음을 옮겼다.

* * *

그리고 그날 저녁.

하루 수업을 전부 다 마친 리체가 도도도도 계단을 달려 내려갔다. 레이스 리본을 하늘거리며 커다란 방문 앞에 선 리체가 조심스럽게 노크했다.

똑똑똑-

딱 어린아이가 두드릴 수 있는 만큼의 크기의 노크 소리가 울렸다. 얼마나 지났을까, 끼익- 하는 소리와 함께 칼리드가 문을 열고 나왔다.

"리체?"

"아버지!"

리체의 발랄한 목소리에 칼리드가 부드럽게 웃었다. 하지만 그의 시선이 다시 방 안으로 향하다가, 한 걸음 방에서 나오며 무릎을 굽히고 리체와 시선을 마주했다.

"무슨 일이니?"

"오늘 수업을 마쳤어요."

"훌륭하구나."

칼리드가 리체의 머리를 쓰다듬었다. 아버지의 칭찬을 받은 여섯 살배기 공작 영애가 활짝 웃었다. 그러다 그녀가 조심스럽게 물었다.

"어머니는 계세요?"

"어머니는 잠이 드셨어."

"어, 벌써요?"

리체가 어깨를 축 늘어뜨렸다. 공작 위를 이어받은 후부터 스칼렛은 외교부의 일이 바쁘지 않으면 추밀원 일이 바빴다. 덕분에 한동안 어머니와 함께 놀지 못한 리체가 아쉬운 표정을 지었다.

"그렇군요."

실망한 것이 명백한 첫째 딸의 모습에 칼리드가 안타까운 표정을 지었다. 요즘따라 스칼렛이 바쁜 것은 사실이었다. 그래도 오늘은 일이 다 끝나 꼭 리체와 놀아 주겠다고 했지만, 결국 피곤함을 이기지 못하고 먼저 잠이 든 것이다.

칼리드는 방 안에서 새근새근 자는 아내와 자신의 앞에 서 있는 리체의 모습을 번갈아 보다가 부드럽게 웃으며 리체를 품에 안았다.

"아버지?"

예고도 없이 갑작스럽게 들린 리체가 눈을 동그랗게 뜨며 칼리드를 불렀다. 하지만 이내 자신을 안고 방에 들어가는 아버지의 모습에 눈을 깜박였다.

다소 어두운 불 하나만 흔들거리는 사이에서 스칼렛이 조용하게 자고 있었다. 얼마나 피곤했던지 잠이 들다 못해 누가 업어 가도 모를 것 같은 스칼렛의 모습을 빤히 보던 리체가 칼리드의 귀에 대고 작게 속삭였다.

"어머니가 많이 피곤하신가 봐요. 전 나갈게요."

"괜찮아."

리체의 말에 칼리드가 부드럽게 웃었다. 곧 대여섯이 뒹굴어도 충분히 여유가 있는 커다란 침대에 리체를 놓은 칼리드가 이불을 조심스럽게 펼쳤다. 그리고 이불을 리체에게 덮어 주면서 조용하게 읊조렸다.

"오늘은 이 방에서 자도 돼."

귀족가의 자식들은 흔히 태어날 때부터 따로 방을 가지고 유모와 시녀의 보살핌 아래서 큰다. 그런 의미에서 두 공작 부부의 딸이 부모님 사이에서 자는 것은 그다지 흔한 일이 아니었다.

가정 교사에게서 들어 그 사실을 알고 있는 리체가 눈을 동그랗게 떴다. 하지만 칼리드가 되레 이불 속으로 들어오며 리체를 눕혔다. 결국 엉겁결에 불안불안한 얼굴로 누운 리체가 눈을 깜박거렸다.

칼리드는 세상 물정 모른 채로 자는 스칼렛과, 이래도 되는지 몰라 눈을 깜박거리는 딸을 보며 웃음을 흘렸다. 몇 시간 전에 스칼렛이 읊조리듯 '오늘은 리체도 불러서 같이 잘까요?'라고 한 말이 생각났기 때문이다.

그는 빙그레 웃다가 곧 안심하라는 듯이 리체를 토닥였다. 베개에 팔을 기대고 옆으로 누운 채 토닥여 주는 아버지를 빤히 응시하던 리체가 다시 어머니를 힐끔 보았다.

그리고 이내 조금 안심이 된 듯 그녀가 이불 안쪽으로 꼬물꼬물 들어갔을 때였다.

"으음……."

스칼렛이 조금 크게 뒤척이더니 눈을 천천히 떴다. 잠기운이 뚝뚝 묻어나는 그 얼굴에 리체가 화들짝 놀라 울상을 지었다. 혹시 자신 때문에 어머니가 깼을까 봐 걱정하는 것이었다.

하지만 리체를 발견한 스칼렛은 배시시 웃으면서 입을 열었다.

"아, 우리 딸도 왔어?"

"네. 어머니."

"딜렌은?"

"이미 잠들었을 거예요."

딜렌은 아기치고는 굉장히 얌전하게 잠이 드는 타입이었다. 그것을 알고 있는 스칼렛이 고개를 끄덕이며 팔을 뻗어 리체를 품에 안았다.

"그럼 우리도 자자."

스칼렛의 말에 조마조마해하던 리체가 활짝 웃었다. 사실 그녀는 어머니와 아버지 사이에서 잠이 드는 것을 굉장히 좋아했다. 하지만 공작가의 후계자는 그래서는 안 된다고 사람들이 누누이 말했기 때문에 여태껏 어른스러운 척을 해 왔던 것이었다.

하지만 이제는 어머니가 허락을 해 줬으니 괜찮겠지. 이렇게 생각한 리체가 눈을 감고 잠을 청했다.

곧바로 잠에 빠진 모녀를 보다가 칼리드가 피식 웃었다. 그는 리체를 토닥이다가, 팔을 좀 더 크게 뻗어 리체를 안고 있는 스칼렛까지 함께 품에 안았다.

손끝에 걸리는 따뜻한 체온이 익숙했다. 그렇게 한참을 두 사람을 보던 칼리드가 조심스럽게 촛불을 껐다.

그리고 곧, 침실에 정적이 찾아왔다.

* * *

"여행이요?"

이 며칠간 스칼렛의 옆에 붙어 있다시피 한 리체가 고개를 들었다. 아삭아삭 쿠키를 먹던 그녀의 손에서 부드럽게 쿠키를 가져간 스칼렛이 고개를 끄덕였다.

"그래. 아버지랑 어머니가 잠시 여행을 다녀오려고 해."

"그렇군요. 그런데 어머니, 쿠키는 왜……."

"이 썩어. 그리고 단 건 적게 먹는 게 좋아. 우유는 왜 한 모금도 안 마시니?"

스칼렛의 말에 리체가 입을 삐죽였다. 이내 제 앞에 놓인 우유를

든 그녀가 입속에 남은 쿠키의 잔향을 느끼며 꿀꺽꿀꺽 우유를 들이켰다.

"착하기도 해라."

스칼렛의 칭찬에 리체가 잔을 내려놓았다. 옆에서 딜렌을 품에 안고 뭔가를 먹이는 아버지와, 생글생글 웃고 있는 어머니를 번갈아 보다가 리체가 말했다.

"얼마나 오래 걸리나요?"

"으음, 사흘 정도?"

생각보다 더 짧은 시간이었다. 리체가 활짝 웃으며 고개를 끄덕였다. 사실 스칼렛과 칼리드가 종종 둘만의 여행을 가는 것은 그다지 이상한 일이 아니었다.

"어디로 가시는 거예요?"

"브롤나."

마침 얼마 전 별장을 사들인 것은 리체도 알고 있었다. 솔직히 요즘 따라 같이 있는 시간이 많아진 어머니와 떨어지는 건 싫었지만, 어머니가 아버지와 함께 있을 때마다 행복해한다는 것은 그녀도 잘 알았다. 그리고 자식과 반려가 주는 의미가 다르다는 것도 알고 있었다.

어머니는 아버지를 사랑한다. 아버지도 어머니를 사랑하고, 이는 자식들을 사랑하는 것과는 별개였다.

리체는 다정하게 웃으며 서로를 보고 있는 어머니와 아버지를 응시하다가 배시시 웃었다. 어머니와 아버지가 사이가 좋은 건 언제나 즐거운 일이었다.

그리고 그녀도 이제는 다 컸다.

"무사하게 다녀오세요."

"고마워."

사실 의견을 묻는 것보다는 어찌 보면 통보에 가까웠으나 그래도 스칼렛은 딸이 기특해서 감사의 뜻을 표시했다.

어머니의 말에 수줍게 웃은 리체가 말을 이었다.

"딜렌은 제가 잘 볼게요."

"그래."

"저도 이제는 다 컸으니까요."

그래 봤자 유모와 시녀가 다 있는 상황에서 굳이 리체가 딜렌을 볼 필요는 없을 것이다. 하지만 딸의 다짐이 너무 귀여워서, 스칼렛이 기특한 눈빛을 하고 빙그레 웃었다.

* * *

달콤한 꽃향기가 코를 간질거렸다. 일 년 사계절이 봄과 같아 '꽃의 도시'라고도 불리는 윈체스터 남부의 브롤나.

바람에 하늘하늘 춤을 추는 꽃잎의 소용돌이가 시야에 안겨 왔다. 분홍색으로 물든 세계에서 사람들의 웃음소리가 들려오고, 꽃잎이 한 잎 두 잎 바닥에 내려앉았다.

오랜만에 둘 만의 시간을 가진 스칼렛이 별장의 테라스에 서서 주변을 두리번거렸다.

"와, 진짜 전부 다 꽃이네요."

"브롤나에 오신 적이 없으십니까?"

마치 처음 보는 것처럼 주변을 두리번거리는 스칼렛이 귀여워서 칼리드가 옅게 웃었다. 그에 스칼렛이 입을 삐죽 내밀며 답했다.

"와 본 적은 있지만, 이렇게 꽃이 만개할 때는 처음이에요."

"그래도 조심하십시오. 꽃가루가 많이 날려서 몸에 좋지 않을 수도 있습니다."

"또, 또. 이 정도로는 괜찮다고요."

스칼렛이 그를 밉지 않게 살짝 흘겼다. 아무리 그래도 그 정도도 모를까. 브롤나에 꽃이 아무리 많다곤 하나 몸에 무리가 갈 정도로 꽃가루가 어마어마하게 날리는 정도도 아니었고, 바람도 그렇게 세지 않았으며, 별장과 꽃이 만개한 곳의 거리는 꽤 멀었다.

"이 정도는 괜찮아요. 아, 예쁜 거 보니까 기분이 좋아지네."

스칼렛의 말에 칼리드가 피식 웃었다. 방금 시녀가 씻어서 가져온 배를 하나 집어 든 뒤, 칼리드가 스칼렛에게 다가갔다.

본능에 따라 입부터 벌어진 스칼렛에게 조금 크게 잘린 배를 들이밀자, 아삭하는 소리와 함께 스칼렛이 입을 우물거렸다. 배즙으로 인해 촉촉해진 입가를 닦으려 그녀가 손을 들었다. 하지만 그보다 칼리드가 고개를 숙이는 게 더 빨랐다.

입가에 살짝 고인 물이 어느새 말랑한 혀에 쓸려 갔다. 스칼렛은 부드럽게 제 입가를 핥는 감촉에 웃음을 떨어뜨렸다. 스칼렛이 테라스의 난간에 기대자 그녀가 힘들 것을 염려했는지, 칼리드가 그녀를 안아 들었다.

테라스에 앉은 스칼렛이 눈을 감으니 곧 다디단 것이 그녀의 입술을 가르기 시작했다.

단단한 팔이 그녀를 감쌌다. 머리를 감싸 쥔 손이 그녀를 받치고 있었고, 들린 고개 위에 익숙한 숨결이 느껴졌다. 말캉한 혀가 달콤한 배즙을 찾는 것인지, 아니면 그것보다 더 달달한 혀를 찾는 것인지 정신없이 그녀의 입안을 헤집었다.

머지않아 조금 숨이 가빠진 진득한 키스가 끝나고, 스칼렛과 눈을 맞춘 칼리드가 낮게 읊조렸다.

"답니다."

뭐가 달다는 건지는 말하지 않아도 알리라.

최소한 스칼렛은 그것을 배즙이 달다는 것으로 이해하지 않았다. 그녀가 눈을 가늘게 뜨고는 그를 살짝 흘겼다.

"참. 하여튼 내 입이 쉴 새 없게 만들지."

"덕분에 언제나 즐겁지 않습니까?"

"내가 언제 즐겁지 않다고 했어요?"

스칼렛의 새침한 대답에 칼리드가 그녀를 안아 방에 들여왔다. 푹신한 침대에 조심스럽게 그녀를 내려놓은 뒤 스칼렛의 옆에 누웠다.

"안 힘들어요?"

베개에 팔을 기대고 옆으로 누운 칼리드가 스칼렛의 물음에 미간을 찌푸렸다. 그에 스칼렛이 한마디 덧붙였다.

"이제는 배도 불러서 무거울 텐데."

아직 만삭은 아니지만 그래도 배가 불러올 때다. 원래 스칼렛도 여리여리한 체격은 아니라-최소한 그녀의 눈에는- 그녀를 드는 게 그렇게 쉬울 리 없었다.

스칼렛의 순진한 물음에 칼리드가 웃음을 터뜨렸다. 그가 곧 손가락으로 스칼렛의 머리카락을 살살 정리해 주며 입을 열었다.

"전혀 힘들지 않습니다."

"이번에는 왠지 모르게 느끼한 것들이 많이 당겨서, 리체랑 비슷한가 봐요. 그래서 살쪘어요."

"예쁩니다."

"내가 막 동그랗게 돼도 놀리지는 마요?"

"제가 놀리면 어떻게 되는 겁니까?"

"어떻게 될 거 같아요?"

스칼렛이 의미심장한 얼굴로 칼리드를 보았다. 그녀는 누군가의 놀림에 홀로 상처를 받는 인간은 절대 아니었지만, 그게 남편이라면 아마 조금 마음에 걸리기는 할 듯했다.

물론 그렇다고 해도 순순히 당하고 있지는 않겠지만.

"내 입담은 이미 익히 알고 있을 테고……."

"아, 이런. 제가 그걸 간과했군요."

그는 아직도 리체와 딜렌을 출산할 때 산실에서 들려오던 그 오만가지 단어를 기억했다. 당시에는 그 고통이 너무 절절하게 들려와서 미처 그 내용에 신경을 쓸 새가 없었지만, 그 와중에 이렇게 말을 잘하는 산모는 또 오랜만이라며 의사가 허허 웃던 게 생각이 났다.

스칼렛이 입을 삐죽였다. 그 표정이 너무 웃겨서 칼리드가 고개를 숙여 그녀의 입에 키스했다.

"그런 일은 없을 겁니다. 살이 쪄도 예쁩니다."

그 말에 상당히 만족한 듯이 스칼렛이 고개를 끄덕였다.

그녀는 사실 얼굴이나 몸매에 과하게 신경을 쓰는 편은 아니나, 그렇다고 전혀 관심이 없는 사람도 아니었다. 어쨌든 못난 것보다는 예쁜 게 더 좋지 않겠는가.

스칼렛이 환하게 웃었다. 그러다 천천히 칼리드와 마주 보게 돌아누우며 중얼거렸다.

"리체랑 딜렌은 뭐 할까요?"

"리체는 아마 책을 보고 있을 것이고, 딜렌은 자고 있을 겁니다."

"역시, 그렇겠죠?"

"네."

"으음, 우리 애들은 그래도 얌전해서 다행이야."

"진심이십니까?"

스칼렛의 말에 칼리드가 웃고 말았다. 딜렌이 얌전하다는 데는 그도 동의하는 바이지만, 리체는 절대 얌전한 아이가 아니었다. 스칼렛 앞에서는 얌전한 요조숙녀여도, 동생과 둘이 있을 때는 세상에서 가장 전투력이 넘치는 사람이 된다는 것을 칼리드는 모르지 않았다.

물론 그것마저도 귀엽긴 했지만.

스칼렛이 눈을 동그랗게 떴다.

"우리 애들 정도면 많이 얌전한 거죠."

"스칼렛, 당신의 얌전하다–의 범위를 재정의하는 게 좋을 것 같습니다."

스칼렛이 입을 삐죽 내밀다가 순순히 인정했다.

"뭐, 리체가 좀 많이 말괄량이인 건 나도 인정해요. 그래도 내 앞에서는 정말 얌전하단 말이야."

그에 칼리드가 그녀의 이마에 입을 맞추었다.

"아이들이 어머니를 많이 좋아해서 그럽니다."

"아이들이 아버지도 많이 좋아해요."

곧 두 사람이 웃음을 흘렸다. 꼼지락거리며 품에 안겨 오는 스칼렛을 빤히 보다가, 칼리드가 부드럽게 그녀를 감싸고는 끌어안았다.

"아, 좋은 향."

칼리드의 품에 코를 박은 스칼렛이 중얼거렸다. 결혼 전에도 어느 정도 알고는 있었지만, 칼리드는 상당히 깔끔하고 정갈한 것을 좋아하는 사람이었다.

일단 다른 건 몰라도 매번 깔끔하게 다림질된 옷과 그녀가 가장 좋아하는 향수를 꼬박꼬박 뿌리는 것만 해도 그게 보였다. 그래도 나름 착실하게 산다고 자부하는 스칼렛이 되레 흐트러질 때가 많았다.

"이 향수, 예전부터 쭉 써 왔던 거였는데. 나랑 키스했던 그 연회 당시에도 이거 뿌렸죠?"

"네."

"으음– 내 남자는 참, 이렇게 완벽해서 어쩐담."

스칼렛이 품에 뺨을 비비적대며 말했다. 마치 나른한 고양이 같은 그 모습에 칼리드가 그녀를 더더욱 감싸 안으면서 입을 열었다.

"사랑받는 남편이 되려면 어쩔 수 없습니다."

"뭐, 또 사랑받으려고 하고 있어요. 그냥 거기에 서 있어요. 내가 사랑해 줄게요."

"그래도 기왕이면 아내에게 사랑받으려고 노력하는 게 좋지 않겠습니까."

"그래서 향수도 내가 제일 좋아하는 것으로 뿌리고 그래요?"

뜨뜻한 품이라 피곤함이 밀려왔는지 스칼렛이 웅얼거렸다. 그에 칼리드가 빙그레 웃으며 그녀를 품에서 놓았다. 조금 시원한 바람이 얼굴에 닿자, 스칼렛이 고개를 들며 말했다.

"그런데 가끔 생각해 봤는데, 당신은 내 취향을 딱딱 맞추고 그러는데 나는 당신이 좋아하는 걸 아직도 완전히 모르고 있어요."

"딱히 그런 것 같지는 않은데."

"이거 너무 불공평해."

"예전부터 말씀드렸지만 제 취향은 언제나 당신이었습니다."

칼리드의 말에 스칼렛이 본능에 따라 배시시 웃었다. 달콤한 말은 백번을 들어도 질리지 않는다. 그 와중에 이 남자는 왜 결혼한 지 몇 년이 지나도 여전히 이렇게 다정한지.

결국 스칼렛은 칼리드의 '사탕발림'에 넘어가 그냥 고개를 끄덕였다. 이윽고 점점 덮쳐 오는 수마를 참지 못하고 스칼렛의 눈꺼풀이 점점 내려앉는 것을 보다가, 칼리드가 그녀의 이마에 작게 키스했다.

"그리고, 앞으로도."

* * *

두 사람의 데이트는 언제나 낭만적이다. 꽃잎이 소복이 쌓인 바닥을 천천히 걸으면서 스칼렛이 활짝 웃었다.

"아, 딱 이러니까 꽃길을 걷는 것 같아."

"실제로 걷고 있지 않습니까."

"에이, 그냥 비유였죠."

그런 스칼렛의 이마에 입을 맞추며 칼리드가 속삭였다.

"그럼 평생 걷게 해 드리겠습니다."

"우아, 정말 행복할 것 같은데요?"

하늘하늘한 백금발 위로 꽃잎이 떨어졌다. 머리 위로 점점이 수를 놓는 꽃잎을 보다가 칼리드가 스칼렛을 품에 안았다.

"힘들면 꼭 말씀하십시오."

"또 과보호 시작한다. 이러다가 내가 할머니가 되어서도 안고 다니겠네요."

"할머니가 되면 저한테 안 안길 예정이셨습니까?"

"아, 그건 아니었지만……."

스칼렛이 고개를 저었다. 곧 서로 마주 보며 웃던 두 사람이 천천히 발걸음을 옮기기 시작했다. 주변을 두리번거리던 스칼렛이 조용하게 입을 열었다.

"이제 집에 가면 우리 정원에도 꽃나무를 심어요. 내년에는 셋째도 태어날 거고. 그럼 우리 가족들, 매년 정원에서 피크닉을 여는 거야."

"좋습니다. 무슨 꽃이 좋을 것 같습니까?"

"이것저것 예쁜 것들로요. 라일락도 좋고, 그냥 예쁜 걸로 심어요."

스칼렛의 말에 칼리드가 그러겠노라 고개를 끄덕였다. 화사하게 비추는 햇살 아래, 따뜻한 공기에 몸을 맡긴 채 스칼렛이 계속해서 말을 이었다.

"그러면 셀린느랑 코르켈도 부르고, 두 사람 아이가 태어나면 같이 모이고, 발터르 영애랑, 비올레타랑, 올리비아랑, 그리고 우리 둘 부관들이랑, 그리고 또……."

"또?"

"또- 우리가 사랑하는 사람들을 모두 불러서 티파티도 갖고, 그렇게 우리 행복하게 오래오래 살아요."

말을 마친 스칼렛이 우뚝 멈춰 서며 고개를 돌렸다. 햇빛에 반사되어 눈부시게 빛나는 그녀의 얼굴을 보던 칼리드가 고개를 살짝 숙여 그녀의 눈가에 입을 맞추었다.

쪽- 하는 소리와 함께 입술이 떼어지고, 스칼렛이 칼리드의 적갈색 눈동자를 보며 말했다.

“칼리드, 사랑해요.”

“저도 사랑합니다.”

“우리 평생 행복하게 사랑해요.”

“물론입니다.”

“꼭이요.”

“네. 꼭.”

달콤한 미소가 웃음소리에 녹아들어 갔다. 화사한 햇빛, 사랑의 언약, 영원을 함께하겠다는 미소.

칼리드가 손을 내밀었다. 그것을 빤히 보던 스칼렛이 배시시 웃으며 손을 얹고, 곧 두 손을 꼭 맞잡은 채 두 사람이 천천히 발걸음을 옮겼다.

꽃이 흩날리는 햇빛 그 아래에서.

(당신의 눈동자에 건배를 완결)